Nikolai Deshnew

Anna und der gefallene Engel

Nikolai Deshnew

Anna und der gefallene Engel

Roman

Aus dem Russischen von
Hans-Joachim Grimm

verlegt bei Kindler

Originaltitel: W konzertnom ispolnenii
Originalverlag: Vagrius, Moskau
Amerikanischer Verlag: Doubleday, New York

Die Folie des Schutzumschlags sowie die Einschweißfolie sind PE-Folien und biologisch abbaubar. Dieses Buch wurde auf chlor- und säurefreiem Papier gedruckt.

Besuchen Sie uns im Internet:
www.droemer-knaur.de

Umschlaggestaltung: Büro Jorge Schmidt, München
unter Verwendung eines Fotos von Joyce Ravid, Manhattan/USA
Satz: Ventura Publisher im Verlag
Druck und Bindung: Spiegel Buch, Ulm
Printed in Germany
ISBN 3-463-40346-3

5 4 3 2 1

Für Rajetschka

1

Die alte Kowalewskaja starb, als der Frühling begann. Im März. Manch einer könnte sagen, sie habe einfach beschlossen zu sterben. Einer solchen Behauptung jedoch hätte die Alte, würde sie noch leben, nie zugestimmt. Als Parteimitglied, seit 1932, hatte sie nicht an Mystik geglaubt. Ihr Leben war für sie objektive Realität gewesen, die ihr in ihren Empfindungen gegeben war, und genauso einfach und klar sollte der Tod zu ihr kommen. »Das Heimatland soll leben«, hatte sie zusammen mit dem ganzen Volk gesungen, und das Land hatte gelebt, während sie selbst auf einen derartigen Luxus keinen Anspruch erhoben hatte. Keine Zeit. Sie mußte kämpfen. Und mochte auch ihr Mann, ebenfalls Genosse, direkt aus dem Gefängnis ins Grab gestiegen sein, mochte auch sie keinen Unterschied zwischen persönlichem und gesellschaftlichem Leben gemacht haben, so hatte diese Frau doch einen unbesiegbaren Drang nach Leben, ein kindliches Interesse an diesem sinnlosen und anstrengenden Vorgang gehabt. Bis ins hohe Alter hinein hatte sich die Kowalewskaja einen klaren, analytischen Verstand bewahrt, alle Zeitungen gelesen, die ihr in die Finger kamen, und sich bestens in der verworrenen politischen Situation ausgekannt, was übrigens nicht wenig zu ihrem vorzeitigen Ableben beigetragen hat. Wenn man sein Leben lang immer klare Ziele hat und stets vorher weiß, was kommt, fällt es schwer, bei den Fieberphantasien, die man heutzutage versehentlich politisches Leben nennt, nicht überzuschnappen. Und die Alte hatte es nicht ausgehalten. Am Tage ihres Todes hörte sie noch die Morgennachrichten, rief danach ihre einzige Verwandte Anna an und informierte sie in kargen Worten, daß sie wahrscheinlich bald sterben würde. Wie sich später herausstellte, hatte die Verblichene zu dieser Zeit bereits kein Vertrauen mehr zum Staat gehabt und ihren einzigen Besitz, eine Zweizimmerwohnung, testamentarisch ihrer Nichte vermacht.

Im Sarg wirkte die Kowalewskaja lang und hager und machte genauso ein ruhiges und strenges Gesicht wie zu Lebzeiten. Durch ihre zuweilen grobe Direktheit hatte sie sich nicht viel Freunde erworben. Zur Beisetzung der alten Bolschewistin kamen etwa sechs oder sieben genauso strenge und stocksteife Personen, die ärmlich, aber sauber nach der Mode der fünfziger Jahre gekleidet waren. Um die Beerdigung kümmerten sich Anna Alexandrowna, verehelichte Teljatnikowa, sowie auch teilweise Sergej Sergejewitsch Teljatnikow selbst, der ansonsten in seinem Institut sehr eingespannt war. Man legte die Verstorbene ins Grab ihres Mannes auf dem Waganskowo-Friedhof und hielt dort in der Kirche das Totenamt ab. Ohne die Verblichene vorher gefragt zu haben.

Es hatte in jenem Jahr reichlich geschneit. Der Schnee lag in flauschigen Haufen auf dem Dach eines Kiosks mit Bildern von Wyssozki sowie auf der Aussegnungshalle, und alle von den geräumten Hauptwegen abgehenden Seitenwege des alten Friedhofes waren zugeschneit. Die Trauergäste mußten sich ihren Weg zum Grab über ein Labyrinth von Gittern rings um die Gräber bahnen und dabei in die Fußtapfen ihrer Vorgänger treten. Die Totengräber plagten sich redlich, so daß man ihnen eine Flasche Wodka mehr als abgemacht geben mußte. Es hatte allmählich zu dämmern begonnen. Dichter grauer Nebel wehmütigen Moskauer Tauwetters lag zwischen den nackten Baumstämmen. Zurück ging es wieder im Gänsemarsch. Auf dem Hauptweg klopfte sich Anna den Mantel ab, warf einen letzten Blick auf das frische, noch von weitem zu erkennende Grab, und da stand auf einmal an der dunklen Erdaufschüttung ein großer Mann mit einem Kranz in den Händen! Nicht wenig verwundert, überließ Anna die alten Leute der Fürsorge ihres Mannes und ging zurück. Sie fühlte sich verpflichtet, den Unbekannten zum Leichenschmaus einzuladen, fand ihn aber seltsamerweise nicht am Grab. Auch keinerlei Spuren, außer denen der Trauerprozession. Was den kleinen Kranz aus echten roten Rosen anging, so stand auf einem schwarzen Band in Zierschrift: »Wir haben uns miteinander wohlgefühlt.« Den ganzen Nachhauseweg über mußte Anna, während es sie in dem kalten, halbleeren Autobus hin und her schüttelte, daran denken, erzählte jedoch niemandem davon.

Beim Leichenschmaus wurde wenig getrunken, dafür um so mehr über die Jugendzeit, den Dienst in den Kommissariaten und den Krieg geredet. Man mißbilligte, daß die Sitten verfielen und die Jugend von heute keine Ideale mehr habe. Über den rasanten Anstieg der Preise beschwerte man sich nicht. Da stand man drüber. Die alten Frauen rauchten. Der einzige Mann, der noch überlebt hatte, betrachtete alles staunend aus wäßrigen, glanzlosen Augen und sagte kein Wort. Die Gabel in seiner Hand zitterte leicht. Anna saß nachdenklich am Tisch. Von Zeit zu Zeit sah sie auf das in einem schwarzen Rahmen auf dem Geschirrschrank stehende Bild der Tante, und seltsame Gedanken begannen ihr im Kopf umherzuwandern. Sie konnte sich nicht vorstellen, wie die Alte gelebt hatte. Der Mann auf dem Friedhof beschäftigte ihre Phantasie, und es kam ihr fast so vor, als ob sie ihn nicht nur kannte, sondern er ihr – und das war ja nun ausgesprochen absurd – irgendwie nahestand und lieb war. Eine merkwürdige Sehnsucht erfaßte ihr ganzes Wesen und preßte ihr in einer nicht zu einem Leichenschmaus passenden Vorahnung von Lebensfülle und Freude die Brust zusammen. Von diesem Gefühl mochte sie sich nicht trennen, wie man ja auch einen süßen Traum voll Hoffnungen und Verheißungen am Morgen nicht loslassen will.

Als alle gegangen waren und das Geschirr abgewaschen war, stand Anna noch lange am Fenster und schaute auf den von kaltem Mondlicht überfluteten Moskauer Hof und die ihn zerschneidenden kohlrabenschwarzen Schatten der Bäume. Ihr war weh ums Herz, jedoch die verheißene Freude lebte in ihrer aufgewühlten Seele weiter als die Erinnerung an etwas Vergängliches, aber seltsam Zartes und Angenehmes. Nur ihrer besten Freundin Maschka erzählte sie von dem, was geschehen war. Ihrem Mann sagte sie nichts davon. Er hätte es ja doch nicht verstanden, war er doch mit seiner Wissenschaft beschäftigt.

Aber das Leben verlangte wieder sein Recht, sehr bald ließ das Gefühl, das Anna verspürt hatte, an Intensität nach, und sie erinnerte sich daran nur noch als an etwas Amüsantes und Angenehmes, das leider keinerlei Bezug zur hektischen Wirklichkeit hat. Ihre Gedanken waren immer mehr mit ausgesprochen konkreten Dingen beschäftigt. Die von der Tante geerbte Wohnung kam ihr sehr gelegen, denn die Teljatnikows hausten trotz ihres vorgerückten Alters in einer Gemeinschaftswohnung und hatten keine andere Möglichkeit, da herauszukommen. In der Hochschule schätzte man Sergej Sergejewitsch zwar, jedoch nicht so sehr, daß sich etwas zu seinen Gunsten geändert hätte und über verschwommene Versprechungen hinausgegangen wäre. Wie sich allerdings herausstellte, war auch die Inanspruchnahme ihrer Rechte als gesetzliche Erbin keine einfache Sache und erforderte nicht wenig Beharrlichkeit und Energie, von Zeitaufwand und Schmiergeldern ganz zu schweigen. Aber alles im Leben geht vorüber, und Annas Bemühungen wurden von Erfolg gekrönt. Nachdem die Teljatnikows die Anstandsfrist abgewartet hatten, zogen sie in die neue Wohnung und beschlossen in ihrer Euphorie angesichts des Sieges über die Bürokratie, sie umgehend gegen eine schöne Dreizimmerwohnung irgendwo in einem ruhigen und vornehmen Bezirk der Hauptstadt einzutauschen. Der April, der zweite Monat des Frühlings, eine Zeit voller Hoffnungen und Erwartungen, ging zu Ende …

Wieso eigentlich sollte sich Lukarius von dieser Hektik anstecken lassen? Aber die Ereignisse in der unteren, dreidimensionalen Welt der Menschen beschäftigten ihn. Seine Seelenruhe war dahin, und ständig ertappte er sich dabei, daß er überhaupt nicht über die Natur der Zeit nachdachte.

Die alte Bolschewistin war im März gestorben, und bereits Anfang Mai kam es immer wieder zu Ereignissen, die vom Dozenten Teljatnikow eine bestimmte Systematisierung erforderten. Was übrigens durchaus seinen natürlichen Neigungen entsprach. Sergej Sergejewitsch hatte bereits das Alter erreicht, in dem ein Mann das Bedürfnis nach Analyse zu verspüren beginnt bzw. – und das läuft im Grunde auf dasselbe hinaus – sich einzureden versucht, das bisherige Leben hätte einen Sinn gehabt. In diesem Alter hat man noch Ambitionen, und die Hoffnung wühlt ab und zu die Seele mit einem aus der Jugendzeit dorthin verirrten Traum auf. Jedoch der verschwommene Schattenriß des Alterns ist am Horizont bereits zu erkennen, und zuweilen erfaßt einen von dort her ganz deutlich kalte Gleichgültigkeit sich selbst gegenüber, von der übrigen Welt ganz zu schweigen. In diesem »Balzacschen Alter« beginnt ein Mann vieles von dem zu verstehen, was früher nur Andeutung war, fängt er an, zu sehen, daß die Natur mit der Starrköpfigkeit eines Geisteskranken immer wieder ein und dieselben Menschentypen nachbildet, sie in unterschiedlichen Kombinationen mischt und so tut, als sei dies die Vielfalt des Lebens. Und dann kommt der Tag, da sieht man sonnenklar, wie unnötig man selbst und wie stümperhaft all das ist, was um einen herum vor sich geht, und wenn man das alles weiß, möchte man stumpfsinnig werden, den Kopf in die watteartige Hoffnungslosigkeit des Alltags vergraben, im Wachzustand einschlafen und so leise und unmerklich in eine andere Welt verschwinden. Aber was tun? Die Seele verkalkt mit zunehmendem Alter, man hat weder Kraft noch Lust, auf Gefühle zu reagieren, und die Liebe geht vorüber, ohne sich nach langem Klopfen Eintritt verschafft zu haben. Man sieht ihr hinterher und plappert den Indern nach »Die Liebe ist ein großes Unglück, die Liebe lenkt vom Streben nach Vollkommenheit ab, die Liebe …« und will sogar daran glauben. Alles wäre nun gut und schön, gäbe es in diesem Alter nicht noch eine geheime Gefahr: Die Bestie Ruhmsucht, bislang von Hoffnungen genährt, betritt den Kriegspfad. Alles hat aufgehört, in einem zu brennen, alles hat man erlebt, und nur mit einem kann man sich nicht abfinden – daß man ein Niemand sei und überhaupt nicht gelebt hätte!

Was nun die über Teljatnikow hereingebrochenen Unannehmlichkeiten angeht, so begannen diese, wie Sergej Sergejewitsch deutlich erkannte, mit dem Umzug in die neue Wohnung. Der Alten machte er keinen Vorwurf, wenn er auch zu Lebzeiten ein sehr kühles Verhältnis zu ihr gehabt hatte. Als Physiker lehnte er die Möglichkeit des Eingreifens von Gespenstern oder des Geistes der Verblichenen rundweg ab. Er hatte eindeutig nicht das Kaliber eines Hermann[1]; jedoch wenn er zuweilen schwach wurde, überkam auch ihn der nicht von der Hand zu weisende Gedanke, daß hier nicht alles mit rechten Dingen zuging. Spaßeshalber und eigentlich mehr zur Unterhaltung sah er in der Bibliothek ein paar Abhandlungen über Hexen durch; aber Ähnlichkeiten mit der Verstorbenen fand er nicht. Bei ihrem Charakter wäre der Kowalewskaja eher die Rolle eines Inquisitors zuzutrauen gewesen.

Sergej Sergejewitsch ging in Gedanken zurück, wann die Unannehmlichkeiten begonnen hatten, und er erinnerte sich, wie gleich am ersten Tag ein Wasserschwall von der Decke ihrer neuen Wohnung auf ihn herniedergegangen war. Einfach so, mir nichts, dir nichts, ohne jegliche Provokation von seiner Seite. Nach dem Wasser benahm sich der Leuchter aus tschechischem Glas sehr eigenartig. Dem Gesetz der Schwerkraft zum Trotz sprang er vom Haken und hätte den zerstreuten Dozenten fast auf den Kopf getroffen. Nach diesem Vorkommnis lief Teljatnikow noch lange mit eingezogenem Kopf und bangen Blicken zur Decke umher. Mit der Zeit stellte sich heraus, daß all diese seltsamen Naturerscheinungen, darunter auch das willkürliche Herumfliegen von Gegenständen und das Tätigwerden des Kühlschranks als Mikrowelle, auf irgendeine Weise mit dem Thema des Wohnungstausches – offensichtlich ein Tabuthema – zusammenhingen. Übrigens erhielt Teljatnikow, selbst wenn er schwieg, sozusagen schon zur Vorbeugung Stromschläge, und zwar nicht nur aus Steckdosen, was noch irgendwie zu erklären gewesen wäre, sondern auch aus solch ausgemachten Isolatoren wie seiner Zahnbürste und aus Präservativen. Oft zur Unzeit. Zudem zeigte sich, daß die spontanen Naturerscheinungen alles andere als gerecht waren, denn sie straften ausschließlich den Hausherrn. Nur einmal, als Anna als erste vom Umzug zu reden begann, kam ein Gegenstand auf sie zugeflogen. Aber auch nur ein Kopfkissen. Dafür sprangen an all ihren Kleidern und Kitteln die Knöpfe mit lautem Knall ab, und unaufhörlich lösten sich alle möglichen Gürtel und Schnüre.

»Er hat sich in dich verliebt! Er hat sich in dich verliebt und schikaniert mich!« brüllte der zur Weißglut gebrachte Teljatnikow; jedoch Annas Frage, wer dieser »Er« sei, konnte Sergej Sergejewitsch auch nicht beantworten. Er sah sich nur wie ein Gehetzter nach allen Seiten um. Bevor er jetzt den Mund aufmachte, durchdachte er immer alles gründlich, was er zu sagen beabsichtigte, und das war in jeder Hinsicht von Nutzen für ihn.

Natürlich versuchten sie auch, das Thema Wohnungstausch allegorisch und sogar in gebrochenem Englisch sowie mit Hilfe der Taubstummensprache zu erörtern. Jedoch all diese Winkelzüge wurden augenblicklich durchschaut, und die Strafe folgte auf dem Fuße. Als leichte, freundschaftliche Mahnung flogen mit einem Mal alle Zahnräder wie Flöhe aus der Wanduhr, und im Fernsehen begann man plötzlich chinesisch zu reden. Das wäre nicht weiter schlimm gewesen, und man hätte sich ohne weiteres daran gewöhnen und weiterschauen können, wenn in den Programmen außer der Werbung für ein amerikanisches Abführmittel auch noch etwas anderes gekommen wäre. All diese Streiche und Verrenkungen der Natur machten das Le-

ben völlig unerträglich und einen Tausch sowie unverzüglichen Auszug zur dringlichsten Notwendigkeit.
Um sich wenigstens etwas zu erholen und die Nerven wieder zu beruhigen, beschlossen die Teljatnikows, eine Zeitlang wieder in ihrem alten Zimmer in der Gemeinschaftswohnung zu leben. Pustekuchen! Kaum waren sie wieder in der alten-Wohnung, begann es brenzlig zu riechen. Ein netter kleiner Brand äscherte ihr Zimmer vollends ein, schonte weder Möbel noch Tapeten und verlosch in aller Stille ganz von selbst auf der Schwelle zum gemeinsamen Korridor. Sergej Sergejewitsch saß in der Küche auf einem Hocker, schluchzte laut und lachte, bis der zum Schauplatz der Ereignisse gerufene Hausverwalter ihm ein ordentliches Glas Wodka verpaßte, das ihm zwar den Streß nahm, die Situation jedoch nicht im geringsten veränderte. Nach diesem Zwischenfall boten ihnen ihre Freunde mit einem Male nicht mehr an, bei ihnen zu wohnen, und rein menschlich gesehen konnte man die Leute verstehen. Anna weinte ebenfalls manchmal, aber all diese Vorgänge hatten auch etwas an sich, was ihrer Eitelkeit schmeichelte. Es muß hier nicht extra erwähnt werden, daß sie versuchten, das berüchtigte Thema per Telefon und auf der Straße zu erörtern. Da verband der Apparat sie nach der Wahl einer ganz gewöhnlichen siebenstelligen Nummer mit New York, und zwar mit dem dortigen Brighton Beach, wo alle russisch sprechen, aber nicht mit amerikanischem Akzent. Eine große Überraschung war für die Teljatnikows auch der Eingang astronomisch hoher Rechnungen für Auslandsgespräche, die das bescheidene Familienbudget schwer belasteten. Bei Versuchen, das Problem im Freien zu erörtern, zerbissen nicht nur streunende, sondern auch ausgesprochen ordentliche Hunde, die bis zum Ansprechen des vermaledeiten Themas ihren Hundeangelegenheiten nachgegangen waren, Sergej Sergejewitsch die Beine. In der Ambulanz, wo man ihm gegen Tollwut Spritzen in den Bauch verpaßte, titulierte man Sergej Sergejewitsch ausschließlich mit vollem

Namen und nicht mit »Genosse Gebissener« wie die anderen.
Zu allem Überfluß ergaben sich auch noch Schwierigkeiten anderer Art, die eine intime Nähe der Ehegatten unmöglich machten. Nichts Pathologisches, wie der Doktor meinte, sondern es klappte eben nicht, und Punktum! Die Sache wurde geradezu lächerlich, und sie lachten auch, aber innerlich wuchs die Spannung, und Sergej Sergejewitsch begann sich ernsthaft Sorgen um seine psychische Gesundheit zu machen ...
An all diese Unannehmlichkeiten dachte Dozent Teljatnikow, als er vor dem Hauptgebäude seiner Hochschule hin- und herspazierte. Es war um die Mittagszeit, und das Studentenvolk kam herausgeströmt, um sich zu sonnen und zu spüren, daß es auch außerhalb der Hörsäle noch Leben gab. Bis zum Beginn der Vorlesungen blieb mehr als eine Stunde, und Sergej Sergejewitsch hielt sein blasses, den Winter über ausgeblichenes Gesicht mit Behagen in die wärmende Sonne. Klug aussehende Studenten begrüßten ihn ehrerbietig, noch recht attraktive Studentinnen lächelten freundlich in der stillen Hoffnung, das bei den nahenden Prüfungen angerechnet zu bekommen, und Teljatnikow segelte stolz durch dieses Meer allgemeiner Ehrerbietigkeit und Angst. Über seinen Ruf als Scheusal und Pedant war er bestens unterrichtet; es gefiel ihm sogar, und alles in seinem Leben wäre gut und schön gewesen, hätte es da nicht die lebenserschwerenden Unannehmlichkeiten bei ihm zu Hause gegeben.
Da muß etwas getan werden! Da muß unverzüglich etwas unternommen werden! dachte Sergej Sergejewitsch, während er im Gehen an seinem akkuraten Doktorbärtchen zupfte und schüchterne Erstsemestler mit seinem Blick erschreckte. Vielleicht ist das alles nur ein Spiel der Wahrscheinlichkeitsrechnung? fragte er sich zum x-ten Mal und verwarf als Wissenschaftler diese nicht zu haltende Hypothese gleich wieder. Hinter der Vielfalt der entfesselten Zufälligkeiten war deutlich ein böses Etwas zu erkennen, das mit der verrückt gewordenen

Wohnung zusammenhing. Wir müssen ausziehen! Wir müssen um jeden Preis ausziehen! Ich müßte einfach nach Hause kommen, Anna an die Hand nehmen und mit ihr weggehen. Angeblich, um einen Spaziergang zu machen. Und nicht wieder zurückkehren! Eine Bleibe findet sich schon!
Nachdem Sergej Sergejewitsch einen so klaren und eindeutigen Entschluß gefaßt hatte, schöpfte er wieder Mut und begann sogar, etwas zu pfeifen, das entfernt an die Arie des Torero erinnerte. In nicht geringerem Maße freute er sich auf das bevorstehende Mittagessen, das er sich durch seinen Spaziergang an der frischen Luft ehrlich verdient hatte. Er stieg die Treppe zu dem vertrauten Gebäude seiner Hochschule hinauf und wollte schon nach dem Griff an der massiven Tür fassen, als er plötzlich bemerkte, daß in den Strom der Studenten Bewegung kam, deren Mittelpunkt ein seltsam gekleidetes, schwächliches Männchen war. In der Wattejacke, die schon allerlei erlebt zu haben schien, und der abgegriffenen Schirmmütze wirkte es wie ein Fremdkörper, der sich irgendwie in die farbenfrohe Menge der jungen Leute eingeschlichen haben mußte. Die Studenten beiseite drängend und gewissermaßen eine Welle vor sich herschiebend, hielt das Männchen direkt Kurs auf Teljatnikow. Sein Ziel war derart offensichtlich, daß Sergej Sergejewitsch stehenblieb und dem Unbekannten sogar einen Schritt entgegenging. Höchstwahrscheinlich der Vater irgendeines Idioten, klassifizierte ihn Teljatnikow. Wird wohl unter Hinweis auf die alte Mutter und die Arbeiter- und Bauernherkunft ein Wort für seinen geistig unterentwickelten Kronprinzen einlegen wollen. Möglicherweise will er mich auch bestechen, mutmaßte der Dozent und machte sich zur Abwehr bereit. Jedoch diesmal irrte er sich. Dreist um sich blickend und im Gehen wie ein Kaninchen seine rosige Nasenspitze drehend, zerfloß das Männchen plötzlich zu einem freudigen Lächeln und stürzte sich förmlich auf Teljatnikow, um diesen zu umarmen und an seine Wattejacke zu drücken.
»Mein lieber Sergej Sergejewitsch! Wie ich mich freue, Sie zu

sehen!« ratterte er herunter, und sein Schielauge zwinkerte Teljatnikow aus irgendeinem Grund schalkhaft zu. Er bemächtigte sich der Hand des Dozenten, packte diese mit beiden Pfötchen und machte sich daran, sie so zu schütteln, als wolle er sie abreißen.

»Entschuldigen Sie ...«, Teljatnikow hob pikiert die Brauen, »kennen wir uns eigentlich?«

»Nein, natürlich nicht. Aber das ist unwichtig! Schepetucha, Professor Schepetucha, Semjon Arkadjewitsch!« stellte sich der Wattejackenträger vor und machte mehrere Versuche, den Dozenten zu umarmen. Nachdem er sich jedoch von deren Vergeblichkeit überzeugt und schließlich des Dozenten Hand losgelassen hatte, zog er eine Visitenkarte auf Glanzpapier mit goldenem Rand aus der Tasche und streckte sie Teljatnikow hin. Sergej Sergejewitsch nahm das ihm angebotene Stückchen Pappe und las, daß der vor ihm stehende schmächtige Semjon Arkadjewitsch nicht nur Professor und Doktor habil. war, sondern auch noch Träger staatlicher Preise und Direktor des Koordinierungszentrums für Bioäquilibristik. Etwas benommen durch die Vielzahl von Titeln und Rängen, steckte Teljatnikow das Kärtchen in die Tasche und betrachtete den Doktor und Direktor. Diesmal erkannte er in den Schielaugen des Wattejackenträgers deutlich regen Geist, und das hagere, lebhafte Gesicht bekam einen Hauch von Monumentalität. Selbst die schnittige Nase mit ihrer rosafarbenen Spitze zeugte auf seltsame Weise von der Ungewöhnlichkeit ihres Besitzers. Teljatnikow geriet in Verlegenheit.

»Entschuldigen Sie, ich habe keine bei mir. Wahrscheinlich im Arbeitszimmer liegengelassen ...« Sergej Sergejewitsch wollte eigentlich sagen, daß er noch nie im Leben Visitenkarten besessen hatte, genierte sich aber.

Bei gewöhnlichen Vorstellungen und Fragen nach der Art seiner Tätigkeit hätte Teljatnikow einfach »Physiker« gesagt. »Dozent am Lehrstuhl für allgemeine Physik« war nicht nur langatmig, sondern auch irgendwie erniedrigend. Dieser Wortverbindung haftete etwas Schulisches und Gewöhnliches an, während in dem kurzen Wort »Physiker« Sehnsucht nach jenen Zeiten lag, als dieser Beruf noch in hohem Ansehen stand. Ungeachtet seiner festen Stellung und langjährigen Lehrtätigkeit konnte sich Sergej Sergejewitsch noch immer nicht mit seinem Schicksal abfinden und träumte von einer allgemeinen Anerkennung seines Talents.

»Schon gut, mein Lieber, lassen Sie!« beruhigte ihn der Professor. »Wozu brauchen Sie Visitenkarten! Wer kennt nicht Sergej Sergejewitsch Teljatnikow! Ihr Name ist unter Wissenschaftlern ja jetzt in aller Munde!«

Als Sergej Sergejewitsch das hörte, verlor er endgültig die Fassung und wußte nicht mehr, was er sagen sollte. Dies wurde allerdings auch gar nicht von ihm erwartet. Der Professor nahm die Initiative in die Hand und informierte ihn kurz darüber, daß er in Moskau, aus Toronto kommend, auf der Durchreise zu einem Kongreß in Montreal sei, wo von ihm ein Vortrag über Methoden zur Oxydierung von Mikroleptonen vorgesehen sei.

»Von Ihnen aber, mein Lieber, habe ich sehr, sehr viel gehört und wollte schon lange Ihre Bekanntschaft machen!« beendete Schepetucha seine kurze, energische Rede. Er hakte sich bei dem Dozenten ein und begann ihn unaufdringlich in Richtung Pförtnerloge der Hochschule zu lenken. »Auch Ihren netten Artikel habe ich sehr aufmerksam gelesen. Gleich mit dem Bleistift in der Hand!« sagte er, während er trippelnd mit Sergej Sergejewitsch Schritt zu halten suchte. »Eine reizende Sache! Zwar einfach in der Form, aber welche Tiefen sich da dem Kenner eröffnen! Mich erinnerte er, wenn Sie entschuldigen, ein bißchen an eine der ersten Veröffentlichungen von Albert, ich meine Einstein. Allein schon dafür müßten Sie die Habilitation bekommen! Sie haben doch nichts dagegen, bei mir im Institut zu verteidigen?« Schepetucha schaute Teljatnikow von unten an und begriff an dessen Gesichtsausdruck, daß dieser nichts dagegen hatte.

»Ausgezeichnet! Lassen Sie mich nur wieder aus Kanada zurückkommen! Meinen Aufzug übersehen Sie bitte. Ich war auf dem Weg zur Datscha und dachte mir, ich schaue mal vorbei, vielleicht habe ich das Glück und lerne Sergej Sergejewitsch kennen! Und tatsächlich, hier ist er!« lachte der Direktor des Koordinierungszentrums freudig los und fuhr gleich wieder ernsthaft fort: »Zuweilen möchte man so gern mit einem klugen, erfahrenen Menschen reden! Unausgesprochene Hypothesen machen einen genauso müde, als wenn man lange keine Frau gehabt hätte!«
Sergej Sergejewitsch verblüffte die Kühnheit und Tiefe des Vergleichs. Was für ein beeindruckender Mensch! Was für ein scharfer Verstand! wunderte er sich und fürchtete zugleich, auch nur ein Wort von Schepetucha zu verpassen.
»Die schöpferische und die sexuelle Energie sind von gleicher Natur«, sagte der Professor inzwischen. »Das eine wie das andere reißt uns mit und macht unser Leben interessant. Sie befassen sich doch mit der einheitlichen Feldtheorie ... Oder irre ich mich?« fragte er plötzlich.
»Ja, in gewisser Weise ...«, murmelte Sergej Sergejewitsch, der nicht müde wurde, den Scharfsinn des Staatspreisträgers zu bestaunen. »Wissen Sie, man möchte gern zu allgemeinen Gesetzmäßigkeiten kommen ...«
»Versteh ich. Ach, wie ich Sie verstehe!« freute sich Schepetucha. »Jeder Wissenschaftler, ach was rede ich hier von Wissenschaftlern, jeder halbwegs intelligente Mensch will sich doch ein einheitliches Bild von der Welt machen und seinen Platz darin finden. Man kann sogar sagen, das Suchen nach seinem Platz wie auch nach dem Sinn des Daseins ist ein rein russischer Masochismus!« Der Direktor des Koordinierungszentrums verstummte und schaute nachdenklich in die durch Auspuffgase verhüllte Ferne der Kaschirskoje-Chaussee. »Aber wissen Sie, die Schönheit wird wohl tatsächlich die Welt retten! Ich meine die Schönheit der mathematischen Formeln! Mir scheint, wir Wissenschaftler verstehen die prinzipielle Bedeu-

tung von Eleganz und Symmetrie mathematischer Konstruktionen noch nicht ganz! Nun, darauf kommen wir noch zurück. Ich habe für Sie sozusagen ein Geschenk in petto!« Schepetucha sah den neben ihm gehenden Teljatnikow vielversprechend an.
Wie richtig und eindringlich er redet! dachte Sergej Sergejewitsch und beobachtete aus den Augenwinkeln heraus, wie sich die großen, mit langem, grauem Haar bewachsenen Ohren des Professors im Takt zu seinen Worten bewegten. Schepetuchas Gedanken stimmten bis in die kleinsten Nuancen mit seinen eigenen Erkenntnissen überein, und davon sowie von dessen rätselhaften Versprechungen wurde ihm leicht und angenehm schwindlig. Auf einmal erblickte Teljatnikow, immer noch am Ellenbogen geführt, in der gläsernen Wand des Cafés »Traum« sein Spiegelbild. Das Café lag gegenüber der Hochschule, um Studentenseelen, die noch nicht in den Wissenschaften gefestigt waren, in Versuchung zu führen.
»Sie haben doch noch nicht zu Mittag gegessen, Sergej Sergejewitsch? Lassen Sie uns hier auf einen Sprung hineingehen und uns wie zivilisierte Menschen unterhalten!« schlug Schepetucha vor. »Ein Geschäftsessen! Dieser Tage war ich in Paris, naja, da ...«
Mit diesen Worten öffnete der Professor ein wenig die Glastür zu dem Etablissement und drängte den nur schwach Widerstand leistenden Körper des Dozenten sanft, aber beharrlich durch den entstandenen Spalt. Sergej Sergejewitsch wollte sich aufrichtig sträuben und brummelte sogar etwas von Verantwortung des Lehrkörpers gegenüber den breiten Kreisen der wissenschaftlichen Öffentlichkeit, ging jedoch weiter und tat dies nicht ohne Vorfreude auf das ihn erwartende Vergnügen. Eine geheimnisvolle Kraft zog ihn in die Bar, und schon bald fand er sich – halb zu seiner Freude, halb zu seinem Entsetzen – an einem runden Marmortisch in einem metallenen Lehnstuhl sitzend wieder. Schepetucha hatte es sich ihm gegenüber bequem gemacht und tuschelte bereits mit der sich zu ihm her-

abbeugenden Kellnerin. Deren wuchtiger, durch das schwache Gewebe des Kittels kaum zusammengehaltener Körper hing über dem Professor, ihre rot angemalten, großen, sinnlichen Lippen lächelten. Ohne Zeit zu verlieren, diktierte der pfiffige Professor die Bestellung, wobei er immer wieder schamlose Blicke in die Untiefen des Ausschnittes der Kellnerin warf. Er wirkte seltsam verändert und schien bereits organisch zu dieser Kneipenwelt Moskauer Bierhallen zu gehören.

Ein Mensch mit Talent hat eben für alles Talent, schlußfolgerte Teljatnikow nicht ohne Neid. In ihm erwachte auf einmal etwas Husarenhaftes, übermütig Verwegenes, und er hätte gern die Schöne um die geschwungene Taille gefaßt und auf der Stelle bei einer Flasche Moselwein Brüderschaft getrunken. An sein Ohr gelangende Worte wie »Hering im Schlafrock« und »kaltes Grillhähnchen« und entzündeten in ihm Phantasie und Appetit. Seltsam war nur, daß ihm der Professor unaufhörlich zuzwinkerte und Grimassen schnitt. Auf einmal wurde Teljatnikow traurig, und er überlegte sogar, doch lieber zu gehen. Aber da wurde auch schon die Vorspeise serviert – Schinken in kleinen Scheiben mit Fettauge – und der aufgekommene Wunsch verflüchtigte sich von selbst.

»Und dann noch eines, Marussetschka«, sagte der in Fahrt gekommene Schepetucha vergnügt, »nehmen Sie Ihren traurigen Ikebana vom Tisch. Der Dozent und ich, wir mögen so etwas nicht als Nachspeise!«

»Ach, sind das Spaßvögel, diese Wissenschaftler! Was die so alles von sich geben«, kicherte die vor Gesundheit strotzende Marussetschka herausfordernd und legte sich mit ihrem Busen auf Teljatnikow, während sie versuchte, an die in einer kleinen Vase verstaubende Papierblume heranzukommen.

»So ...«, sagte Sergej Sergejewitsch, als sich die Kellnerin hüftenschwingend entfernte, und ertappte sich dabei, daß er sich aufgekratzt die Hände rieb, was er früher noch nie bei sich bemerkt hatte.

»Lassen Sie uns auf unsere Bekanntschaft und auf die heilige

Wissenschaft trinken!« Der Professor hatte die Regung in Teljatnikows Seele erfaßt und füllte freigebig die Gläser mit Portwein.

»Nein, ich habe Vorlesung. Ich darf nicht«, versuchte Sergej Sergejewitsch zum letzten Mal sich zu verweigern, obwohl er genau wußte, wie aussichtslos all seine unaufrichtigen Bemühungen waren.

»Sie kränken mich!« Der Staatspreisträger breitete die Arme aus, und Teljatnikow sah, daß Schepetucha die Wahrheit sagte. »Mit Ihrer Erfahrung und Ihrem Können! Ein Gläschen Portwein zur Anregung kann niemals schaden!«

Er hob sein Glas, und Sergej Sergejewitsch bemerkte erstaunt, daß auch seine Hand wie von selbst nach dem vor ihm stehenden Gefäß griff und er bereits den schweren, süßlichen Weingeschmack im Mund verspürte. Eine überirdische, leichte Traurigkeit berührte kurz seine Seele und verging wieder, und in seinem mit einem Schlage leergewordenen Kopf war nur noch der Gedankenfetzen: Portwein habe ich ja seit meiner Studentenzeit nicht mehr getrunken! Dem Beispiel des Professors folgend, leerte Teljatnikow das Glas, grunzte verwegen und wischte sich die feuchten Lippen mit der Serviette ab. Schepetucha war inzwischen die Liebenswürdigkeit in Person: Er bemühte sich um seinen neuen Freund, indem er ihm Hering mit geriebenen roten Beten zuschob und blausüchtiges Grillhähnchen, das aussah, als hätte es jemand bei der *»Aeroflot«* mitgehen lassen, auf den Kantinenteller legte. Während er herumhantierte und immer wieder die auf dem Marmortisch vergossene Soße aufwischte, ereiferte sich der Professor, zog die Wattejacke aus und nahm die speckige Schirmmütze ab, unter der sich eine betongraue Glatze befand, die einer Startbahn ähnelte und stellenweise mit kleinen, khakifarbenen Härchen bewachsen war. Zu Teljatnikows Erstaunen trug der Direktor des Koordinierungszentrums seine Oberkleidung direkt über einem Matrosenhemd von zweifelhafter Frische. Dafür erfreute Sergej Sergejewitsch eine frivole Tätowierung auf Schepetuchas abgezehrtem Unterarm, unter der in einer Schrift, wie sie die *»Prawda«* benutzt, »Liebt Sjoma, den Quell des Wissens!« geschrieben stand.

»Jugenderinnerungen!« seufzte der Staatspreisträger, dem Blick seines Gegenübers folgend. »Wer von uns hat nicht gesündigt! Fernfahrten, nächtliche Landungen bei stürmischer See!« Er griff nach der zweiten Flasche, die irgendwie und irgendwann auf den Tisch geraten war, neigte den Kopf zur Seite und schenkte ein. »Los, Sergej, auf uns! Ich kann dir sagen, das reife Alter hat auch seine Reize! Weisheit, Intellekt, du verstehst schon ...« Der Professor schnaufte und spuckte auf den Fußboden. »Es ist ja doch angenehm, sich als gestandene Persönlichkeit zu empfinden!«

Sergej Sergejewitsch verzog das Gesicht, aber Schepetucha blieb hartnäckig: »Laß das, Serjoga, zier dich nicht; ist doch für die Gesundheit, der Wein! Denk an unsere flotten Saufgelage als Studenten! Wer nicht gesoffen hat wie die Mohren, ist für die Wissenschaft verloren! Auf dich! Nein, nein«, unterband er Teljatnikows Versuch zu simulieren, »auf wen getrunken wird, der trinkt ex!«

Sergej Sergejewitsch verzog das Gesicht, trank den Wein in großen Schlucken und aß hastig etwas Kartoffelsalat dazu, um den widerlich süßen Geschmack loszuwerden. Während seine Gedanken vorher ein wenig durcheinandergeraten waren, nahm seine Umgebung nach dem zweiten Glas scharfe Züge an, und mit seinem sechsten Sinn begriff er, daß es Zeit war, über die Wissenschaft zu reden.

»In welchem Bereich sind Sie eigentlich tätig?« fragte Sergej Sergejewitsch und versuchte dabei konzentriert, das wie die Brüste der Kellnerin wackelnde Gelee mit der Gabel aufzuspießen.

»Im Bereich Weiber!« wieherte der Professor fröhlich los. »Schon gut, Serjoga, war nur Spaß! Ich arbeite in den Grenzwissenschaften; spezialisiere mich auf den Menschen! Und überhaupt ist es höchste Zeit, daß du einfach Semjon zu mir

sagst!« Schepetucha bekam plötzlich am ganzen Körper grüne, schimmlige Flecken und stieß genüßlich auf, so daß Sergej Sergejewitsch der Duft von billigem Kölnischwasser anwehte[2].
»Entschuldige, Alter, heute habe ich schon was gegen meinen Kater getan!« erläuterte er und zog eine zerdrückte Packung billiger Zigaretten aus einer Tasche seiner Wattejacke.
»Also Biophysiker«, suchte Teljatnikow seine eingeschlagene Richtung weiterzuführen.
»So kann man's auch sagen!« stimmte Schepetucha zu und zündete sich eine Zigarette an. »Es geht ja nicht um die Bezeichnung. Die Wissenschaft ist genauso einheitlich wie die Welt! Erst wir mit unserem dürftigen Vorstellungsvermögen haben alles in verschiedene Physiken, Chemien und sonstige Geographien eingeteilt!« Um noch überzeugender zu wirken, zerstückelte er mit der Messerspitze die Schinkenreste auf seinem Teller. »Im Grunde gibt es eine einheitliche Natur, eine einheitliche Wissenschaft und ein einheitliches Feld!«
Das legt er schön dar, der Hund, dachte Sergej Sergejewitsch ein in seinem Kopf hängengebliebenes Klischee. Ein analytischer Verstand. Und wie geschickt er zur einheitlichen Feldtheorie übergegangen ist! Da spürt man gleich den Wissenschaftler von Format. Seltsam nur, daß er mit einer Wattejacke und abgetretenem Schuhwerk herumläuft. Aha – Sergej Sergejewitsch hatte kapiert – der provoziert unsere verfaulte Gesellschaft ... Schlägt den Spießer mit seiner Extravaganz. Aber trotzdem – das Matrosenhemd würde ich waschen lassen.
Aus irgendeinem Grunde griff Teljatnikow nach den Zigaretten, rauchte an, nachdem ihm Schepetucha ein Streichholz gereicht hatte, und begann hüstelnd nach Luft zu schnappen. Die Augen quollen ihm aus den Höhlen, instinktiv streckte er die Hand nach dem eifrig eingegossenen Portwein aus und trank ihn langsam in kleinen Schlückchen. Unerwartet nah, wie ein Spiegelbild in einem Samowar, erblickte er das Gesicht des sich zu ihm über den Tisch beugenden Schepetucha, sah

dessen geile, berauschte Augen und die großen, afrikanisch-wulstigen Lippen.

»Serjoga! Hörst du, Serjoga?« flüsterte der Professor aufgeregt und umhüllte Sergej Sergejewitsch mit dem Gestank von Zwiebeln und billigem Tabak. »Dein Artikel hat mir viel gegeben! Bist ehrgeizig, ein Teufelskerl, gierst nach Ruhm! Das ist gut! Das ist richtig! Ringsum haben wir doch nur lauter Günstlinge und Stümper. Überall hört man, dieser ist Akademiemitglied, jener Professor geworden ... Aber du mit deinem Intellekt vegetierst dahin! Das wurmt mich, Serjoga, das kann ich nicht mit ansehen!«

Vor Empörung schlug Schepetucha mit seinem Fäustchen so auf den Tellerrand, daß Sergej Sergejewitsch genauso wie der Hering ganz mit Soße bedeckt wurde.

»Mittelmäßige kommen in der Wissenschaft voran. Und Opportunisten!« fuhr der Staatspreisträger fort und kratzte Teljatnikow fürsorglich feingeschnittene Zwiebelringe von der Stirn.

»Danke«, sagte der Dozent und stieß geräuschvoll auf.

»Bedank dich nicht. Vorläufig gibt's dafür keinen Grund! Aber denen werden wir's schon zeigen. Laß mich bloß erst aus Honduras zurück sein! Serjoga, unter denen bist du doch der Koloß von Rhodos!«

»Aber nicht doch, Semjon ...«, erwiderte Teljatnikow verlegen. »Es gibt auch unter den Akademiemitgliedern kluge Leute. Etwa zwei, drei Mann. Meinen Artikel haben sie doch auch in einem Blättchen für junge Idioten veröffentlicht ...«

»Genau das meine ich doch, die Talente in Rußland werden unterdrückt! Du aber, Serjoga, wahre deine Würde!« In einer Aufwallung von edlem Zorn erhob sich Schepetucha für einen Augenblick von seinem Sitz und packte die Flasche wie einen Molotowcocktail, den er in das Präsidium des Großen wissenschaftlichen Rates werfen wollte. »Das Wichtigste in der Wissenschaft ist, eigene Leistungen nicht herabzusetzen«, fuhr der Professor bereits friedlicher fort. »Akademiemitglieder werden ausschließlich nach der Anzahl zugrunde gerichteter Talente gewählt ...«

Der Staatspreisträger goß den restlichen Portwein ein, wobei er leicht hin und her schwankte, sich vor Eifer auf die Zungenspitze biß und Teljatnikow verständnisinnig in die Augen sah.

»Ich wäre ein Lump und gehörte ein Leben lang eingelocht, wenn ich dir nicht helfen würde, Serjoga!«

Er winkte den Dozenten mit dem Finger zu sich heran. Teljatnikow, der nur ungern von seiner Stuhllehne abrückte, tapste vor und legte sich mit der Brust auf die marmorne Tischplatte. Die farblosen, rotumränderten Augen des Direktors des Koordinierungszentrums und Staatspreisträgers sahen ihn an.

»Ich bin voll bis obenhin«, sagte Teljatnikow zu sich selbst, hatte dabei jedoch weder Bedenken noch Gewissensbisse, sondern spürte nur angenehme Leichtigkeit und ein von ihm bis dato noch nie erlebtes Gefühl der Freiheit.

»Ich habe eine große Entdeckung gemacht!« flüsterte Schepetucha dramatisch und sah sich spitzbübisch nach allen Seiten um. »Eine große! Und die schenk ich dir!«

»Das ist aber wirklich nicht nötig.« Teljatnikow fuhr mit seinem Finger vor Schepetuchas Nase hin und her. »Ich habe in diesem Leben alles allein erreicht.«

Die Übung mit dem eigenen Finger und der fremden Nase gefiel Sergej Sergejewitsch, und er beschloß, sie zu wiederholen. Jedoch diesmal klappte es nicht so gut, und er verlor in dem zur Seite rutschenden Lehnstuhl fast das Gleichgewicht. Nichtsdestotrotz fuhr Teljatnikow fort:

»Du, Semjon, bist ein Rindvieh, wenn du mir so etwas anzubieten wagst ...«

Durch die geistigen und körperlichen Anstrengungen war Sergej Sergejewitsch der Schweiß auf die Stirn getreten, und er wischte ihn zusammen mit der restlichen Heringssoße ab.

»Schnauze jetzt! Mach keinen Aufstand!« unterbrach der Professor den ausgeflippten Dozenten. »Erstens klauen alle, und somit ist das kein Diebstahl, sondern ein Modus vivendi! Zweitens ist jede Entdeckung wie eine Offenbarung, die meist nicht den trifft, der sie verdient! Du hast dich möglicherweise ein Leben lang abgemüht, ich aber kippe vorm Schlafengehen ein Glas und träume im Suff davon! Das ist wie Kartenkaufen bei dem Spiel Préférence. Es kriegt sie immer der Falsche! Als ich deinen Artikel gelesen habe, war mir sofort klar, daß die in der himmlischen Kanzlei einen Fehler gemacht und deinen Traum mir geschickt haben! Verstehst du?«

»Verstehe.« Teljatnikow schüttelte den Kopf. »Erzähl!«

»Erinnerst du dich noch an die Maxwellschen Gleichungen?« fragte Schepetucha mit Hohn in der Stimme und kniff die Augen zusammen wie ein Professor.

»Du fragst ja Sachen.« Der Dozent fuhr auf wie ein Schlachtroß beim Trompetensignal. »Das ist meine Lieblingsfrage. Bei der fallen die Studenten reihenweise durch die Prüfung. Willst du sie in der Differentialform?«

»Schieß los!« stimmte Schepetucha gnädig zu, schob Teljatnikow einen liniierten Rechnungsvordruck zu und beobachtete spöttisch, wie dieser eifrig irgendwelche Hieroglyphen darauf malte. »Ich bin doch Autodidakt«, fuhr er fort, und in seiner Stimme waren auf einmal Schicksalsverdrossenheit und kaum verhohlener Neid zu hören. »Akademien habe ich nicht absolviert. Alles durch eigene Arbeit. Hab gebüffelt wie 'n Ochse und mich so mühsam zum Professor hochgearbeitet!«

»Das wär's!« Sergej Sergejewitsch schob das vollgeschriebene Rechnungsblatt zur Seite. »Die Rotation von elektrischer Feldstärke ...«, begann er wie einstudiert, »ist gleich der partiellen Ableitung nach der Zeit ...«

»Das reicht!« unterbrach ihn Schepetucha im Ton eines Examinators. »Bloß warum ist der Differentialquotient nicht staatlich, sondern partiell[3]? Verkaufst du etwa den Geschäftemachern der Schattenwirtschaft Mathematik? Vor mir brauchst du keine Angst zu haben, ich verpfeif dich nicht. Aber bei den anderen mußt du vorsichtig sein, Serjoga. Da halte die Zunge im Zaum! Es herrschen schlechte Zeiten, und ehe du dich's versiehst, kommst du in Teufels Küche und wirst im Knast schmoren ...«

Der Professor schaute den mit offenem Mund zuhörenden Teljatnikow an und kratzte sich die eingefallene Brust unter dem Matrosenhemd.

»Na, schon gut. Das Leben kennst du nicht, und mit den Fingern kann man's dir auch nicht erklären! Hör lieber zu! Erinnerst du dich, wie ich dir über alle möglichen Symmetrien was vorschwadroniert habe? Also, auf diesem Geschreibsel von dir hier ...« – Schepetucha zeigte auf den Rechnungsvordruck – »fehlt es gerade daran – an Symmetrie!«

Teljatnikow nickte und demonstrierte so Aufgewecktheit. Aller Wahrscheinlichkeit nach hatte er die göttliche Gabe der Rede zu diesem Zeitpunkt bereits eingebüßt. Unendliche Schwermut erfaßte ihn. Er sah sich auf einmal von außen, wie er an einem strahlenden und heiteren Maientag sinnlos betrunken mit der Brust auf dem Tisch lag. Sich von außen zu betrachten bereitet selten Vergnügen und ist besonders schwer zu ertragen, wenn man entspannt ist und sich den Freuden dieses vergänglichen Lebens hingibt.

»Hör zu, Sjoma, laß uns noch einen trinken, damit der Geist wieder frisch wird ...«, schlug Sergej Sergejewitsch auf einmal vor, selbst unsagbar erstaunt über seine Fähigkeit, Wörter zu Sätzen aneinanderzureihen. Sie tranken ohne Trinkspruch, kurz und sachlich, worauf der Professor zu erklären begann:

»Also hier, zwischen diesen beiden Schnörkeln ...«, er wies mit dem Finger auf eine der Formeln, »mußt du noch die Abhängigkeit von der Zeit mit hineinnehmen! Das sieht schmucker aus, und überhaupt ...«

Was er mit »überhaupt« meinte, erläuterte der Professor nicht, sondern wischte sich die fettigen Finger an dem Rechnungsvordruck ab und zeichnete auf ihn mehrere Hieroglyphen, nachdem er heimlich wie ein Student auf einem aus der Tasche gezogenen Spickzettel nachgesehen hatte.

»Das k-kann doch nicht sein ...« Für einen kurzen Augenblick verzog sich in Teljatnikows Kopf der durch den Suff entstandene Nebel. Mit Augen voll kindlichem Erstaunen schaute Sergej Sergejewitsch bald auf Schepetucha, bald auf die entstandene Formel, und seiner Brust entrang sich ein Schrei der Begeisterung.

»Doch!« versicherte Schepetucha im Ton einer Autorität. »Und wie das sein kann!«

»Aber das bedeutet doch, daß die Vergangenheit von der Zukunft abhängt.«

»Und was versuche ich dir einzutrichtern?« wechselte der Staatspreisträger vom Zorn zur Gnade. »Hier siehst du eine Brücke.« Er zeigte auf das Gleichheitszeichen. »Von links nach rechts gehst du über sie in die Zukunft und von rechts nach links in die Vergangenheit. Alles in dieser Welt ist relativ, alter Freund. Symmetrie ist ein mächtiger Schei ..., Serjoga, kurz gesagt eine Wahnsinnssache!«

»Aber erlauben Sie«, empörte sich auf einmal der Dozent. »Das widerspricht doch den Naturgesetzen!«

»Ach, Sergej«, seufzte Schepetucha schwer. »Bist noch jung und unerfahren! Gesetze werden doch von Menschen gemacht! Ich persönlich nenne diese Formel Schepetuchasche Doppelschlinge: eine Schlinge zum Einfangen der Vergangenheit und die zweite zum Auffangen der Zukunft!«

»Aber wenn die Formel stimmt, ändert das völlig unsere Vorstellung von der Welt!«

»Daß in der Welt was stimmt, solltest du nicht erwarten, aber die Formel schenke ich dir!« Mit königlicher Geste warf der Direktor des Koordinierungszentrums den zerknüllten Rechnungsvordruck ans andere Tischende.

Sich umblickend wie ein Dieb, schnappte Teljatnikow das Papierkügelchen und steckte es sofort in die Jackentasche. Seine Hände zitterten, Schweiß trat ihm auf die Stirn und den ganzen Körper.

»Semjon ...«, sagte er verständnisinnig, und Tränen der Dankbarkeit traten ihm in die Augen. »Darf ich dich küssen?«

Aber der vor ihm sitzende Schepetucha hatte irgendwie mit einem Schlag und endgültig das Interesse an seinem Saufkumpan verloren. Das über seinen Körper gezogene Matrosenhemd schien gar kein Matrosenhemd mehr zu sein, sondern etwas wie graue, spärlich behaarte Haut, und der Gesichtsausdruck des Staatspreisträgers war nichtssagend-langweilig geworden. Er gähnte plötzlich mit weit aufgerissenem Rachen und warf geringschätzig hin: »Laß uns austrinken, und dann geh ich!«
Sergej Sergejewitsch wollte sagen, daß er seinen neuen Freund nicht wegläßt, daß sie jetzt zu ihm nach Hause fahren, um über die heilige Wissenschaft zu reden, aber statt dessen klammerte sich seine Hand an das Glas und trug es zu dem schon vorher weit aufgerissenen Mund. Leidvoll verzog er das Gesicht und goß die schwere, widerlich süße, von Aserbaidschans südlicher Sonne getränkte Flüssigkeit in die vorbereitete Öffnung. Sie ging jedoch nicht gleich ganz durch, sondern blieb ihm im Hals stecken. Erst etwas später, als sich weiter unten etwas in Bewegung setzte, wurde sie mit einem Schlag in den Magen hineingezogen, wo sie bereits vom Hering im eigenen Saft, vom zerfleischten, glücklosen Sohn einer Henne und von noch etwas erwartet wurde, an dessen Namen sich Teljatnikow nicht erinnern konnte, das aber heftig und wellenartig nach draußen drängte.
»Schade«, sagte Sergej Sergejewitsch und strengte sich an, folgenden Gedankenfetzen in seinem erlöschenden Bewußtsein festzuhalten: »Schade, daß so viele Jahre unnütz ohne Portwein vergangen sind ...«
Zu anderen Zeiten hätte er sich sehr gewundert über solch eine Schlußfolgerung, die auf irgendwelchen unbekannten Wegen in seinen armen, wie eine Kupferglocke brummenden Kopf geraten war. Diesmal konnte er sich aber nicht wundern, denn er war bis zur Halskrause voll.
»Wir haben Frühling! Die Sonne scheint ...«, sagte Teljatnikow und rülpste, daß die Bar wackelte. »Sjoma, warum ist mir so

weh ums Herz? Bringt viel Weisheit wirklich viel Grämen? Ich weiß, was ich tun werde: Ich gehe jetzt und gebe mein Leben in die chemische Reinigung!«

Aber niemand mehr hörte Sergej Sergejewitsch zu. Irgendwo aus einer Ecke, ihre phantastisch ausladenden Hüften schwingend, kam die Kellnerin wie ein Zug aus einem Film der Brüder Lumière unaufhaltsam auf ihn zu. In der einen Hand hielt sie ein riesengroßes Rechenbrett, an dem die ersten Differentialquotienten der Zeit anstelle von Kugeln lustig von einer Seite zur anderen rollten. Marussetschkas Brüste, überlegte Sergej Sergejewitsch, könnte man versuchen, mit einem Integral zu umfassen, jedoch ausschließlich mit einem doppelten. Die Kellnerin lächelte, aber irgendwie recht unfroh. Neben ihr lief der leicht zittrige und spöttisch zwinkernde Direktor des Koordinierungszentrums und Staatspreisträger und bedeckte die andere Hand der gewaltigen Frau mit Küssen. Von Zeit zu Zeit riß er sich von seiner Beschäftigung los, zeigte mit einem dünnen, krummen Finger auf Teljatnikow und blökte unter niederträchtigem Gekichere:

»Das hat alles der angezettelt. Nimm doch noch die zweite Pulle und so! Aber wenn's ans Bezahlen geht, verzieht der sich in die Büsche! Ich kenne doch diese Wissenschaftler: eingebildet wie 'ne Herde Affen, aber keinen roten Heller in der Tasche! Arme Schlucker!«

»Ich zahle alles.« Sergej Sergejewitsch richtete sich stolz in seinem Lehnstuhl auf und machte eine ausladende Geste. In diesem Augenblick jedoch geschah etwas in Descartes' dreidimensionaler Welt, und die Schwerkraft änderte ohne Vorwarnung die Richtung ihres Wirkens. Der wie jeder normale Mensch in seiner Lage auf so eine Niederträchtigkeit nicht vorbereitete Teljatnikow rutschte mit einer halben Drehung auf den Fußboden und entschwand auf der Stelle wie ein Ozeandampfer in eine nach unverdautem Portwein riechende, neblige Ferne. Selig lächelnd krümmte er sich friedlich zusammen und glitt leise ins Land der Träume. Das letzte, was er noch sah, bevor sich der Vorhang senkte, war golden auf schwarz die unermeßlich berühmte und noch niemandem bekannte Formel der Schepetuchaschen Doppelschlinge!

Niemand weiß oder wird je erfahren, was in den wenigen Stunden, in denen Teljatnikows Frau beim Einkaufen war, mit Sergej Sergejewitschs Körper vor sich ging. Als seine Frau nach Hause kam, fand sie ihren gesetzlich angetrauten Gatten an der Tür seiner Wohnung liegen. Der Körper atmete, jedoch die unsterbliche Seele, im vorliegenden Falle das Bewußtsein, war eindeutig abwesend. Obwohl er mittelgroß und gut genährt war, fand der Dozent durchaus Platz auf dem kleinen Teppich, der zu anderen Zeiten als Fußabtreter diente. Er lag da wie ein Säugling, der noch nicht den Mutterleib verlassen hat, und lächelte selig. So schlafen, die lederne Nase mit dem Pelzschwanz zugedeckt, die Eskimohunde in langen Winternächten und träumen von gefrorenem Fisch. Nach entschiedener Weigerung, seinen Liegeplatz freiwillig aufzugeben, setzte Sergej Sergejewitsch dem Transport seines Körpers durch Ziehen nur noch passiven Widerstand entgegen und kam danach im Zimmer auf dem Sofa zur Ruhe. Sein irgendwann einmal schmucker, bescheidener Würde nicht entbehrender grauer Anzug wurde mit zwei Fingern genommen und als Ganzes in den Müllschlucker geworfen. Nachdem Anna auf so eigenartige Weise ihre Gattinnenpflicht erfüllt hatte, setzte sie sich betrübt ans Telefon und machte sich daran, bei ihrer besten Freundin anzurufen. Es verging keine halbe Stunde, da erklangen statt der kurzen Besetzt- wieder lange Freizeichen, und Anna hörte die bekannte Stimme.

»Maschka«, sagte sie und fing an zu weinen. »Komm her! Und laß das Taxi nicht weg, du fährst mich dann direkt in die Klapsmühle.«

Maria Nikolajewna, die den stoischen Charakter ihrer Freundin kannte, regte sich ernsthaft über das Gehörte auf, gab ihrem Mann Anweisungen zur Haushaltsführung und raste durch die

ganze Stadt zu den Teljatnikows. Mit der Klärung der Situation begann sie schon an der Türschwelle.
»Na, was ist? Wieder das Programm vermurkst? Zum Chef geschleppt worden? Pfeif doch auf die alle, Anka, und geh weg aus dem Irrenhaus! Das Fernsehzentrum … du meine Güte! Du bist jung, schön, energiegeladen, für dich werde ich eine Arbeit finden, nach der du dir die Finger leckst.«
Maria Nikolajewna zog den Mantel aus und schob die Füße in die Hausschuhe ihrer Gastgeberin. Anna schwieg. Ohne ein Wort zu sagen, nahm sie Maschka an die Hand und führte sie ins Zimmer. Der Gesichtsausdruck des dort Ruhenden sowie seine enorme Fahne ließen keinen Zweifel an dem Grund, der den Hausherrn aus dem aktiven gesellschaftlichen Leben ausgeschlossen hatte. Nachdem die beiden Freundinnen ein Weilchen in schmerzerfülltem Schweigen am Körper des gefallenen Helden gestanden hatten, gingen sie in die Küche, um Kaffee zu trinken und Kriegsrat zu halten.
»Voll wie ’ne Haubitze«, konstatierte Anna, als könne sie sich nicht auf Maria Nikolajewnas eigenen Eindruck verlassen.
»Weiter nichts?« Die Freundin zuckte mit ihren fülligen Schultern, zündete sich eine Zigarette an, lehnte sich an den mit Schnitzarbeiten verzierten Geschirrschrank, den Anna von der Tante geerbt hatte, schlug ein Bein übers andere und begann mit einer Schocktherapie. »Also, Mädchen, irgendwie versteh ich dich nicht. Mal beschwerst du dich über Sergej, daß er nicht so ist wie alle anderen und bis über beide Ohren in seine Arbeit versinkt, und jetzt, wo der Kerl mal unters Volk geht, bist du wieder nicht zufrieden. Dir kann man es aber auch nicht recht machen, meine Liebe.«
»Aber er braucht sich doch nicht gleich vollaufen zu lassen«, versuchte Anna einzuwenden. Maschka unterbrach sie jedoch sofort: »Ich habe aber gelesen, daß Ärzte empfehlen, sich einmal im Monat zu betrinken. Das beseitigt die nervliche Anspannung und läßt einen das Leben auf neue Weise sehen. Und überhaupt gibt es in diesem Land nichts Natürlicheres und Or-

ganischeres, als sich zu besaufen! Übrigens ist die Regierung darüber ausgezeichnet unterrichtet. Jeder Präsidentenerlaß, jede Verordnung geht davon aus, daß alles, was noch nicht geklaut ist, bestimmt versoffen wird ...«

»Komm mir jetzt bitte nicht mit Zahlen aus der internationalen Statistik«, höhnte Anna. Sie setzte sich an den Küchentisch und schaute ihre Freundin bedeutungsvoll an. »Ich habe dir bis jetzt noch nicht alles erzählt. Diese Sauftour von Sergej ist ja nicht der Anfang, sondern eher das Finale unseres Dramas. Und weißt du, ich kann ihn verstehen ...«

So begann Anna von den über sie hereingebrochenen Ereignissen der letzten Wochen zu berichten. Als nach etwa drei Stunden der blasse Teljatnikow mit fieberhaft glänzenden Augen in die Küche gestürmt kam, war sie erst in der Mitte ihrer Erzählung angelangt.

Beim Anblick des Hausherrn fuhren die Frauen zusammen. Sergej Sergejewitsch sah schrecklich aus! Die zerzausten Reste seiner einst üppigen Haarpracht standen nach allen Seiten ab, die breite Brust, notdürftig mit einem Bademantel bedeckt, wogte stürmisch auf und ab, und unter dem Mantel lugten seine behaarten Beine in rührenden blauen Strümpfchen hervor. Eine Grimasse, die Seelenqual ausdrückte, entstellte Sergej Sergejewitschs Gesicht, Entsetzen kämpfte gegen schüchterne Überreste von Hoffnung und war dabei, sie vollends zu besiegen.

»Wo ist er?« sagte Teljatnikow mit einer Stimme, die nichts Gutes verhieß, und warf einen Blick auf die Frauen, der ihnen das Blut in den Adern erstarren ließ. So hätte vielleicht der wilde Mohr Desdemona angeschaut, wenn er etwas temperamentvoller gewesen wäre.

»Wer?« fragte Anna nur mit den Lippen.

Maria Nikolajewna erhob sich inzwischen langsam von ihrem Hocker, um eine strategisch wichtige Position zwischen den beiden Ehegatten einzunehmen. Sie hatte bereits das an der Wand hängende Küchenbrett ins Auge gefaßt und überlegte

nun, wie sie möglichst geschickt da herankommen könnte. Im entscheidenden Augenblick zitterte ihre Stimme nicht.
»Serjosha«, begann sie in einem Ton, wie ihn Kinohelden in Augenblicken tödlicher Gefahr benutzen, »hier ist keiner, und hier war auch keiner. Ich schwöre es dir ...«
Sergej Sergejewitsch hörte nicht zu. Er machte schwankend einen Schritt nach vorn und griff sich mit der Hand ans Herz.
»Mein Anzug! Mein grauer Anzug!« Seine Lippen wurden weiß.
»Oh, mein Gott», seufzte Anna. »Wie du mich erschreckt hast! Leg dich hin und denk nicht mehr an ihn. Wir kaufen dir einen neuen ...«
»Wo ist er?« Sergej Sergejewitsch richtete sich auf, und seine Augen funkelten böse.
»Ich ... er ... verstehst du«, begann Anna zu stottern, »er war so ... schmutzig, und da hab ich ihn in den Müllschlucker ...«
»Blödes Weib!« brüllte Teljatnikow aus Leibeskräften, und der Leuchter unter der Decke begann zu schaukeln.
Maria Nikolajewna sah, daß die Zeit für ihren Auftritt gekommen war. Zorn und Schmerz um die erniedrigten und beleidigten Frauen aller Zeiten und Völker brandeten in ihrer Brust. Den Hausherrn in ihren Dimensionen überragend, bewegte sie sich langsam auf ihn zu. Jedoch ihre Demonstration der Stärke erwies sich als überflüssig. Im nächsten Augenblick rannte Teljatnikow bereits die Treppe hinunter, wobei er flott mehrere Stufen übersprang.
Das Schlimmste befürchtend, folgten ihm die Frauen, so schnell sie konnten, holten ihn jedoch erst im Keller wieder ein. Hingerissen und selbstvergessen wühlte der Dozent in einem Müllhaufen. Es war noch nicht eine Minute vergangen, als er unter Siegesgebrüll aus ihm hervorzerrte, was irgendwann einmal sein graues Sakko gewesen war. Den Atem anhaltend und nervös mit dem Hals zuckend, schob Sergej Sergejewitsch vorsichtig wie ein Bombenentschärfer die Hand in die Tasche und zog ein zerknülltes Stück fettiges Papier sowie ein

weißes Quadrat zerknitterter Pappe mit goldenem Rand ans Tageslicht. Er hielt beides in der offenen Handfläche, wandte sich den Frauen zu und begann lautlos zu schluchzen. Langsam kullerten große Kindertränen aus seinen Augen. Teljatnikow weinte und lachte gleichzeitig. Den Rückweg legten sie im Fahrstuhl zurück. In der Küche ließ sich Sergej Sergejewitsch wie ein Sack auf einen Hocker fallen, wischte sich mit der freien Hand das nasse Gesicht und sagte anklagend: »Anjuta, gib mir bitte Papier und Bleistift.«

Nicht ohne Anstrengung in vertikaler Stellung verharrend, breitete Sergej Sergejewitsch sorgfältig den Rechnungsvordruck auseinander, glättete ihn liebevoll mit der Hand und machte sich mit Eifer daran, die Formel auf ein sauberes Blatt zu schreiben. Er tat dies so selbstvergessen, daß die Außenwelt in diesem Augenblick keinerlei Bedeutung für ihn zu haben schien. Nach Beendigung dieser Aufgabe faltete Teljatnikow das Blatt mehrmals zusammen und räumte es in ein Schubfach des Geschirrschranks, während er das zerknitterte Original behutsam in die tiefe Bademanteltasche schob. Auf seinem Gesicht stand tiefe Befriedigung. Da er offensichtlich das Bedürfnis verspürte, sein Verhalten irgendwie zu erläutern, schaute er die verdrossen schweigenden Frauen wohlwollend an und sagte deutlich artikulierend: »Mein bester Freund Semjon ist ein herzensguter Mensch.«

Er verzog das Gesicht vor dem eigenen Geruch nach Spiritus und öffnete die linke Handfläche, wo noch immer das zerdrückte kleine Pappquadrat mit goldenem Rand lag.

»Diejenigen, mit denen man trinkt«, bemerkte Maria Nikolajewna belehrend, als sie die Visitenkarte aus den zitternden Händen des Hausherrn entgegennahm, »heißen Zechbrüder, und wenn man kein Glück hat, auch Komplizen.«

»Mein bester Freund Semjon ist ein großer Wissenschaftler. Er befaßt sich mit dem Menschen!« In Teljatnikows Stimme klang Stolz.

»Das ist unschwer zu erraten.« Maria Nikolajewna hielt das

Kärtchen ans Licht und las: »Semjon Schepetucha – Prosektor. Den Sprit haben sie wahrscheinlich irgendwo in einer Urnenhalle gekippt«, mutmaßte sie. »Ach, Sergej, du bringst es noch soweit, daß dein Kumpel im Suff dich statt einer Leiche ins Gefrierfach steckt ...«

»Wir haben Portwein getrunken«, stellte Teljatnikow richtig. »Aus dem sonnigen As ... Aser ..., kurz gesagt, aus Georgien.« Sergej Sergejewitsch erhob sich, gab damit zu verstehen, daß die Audienz beendet war, und verließ die Küche, wobei er sich mit den Händen an der Wand entlangtastete. In der Tür blieb er stehen und wandte sich um.

»Anja!« sagte er eindringlich. »Das war nötig für die Wissenschaft!«

»Schon gut. Geh schlafen, du Alkoholiker«, schickte ihn Maschka fort. »Du siehst, nichts Besonderes«, fuhr sie, zu Anna gewandt, fort. »Er hat nicht mit einem x-beliebigen Penner getrunken, sondern mit einem, der es sich erlauben kann, Visitenkarten unter seinen Saufkumpanen zu verteilen ...«

»Du brauchst mich nicht zu beruhigen.« Anna wollte nichts mehr hören. »Du siehst doch selbst, daß er einen Nervenzusammenbruch hat. Läuft zum Müllkasten, um irgendeine Formel zu suchen!«

»Na, du bist ja auch gut! Wirfst einen Anzug weg, der noch anständig aussieht. Den hättest du doch waschen können. Im übrigen sollte man sich das alles nicht so zu Herzen nehmen. Mehr Gelassenheit. Männer muß man überhaupt mit nachsichtiger Wehmut behandeln. Auf keinen Fall darf man sie bedauern oder bemitleiden, weil das voraussetzt, daß sie eine Seele haben. Es reicht schon, daß wir ein Innenleben und Gefühle in sie hineindenken. Aber auch noch an diese Illusion zu glauben ist zuviel. Begreife dich als Regisseurin des Lebens, ihn aber nur als Schauspieler in deinem Stück. Und überhaupt, sag ich dir, können kluge Frauen wie wir beide nicht glücklich sein. Ist er dir intellektuell unterlegen, wird das Leben ein Hohn, wird es zum Schlagschach. Du mußt Begeisterung zeigen, wenn er wieder etwas Banales von sich gibt, und mußt über seine geistlosen Späße lachen. Steht aber ein Mann auf gleicher Stufe mit dir, ist er höchstwahrscheinlich ein eingefleischter Egoist, und wenn nicht, ganz bestimmt ein Besessener, der nächtelang mit der Laubsäge bastelt oder – Gott bewahre – die Menschheit mit einer Erfindung beglücken will. Und merke dir, ich spreche ausschließlich von den Männern, die man noch bedingt als anständig bezeichnen kann!«

»Und wenn Liebe da ist?«

»Liebe?« Maria Nikolajewna zuckte mit den Schultern. »Ein vergessenes Wort aus dem Lehrplan. Die Natur hat alle Frauen und alle Männer gleich gemacht. Folglich hat sie mit einer Erscheinung wie der Liebe nicht gerechnet. Ich fürchte, Anjuta, dies ist nur ein Trick, mit dessen Hilfe die Menschen versuchen, aus dem grauen Alltag auszubrechen. Obwohl allerdings ...«, Maschkas Blick wurde träumerisch.

»Warte mal«, unterbrach Anna sie. »Ich habe dir noch nicht alles erzählt. Die Geschichte auf dem Friedhof während der Beerdigung hat eine Fortsetzung!«

»Und du hast geschwiegen ...«, staunte Maschka. »Und so was nennt sich meine beste Freundin!«

»Ich bin nicht dazu gekommen, es dir zu erzählen«, sagte Anna reuevoll. »Verstehst du, etwas ganz Tolles! Vor kurzem komme ich von der Arbeit nach Hause, es war schon spät und dunkel, gehe unter dem Torbogen durch und sehe da zwei Typen stehen. Hätte ich sie früher bemerkt, wäre ich natürlich nicht durchgegangen. Aber ich sehe, daß es zum Zurückgehen zu spät ist. Also geh ich. Das Herz klopft mir wie wild, und vor Angst wird's mir schwarz vor den Augen. Hauptsache, denk ich, ich schaff es bis zum Hof, da ist eine Laterne, und wenn ich da schreie, hört's vielleicht jemand ... Aber denkste! Ich sehe, wie sich einer der beiden, der kleinere, von der Mauer löst und auf mich zukommt. Er reißt mir die Tasche aus der Hand und schüttet meinen ganzen Kram ganz sachte auf den Asphalt. ›Wohin so eilig, junge Frau?‹ sagt er. ›Hier ist Endstation.‹ Kannst du dir das vorstellen?! Das Herz rutscht mir natürlich in die Kniekehlen, denn selbst wenn ich gewollt hätte, ich hätte nicht können. Die Kehle war mir wie zugeschnürt. Der zweite aber, ein größerer und jüngerer, kommt von hinten heran ... Na, denk ich, Anka, jetzt ist deine letzte Stunde gekommen! Auf einmal seh ich vom Hof aus einen Mann kommen. Etwas an ihm erschien mir seltsam. Erst hinterher wurde es mir klar: seine Kleidung. Kannst du dir das vorstellen – in unserem Dreck hier, wo man sich seinen Weg zwischen den Müllhaufen bahnen muß, erscheint jemand im Abendanzug mit Fliege, Stock und Hut. Und was mich besonders verblüffte: in Lackschuhen, als wollte er tanzen gehen. Na ja, das habe ich mir alles erst hinterher genauer angesehen. In diesem Augenblick war mir überhaupt nicht danach. Er aber kommt, die Hände in den Hosentaschen, nur die gestärkten Manschetten und das Chemisett leuchten. Die beiden Strolche bemerken ihn ebenfalls und tun so, als hätten sie nichts mehr mit mir zu tun. Er tritt heran und fragt wie ein Mann von Welt:

›Ich hoffe, ich habe nicht gestört?‹ Und lächelt.

Der kleinere von beiden macht einen Schritt auf ihn zu, und ich sehe, wie seine Hand in die Manteltasche gleitet.

›Hau ab hier, du Angeber. Von dir wollen wir nichts!‹

›Ich fürchte, also ich fürchte sehr ...‹, begann der Mann. Aber einer unterbricht ihn:

›Wir sehen, daß du fürchtest. Mach 'ne Fliege!‹

›Schade, daß du mich nicht bis zu Ende angehört hast, Dreikäsehoch‹, sagte der Mann lächelnd. Aber irgendwie auf besondere Art. Nur mit den Lippen. ›Ich wollte nur sagen, ich fürchte, daß du diesmal Pech hast.‹

Bei diesen Worten fuhr der Strolch zusammen, und ich sehe, daß er wirklich wie ein Dreikäsehoch aussieht.

›Na, dann bete zu deiner Milizen-Gottesmutter, du Aas!‹

Der Dreikäsehoch holte ein Messer aus der Tasche und macht einen Schritt auf den Mann zu. Was weiter passiert ist, weiß ich nicht. Nur, daß der Strolch so an die Hauswand gedonnert ist, daß das Gebäude erbebte ...«

»Na, und was war weiter?« Maschka holte Atem, zerbrach vor Aufregung Streichhölzer und zündete sich eine Zigarette an. Nach vorn gebeugt, suchte sie jedes Wort zu erhaschen und ging innerlich bei jeder Wendung der Situation mit.

»Gar nichts. Er brachte mich zum Hauseingang ...«

»Und der zweite Gauner?« Maria Nikolajewna lehnte sich enttäuscht an den Geschirrschrank. »Ist der etwa entkommen?«

»Tatsächlich, das Interessanteste habe ich dir noch gar nicht erzählt! Kannst du dich erinnern? Der Lange kam doch von hinten an mich heran. So. Da drehe ich mich blitzschnell um und trete ihn mit der Stiefelspitze zwischen die Beine. Natürlich krümmt der sich, und da verpasse ich ihm mit der Handkante einen zweiten Schlag in den Nacken.«

»Du? Einen Schlag?« Maschka steckte sich die Zigarette zwischen die Lippen, vergaß jedoch zu ziehen. »Du fällst doch schon beim Anblick einer Maus in Ohnmacht!«

»Na, wie eine Maus sah der ja auch nicht aus.« Anna stellte die zweite Runde Kaffee auf die Platte. »Die beiden haben dann Kopf an Kopf auf dem Asphalt geruht.«

Maria Nikolajewna sah ihre Freundin verblüfft an.

»Na, und der Mann?«

»Der hat mir geholfen, meinen Kram wieder in die Tasche zu packen. Nachdem er sich aufgerichtet hatte, sah er mich nachdenklich an und sagte: ›Dürfte ich Ihnen einen fachlichen Rat geben? Insgesamt haben Sie's nicht schlecht hingekriegt, und auch in Zukunft wird es so funktionieren. Aber tragen Sie bitte nicht so enge Röcke. Die hemmen die Bewegung. Und wenn Sie treten, schieben Sie den Oberschenkel vor und erst danach den Unterschenkel. Das ist ungefährlicher und eleganter.‹«

»Ja ...«, sagte Maria Nikolajewna nachdenklich und unbestimmt. »Na, und er selbst? Sah er einigermaßen aus?«

»Daß er ausgesprochen schön war, kann man nicht sagen«, begann Anna, als würde sie sich etwas ins Gedächtnis zurückrufen. »Durchdringende, etwas schelmische, blinzelnde Augen, braune Hautfarbe, von der Sonne vielleicht, und ein sehr ruhiges Gesicht. Was noch? Größer als mittelgroß, schon ziemlich grauhaarig ... Und weißt du, nachdem er mich zum Hauseingang gebracht hat, nahm er den Hut ab und küßte mir die Hand. Und dann bat er ...«

»Etwa um ein Rendezvous?« stöhnte Maschka fast.

»Nicht ganz. Er bat mich, dieses Stilleben hier abzuhängen.« Anna zeigte mit der Hand auf die Wand. »Das sei geschmacklos und gehe ihm auf die Nerven.«

Maria Nikolajewna hob den Kopf und sah sich das Bild aufmerksam an. Mit groben Pinselstrichen hatte da jemand einen Tonteller mit zwei Birnen hingemalt, die aus irgendeinem Grunde blau waren.

»Weißt du«, sagte sie mit Kennerblick, »der hat wahrscheinlich recht! An diesen Birnen ist etwas, das einem auf die Nerven geht. Etwas, das echter Harmonie entgegensteht ...«

»Was haben denn jetzt Birnen und Harmonie damit zu tun?« ärgerte sich Anna plötzlich. »Woher wußte der bloß von dem Stilleben? Übrigens fällt das Bild seit jenem Abend regelmäßig von der Wand. Ich hab sogar schon ein Kissen an die Scheuerleiste gelegt ...«

Kaum hatte Anna das gesagt, überschlug sich das Stilleben und krachte neben das Kissen auf den Fußboden. Der Tonteller auf dem Bild zerbrach, und die seltsam eingefärbten Birnen verwandelten sich in eine musähnliche Pampe und rutschten aufs Linoleum. Maria Nikolajewna sah schweigend zu ihrer Freundin, und die Zigarette zitterte ihr zwischen den Fingern. Anna zuckte nur mit den Achseln und holte Handfeger und Kehrblech. Nachdem sie die Überreste des Stillebens fortgeschafft hatte, ließ sie sich müde auf den Hocker fallen und sagte, als konstatiere sie eine nüchterne wissenschaftliche Tatsache:

»Außerdem haben Sergej und ich jetzt Schwierigkeiten ... na ja, kurz gesagt, mit dem Sex.«

»Nun, das kommt vor«, beruhigte Maschka ihre Freundin. »Menschen sind ja keine Roboter ...«
»Ach nein, bei uns ist das alles ganz anders! Du wirst natürlich lachen, aber gerade beim Höhepunkt bekommen wir entweder beide den Schluckauf, oder der Fuß vom Bett knickt ein. Einmal hat Sergej plötzlich ›Wacht auf, Verdammte dieser Erde‹ gesungen. Komisch? Ja. Nur hat er die ›Internationale‹ damals in der Nacht 22mal laut und ohne Unterbrechung gesungen! Kannst du dir vorstellen, was die Nachbarn über uns gedacht haben? Ich verstehe schon, dich amüsiert das. Zuerst haben wir auch gelacht ...«
Maria Nikolajewna schwieg eine Zeitlang und sagte dann: »Also verfolgt er dich die ganze Zeit ...«
Anna seufzte und sah ihre Freundin an.
»Du hast aber auch gar nichts verstanden, Maschka, obwohl du Doktor habil. bist. Der verfolgt mich nicht, der liebt mich! Manchmal komme ich in die Wohnung und spüre, wie mich Zärtlichkeit umströmt ...«
»Nun, ich weiß nicht, ob er dich verfolgt oder liebt. Bloß wenn du mich herbestellt hast, um mir was von strömender Zärtlichkeit zu erzählen, dann gehe ich lieber. Ich habe zu kochen, zu waschen, und überhaupt liegt bei mir in der Wohnung alles wie Kraut und Rüben durcheinander ...«
»Maschka, liebe Maschka!« Anna trat an Maria Nikolajewna heran und umarmte sie. »Sei mir nicht böse ... Wem soll ich's denn sonst erzählen, wenn nicht dir! Ich weiß doch wirklich nicht, was ich machen soll. Und dann passiert's auch, daß ich ins Schlafzimmer gehe, und da steht auf einmal ein Blumenstrauß.«
»Na, Blumen sind kein Beweis«, bemerkte Maschka noch immer gespielt wütend. »Blumen können auch von Sergej sein. Bei den Mannsbildern kommen solche Rückfälle ins Verliebtsein vor. Das sind zwar noch keine Verfallserscheinungen, aber etwas in der Art.«
»Du bist aber zynisch, Maschka.« Anna beugte sich zu Maria

Nikolajewna vor und küßte sie. »Das kommt alles von deiner Doktorarbeit, von deinen ollen Zynikern mit ihren derben Späßen! Gib mir lieber einen Rat, was ich machen soll. Wenn das so weitergeht, landen Sergej und ich bestimmt noch in der Klapsmühle.«

»Sag mal, hast du in letzter Zeit zu viel gearbeitet, oder hast du vielleicht irgendwelche Sachen gelesen?« Maria Nikolajewna betrachtete ihre Freundin mit prüfendem Blick. »Es gibt im Leben eines Menschen Augenblicke, da verliert er den Kontakt zur Umwelt und beginnt, in seiner Phantasiewelt zu leben ...«

»Kurz gesagt, du fragst, ob ich übergeschnappt bin. Dann sag's doch gleich und geh nicht wie die Katze um den heißen Brei mit deinem ›Kontakt zur Umwelt‹ und ›Phantasiewelt‹«, äffte Anna sie nach.

»Nein, Anka, du sollst mir antworten. Das kann sehr wichtig sein.« Anna schaute ihre Freundin an und zuckte mit den Schultern. Etwas in Maschkas Gesicht zeigte ihr, daß diese tatsächlich eine Antwort erwartete.

»Nein, nichts dergleichen ist gewesen, wenn man natürlich einmal von den üblichen hysterischen Ausfällen in der Arbeit absieht. Gelesen habe ich auch nichts, und Krishna-Anhängerin bin ich ebenfalls nicht geworden. Obwohl, ehrlich gesagt, in Farbe träume ich schon seit meiner Kindheit, so daß du alles Recht hast, mich einer schleichenden Schizophrenie zu verdächtigen ...«

Maria Nikolajewna war ganz eindeutig unschlüssig. Von den Zweifeln entstanden Falten auf ihrer Stirn, die sonst glatt war wie bei einer griechischen Göttin.

»Na gut«, entschloß sie sich, »setz noch Kaffee auf, ich bleibe über Nacht. Nur denk daran, alles, was ich dir sage, bleibt unter uns. Du bist meine beste Freundin, Anka, und selbst dir konnte ich es nicht erzählen. Hatte Angst, du würdest mich für verrückt erklären.« Maria Nikolajewna zündete sich eine Zigarette an und fuhr nachdenklich damit am Rand des kristallenen Aschenbechers entlang. »Manchmal zweifle ich schon selbst daran, ob's das gab. Aber tief in mir drin weiß ich, daß es das gab!«

Sie schwieg und sah zu, wie Anna eine neue Portion Kaffee in den Kaffeekocher schüttete.

»In letzter Zeit hab ich viel nachgedacht und bin zu dem Schluß gekommen, daß alles von mir Erlebte auch mit anderen geschieht. Nur erkennen die entweder nicht, wie real diese Vorgänge sind, oder haben wie ich Angst, darüber zu reden. Auf jeden Fall besteht eine direkte Abhängigkeit solcher Situationen vom psychoenergetischen Zustand des Menschen und seinen inneren Spannungen ...«

»Hör mal, Maschka«, unterbrach Anna sie, »du hast noch gar nicht angefangen zu erzählen, und ich bin schon ganz müde von deiner Pseudowissenschaftlichkeit. Könntest du dich nicht einfacher ausdrücken, damit's jeder versteht?«

»Schon gut, was kann man schon von dir verlangen?« stimmte Maria Nikolajewna zu. »Es ist etwa anderthalb Monate vor der Verteidigung meiner Doktorarbeit passiert. Du warst mit Sergej im Süden im Urlaub, meine Leute hatte ich aufs Land geschickt, und ich selbst habe von früh bis spät gearbeitet. Ich habe nur noch sehr wenig Zeit, mein Doktorvater drängte, und mir schien wirklich, als seien alle drei Jahre Arbeit an dem Thema für die Katz gewesen. Neues über die Philosophie der Zyniker konnte ich nicht sagen, und trotz all meiner Bemühungen um eine eigene Betrachtungsweise wurde alles nur ein einziges akademisches Wiedergekäue. Mir kam alles von mir Geschriebene wie schon viele Male gelesen vor, und es wirkte ausgesprochen langweilig.«

»Warum hast du denn auch so ein exotisches Thema gewählt?« Anna nahm den Kaffee vom Feuer und holte saubere Tassen aus dem Geschirrschrank.

»Das ist überhaupt nicht exotisch. Mich hat einfach seit der Universitätszeit die Gestalt des Diogenes von Sinope interessiert. Ringsum hast du Leute, die menschliche Laster aufdecken, aber nur wenige leben nach der Wahrheit, die sie pre-

digen. Ich wollte diesen Menschen gern verstehen, wollte die Gründe für sein Verhalten herausbekommen, das die ehrenhafte Gesellschaft so schockiert hat. Aber meine Anstrengungen haben zu nichts geführt, die Doktorarbeit war ganz eindeutig eine Anhäufung von Gemeinplätzen. Es gab sogar einen Augenblick, da ich von der Verteidigung Abstand nehmen wollte. So traurig war ich, und so leer fühlte ich mich.
Ich erinnere mich noch wie heute: Ein heißer Augustabend, über der Stadt hing seit dem frühen Morgen eine brütende Hitze. Und dann war da noch Wind, ein starker Südwind. Der hätte mich bald verrückt gemacht, weil er entsetzliche Schwüle in die menschenleeren Straßen preßte. Weißt du, in der Luft war geradezu körperlich so eine Nervenanspannung zu spüren. Noch ein Weilchen, schien mir, dann zerschellt die Welt und löst sich in Myriaden kleiner Blitze auf. Mich verlangte nach Regen, nach einem tropischen Gewitter, und allein schon das Warten darauf machte mich wahnsinnig. Meine Nerven waren aufs äußerste gespannt, fruchtloses Suchen hatte mein Gehirn ausgedörrt. Die völlig bedeutungslose, aus den Fingern gesogene Doktorarbeit lag vor mir auf dem Tisch, und ich hätte sie am liebsten zerrissen. Mit dieser Absicht erhob ich mich dann auch vom Stuhl und schaute flüchtig durchs geöffnete Fenster. Der endlos zermürbende Tag war am Verlöschen, und auf einmal spürte ich, daß ich in eine Art Strudel geriet und in Schlaf versank. Ich konnte nur noch zum Sofa gehen und mich fallen lassen. Im nächsten Augenblick schlief ich bereits ... Aber nein, das war kein Schlaf!« Maria Nikolajewna drückte ihre Zigarette aus und zog die Tasse mit dem dampfenden Kaffee zu sich heran. »Zuerst schien mir sogar, ich sei gestorben«, fuhr sie fort und rührte den Zucker mit dem Löffel um. »Kaum hatte mein Kopf das Kissen berührt, spürte ich im ganzen Körper eine erstaunliche Leichtigkeit, als könnte ich fliegen. Und tatsächlich – ganz leicht, fast unmerklich, schwebte ich irgendwie zur Decke und sah mich gleichzeitig bewußtlos daliegen. Ich fürchtete mich überhaupt nicht, tat mir auch nicht leid und

hatte für die, welche noch auf dem Sofa lag, keinerlei Gefühle. Ich war in Hochstimmung.
Die Wände meines Zimmers hörten von selbst auf zu bestehen, ich flog, genoß die Freiheit und bemerkte nicht, wie mich eine neue Welt zu umgeben begann, sich physisch verdichtete und spürbar wurde, und ich sah mich auf einmal am Ufer eines schönen, himmelblauen Meeres entlanggehen. Meine Füße versanken in dem feuchten Sand, beleckt von träge heranrollenden Wellen. Der unberührte Strand war erstaunlich breit, und dahinter, den Windungen des Ufers folgend, standen auf einer kleinen Anhöhe Kiefern, die ganz rot vom Sonnenuntergang waren. Der Meeresgeruch vermischte sich mit dem Duft warmer Kiefernnadeln, und ich hatte auf einmal den sehnsüchtigen Wunsch, zu atmen und zu leben. Zauberhafte, von der Zeit glattpolierte kleine Steine leuchteten durch das smaragdgrüne, kristallklare Wasser, und eine kleine Krabbe lief seitwärts vor mir her, als wollte sie mir den Weg zeigen. Etwa hundert Meter vor mir sah ich das Gerippe eines gestrandeten und in den Sand hineingewachsenen Schiffes. Dessen steil aufragende hölzerne Spanten erinnerten an die Rippen eines vorgeschichtlichen Tieres, das ein paar Schritte vor dem so ersehnten Meer die Kräfte verlassen hatten. Ich war völlig allein unter einem unendlich hohen Himmel, der bereits die satten Farben des Abends anzunehmen begann. Irgendwo in der Ferne schrien Möwen, flüsterten ans Ufer schlagende Wellen, und diese Geräusche verstärkten merkwürdigerweise das Gefühl der Ruhe, das mich erfaßt hatte. Mit meinem ganzen Wesen nahm ich die Harmonie der mich umgebenden Welt an und erkannte, daß man in ihr sehr einfach leben und ihr jede Minute seines Lebens angehören muß.
Kaum war ich an den Überresten des Schiffes vorbeigegangen, erblickte ich einen Mann, der auf dem Sand saß und in die endlose Ferne des Meeres schaute. Er war hager, braungebrannt von der Sonne, sein dichter Bart zeigte silberne Strähnen, und sein langes, krauses Haar ging ihm bis auf die Schultern. Als er

mich bemerkte, wandte er sich um und begann in meine Richtung zu schauen, so wie er zuvor aufs Meer geblickt hatte. Bis zum Knöchel in den tagsüber warm gewordenen Sand versinkend, trat ich heran und kniete nieder. Meine leichte, dünne Tunika hinderte die warme Brise nicht am Liebkosen meines Körpers. Der Mann sah mich weiterhin schweigend an. Es war erstaunlich, klare blaue Augen in seinem braungebrannten Gesicht zu sehen. Die Augen hatten ein eigenes Innenleben. Schließlich lächelte er und sagte so einfach, als hätten wir uns erst gestern voneinander verabschiedet:
›Schön, daß du gekommen bist. Ich habe auf dich gewartet. Hast du bemerkt, wie ruhig das Meer heute ist?‹
Ich erwiderte gar nichts. Es kam mir ganz natürlich vor, daß ich schwieg. Die Wellen hinter mir ließen den Sand murmeln, und der Geruch des Meeres war der Geruch der Zeit. Ich fühlte mich frei.
›Ich bin Diogenes von Sinope‹, fuhr der Mann lächelnd fort. ›Plato nennt mich einen Hund, und die Leute beten's ihm nach, weil sie nicht so ehrlich und frei sind wie ich. Sie tun mir nicht leid. Glück besteht darin, ständig froh und niemals traurig zu sein. Aber sie verstehen das nicht. Über mich erzählt man viele unanständige Geschichten, und die meisten davon sind schmutzige Wahrheit. Wenn du willst, kannst du wieder gehen. Ich verstehe das.‹
Ich rührte mich nicht von der Stelle. Mir schien, in seinen klaren blauen Augen war etwas wie Dankbarkeit aufgeblitzt.
›Möglicherweise ist das häßlich, aber wie soll man einem Rindvieh sagen, daß es ein Rindvieh ist? Da kann man ihm nur ein Rindvieh im Spiegel zeigen. Ich bin dieser Spiegel, und sie sind böse und wollen mich zerschlagen. Die nackte Wahrheit ist etwas Abstoßendes. Wie eine entblößte Greisin. Aber es ist doch nicht meine Schuld, daß jede Macht lasterhaft und das Laster machthungrig ist.‹
›Meinst du?‹ Ich setzte mich neben ihn in den Sand, und wir schauten beide aufs Meer.

›Axiome brauchen nicht bewiesen zu werden. Die Macht ist allein schon deshalb lasterhaft, weil sie Stümper um sich schart, die keinen anderen Weg zur Erhabenheit kennen. Philosophen und Dichter gehen anders vor. Sie bahnen sich ihren Weg durch die Arbeit ihrer Seele. Wer die Macht anstrebt, akzeptiert sie auch über sich. Als Sohn eines Wechslers nehme ich mein Leben lang Umwertungen der Werte vor und verwerfe Fälschungen ...‹

›Und diese Narbe?‹ Ich streckte die Hand aus und fuhr ihm mit dem Finger über seine eingefallene Wange.

›Oh, das ist nicht von Bedeutung ... Ich habe einmal auf einem Marktplatz geschrien: Leute! Da kamen Leute zusammengelaufen. Ich habe sie mit dem Stock verjagt und gesagt: Menschen habe ich gerufen und nicht Schurken! Als der Sohn einer Hetäre Steine in eine Menschenmenge zu werfen begann, fuhr ich dazwischen: Sieh dich vor. Du könntest deinen Vater treffen! Übrigens, Narben haben wir meist innen ...‹

›Hast du keine Angst vor dem Leben? Auf der Welt gibt es so viel Leid und Unglück!‹

Er antwortete immer in derselben Weise, ohne den Blick vom Horizont zu wenden, der sich im Meeresdunst verlor.

›Das Unglück, das man erwartet, ist immer schrecklicher als die Traurigkeit, wenn es wirklich kommt. Die Furcht ist so groß, daß schwache Menschen dem, was sie fürchten, häufig entgegenstreben. So warten vom Sturm Überraschte nicht, bis das Schiff untergegangen ist, sondern begehen Selbstmord. Vor dem Leben habe ich keine Angst.‹

›Antworte mir: Bist du frei?‹

Diogenes stockte auf einmal, als hätte ihn die Frage überrascht. Die rotglühende Sonnenscheibe berührte den Rand des Meeres. Der Philosoph schmunzelte zu seinen Gedanken:

›Ja, ich bin frei. Auf Erden gibt es für mich keine Fesseln.‹

Diogenes erhob sich, warf sich einen kurzen Umhang über die Schultern und nahm einen neben ihm liegenden Stab in die Hand. ›Kommst du mit?‹

Stell dir vor, Anka, ein völlig leidenschaftsloses, steinernes Gesicht und auf mich gerichtete, tiefblaue Augen, in denen wie eine stumme Frage Hoffnung stand! Nein, nicht einmal Hoffnung, sondern inständiges Flehen!«

»Und bist du mitgegangen?« Anna verschlang das Gesicht ihrer Freundin mit den Augen.

»Natürlich! Wie dein betrunkener Mann sagen würde: Das war nötig für die Wissenschaft!«

»Und?«

Maria Nikolajewna lächelte geheimnisvoll.

»Weißt du, Mädchen, ein Faß hat sehr steile Ränder, und durch die Ritzen zwischen den ausgetrockneten Brettern kann man gut die strahlenden Sterne des Südens sehen.« Mit einer leichten Handbewegung rückte sie sich die Frisur zurecht und fuhr dann fort: »Als ich am Morgen ging, habe ich ihn erneut gefragt: ›Bist du frei, Diogenes?‹

Die aus dem Meer kommende, reine Sonne rief zu den Freuden des Tages. Diogenes schwieg lange, bevor er antwortete.

›Der Mensch‹, sagte er schließlich, ›kann frei sein, wenn er nicht weiß, was Liebe ist ...‹ Er seufzte und fügte hinzu: ›Aber dann ist er kein Mensch ...‹

Und weißt du«, Maria Nikolajewna trank ihren inzwischen kaltgewordenen Kaffee aus und zündete sich eine neue Zigarette an, »er hat in der Nacht geweint. Nein, beklagt hat er sich nicht; das ließ sein Stolz nicht zu; aber ich habe begriffen: ein ganz normaler, vom Leben gebeutelter anständiger Mann, dem es weh tat, all die Scheußlichkeiten um sich herum zu sehen ...« Sie seufzte schwer und zerdrückte die gerade erst angerauchte Zigarette im Aschenbecher. »Keine Lust mehr zum Rauchen! Und weggewesen war ich, wie sich herausstellte, nicht länger als 15 Minuten. Dann hab ich die ganze Nacht hindurch meine Arbeit umgeschrieben, so daß sie übrigens bei der Verteidigung fast durchgefallen wäre. Der Hauptopponent erklärte, die Doktorarbeit verrate auf erstaunliche Weise Anzeichen persönlichen Erlebens und sei keine ausgewogene und nüchterne Analyse des gestellten Problems. Ich wollte den gelehrten Herren erst alles erklären, habe es mir dann aber doch anders überlegt. Meine Methode der Informationsbeschaffung hätten sie angesichts ihres vorgerückten Alters doch nicht gutgeheißen ...«

Maria Nikolajewna sah ihre Freundin an und lächelte wehmütig.

»Weißt du, woran ich denke? Bei uns in Rußland wimmelt es nur so von solchen gebeutelten und der Ungerechtigkeiten müde gewordenen Diogenessen. Es ist einfach niemand da, der sich ihrer annimmt. Wir dummen Weiber sind vermännlicht, Anka, bilden uns zuviel ein, während das Leben eigentlich eine einfache Sache ist ...«

Anna nickte zustimmend, schaute geistesabwesend vor sich hin, und in ihrer Stimme war Bedauern zu verspüren:

»Nein, Maschka, ich fürchte, das gilt nicht für mich. Mir ist das Fliegen nicht gegeben ...«

In dieser Nacht saßen sie noch lange einander gegenüber, ein seltsames, unbestimmtes Lächeln irrlichterte auf ihren Gesichtern und zitterte auf ihren leicht geöffneten Lippen.

Als sich der Abend auf die Erde herabsenkte, sickerte aus einem Riß in der Astralebene kosmische Kälte, ein Sternenwind machte sich aus intergalaktischen Tiefen auf, tobte und heulte wie ein Schneesturm im Schornstein einer in Rußlands Weiten verlorenen kleinen Hütte. In solchen Stunden ließ es sich mit einem Buch in der Hand, in einem tiefen, bequemen Sessel sitzend, schön nachdenken. Das grüne Licht einer Tischlampe entriß dem Halbdunkel einen papierüberladenen Schreibtisch, Folianten mit golden schimmernden Rücken und an der Wand ein Original von El Greco. Irgendwo in einer Ecke, die er jetzt nicht sehen konnte, stand eine Staffelei und lagen Skizzen herum. Der von ihm so geliebte Geruch nach Ölfarben vermischte sich mit dem Duft guten englischen Tabaks, leise Musik schwebte im Raum und trug ihn fort in andere Reiche und Welten.

Durch die von Kriegen gefurchte Schicht der Jahrtausende betrachtete Lukarius aufmerksam den Beginn der menschlichen Geschichte, bemühte er sich, den Lauf der Zeit in jenen fernen Jahrhunderten nachzuempfinden. Etwas sehr Wichtiges war seitdem abhanden gekommen. Das menschliche Leben hatte seinen tieferen Sinn verloren, die Fähigkeit, die Welt so anzunehmen, wie sie ist. Denn damals war die Hoffnung noch lebendig, daß die Menschheit nicht schon im Kindesalter verbittert und daß sie auf dem Weg zum Erwachsenwerden nicht die ihr geschenkte Spiritualität einbüßt. In grauer Vorzeit scheint der Weg zum Licht für jeden Lebenden kürzer und direkter gewesen zu sein. Aber vergeblich richtete Lukarius seinen Blick auf den Widerschein längst erloschener Lagerfeuer. Die stolzen Arier schwiegen, verloren sich im Dunkel der Ewigkeit, die schwarzhaarigen Sumerer, einst glückliche Bewohner des segenspendenden Mesopotamiens, verbargen ihre wissenden Augen, und nur das geheimnisvolle Ägypten, ein Koloß, der die Zeitalter Schicht für Schicht angesetzt hatte, lächelte kaum merklich … Das Geheimnis – Ägypten besaß es! Seine Bewahrerin, die legendäre Sphinx von Giseh, blickte gleichgültig in die Ferne, und die Parade der Sinnlosigkeiten menschlicher Geschichte fügte sich in ihrem Kopf zu einem harmonischen Weltbild. In nebelhafter Ferne, hinter endlosen Sandwüsten und unermeßlichen Meeren sah sie die Lösung für das Rätsel des Seins, das höher steht als Leben und Tod, weil es sowohl Leben als auch Tod ist, und vieles andere, was die Menschheit noch kennenlernen und annehmen wird. Die Sphinx von Giseh und die leidenschaftslosen Priester des Hermes-Toth hatten dieses Geheimnis besessen. Eingehüllt in die Schleier der Mysterien, versteckt in Legenden, Hunderte Male durch Abschreiber entstellt, lebte es in den Jahrhunderten als Hoffnung des Menschen, das höchste Wissen zu erlangen, den Aufstieg zur höchsten Wahrheit zu finden. Dieser Weg ist für alle derselbe, aber hinaufsteigen muß jeder allein … Lukarius lächelte und legte das Buch beiseite. Er ist anstrengend und lang, dieser Weg zur Erleuchtung, und unendlich schwierig ist es, sich aus dem Morast eitler Wünsche und kleinlicher Leidenschaften herauszuziehen. Aber es gibt keine Alternative. Solange man lebt, muß sich die Seele abmühen. Das große Geheimnis des Seins findet man nur in sich selbst …

Er erhob sich aus seinem Sessel und trat an die mit Büchern vollgestellten Regale. Hinter den geschlossenen Flügelklappen eines kleinen Schrankes lagen die besonders wertvollen Dokumente seiner Sammlung, die aus Bibliotheken und Speichern aller Welt stammte. Sie wärmte seine Seele und erfreute ihn, weil er durch sie an reale Zeugnisse menschlicher Geschichte gelangen konnte. Er öffnete die Klappen und blinzelte, als sich ihm dort ein unermeßlicher Reichtum auftat. Ordentlich aufgereiht lagen Papyri und Rollen auf den Regalen, und bei ihrer Betrachtung hätte Lukarius schwören können, daß Zeit einen Geruch hat. Sich selbst ständig verändernd, sich niemals wiederholend, verströmte sie einen bedrückenden und süßen Duft wie Erinnerungen an eine einst geliebte Frau. Dieser Geruch erregte ihn und reizte seine Phantasie. Nach Mesopotamiens Sümpfen rochen die Täfelchen der Sumerer, nach glühendem Sand und Wohlgerüchen dufteten die Papyri der alten Ägypter; er spürte das kräftige Aroma wilder Kräuter, den ätzenden Geruch von Pferdeschweiß: Über die endlosen Weiten der Steppen schwärmte die Reiterei der Goldenen Horde aus.

Lukarius sann einen Augenblick vor sich hin, nahm einen der vergilbten ägyptischen Papyri, rollte ihn auf und folgte der Hieroglyphenreihe:

»Und da trat ein Priester zum Lenker der Geschicke, verbeugte sich ehrerbietig und sprach:

›O großer Pharao, die Heere sind aufgestellt, die Soldaten dürsten nach der Schlacht. Warum zauderst du?‹

Der junge Pharao wandte das stolze Haupt und blickte den ergeben vor ihm stehenden Priester an. Trauer trat in seine Au-

gen, so wie sich der Nil im Herbst über Ägyptens Boden ergießt.
›O Priester‹, sagte der Pharao, ›wisse, daß mein Herz bekümmert ist. Meinen besten, kühnsten und ergebensten Dienern droht in dieser Schlacht gegen die Syrer der Untergang. Ich beweine meine Soldaten, o Priester!‹
Der kahlgeschorene Kopf des Priesters senkte sich, mit der Hand hielt der Mann seine weiße Gewandung.
›Mögest du wissen, o großer Pharao, daß weise Menschen weder Lebende noch Tote beweinen. Es gibt, es gab und wird auch in künftigen Jahrhunderten keine Zeit geben, da nicht jeder Mensch schon einmal existiert hätte!‹«
Lukarius legte den Papyrus beiseite und nahm eine auf Pergament geschriebene Sammlung von Zaubersprüchen und religiösen Hymnen in die Hand. Das Totenbuch. Durch seine Lektüre wußten die alten Ägypter, wie man sich in der Zeit nach dem Tod verhält und wie man wieder in die Welt der Menschen zurückkehrt. Auf Papyrus geschrieben oder in die Wände der Totenhallen geritzt, begleiteten seine Zaubersprüche vornehme Tote. Die Weisheit der Jahrhunderte war in diesem Buch zusammengefaßt, aber sie konnte Lukarius nicht weiterhelfen. Die alten Texte sagten nichts über die Verbindung zwischen dem Menschenleben und dem Lauf der Zeit. So eine Verbindung gab es; daran zweifelte er nicht. Aber die Fortsetzung seiner Arbeit erforderte Beweise, verlangte neue Nahrung für den Geist. »Weise Menschen beweinen weder Lebende noch Tote« – wiederholte er die soeben gelesenen Worte des Priesters – »der Tod schreckt nur unreife Seelen!«
Lukarius räumte seine Schätze in den Schrank und schloß dessen Klappen. Mit seinen Belehrungen für den jungen Pharao hatte der Priester natürlich recht gehabt. Aber das war die Wahrheit eines einzelnen gewesen. Die Hände auf dem Rücken, begann Lukarius in seiner halbdunklen Studierstube hin- und herzugehen. Das Schicksal des Menschen wird bestimmt durch sein Karma, durch das von ihm Getane sowie

durch das, was er hätte tun können, aber in den bisherigen Inkarnationen nicht getan hat. Wenn aber Menschen zu Tausenden in ein Gemetzel gejagt werden, muß das kosmische Gesetz von Ursache und Wirkung auf andere Weise funktionieren ...
Er geriet in tiefes Nachdenken. Ist jeder Mensch verantwortlich für die Zeit, in der er lebt, oder bestimmen die Volksmassen den Lauf der Zeit?
Lukarius sah auf einmal ein Meer von Menschenköpfen, hörte das Rasseln der Waffen und die kehligen Schreie der Kommandeure. Hinter dem Heer des Pharaos erkannte er die Kampfordnung der Hellenen, die exakte Geometrie der Legionen Roms und die im Wind flatternden Kriegsbanner der russischen Heere. Die Sonne spielte auf den Rüstungen, Militärorchester bliesen zur Schlacht. Gibt das im Gleichschritt marschierende Volk den Rhythmus der Zeit an, oder treibt die Zeit durch ihre vor den Menschen verborgenen Qualitäten das Volk zu Regimentern und Bataillonen zusammen und bringt Diktatoren an die Macht? Auf jeden Fall muß das Karma des Volkes mit der Zeiterschaffung im Zusammenhang stehen! Die kritische Masse des von den Menschen produzierten Bösen bringt den Moloch der Kriege und Revolutionen in Bewegung, und der walzt durch Länder und Völker, bis er in einem blutigen Gemenge steckenbleibt ...
Lukarius hielt inne und lauschte. Nichts lenkte ihn ab. Sogar im unteren dreidimensionalen Raum der Menschen, an den seine Studierstube angrenzte, war alles still. Aber er lauschte weiterhin gespannt, ertappte sich dabei, wie er darauf hoffte, das leichte Knarren einer sich öffnenden Tür zu hören, und entrüstete und ärgerte sich darüber, daß er sich nicht konzentrieren konnte. Die wie der Mechanismus einer Uhr regulierte, behagliche und an seine Beschäftigungen angepaßte Welt zerfiel plötzlich, und Aufregungen und Sorgen drangen mit einem Mal in sie ein. Um den ihm entgleitenden Gedankengang wieder aufzugreifen, wanderte Lukarius erneut in seiner Studierstube auf und ab und blieb vor der Staffelei stehen. Von der

grauen Leinwand sah ihn ein liebliches Frauengesicht an. Ein leichtes Lächeln lag fast unsichtbar auf den Lippen, eine hauchdünne Falte verdüsterte die reine Stirn, und in den Augen lag etwas, das halb Frage und halb spöttisches Lächeln war.
»Die Einsamkeit« – erinnerte er sich an etwas Gelesenes oder irgendwann selbst Geschriebenes – »ist die natürliche Daseinsform der beseelten, denkenden Materie. Sie versöhnt den Menschen mit den Illusionen und Enttäuschungen des Lebens, läßt ihn den Aufstieg zu seinem Selbst, zum erleuchteten und in Zeit und Raum freien Geist vollziehen. Die Einsamkeit ist die einzige Möglichkeit, durch das Mühen der Seele den Gefängnismauern des eigenen Ichs zu entkommen …«
Er stand noch immer vor der Staffelei. Die Frau lächelte kaum merklich. Lukarius seufzte schwer und drehte das Bild zur Wand. Er konnte nur noch spazierengehen. Eine bewährte Methode, um Gedanken und Gefühle in Ordnung zu bringen. Da er sogar im Astral lieber in Menschengestalt lebte, nahm er gewöhnlich seinen Hut und trat je nach Stimmung irgendwo auf einer stillen Allee in Sokolniki oder auf den Sperlingsbergen in die Welt der Menschen hinaus. Bei einem solchen Ausgang wurde er sogar einmal angesprochen. Von einer kleinen, grauhaarigen alten Frau in weißen Zwirnhandschuhen und einem vorgeschichtlichen Hut mit Schleier. Sie war durch seinen korrekten Anzug, verbunden mit der Art, wie er seine Fliege trug und einen Spazierstock benutzte, auf ihn aufmerksam geworden. Lange hatte er sich ihre Erinnerungen angehört, wie das Leben vor dem Krieg war, welche wunderschönen Schuhe mit weißen Streifen und kleinen Absätzen man damals trug, und dann hatte er unvermittelt gefragt:
»Sagen Sie, was ist Ihrer Meinung nach Zeit?«
Die Alte hatte ihn mit klaren Augen angeschaut und ihren Kopf so bewegt, daß die schon grau werdenden Locken an den Seiten zu zittern begannen.
»Sie sind also unglücklich!« Sie hatte ihm ihre leichte, hauchdünne Hand auf den Arm gelegt. »Was wollen Sie damit? Sie

sind noch jung. Leben Sie, solange es sich leben läßt. Das Ewige schaffen Sie schon noch. Das läuft Ihnen nicht davon!«
Sie hatten auf einer Bank gesessen und sich von den spärlichen Strahlen der Herbstsonne wärmen lassen …
Lukarius nahm den Mantel vom Haken, warf ihn sich über den Arm und griff nach dem Hut, als plötzlich Schepetucha durch einen Riß in der Astralebene hereinschaute. Er drehte seinen runden Kahlkopf von einer Seite zur anderen, und als er sah, daß der Hausherr allein war, sprang er auf den Fußboden, schüttelte sich wie ein Hund und strich sich mit der Handfläche über das allerorts abstehende, graue Haar. Seine spitze, bewegliche Nase drehte sich.
»Gehst du?« erkundigte er sich lässig und watschelte ohne Hast auf Lukarius zu. Einen Meter vor ihm blieb er stehen, stemmte die dürren Pfötchen in die Seiten und stampfte wie im Takt mit dem Fuß auf. »Stark! Hast dir einen hübschen neuen Anzug geleistet? Und der tolle Mantel ist sicher aus Paris! Übrigens«, Schepetucha hob seine spärlichen, farblosen Brauen, »Hausgeistern ist es nicht erlaubt, in Menschengestalt aufzutreten! Nur als katzenartiges Getier und bloß ausnahmsweise in Gestalt des Hauswarts, aber dann schon stockbesoffen! Paß auf, Lukarius, das ist ein Verstoß!«
Lukarius schwieg. Schepetucha ging an der mit Büchern vollgestellten Wand hin und her, als sei er hier zu Hause, und blieb mit Kennerblick vor dem El Greco stehen.
»Guter Maler!« lobte er. »Viel Grünes! Hab ich eine Sehnsucht nach Grünem! Wir Waldgeister ziehen ja von alters her mehr durch Sümpfe und Wälder. Erst jetzt müssen wir wegen der Arbeitslosigkeit in die Städte abdampfen. Die Dörfer stehen leer. Da braucht man nicht viele Waldgeister, um einsame alte Frauen zu erschrecken! In früheren Zeiten, im Frühjahr«, fuhr er verträumt fort, »waren die Bäume zart, und dazwischen so etwas wie smaragdfarbener Nebel über der Erde. Vögelchen singen, jede Zelle des wintersüber entkräfteten Körpers freut sich … Die beste Zeit, sich einen Jux zu machen und arme

Verirrte zu Tode zu erschrecken! Oder Weiber im Wald zu erwischen und die nichtsnutzigen Frauenzimmer zu kitzeln, bis sie Krämpfe bekommen! Und heutzutage? Pfui! Das Volk ist auch nicht mehr das, was es war: Die kippen gerade mal ein, zwei Gläser, und schon weißt du nicht mehr, wo du sie suchen sollst!«

Lukarius schwieg. Er hängte den Mantel wieder auf, ließ sich in seinem Lieblingssessel nieder und beobachtete aus dessen behaglichen Tiefen Schepetucha. Vom Körper her war der Waldgeist unansehnlich, von der Gestalt her fade, er benahm sich aber selbstsicher und stolz, was natürlich nachdenklich stimmen mußte. Da Lukarius um die Niederträchtigkeit seines ungebetenen Gastes wußte, kam er zu dem Schluß, daß etwas geschehen sein mußte, was seine ohnehin nicht beneidenswerte Lage verschlechtert hatte.

»Ekelst dich! Würdigst mich nicht einmal eines Gespräches!« stellte Schepetucha fest, ohne die Reaktion abzuwarten. »Solltest du eigentlich nicht! Ich bin Waldgeist, du Hausgeist. Nach der Rangordnung sind wir gleichgestellte, ausgesprochen kleinkarierte Geister. Vergiß, wer du früher warst. Das interessiert niemanden. Jetzt bist du wie ein Knastbruder, lebst in der Verbannung, unter öffentlicher Aufsicht, und daher mach ich mit dir, was ich will!« Der Waldgeist setzte sich in den Sessel gegenüber und schlug ein Bein übers andere. »Übrigens, ein nettes kleines Rundschreiben ist von oben gekommen«, platzte er heraus. »Betrifft dich! Die Obrigkeit will gerne wissen, was du so treibst und wie du dich aufführst! Bild dir also nicht zuviel ein, Lukarius. Ich bin hier im Dienst!«

Der Waldgeist holte von irgendwoher einen Zahnstocher hervor und begann, voller Inbrunst zwischen seinen Zahnlücken herumzufuhrwerken.

»Du stößt mich zurück«, fuhr er fort und spuckte auf den Fußboden, »aber keiner versteht dich so gut wie ich! Von ganzem Herzen, kann man sagen! Habe selbst in den Lagern und im Knast meine Zeit runtergeschrubbt. Hatte mal so ’n Tick in meiner Jugendzeit. Tu den Menschen was Gutes, hab ich mir überlegt! Hab mich umgesehen und dachte mir, bei denen muß man mal 'n bißchen Stimmung machen! Das Leben ist ohnehin schwer, und die armen Kerle kommen auf den Friedhof und sehen, daß in den Gräbern oft Leute herumliegen, die jünger sind als sie. Die Menschen sind ja doch so, daß sie alles berechnen und sich hinterher ärgern. Das hab ich mir durch den Kopf gehen lassen und dann nachts die Grabplatten vom Friedhof geschleppt und neue Geburts- und Sterbedaten eingemeißelt. Manch einen hab ich 100 Jahre leben lassen, manchen 120, und bei einer netten Dame hab ich ein bißchen übertrieben und ihr aus Großzügigkeit sogar 260 Jährchen verpaßt! Und was denkst du?« Der Waldgeist sprang vor Empörung sogar auf.

»Keiner hat sich bedankt! Die Verwandten der Verstorbenen hätten sich freuen sollen für ihre Angehörigen. Statt dessen rannten sie zur Miliz: Grabschändung und so! In der zweiten Woche meiner Tätigkeit haben sie mich auf frischer Tat ertappt. Danach Gerichtsverhandlung. Fünf Jahre verschärften Strafvollzug! Ohne zu berücksichtigen, daß ich ein Waldgeist war ... So ist das nun. Nicht ein einziges gutes Werk bleibt ungestraft!«

Immer noch erregt, rannte Schepetucha in der Studierstube hin und her und verpestete die Luft mit dem Machorka seiner Selbstgedrehten.

»Natürlich sind wir kleine Teufel«, in seiner Stimme lag noch immer Kränkung, »aber einiges können auch wir! Ich könnte beispielsweise nach oben melden, daß der unter Aufsicht Stehende – du also – bescheiden und geradezu schüchtern ist und sich wie ein Musterknabe aufführt. Ich könnte aber auch deine Streiche so ausmalen, daß sie dich sonstwohin bringen und du dort bis ans Ende aller Zeiten vermoderst. Wo gibt's denn sowas, daß ein Hausgeist eine eigene Studierstube hat und dauernd Papier beschreibt!« Schepetucha trat an Lukarius' Schreibtisch heran und verschob nachlässig ein paar Blätter.

»Hinterm Ofen ist dein Platz. Da bleib liegen und wärm dir den Bauch. Du aber philosophierst rum und malst Bildchen!« Lukarius hielt sich noch zurück. Irgendwo in der unteren Welt knarrte eine Tür. Der Waldgeist spitzte seine zottigen Ohren. »Sicherlich ist das alte Gerippe vom Einkaufen zurück!« mutmaßte er. »Die alte Schachtel lebt noch. Dir zur Strafe! Du aber solltest, statt Dummheiten anzustellen«, fuhr Schepetucha schulmeisternd fort, »lieber Beamter werden! Lohnt sich! Nimm beispielsweise mich! Was heißt das schon, daß ich eine unbedeutende Wesenheit bin? Dafür bin ich ein nützliches Schräubchen in der großen Maschine, und das macht mich stolz! Solche wie mich müßte es im Departement der finsteren Kräfte zu Millionen geben. Allein schon meine Zugehörigkeit zum System macht mein Dasein sinnvoll. Auf die Menschen muß man aufpassen, daß sie sich nicht zuviel einbilden, und auch auf Missetäter wie dich muß man ein Auge haben. Es ist eine große Sache, zu spüren, daß man zur Macht gehört! Das System gibt dir zu essen und zu trinken und beschützt dich, wenn's nötig ist. Nein, dienen ist herrlich!«
Der Waldgeist ging ohne Hast zur Wand, in der eindeutigen Absicht, aus dem Astral in die untere Welt zu schauen. Lukarius paßte genau auf. Er beobachtete jede Bewegung von Schepetucha und fragte so freundlich wie möglich:
»Und was willst du von mir?«
»Gar nicht viel!« Schepetucha blieb stehen und bewegte seine Schultern hin und her, als würde ihm unter Lukarius' Blick auf einmal die Haut zu eng werden. »Laß uns miteinander reden! Jedes Geschöpf möchte angehört und beachtet werden. Wir könnten uns doch mal zusammensetzen, ein Fläschchen trinken und eine Runde Karten dreschen. Damit alles seine Ordnung hat! Respektieren sollst du mich.« Er schlug sich mit seiner kleinen Faust auf die wenig behaarte, eingefallene Brust. »Und dafür respektiere ich dich! Wir sind alle gleich, haben alle unsere Macken. Da brauchst du dir gar nichts einzubilden! Sei unkomplizierter, Lukasch, sei zugänglicher fürs Volk!«

Lukarius schüttelte es. Inzwischen war Schepetucha schon einen Meter von der Wand entfernt. Lukarius verzog angeekelt das Gesicht, bremste den Waldgeist, riß ihn mit der Kraft seines Blickes vom Fußboden los und hängte ihn wie eingewindelt in der Luft auf.

»He, he, ein bißchen vorsichtiger! Stell mich wieder zurück!« begann Schepetucha zu kreischen. »Du stehst unter Aufsicht, und dir ist es nicht erlaubt, deine Fähigkeiten zu nutzen!«

Ohne Schepetuchas Gejammere zu beachten, wartete Lukarius ab, bis unten in der Wohnung wieder Ruhe eingekehrt war, und lockerte dann seinen Griff. Der Waldgeist stürzte zu Boden, lief auf allen vieren zur Wand und betastete sich den Körper mit den Pfötchen.

»So wird nun mit einem umgegangen«, winselte er und rieb sich den lädierten Hintern. »Da hetzt einen schon die Obrigkeit hin und her und behandelt einen wie einen Laufburschen: Mach mal den verrückt, erschrecke den mal, und jetzt mißhandelst du mich auch noch. Vielleicht sollte ich zu den Vampiren gehen? Da ist wenigstens die Verpflegung besser!« Ächzend erhob sich Schepetucha, seine Beine zitterten, und er schaute böse zu Lukarius hinüber. »Na, macht nichts. Wer dem Schwachen Böses antut, dem bleibt die Strafe nicht aus! Auch mein Weizen wird noch einmal blühen! Du wirst dich hüten, Lukarius, kleine Geister zu beleidigen. Ich habe es gut gemeint und wollte dich warnen, ja man kann sagen, aus der Schlinge ziehen. Aber darauf kannst du jetzt lange warten! Du wirst noch bezahlen für deinen Hochmut. Alles über dich melde ich. All deine Streiche male ich noch aus!«

Auf einem Bein leicht hinkend, humpelte der Waldgeist zu dem Riß in der Astralebene, sprang aber plötzlich zur Wand und steckte den Kopf in den dreidimensionalen Raum hinaus. Was er dort sah, erstaunte ihn offenbar. Er zog den Kopf wieder zurück, sah Lukarius schief lächelnd an und fragte höhnisch, wobei er mit seinen farblosen, rotumränderten Augen zwinkerte:

»Wo ist denn das Omachen? Die wird doch wohl nicht abgekratzt sein? Du hast aber nicht gemeldet, daß sich deine Haftbedingungen geändert haben! Dabei hattest du die Alte als Zusatzbelastung und zur Strafverschärfung gekriegt!« Der Waldgeist rieb sich zufrieden die Pfötchen. »Noch so 'n kleiner Verstoß! Nun ja, als Mann verstehe ich dich ja.« Schepetucha leckte sich die Lippen, in seine Augen trat öliger Glanz. »Hübsches Weib. Nicht so 'n altes Omachen. Spannst wahrscheinlich heimlich in der Nacht und spielst in der Badewanne den Waschlappen? Euch Kerle kenn ich doch. Bist auch bloß nach außen hin ein Engel!«

Der Waldgeist traf Lukarius' Blick und stockte sofort. Das geile Lächeln verschwand von seinen Lippen, und Angst entstellte sein Gesicht.

»Na, schon gut. Ich gehe dann wohl besser!« Er machte eine Bewegung in Richtung des Risses im Astral. »Ich meine bloß, ich seh es ja selbst – eine in jeder Hinsicht beachtenswerte Frau!«

Schepetucha lächelte demütig, aber es war schon zu spät. Sein kleiner Körper begann auf einmal zu zittern und zu zucken, wurde vom Boden losgerissen und wie Knete zu einem Klümpchen zusammengepreßt.

»Ich ... ich werde das nie wieder tun!« begann er laut zu schreien.

»Nein, Schepetucha, dir glaube ich nicht. Sowie ich dich weglasse, rennst du los und schwärzt mich an. Ich aber brauche Zeit zum Nachdenken.« Lukarius nahm eine Pfeife vom Tisch und begann sie zu stopfen.

Unsichtbare Kräfte setzten ihre Arbeit am Waldgeist fort. Ständig die Form ändernd, wurde er bald so breit wie eine Plinse oder länglich und hing wie ein Strick von der Decke herab.

»Da ... da ist jemand für Sie!« Schepetucha brachte es fertig, eine Hand freizubekommen und in eine Ecke der Studierstube zu deuten. Lukarius drehte sich um. In strömendem, hellblauem Licht materialisierte sich dort eine schlanke Gestalt in einem langen Mantel. Als wollte sie einzelne kleine Funken abstreifen, strich sich die Frau die Kleidung glatt und schob sich eine Kapuze vom Kopf. In ihren großen, auf Lukarius gerichteten Nixenaugen lag etwas Tragisches. Ihr Blick hypnotisierte.

»Mylady?« Lukarius erhob sich aus seinem Sessel. »Entschuldigen Sie, Mylady, ich hatte hier etwas mit einem Freund zu erledigen. Das bringe ich nur zu Ende und stehe Ihnen dann ganz zu Diensten.«

Er drehte sich zu Schepetucha um. Der hing, von unsichtbaren Kräften eingewindelt, einen halben Meter über dem Boden. Mit einer Handbewegung wie ein Chirurg mit einem Skalpell zerschnitt Lukarius den Raum. Dementsprechend krümmte sich der Raum und begann, Schepetuchas haarigen, sich wehrenden Körper wie in einen Trichter einzusaugen. Der Waldgeist drehte sich wie ein Span im Kreis, schraubte sich in den entstandenen Tunnel hinein, wurde zu einer Spirale, sein Kopf versank in die Schultern, und auf der Oberfläche blieb nur ein gewaltiger Mund zurück.

»Ich komme wieder!« versprachen die dicken, afrikanisch-wulstigen Lippen, bevor sie verschwanden. »Das werde ich dir heimzahlen!«

Der Raum schloß sich über Schepetucha wie Wasser über einem Ertrinkenden. Mylady stürzte auf Lukarius zu und sprach, wobei sie ihre dünnen, halbdurchsichtigen Hände an die Brust preßte: »Was, was haben Sie nur mit ihm gemacht? Ich habe ja schon immer gewußt, daß Sie ein schrecklicher, grausamer Mensch sind!«

»Nichts Besonderes!« erwiderte Lukarius lächelnd und schaute in leuchtende, auf ihn gerichtete Augen. »Mein Bekannter hegt eine stille Leidenschaft für die Kosmogonie. Deshalb habe ich beschlossen, ihn in die Tiefen des Weltraums zu befördern, damit er dort ein wenig frische Luft schnappen und seine Glut abkühlen kann. Die Schönheiten des Alls wirken auf die Seelen veredelnd. Ich denke, mit seinem Energiepotential kommt er nach etwa zwei, drei Jahren wieder auf die Erde zurück, und

ich kann inzwischen ohne Aufpasser leben. Übrigens ist er es gar nicht wert, daß man über ihn spricht!«
Lukarius blickte flüchtig auf eine Kerze in einem altertümlichen Kerzenhalter. Sie knisterte und rauchte. Das war logisch gewesen, solange sich Schepetucha in der Studierstube aufgehalten hatte. Jetzt nach seinem Verschwinden jedoch bedeutete dies, daß eine andere, den finsteren Kräften zugehörende Wesenheit heimlich bei ihrem Gespräch zugegen war. Wie ein Jäger, der das Wild aufzuscheuchen fürchtet, überflog Lukarius langsam mit den Augen sein Zuhause. In einem entfernten Winkel der Studierstube, hinter der Staffelei, bemerkte er unter Überwindung fremden Widerstandes ein kaum merkliches Flimmern. Rötlichbraune Töne verrieten eine finstere Energie, deren Stärke seiner Stärke gleichkam. Lukarius tat einen Schritt nach vorn und konzentrierte sich. Aber das Leuchten verschwand sofort, und er konnte nur noch einen davongleitenden Schatten erkennen. Die Kerzenflamme bewegte sich ein letztes Mal stark, kam wieder zur Ruhe und brannte langsam wie ein Kirchenlicht weiter.
»Ist etwas passiert?« Mylady schaute Lukarius besorgt an. »Sie sind plötzlich so blaß geworden!«
»Nein, nichts Besonderes. Ich bin einfach nicht immer darauf gefaßt, daß meine Gespräche belauscht werden. Jetzt bleibt mir keine Zeit mehr zum Nachdenken ... Wissen Sie, wenn man aktiv lebt und dann plötzlich in eine Ruhephase gerät, entspannt man, ohne es zu wollen. Die Beschäftigung mit der Philosophie tut der Seele gut, und man ist nicht mehr wachsam genug, sich vor Schurken zu schützen.« Er nahm Hut und Mantel und wandte sich der Frau zu. »Wenn Sie nichts dagegen haben, würde ich vorschlagen, einen kleinen Spaziergang zu machen. Sie erscheinen immer so unerwartet und überrumpeln mich ...«
Er hakte sich bei Mylady unter, sie traten aus dem Astral auf den Twerskoi-Boulevard hinaus und gingen in Richtung Nikitastor. Die Nacht hatte sich mit ihrem feisten, schwarzen Kör-

per auf die Stadt gelegt, und es roch frühlingshaft stark nach feuchter Erde. Einzelne Passanten eilten in die Wärme ihrer Wohnungen. Hoch am Himmel jagte ein frischer Wind leichte Schichtwolken, und der Vollmond versteckte sich zuweilen hinter deren gleitendem Schleier, zuweilen zeigte er sein Gesicht.

»Sagen Sie bitte, was fesselt Sie eigentlich an dieses glücklose Land?« Mylady schritt bedächtig mit ihrem kleinen Fuß über den feuchten Kies der Allee. »Ebenso könnten wir doch jetzt an der Seine spazierengehen oder beim Karneval in Rio dabeisein.«

»Wenn man liebt, kann man nicht sagen, weswegen.«

»Und das sagen Sie mir?« In Myladys Stimme schwang Herausforderung mit. Sie lächelte sarkastisch. »Mit Ihrer Hilfe weiß ich aus eigener Erfahrung, daß man nicht wegen, sondern trotz etwas liebt!«

Sie sah ihren Begleiter erwartungsvoll an, jedoch Lukarius überhörte ihre Worte.

»Wien, Madrid, Paris – all das hab ich schon erlebt. Diese Städte haben die Ähnlichkeit und Ruhe alter Männer, die nur noch von Erinnerungen leben. Ich wäre natürlich durchaus nicht abgeneigt, ein wenig durch die Depots der Museen dieser Metropolen zu schlendern. Die Bilder an den Wänden meiner Studierstube stammen von dort.«

»Sie reden so, als wäre Moskau anders ...«

»Nicht Moskau – Rußland! In diesem Land ist alles bedeutsamer und tiefgründiger, und sei es nur, weil hier praktisch niemand in der ersten Inkarnation lebt. Ich weiß nicht, warum Er das so entschieden hat, aber gerade hierher kehren die Seelen der Sünder zurück, die in früheren Inkarnationen ein schlimmes oder sogar lästerliches Leben geführt haben und noch einmal die Chance bekommen, ihr Karma zu ändern und den Weg der Erleuchtung einzuschlagen. Jedoch nicht nur Bösewichte, sondern auch erhabene und lichte Geister wie beispielsweise selbstlose Verfechter ihres Glaubens, die andere durch ihr Beispiel mitreißen können, kehren auf eigenen Wunsch hierher zurück. Im übrigen ist die Welt so eingerichtet, daß es selbstlose Verfechter ihres Glaubens nur vereinzelt, Mitläufer dagegen massenweise gibt ...« Lukarius blickte Mylady von der Seite an. »Nebenbei gesagt, ich würde mir an Ihrer Stelle dieses Land der Kontraste ein wenig genauer ansehen. Früher oder später wird Er Ihnen genauso wie jedem anderen Gespenst verzeihen, und dann haben Sie ausgezeichnete Chancen, als Russin wiedergeboren zu werden!«

Sie hielt ihn am Ärmel fest und drehte ihn zu sich her. Aus dem Halbdunkel ihrer über den Kopf gestülpten Kapuze sahen ihn wilde Nixenaugen an.

»Ich will aber nicht wieder in die Welt der Menschen zurück!«

»Warum nicht?« fragte Lukarius verwundert. »Viele möchten gern wiedergeboren werden, um ihre Sünden abzuarbeiten. Letzten Endes kann man nur so sein Karma erleichtern und sich der ungeheuren Last entledigen, die man von Leben zu Leben mitschleppt. Sie wissen doch genausogut wie ich, daß die Seele nach dem Tod den Weg gehen muß, den der Mensch während seines Aufenthaltes in der irdischen Welt eingeschlagen hat ...«

»Ja, das stimmt.« Mylady neigte den Kopf und sah Lukarius unvermittelt direkt in die Augen. »Was soll ich's verhehlen? Sie wissen doch ganz genau, daß ich Sie liebe und Sie nicht verlieren will! Irgendwann einmal wird auch Ihnen die Vergebung geschenkt ...«

»Ich habe jetzt eigentlich allen Grund, das zu bezweifeln!« erwiderte Lukarius lächelnd.

»Nein, ich weiß es genau. Ich spüre das. Ihnen wird verziehen! Auf Erden sind Sie ein Gast und bleiben sogar trotz Ihrer Verbannung hier ein lichter Geist. Sie müssen wieder zurück zu den Höhen der himmlischen Hierarchie, um Ihren Platz im Departement der lichten Kräfte einzunehmen. Sie fallen nie so tief, daß Sie den Aufstieg wieder als einfacher Mensch beginnen müßten. Wenn ich dagegen wiedergeboren werde, werde ich unendlich fern von Ihnen sein, der Sie in lichten Gefilden leben!«

Lukarius zuckte nur mit den Achseln.

»Niemand kennt das Schicksalsbuch. Zunächst aber büßt jeder von uns beiden seine Strafe ab. Sie als Gespenst, ich als Hausgeist. Ein treffliches Pärchen, nicht wahr?«

Er lachte, aber es war kein frohes Lachen. Gemächlich gingen sie auf dem Boulevard weiter.

»Können Sie mir sagen, worin Ihr Vergehen besteht?« Mylady versuchte, ihm ins Gesicht zu schauen, jedoch der Schatten seines breitkrempigen Hutes verdeckte es.

»Das alles ist geradezu banal in seiner Alltäglichkeit«, erwiderte Lukarius lächelnd. »Es gibt keine hierarchische Struktur, in der Zweifel an der Richtigkeit der Handlungen Vorgesetzter gern gesehen werden, um es einmal gelinde auszudrücken. Derartigen Ungehorsam brandmarkte man stets als Abtrünnigkeit. Zwar waren die Glaubensrichtungen unterschiedlich, jedoch die Strafe immer dieselbe – Vertreibung des Widerborstigen. Auf der Erde brachte man diese Unglücklichen gleichzeitig auch noch um – für den Fall aller Fälle sozusagen. Bei mir hat man sich nur auf eine Verbannung beschränkt. Ich möchte nicht darüber reden. Lassen Sie uns lieber im Theater vorbeischauen!«

Sie kehrten in den Astral zurück und traten gleich wieder aus ihm hinaus auf eine stille, menschenleere Gasse. Vor ihnen stand ein Theatergebäude wie ein riesiger, grauer Würfel. Die Lichter waren gelöscht, die Türen hinter den massiven, rechteckigen Säulen verschlossen.

»Geschlossen«, bemerkte Mylady betrübt. »Wir sind zu spät gekommen!«

»O nein, wir kommen gerade zur rechten Zeit! Was ist schon interessant daran, in ein geöffnetes Theater zu gehen?« fragte Lukarius verwundert. »Immer wieder dasselbe Standardsortiment menschlicher Gefühle und Situationen. Langweilig. Wissen Sie beispielsweise, was die Leute am Schachspielen

reizt? Das, was ihnen im Leben verwehrt ist – Kombinationen in Hülle und Fülle …«
Durch die verschlossenen massiven Türen traten sie ins Vestibül hinein und stiegen eine mit einem Läufer ausgelegte Treppe ins Foyer hinauf. Das gewaltige Gebäude war bis unters Dach mit hallender Stille gefüllt. Über dem Eingang zum Zuschauerraum brannte eine Notleuchte. Lukarius griff nach der kupfernen Klinke, die Tür öffnete sich lautlos und ließ sie ins halbdunkle Parterre eintreten. Diffuses, nebliges Licht kam von der Bühne und vermischte sich mit der Dunkelheit, je näher es den letzten Stuhlreihen kam. Die Bühne selbst, bis an die Ziegelwand dahinter offen, erinnerte an ein Aquarium. Etwas Geheimnisvolles und Trauriges lag in dieser zur Schau gestellten Nacktheit.
»Nachts ist ein Theater etwas ganz anderes.« Lukarius ging zwischen zwei Stuhlreihen hindurch und setzte sich auf eine Armlehne. »Wie eine durch die Liebe erregte Frau lebt es noch vom Widerhall der Gefühle und Worte. Hier vermischen sich Sprachen und Völker, hier hat man den Geschmack vergessener Epochen auf den Lippen. In der Nacht ist ein Theater nur scheinbar still. Nehmen Sie diese Stille, lassen Sie sie wie einen Sonnenstrahl durch ein Prisma hindurchgehen, und Sie bekommen einen Regenbogen von Leidenschaften, den Zornesschreie und geflüsterte Liebesgeständnisse zerreißen. Und wenn man Ihnen sagt, daß das Theater mit dem Garderobenhaken beginnt, so glauben Sie's nicht! Die Menschen neigen dazu, dummes Zeug in bester Absicht von sich zu geben. Das Theater beginnt in Ihnen selbst. Als ewiger und unbestechlicher Richter teilt es die Menschen in solche ein, die mitfühlen und miterleben können, sowie in alle übrigen, die man nur bemitleiden kann. Mit dem Haken beginnen und am großen Haken enden nur Militärputsche …« Lukarius wandte sich Mylady zu. »Schade, daß schon alle Stücke geschrieben und alle Rollen gespielt sind! Irgendwann einmal schreibe ich doch noch ein Stück, das lediglich aus Repliken bereits bekannter

Gestalten bestehen wird. Etwas Grandioses, Zusammenhängendes, das durch alle Jahrhunderte und Völker führt! Schade nur, daß kein Lebender in der Lage sein wird, seinen Glanz und seine Fülle richtig zu schätzen!«
Mylady trat auf ihn zu und blieb vor ihm stehen.
»Waren Sie in einem früheren Leben Schauspieler?«
»Falsch geraten.« Er erhob sich von der Armlehne. »Ich bin von Natur aus Dichter. Aber mein Theater ist ein anderes. Da werden Stücke aufgeführt, deren letzten Akt nicht einmal ihr Schöpfer kennt.«
Von der Bühne kam gespenstisch grünes Licht, und phantastische Schatten gefroren im Samt der Logen. Irgendwo im Bauch des Theaters schlug es Mitternacht.
»Nun, wenn das so ist, könnte Sie eine Geschichte interessieren.« Mylady schaute ihn ohne den Schatten eines Lächelns an. Ihr schönes Gesicht mit seinem strengen Liebreiz war nachdenklich und traurig. »Sie handelt von uns beiden, und wie Sie bereits erraten haben, ist es ... Ja, es ist die Geschichte meiner Liebe! Ein Einpersonenstück für einen einzigen Zuschauer.«
Mylady wandte sich um und bestieg die Bühne, wie eine Königin aufs Schafott steigen könnte. Lukarius ließ sich in einen Lehnstuhl fallen. Hoch oben auf dem Balkon des dritten Ranges flammte ganz von selber eine Soffittenlampe auf und riß eine schlanke Gestalt mit kastanienbraunen, auf die Schultern fallenden Locken aus dem Dunkel. Mylady begann zu sprechen. In dem leeren Theater klang ihre Stimme dumpf:
»Zur Welt gekommen bin ich im Languedoc, im Süden des heutigen Frankreich. Das kleine Städtchen, in dem ich meine Kindheit verbrachte, lag am Fuß der Cevennen. Das Haus meines Vaters stand mitten in der Stadt, die Fenster gingen auf den Marktplatz hinaus, und über dem Haus erhob sich wie über der gesamten Stadt einem Koloß gleich eine Kathedrale. Auf dem Abhang eines Berges wuchsen Eichen, weiter oben Buchen und Kastanienbäume, und ich lief häufig in den Wald und verbrachte dort ganze Tage fernab von den Menschen und den

Kreuzen. Wenn ich sonntags unter den hallenden Gewölben der Kathedrale stand, verspürte ich eine Art tierischer Urfurcht. Ich fühlte mich wie ein Sandkorn, wie ein winziges Insekt, hinausgeworfen in eine riesige, feindliche Welt, und selbst die bunten Glasfenster bereiteten mir keine Freude.

Das Schrecklichste in jener Zeit war das Wort ›Ketzer‹. Schon lange hatte sich der Ordensgründer, der heilige Dominikus, ins Grab gelegt, die zu Dominikanern und Franziskanern gewordenen ›armen Katholiken‹ waren in alle Winkel Europas auseinandergeschwärmt, im Languedoc aber loderten weiterhin Scheiterhaufen, bat ein Inquisitorenpater, ein heuchlerisches Lächeln unter einer Kapuze verbergend, im Namen Christi um Seine Gnade für verirrte Seelen. Die einen baten um Barmherzigkeit, andere um Almosen … Durch schmale Hohlwege zogen Aussätzige, mit Stockschlägen ihr Kommen ankündigend und den Bewohnern der Stadt ihre geschwürigen Armstümpfe entgegenstreckend. Zur Nacht kehrten sie in kalte, durch ununterbrochenes Stöhnen unheimlich gewordene Häuser zurück und fielen zu Boden. Die Dominikaner, schreckliche und unnahbare Brüder in Christo, die Menschen zu Tausenden auf den Scheiterhaufen schickten, kümmerten sich um sie. Einen bitteren Geschmack hatte diese Zeit. So wurde der Glauben geprüft!«

Mylady hüllte sich noch mehr in ihren Mantel, als fröstele es sie plötzlich bei ihren Erinnerungen.

»An Feiertagen«, fuhr sie fort, »versammelte sich auf dem Marktplatz vor unseren Fenstern eine Menschenmenge. Schweigend erwartete sie eine Ketzerverbrennung. Kleine Jungs huschten auf der Suche nach Geldmünzen zwischen ihnen umher. Schließlich kam Bewegung in das Meer der Köpfe, in der eingetretenen Stille erklangen laute Befehle, und Soldaten zogen den Ring um die Verurteilten noch enger. Meine Mutter führte mich vom Fenster weg, wir verkrochen uns in die entfernteste Ecke unseres Hauses, beteten bis zur Ekstase und beschworen den lieben Gott, sich der Seelen der Unglücklichen anzunehmen. In der kleinen Stube mit ihrer niedrigen Decke brannte eine Kerze, war es heiß, roch es zum Erbrechen nach Wachs. Eine Ewigkeit verging. Da knarrte die Tür. Vater stand auf der Schwelle. Alles war vorbei!

Einmal, es war der Tag des heiligen Symeon Metaphrastes, versammelte sich schon am frühen Morgen eine Menschenmenge auf dem Marktplatz. An solchen Tagen durfte ich nicht aus dem Haus. Aber ich fügte mich nicht. Wollte in meinen Eichenhain und die Luft des jungen Frühlings atmen. Ich kann mich noch gut an diesen Tag erinnern. Strahlendes Sonnenlicht liebkoste die in langen Winterdämmerstunden ermüdete Erde, und der hohe, unendlich blaue Himmel lockte mich zu sich. Mir schien, die Menschen könnten fliegen lernen. Ich paßte einen geeigneten Augenblick ab, huschte aus dem Haus und lief die Straße hinunter zum Stadttor, wo mein Weg in den Wald begann. Ich spüre noch jetzt an meiner Haut, wie mir die Kälte jenes Morgens unter den Mantel kroch, wo ich mein Mittagessen versteckt hatte – einen Roggenfladen. Die Straße führte nach unten, ich rannte und mied die Blicke der mir Entgegenkommenden. Auf einmal zwang mich etwas, den Kopf zu heben, und ich erblickte diese Frau. Es traf mich wie ein Schlag! Ich, noch ein Kind, begriff auf einmal, daß hier etwas geschah, was mein ganzes Leben verändern würde. Da drüben, in einem dunklen, verdreckten Hof, stand an einem Zaun um eine Schenke ein Käfig auf einem Wagen. In solchen Käfigen zeigten gewöhnlich wandernde Zirkusleute Tiere. Diesmal saß ein Wesen darin, das nur mit Mühe als Frau zu erkennen war. Gaffer standen in einiger Entfernung davon, traten von einem Bein aufs andere, zeigten auf den Wagen und fletschten ihre schartigen Zähne. Ich spürte, wie meine Füße von selbst stehenblieben, und bereits im nächsten Augenblick zog mich etwas unwiderstehlich zu der Armen. Jemand versuchte mich zurückzuhalten, packte mich am Mantelsaum, ich riß mich jedoch los und trat ganz dicht an den Käfig heran. Die Frau saß da und schaute teilnahmslos auf die tobenden Gaffer. Ihr von langen, schimmelgrauen Haaren umrahmtes Gesicht war erstaunlich ruhig. Ich reichte ihr meinen Fladen. Sie schüttelte nur den Kopf, ihre aufgerissenen Lippen lächelten mühsam. Dann schob sie ihre Hand durch die Käfigstäbe und fuhr mir über die Haare. Noch jetzt sehe ich ihre schwarzen, wie im Fieber glänzenden, tränenlosen Augen. Schmutz und Blutflecke bedeckten ihr Gesicht, aber nichts konnte ihre Schönheit entstellen.

›Du bist noch ein kleines Mädchen‹, sagte sie und brachte nur schwer den Mund auf, ›du verstehst das noch nicht. Aber denk an meine Worte. Wenn du einmal groß bist, gibt es mich nicht mehr, jedoch die Welt bleibt unverändert. In ihr lohnt es sich nur zu leben, um die Liebe zu erfahren. Wenn du liebst, brauchst du niemanden zu fürchten.‹ Sie leckte sich die trockenen Lippen. ›Ich schenke dir meine Liebe, vermache sie dir!‹

Zwei Tränen rollten langsam über ihre eingefallenen Wangen. Mit ihrer durch Schmutz und Blut schwielig gewordenen Hand fuhr sie mir übers Gesicht, als wollte sie dessen Züge durch Betasten in Erinnerung behalten.

›Du wirst einmal schön ... Weißt du, ich hätte mir das Leben durch Verrat erkaufen können; aber ich war dazu nicht in der Lage ...‹

Ich weiß nicht, ob sie noch sehen konnte, aber ihre Augen schauten mir direkt in die Seele, und ich begriff, daß ich ihr bestätigen sollte, richtig gehandelt zu haben.

›Lieber Gott‹, flüsterte ich, ›lieber guter Gott! Ich bete zu Dir, gebe Dir meinen kleinen silbernen Ring – rette sie!‹

Sie schüttelte den Kopf.

›Zu spät. Für mich kommt alles zu spät! Jetzt wirst du diejenige sein, die liebt!‹

Sie wollte noch etwas sagen, aber da kam trunkenes Soldatenvolk aus der Schenke herausgepoltert. Mich schoben sie zu den Gaffern hinüber, und mit ihr begannen sie ihren Spott zu treiben, indem sie stumpfe Lanzenenden durch die Stäbe steckten. Sie ertrug das schweigend, und als sich der Wagen zu ihrer letzten Fahrt in Bewegung setzte, fand sie mich mit ihrem Blick und versuchte immer wieder zu lächeln, konnte es aber nicht ...

Sie wurde um die Mittagszeit verbrannt. Eine riesige Menschenmenge sah zu. Der Inquisitor der Dominikaner hatte ihr die letzte Gnade verweigert, und sie wurde lebendig auf den Scheiterhaufen geführt. Hinterher erzählte man mir, daß ihr Geliebter sie angezeigt hatte. Sie hatte davon gewußt und dennoch Gott für ihre Liebe gedankt!«

Mylady ließ sich auf die Bühnenbretter nieder und umklammerte die Knie mit den Händen. Das Scheinwerferlicht folgte ihr, verschwand jedoch auf einmal, als hätte es gespürt, daß es nicht gebraucht wurde. Eine winzigkleine Gestalt saß nun dort am Rande einer riesiggroßen, weit geöffneten Bühne im Lichtdunst.

»Was war weiter?«

Mylady schaute in das Halbdunkel des Parterre.

»Weiter war das Leben. Ein zähflüssiger Traum, der das Erwachsenenleben sein sollte. Aber es verging kein Tag, an dem ich nicht an sie gedacht und für sie gebetet hätte. Ich konnte nur nicht begreifen, was mit meinem Erbe geschehen war, wo die mir vermachte Liebe blieb. Mein Mann stammte zwar aus einem vornehmen Geschlecht, unterschied sich aber wenig von einem Tier. Wie übrigens auch seine Umgebung. Zu sagen, daß er mir zuwider war, hieße, ihm zu schmeicheln; ich haßte seinen stumpfen Ehrgeiz, sein enger Verstand und seine primitive Gefühlswelt brachten mich in Wut. Nehmen Sie dazu noch pathologische Knausrigkeit, Zügellosigkeit im Rausch sowie seinen Hang zu Straßendirnen, und Sie werden verstehen, warum ich einmal die Beherrschung verlor und ihm eine ordentliche Portion Rattengift ins Essen tat. Übrigens war ja auch ich durch das Warten auf Liebe vergiftet worden. Hinterher habe ich natürlich alles abgestritten, aber das hat die anderen nicht davon abgehalten, mit mir so zu verfahren, wie es die Tradition verlangte: Ich wurde als Mahnung an die Nachgeborenen ein-

gemauert … Aber auch nachdem ich ein Gespenst geworden war, hörte ich nicht auf, zu suchen, was mir von Rechts wegen gehörte. Ich fand jedoch nur den Mann, der die Frau verraten hatte. Er lebte in einer fremden Stadt in einem großen Haus am warmen Meer. In einer schwülen, südlichen Nacht kam ich in dieses Haus, um Rache zu üben. Hinter einem Vorhang versteckt, beobachtete ich einen am Kamin sitzenden alten Mann. Er schaute unverwandt ins Feuer. Einen Augenblick lang schien mir sogar, er sei tot. Aber nein, er lebte, und unmenschliche Freude erfaßte mich bei dem Gedanken, daß er im nächsten Augenblick den Verstand verlieren würde. Ich begann wie verrückt zu stöhnen, mich wie ein Wirbelwind im Kreis zu drehen, stürmte durchs Zimmer, kippte Möbel um und warf Geschirr durcheinander. Ich führte einen wahnsinnigen Tanz auf, und schreckliche schwarze Schatten huschten an den Wänden entlang. Ich umarmte ihn mit eisigen Händen, lachte wie eine Irre, schluchzte und heulte wie eine Wölfin, er aber saß immer nur teilnahmslos da und folgte mir mit leeren Augen, die nichts sahen. Seine Lippen bewegten sich kaum merklich. Er betete. Für sie. Dann setzte ich mich in einen Sessel ihm gegenüber und hörte ihm zu. Der Alte flehte Gott den Herrn an, ihm das Leben zu nehmen und derjenigen, für die er all diese Jahre unaufhörlich gebetet hatte, die ewige Seligkeit zu gewähren. Schließlich verstummte er.
›Warum hast du sie umgebracht, Alter?‹
Er antwortete nicht gleich, sondern saß da und starrte ins Kaminfeuer. Auf einmal zuckte sein Kopf, und zwei leere, tote Augen sahen mich an. Wie die schwarzen Löcher stillgelegter Stollen, auf deren Grund manch lebende Seele ruht.
›Man hat mich gezwungen.‹
Er ließ den Kopf sinken und hob ihn gleich wieder. In seine Augen kam Leben, und nun erglühten tief unten in den Stollen zwei trübe, unruhige, kleine Lichter. Der Alte begann sich in seinem Sessel zu regen, in seinem erschöpften, ausgedörrten Körper war noch Kraft zu spüren. Er stand auf und machte ein

paar Schritte, ohne die Augen vom schwarzen Rechteck des Fensters abzuwenden.
›Die Liebe hat sie umgebracht!‹ begann er kaum hörbar. ›Schon seit einem Vierteljahrhundert schlafe ich jeden Tag mit diesen Worten ein und wache mit ihnen auf, sofern ich überhaupt einschlafen kann. Tag und Nacht wiederhole ich: Die Liebe tötet, die Liebe zerstört alles, auch sich selbst! Kaum ist die Knospe der Liebe aufgegangen, stinkt sie bereits nach Untreue, schwitzt sie das Gift der Eifersucht aus. In unserer Angst, die Liebe zu verlieren, laufen wir auf einen Abgrund zu und treiben uns dabei mit der Geißel der Phantasien an. Liebe ist Schmutz, Liebe ist Grausamkeit, ist Wahnsinn! Ich wiederhole diese Worte schon 25 Jahre lang und weiß, daß sie von A bis Z erlogen sind. Ich habe diese Frau geliebt und liebe sie auch jetzt noch. Ich selbst habe sie umgebracht, wollte unterschwellig ihren Tod, da ich die Folter der Liebe nicht mehr ertragen konnte. Es gibt für mich keine Rechtfertigung auf Erden, wie es auch kein Vergeben im Himmel gibt. Mit diesen Händen habe ich sie dem Henker ausgeliefert, habe auf meinem Buckel das Holz für ihren Scheiterhaufen geschleppt …‹
Auf einmal wandte er sich um. Sein Blick fiel auf das Kaminfeuer. Etwas Unaussprechliches und völlig Wahnsinniges kam in diese bucklige Gestalt, in die Art, wie sie den Kopf neigte. Eine Grimasse entstellte sein Gesicht. Er begann zu kichern, schwenkte die Arme, tänzelte im Zimmer auf und ab und sang vor sich hin.
›Man hat mich gezwungen, man hat mich gezwungen, man …‹
Dann fiel er auf die Knie und hielt die Hände vors Gesicht.
›Jede Nacht, kaum hatte ich die Augen geschlossen, sah ich sie in den Armen eines anderen. Ein Alptraum verfolgte mich. Ich vergaß, was leben heißt, weil das Leben zur Furcht geworden war, sie zu verlieren. Häufig lief ich, von Halluzinationen geplagt, mit dem Degen in der Hand durchs Haus, droh-

te, alle und jeden beim geringsten Verdacht zu erstechen. Ich ging nicht mehr in die Kirche, fürchtete, den Priester umzubringen, wenn sie an ihn herantrat, um ihm die Hand zu küssen und seinen Segen zu empfangen. Ich hatte keine Kraft mehr, ich verbrannte auf dem Scheiterhaufen meiner eigenen Liebe ...

In jener Nacht erwachte ich vor Angst. Mein Körper schied sie aus, ich roch sie förmlich. Ich warf mich in meine Kleider und lief auf die Straße. Die schwarzen Häuserquader fielen wie Riesen über mich her, und nur das Licht des Mondes lockte irgendwo in himmlische Fernen. Ich rannte, und meine dumpfen Schritte auf dem Pflaster hallten in meinem armen Kopf wider. Mir kam es vor, als riefe sie mich, als flehe sie mich an, wieder zurückzukommen. Aber ich hastete weiter, lief umher in der schlafenden Stadt, bis ich entkräftet niedersank. Wahrscheinlich war ich eine Zeitlang bewußtlos. Als ich die Augen öffnete, sah ich, wie die Spitze der Kathedrale über mir den hohen Himmel durchstach und den Mond zerspaltete. Ich begriff, wo ich mich befand. Auf einmal erblickte ich auf den Stufen des Hauses nebenan eine dunkle Gestalt. Ich erkannte ihn. Der schwarze, gekrümmte Rücken des Dominikanerabtes huschte durch die Türöffnung und verschwand. Er rief mich nicht. Ich folgte ihm von selbst. Es war eine Verlockung. Ich stieg flache, im Laufe der Zeit abgewetzte Stufen hinauf und fand mich in einem großen Zimmer wieder, in dessen Mitte ein massiver Tisch stand, auf dem eine Kerze brannte. In ihrem Licht erschien ein Blatt Papier unnatürlich weiß. Die Wände des Zimmers versanken im Dunkel.

›Schreib!‹ Die Stimme des Dominikaners hallte irgendwo aus einer Ecke zu mir herüber.

Ich begriff nicht recht, was ich tat, ich setzte mich an den Tisch und begann zu schreiben. Meine Finger wurden fühllos, die Hand wollte mir nicht mehr gehorchen, aber gepackt von Erinnerungen, fuhr ich weiter mit der Feder über das Papier und hatte keine Kraft mehr zum Innehalten. Ich schrieb über sie,

über das Glück, sie vom Himmel herabsteigen zu sehen, über das wohlige Erschauern und die Seligkeit, einen Engel aus Fleisch und Blut zu besitzen. Ich schrieb über mich und darüber, wie weit die Liebe einen Menschen bringen kann. Sinnenverwirrende Bilder von Glück und Genuß, die Angst, sie zu verlieren, und all meine Leiden erstanden vor mir, und ich schrieb, erstickte fast an meinen Gefühlen und verspürte wahre Erleichterung durch die Möglichkeit, erzählen zu können, worin mein Leben bestand. Weihrauchduft stieg mir zu Kopf. Als ich auf der Suche nach einem passenden Vergleich aufsah, trafen meine Augen seinen starren Blick, und ich vermochte nicht, sie von dem knochigen Dominikanergesicht abzuwenden. Die Kerzenflamme flackerte kurz vorm Erlöschen auf, etwas schwand aus meinem Leben, und ich spürte es. Schließlich fiel mein Kopf auf den Tisch, ich ließ die Feder los, und das Papier entglitt meiner Hand.
Er las. Langsam und klangvoll. Als hätte er das in meinen Worten Gesagte selbst erlebt. Seine monotone Stimme schläferte mich ein, und ich verfiel in einen Dämmerzustand. Aber kaum war sie verstummt, kam ich zur Besinnung.
›Unterschreib!‹
Ich begriff nicht recht, er wiederholte ›unterschreib!‹ und preßte meine Hand mit Gewalt auf das Blatt.
Ich unterschrieb. Eine Denunziation!
›Das wär's dann!‹ Der Dominikaner hob einen Becher mit Wein an meine Lippen. ›Ich wußte, daß du früher oder später kommen würdest. Einer von uns dreien mußte sterben – nun wird sie es sein! Ich der Inquisitor, du der Denunziant, sie das Opfer – ein Dreiecksverhältnis!‹
Er lächelte nur mit den Lippen. Ich sprang auf, lag aber im nächsten Augenblick bereits auf dem Boden. Er stand über mir, den Rücken wie gewöhnlich gekrümmt, und ließ die langen Arme baumeln.
›Nur eine Hexe vermag einen Menschen so zu beherrschen. Du hast nichts zu bereuen. Dir wird die Erinnerung an sie blei-

ben, und was kann es in dieser Welt Besseres geben als Erinnerungen! Man kann jemandem die Ehre rauben, vielleicht auch das Geld, aber was man erlebt hat, kann einem niemand nehmen. Du wirst sie ewig besitzen …‹ Er verstummte und setzte dann hinzu: ›Ich auch!‹

›Ich bring dich um!‹ Meine Lippen bewegten sich lautlos, aber er begriff.

›Ich weiß. Aber was käme dabei heraus? Alles gehört bereits der Vergangenheit an. Es gibt sie nicht mehr. Sie ist tot für dich!‹

Auf den Knien, auf dem Bauch kroch ich wie die letzte Kreatur hinter ihm her, suchte einen Zipfel seines Priesterrocks zu erhaschen und beschwor ihn bei allen Heiligen, mir das Papier zurückzugeben. Er lächelte nur traurig und mitfühlend, wie er immer der Gemeinde von der Kanzel zulächelte, und lobte meinen Glaubenseifer.

Dann geschah etwas, und Dunkel brach über mich herein. Ich hätte alles gegeben, um in jener Nacht zu sterben. Aber die Morgendämmerung sah mich auf den Stufen der Kathedrale liegen. Hoch über mir, von den ersten Sonnenstrahlen beschienen, flatterte das Banner des Dominikanerordens im Wind. Fast fröhlich und streng betrachtete mich ein gutmütiger Mönch, zu dessen Füßen ein Hund auf einer Wolke ausgestreckt lag.

In der Nacht nach dem Autodafé brachte ich ihn um. Er wehrte sich nicht. Tagsüber aber hatte ich, von allen Seiten eingezwängt, in der Menschenmenge auf dem Marktplatz gestanden. Der Dominikaner hatte ihr den letzten Akt der Barmherzigkeit verweigert, und man verbrannte sie bei lebendigem Leibe. Seitdem ist mir kalt. Wo ich auch hinkomme, immer wird vor mir Feuer angezündet.‹

Er verstummte und sah mich voller Schmerz und Verzweiflung an.

›Bist du gekommen, mich umzubringen? Tu's! Nichts ist schrecklicher als die Abscheu, die ich vor mir selbst empfinde.‹

Er reichte mir ein Messer. ›Oder willst du, daß ich mich selbst töte?‹
Der Widerschein vom Kaminfeuer fiel auf sein Gesicht und glühte wie Wahnsinn in seinen Augen auf.
›Man hat mich gezwungen, man hat mich gezwu …‹ Der Alte begann zu röcheln, tat schwankend einen Schritt und brach vor meinen Füßen zusammen. Das Messer fiel ihm aus der Hand und rollte mit seinem runden Griff über die Dielen. Gott hatte dem Bejammernswerten die letzte Sünde erspart und gnädig seine Seele zu sich genommen.
In jener Nacht habe ich lange so dagesessen und auf den Leichnam gestarrt, der da ausgestreckt auf dem Boden lag, habe dann im Kamin eine Kerze angezündet und bin leise im Haus herumgegangen. Es war leer, dunkel und unsagbar traurig. Ich hob die Kerzenflamme an die schweren Vorhänge, die gleich hell und fröhlich Feuer fingen. Danach gerieten die Wände und die Decke in Brand. Niemand hatte mehr das Recht, in einem Haus zu leben, in dem ein Vierteljahrhundert lang Tag für Tag ein Mensch sterben wollte. Als die Flamme das Dach erfaßte, sprang ich aus dem Fenster, und als ich mich umwandte, sah ich einen Mann heraushuschen und im Widerschein der lodernden Flammen die krumme, vom Mondlicht überflutete Straße hinunterlaufen, um zu derjenigen zu eilen, die er sein Leben lang nicht aufgehört hatte zu lieben …«
Mylady erhob sich und stieg ein Treppchen hinunter ins Parkett. Ihr Gesicht war blaß, ihre großen Augen glänzten kalt und drohend.
»In jener Nacht«, fuhr sie fort und sah Lukarius blinzelnd an, »in jener Nacht habe ich begriffen, daß das mir vermachte Gefühl in mir lebt und ewig leben wird! Meine Liebe habe ich durch die Jahrhunderte getragen und … erst, als ich Ihnen begegnete, begriffen, was sie mir bedeutet. Ich liebe Sie! Sie gehören mir!«
Sie kam mit ihrem Gesicht an ihn heran, dessen schärfer wer-

dende Züge etwas Raubkatzenartiges bekamen. Ihre Lider senkten sich langsam, löschten den ungestümen Glanz ihrer grünen Augen und flogen gleich wieder auf. Lukarius kam es vor, als rissen sich bei jedem Wimpernschlag schwarze Gedanken wie ein Schwarm von Fledermäusen los und flatterten lange unter den Gewölben des Theaters umher. Auf ihre roten Lippen kam ein Lächeln, und sie flüsterte:
»Nehmen Sie sich in acht! Ich trete Sie an niemanden ab! Und wagen Sie nicht, mich ›Mylady‹ zu nennen. Mein Name ist Lucie!«

2

D*ie Korridore des neuen, anläßlich der Olympischen* Spiele errichteten Gebäudes des Fernsehzentrums verlaufen außen herum. Genau in der Mitte zerschneidet den in eine Vielzahl von Studios und Nebenzimmern aufgeteilten Raum eine prächtige Treppe, die übrigens genausowenig benutzt wird wie der an ihrem Ende liegende Wintergarten – ein Paradebeispiel eigenen botanischen Know-hows. Zum Betrachten der verkümmerten Natur haben die Bewohner der Fernsehfiliale des Irrenhauses einfach keine Zeit, und die prächtige Treppe wird so meisterlich beleuchtet, daß sie ausgesprochen lebensgefährlich ist. Sich nur ein Bein auf ihr zu brechen kann noch als Glücksfall gelten.

Anna passierte die Tür des Nachrichtenstudios, an welcher der diensttuende Milizionär vor sich hindöste, bog um die Ecke und betrat den Regieraum. Die Uhr auf einem der zu einer Wand zusammengestellten Fernsehmonitore zeigte Viertel vor acht. Bis zur Sendung waren es noch 15 Minuten. Hinter einer dicken gläsernen Trennwand zwischen Nachrichtenstudio und Regieraum rückten die Techniker das Vorschaubild für die Nachrichten zurecht, und ein Kameramann werkelte an einer der stationären Kameras. Anna ging die lange Reihe von Schaltpulten entlang, setzte sich in den Sessel des Aufnahmeleiters und ließ den Blick wie gewohnt über die Fernsehbildschirme gleiten. Alles lief nach Plan, wie die Kosmonauten sagen. An jedem anderen Tag wäre sie mit der Meute hergekommen, alle wären gleichzeitig zehn Minuten vor der Sendung in den Regieraum geplatzt, aber heute wollte Anna lieber allein sein. Ein wenig. Nur fünf Minuten. Im Trubel des Tages wür-

de ja doch niemand an das kleine Jubiläum denken, und diese fünf Minuten waren die einzige Möglichkeit, das bescheidene Ereignis ihres Lebens zu feiern. Anna legte ihre Arbeitsmappe vor sich hin und lehnte sich in dem Drehsessel zurück. Zehn Jahre sind im Leben einer Frau eine lange Zeit. All diese Jahre hat sie in diesem mit Elektronik vollgestopften Gebäude verbracht, das – und dieser Gedanke erstaunte sie – ihr zweites Zuhause geworden war. Oder ihr erstes? Anna zwang sich, an nichts weiter als an die bevorstehende Sendung zu denken. Sie holte den Sendeplan für die Nachrichten aus der Mappe und überflog ihn noch einmal. Spalten mit Zahlen, die Abfolge der Themen und deren Sendelänge. Alles beginnt mit der Nachrichtenübersicht, danach kommt die Parlamentssitzung, dann schaltet sich der Kommentator ein, und schließlich wird das Bild mit ein paar Takten Musik ausgeblendet. Na ja, nichts Ungewöhnliches. Die Sendung ist durchdacht und logisch aufgebaut. Allerdings ist bei Direktsendungen niemand vor Pannen sicher. Anna dachte lächelnd daran, wie es kürzlich wenige Sekunden vor Sendebeginn bei Mosenergo einen Stromausfall gab und die Kamera des Teleprompters ausfiel. Es scheint ja nur so, als ob der Fernsehkommentator locker improvisieren würde, wenn er seinen Zuschauern treuherzig in die Augen blickt. In Wirklichkeit liest er fleißig einen schon fertigen Text von dem vor ihm ablaufenden Teleprompter ab. Es war komisch, einmal mit anzusehen, wie einer der landesweit bekannten Fernsehjournalisten sprechbereit seinen Mund geöffnet hatte und es dabei beließ. Kein Text folgte. Natürlich gab es einen mittelgroßen Skandal.
Anna blickte vom Sendeplan auf, auf dem Bildschirm des zentralen Monitors leuchtete »APB-10« auf – die Bezeichnung des für die Ausgabe verantwortlichen Apparate- und Programmblocks. Die inzwischen erschienenen Kollegen begannen, geräuschvoll ihre Plätze einzunehmen. Der Redakteur für die Untertitel setzte sich vor die Schaltfläche mit der Tastatur, Tonregisseur und Tonredakteur stellten sich hinter ein großes

Schaltpult mit Dutzenden von Knöpfen und Hebeln für Regelwiderstände. Regieassistent Sascha ließ sich in den Sessel neben Anna fallen und bemerkte in seiner jungenhaften Art: »Siehst klasse aus!« und sprach im selben Tempo ins Mikrofon: »Semjonytsch, was ist da mit dem Betakam[4]? Ich glaube, da läuft etwas nicht rund.«
Anna drückte einen Knopf auf dem Schaltpult.
»Allotschka, wenn bei ›Rund um Europa‹ das Bild ausgeblendet wird, machst du 'n Standbild und dann gleich raus. Mischa, notiere: Auf Seite sechs dann weiter mit Frühling in Japan. Tokio.«
Der Fernsehkommentator erschien im Studio hinter der Scheibe, fuhr sich durch die lichter werdenden Haare, setzte sich in seinen Sessel und prüfte das Mikrofon: »Eins, zwei, drei.« Über den Lautsprecher wurde durchgesagt, daß die Punkte 14 und 15 vom Band abgespielt werden. Es war schon kurz vor acht, der Kontrollmonitor zeigte das Vorschaubild für die Nachrichten.
»Achtung!« kommandierte Anna. »Die Uhr nicht ausblenden!«
Mit einem letzten Sprung stellte sich der Sekundenzeiger senkrecht. »Kamera 8 ab! Wir sind auf Sendung.« Sie sah, wie die Nummer des Fernsehkanals auf dem Bildschirm kurz aufleuchtete, und den Kommentator informierte: »Du bist im Bild.«
Jedoch dann geschah etwas Unverständliches. Anstelle des dummdreisten Journalistengesichtes, das Millionen Fernsehzuschauern bekannt war, erschien auf dem Kontrollmonitor ein Mann mittleren Alters in tadellosem Abendanzug mit Fliege unter schneeweißem gestärktem Kragen. Er fuhr sich ungezwungen mit der Hand durch die welligen, graumelierten Haare und lächelte den Fernsehzuschauern freundlich zu.
»Guten Abend, meine Damen und Herren!« sagte er in einem angenehmen, tiefen Bariton. »Ich möchte Sie um einen kleinen persönlichen Gefallen bitten. Schalten Sie Ihren Fernsehapparat für ein paar Minuten aus. Sie bekommen dadurch auch Zeit

zum Nachdenken, ob es sich lohnt, ihn überhaupt einzuschalten.«

Der Mann verstummte und schaute abwartend in das Objektiv einer weiß Gott wo stehenden Fernsehkamera. Anna saß auf ihrem Platz – weder tot noch lebendig. Sie erkannte ihn. Aber wie er anstelle des Nachrichtenprogramms in eine Sendung des russischen Fernsehens gelangen konnte, begriff sie absolut nicht. Sie stellte sich die vielen Millionen Fernsehzuschauer vor, sah Tausende wutschnaubende Rentner bereits das Studio anwählen, und ihr wurde klar, daß dies ihr letzter Tag beim Fernsehen war. Ein Skandal konnte nicht ausbleiben, seine Ausmaße und Folgen waren schwer vorhersagbar. In zehn Sekunden würde der Programmleiter anrufen, 30 Sekunden später der Präsident der Fernsehgesellschaft. Unterdessen holte der Mann eine Zwiebeluhr aus seiner Westentasche, ließ deren Deckel aufklappen und steckte sie wieder ein.

»Guten Abend, Anna!« Seine Stimme und sein Lächeln waren verändert, waren wärmer geworden, und sie spürte auf einmal, daß er Müdigkeit zu kaschieren suchte. »Sie sind heute erstaunlich schön! Ich habe bemerkt, daß Ihnen Dunkelblau sehr gut steht. Leider gibt es in dieser Stadt nicht die Veilchen, die Sie so lieben ...«

Anna folgte seinem Blick und schielte zur Seite. Auf dem Tisch in der Ecke des Regieraums stand ein riesengroßer Strauß frischer Rosen in einer Kristallvase. Die Gesichter der neben ihr sitzenden Kollegen waren angespannt, alle folgten unablässig dem Geschehen auf dem Bildschirm. Anna zwinkerte ein paarmal angestrengt, aber dadurch änderte sich ganz und gar nichts.

»Entschuldigen Sie, Anna, ich hätte es nie gewagt, Sie zu belästigen. Aber die Umstände zwingen mich dazu.« Zu ihrem Erstaunen hörte Anna aus seiner Stimme eine gewisse Unruhe heraus und wurde auf einmal selbst nervös. »Ich bitte Sie um ein Rendezvous. Natürlich könnte ich vor Ihrem Haus auf Sie warten, aber es ist nun einmal so, daß bei mir einige Dinge zusammengekommen sind, die keinen Aufschub dulden. Von Ihrer Entscheidung hängt sehr viel ab. Im Grunde mein ganzes Leben!«

Anna schluckte und machte eine Handbewegung, als verjage sie dreiste Hühner des Nachbarn von einem Blumenbeet. Sie bat nur: »Gehen Sie ...«

»Erst wenn Sie zusagen. Sie wissen es noch nicht, fühlen aber möglicherweise, daß unsere Schicksale miteinander verknüpft sind ... und mein Leben völlig in Ihren Händen liegt.«

»Gut, ich komme«, flüsterte Anna und schielte nach dem neben ihr sitzenden Regieassistenten. Aber Sascha hatte nichts gehört. »Nur gehen Sie, um Gottes willen!«

»Sehen Sie, Sie haben's versprochen!« Der Mann lächelte. »Ich erwarte Sie morgen abend nach der Arbeit. Übrigens, das Wort ›morgen‹ wird wohl kaum einen Sinn haben ...«

Ohne den Blick von ihr abzuwenden, verbeugte er sich, und im selben Augenblick entstand auf dem Bildschirm aus dem Nichts der Fernsehkommentator. Mit dreistem Grinsen und methodisch durchdacht machte er sich daran, den masochistisch angehauchten Fernsehzuschauern die zu dieser Stunde landesweit angestauten Unannehmlichkeiten über die Köpfe zu gießen. Anna sah auf die Uhr. Seit Beginn der Sendung war der hauchdünne Zeiger drei Sekunden weitergerückt. War das etwa eine Halluzination gewesen? Mit einiger Mühe nahm sie sich zusammen, und als das nächste Thema begann, hatte sie die Situation bereits voll unter Kontrolle. Als letztes kam wie immer die Wettervorhersage. Nach deren Freigabe drehte Anna sich um und warf einen Blick auf den Regieraum. Die Kollegen an den Schaltpulten rafften ihre Unterlagen zusammen und unterhielten sich angeregt.

»Anja, was ist mit dir? Fühlst du dich nicht wohl?« Sascha erhob sich für einen Augenblick von seinem Sessel und schaute sie an. »Siehst irgendwie blaß aus.«

»Nein, nein, es ist gar nichts. Alles in Ordnung. Mir ist ein bißchen schwindlig. Hast du nichts bemerkt?«

»Scheint nichts Kriminelles gewesen zu sein.« Der Regieassistent zuckte mit den Schultern. »Na ja, vielleicht haben wir etwa 20 Sekunden überzogen«, er dachte einen Augenblick nach und sprach dann gleich weiter, »das ist doch ganz normal ... was denn, hat's 'ne Panne gegeben? Wann denn?«
Anna atmete erleichtert auf.
»Naja. Das kam mir möglicherweise nur so vor. Aller Wahrscheinlichkeit nach ein leichter Patzer mit den CNN-Nachrichten ...«
»Guckt doch mal, Leute! Was für Rosen!« Swetotschka, die Redakteurin vom Teleprompter, beugte sich über den Strauß und wickelte dabei den als Spalte gedruckten Moderationstext zu einer Rolle zusammen.
»Heute hat unsere Anna Alexandrowna Jubiläum!« Der im Regieraum aufgetauchte Programmleiter trat an das Regiepult heran und küßte Anna die Hand. »Und jetzt darf ich euch alle nach unten bitten«, schlug er im Ton eines Alleinunterhalters vor, »da warten Sekt und Kuchen auf uns!«
Wie immer unter Kollegen wurde nach dem ersten Trinkspruch über die Arbeit geredet. Sie erzählten um die Wette von allen möglichen Pannen, lustigen Zwischenfällen und den darauffolgenden Rüffeln der Chefs. Anna lachte mit und steuerte einiges bei, tief in ihrem Inneren jedoch wußte sie, daß das Erlebte keine Halluzination gewesen war, und dieses Wissen wärmte ihr in erstaunlicher Weise das Herz.

Lukarius sah sich nach allen Seiten um.
»Die Welt ist ein Theater, und die Menschen sind die Schauspieler; Geisteskranke sind Schauspieler im Schattentheater ...«
Der hohe weiße Zaun einer psychiatrischen Anstalt zog sich an einer stillen, mit alten Linden bestandenen Dorfstraße entlang und führte zusammen mit ihr eine Anhöhe hinunter, wo ein Fluß in der Sonne glänzte. Auf dessen gegenüberliegender Seite öffneten sich, von frischer Frühlingsluft durchwirkt, lichte Weiten in allen Grünschattierungen. In der Sonne war es be-

reits fast sommerlich heiß, ein leichter Wind fuhr durch das zarte Laub und flüsterte ihm etwas Einfältiges und Liebes zu. Die Erde duftete stark nach erwachenden Gräsern, und am hohen, unendlich blauen Himmel standen malerisch weiße Wattewolken. Alles ringsum verströmte Leichtigkeit und Ruhe. Die Natur selbst schien die aufgeschreckten Menschenseelen heilen zu wollen.

In der grellen Sonne blinzelnd, stieg Lukarius einen Abhang hinauf und blieb vor einer weiß gestrichenen Eisentür stehen. Ein Klingelknopf war der einzige schwarze Fleck auf einer weißgetünchten Ziegelmauer. Lukarius drückte mehrmals und wartete. Minuten verrannen, gemächlich floß das Dorfleben an ihm vorüber, hinter der Mauer jedoch tat sich nichts. Nur ein leichter Wind rauschte in den Wipfeln der alten Linden. Nachdem Lukarius sich davon überzeugt hatte, daß er mit seinem rücksichtsvollen Klingeln nichts erreichte, hob er ein Streichholz von der Straße auf und klemmte damit den Klingelknopf fest. Dieses Experiment gelang. Es waren noch keine fünf Minuten vergangen, als hinter der Eisentür schwere Schritte ertönten, ein kleines, vergittertes Fensterchen aufging und Lukarius eine ziegelfarbene Visage mit rotem Rauschebart erblickte. Säuferaugen mit angeschwollenen, schweren Säcken darunter sahen ihn scharf und nicht allzu freundlich an.

»Was gibt's?« fragte der Mann mit einer Stimme, die vom Tabak und Saufen heiser war. »Heute ist nix mit Besuch!«

»Wieso? Ich habe mich doch vorher erkundigt, mein Lieber. Gerade heute haben Sie Besuchstag.« Lukarius lächelte freundlich und zeigte mit seiner ganzen Miene, daß er seinem Gesprächspartner alles erdenkliche Wohlwollen entgegenbrachte. Der Mann betrachtete ihn mißtrauisch von Kopf bis Fuß, und seinem schweren Blick entging weder der schöne Städteranzug noch die herausfordernd frische Rasur des verdächtigen Unbekannten. Den Duft des französischen Parfums konnte er nicht wahrnehmen, da er selbst übermäßig stark roch. Er hatte nicht nur eine mächtige Fahne nach intensivem, mehrtägigem Alkoholgenuß, sondern stank auch nach frischem Knoblauch und noch nach weiß der Teufel was. Sollte er sich je gewaschen haben, mußte dieses historische Ereignis sicherlich in die schönsten Erinnerungen an seine sonnige Kindheit eingeordnet werden. Wenn man wollte, konnte man das Duftspektrum, das Lukarius' Nasenlöcher erreichte, als Gasangriff qualifizieren. Dieser jedoch blieb standhaft.

»Wegen Inventur geschlossen«, knurrte der Rotbärtige lässig und wollte das Fensterchen wieder zuschlagen, was Lukarius jedoch durch das Dagegenhalten seines Zeigefingers verhinderte. Der Rotbärtige drückte mit beiden Händen, jedoch ohne sichtbaren Erfolg.

»Sagen Sie bitte«, fragte Lukarius interessiert, »gibt es in Ihrer Familie viele Männer?«

»Na, einige gibt es!« erwiderte der Krankenpfleger ausweichend, da er nicht recht begriff, worauf der über ihn gekommene Angeber aus der Stadt hinauswollte.

»Das ist gut!« entgegnete Lukarius billigend. »Du hast dir doch mindestens zwei Zentner angefressen; und der Friedhof ist weit weg ...«

In diesem kritischen Augenblick bewies der Krankenpfleger eine für ihn erstaunliche Auffassungsgabe. Er unterließ nicht nur die Versuche, das Fensterchen vor der Nase des Frechlings zuzuschlagen, sondern machte sogar einen Rückzieher.

»Warten Sie, ich gehe und melde Sie! Wie war doch gleich der Name?«

»Lukin«, erwiderte Lukarius bereitwillig. »Sagen Sie dem Chefarzt, da ist ein gewisser Lukin. In einer persönlichen Angelegenheit.«

»Schon gut, ich geb's weiter«, knurrte der Krankenpfleger. »Nehmen Sie aber den Finger weg. Das ist nicht erlaubt.«

Er verschwand für einige Zeit, dann knarrten hinter der Tür zahlreiche Riegel, und Lukarius konnte sich schließlich davon überzeugen, daß er sich in der Gewichtsbestimmung dieses Mannes nicht geirrt hatte. Er war quadratisch. In seiner Begleitung begab er sich durch einen ordentlich hergerichteten, nach englischer Art angelegten Park. Hallende, federnde Schläge ließen irgendwo ganz in der Nähe einen Tennisplatz vermuten. Zwischen den Bäumen glänzte die himmelblaue Spiegelfläche eines Swimmingpools. Menschen in gutgenähten, jedoch aus blauem Standardstoff geschneiderten Anzügen spazierten würdevoll auf abgemähten Rasenplätzen dahin und führten gemächlich Unterhaltungen. Lukarius und der Krankenpfleger bogen um einen Pavillon, durch dessen offene Tür kurz ein grüner Billardtisch zu sehen war, gingen an einer Orangerie vorbei und betraten eine kleine Villa gutsherrlichen Typs mit Säulen und hohen, glänzenden Fenstern.

»Sie müssen hier rein«, sagte der Krankenpfleger, und das klang aus seinem Mund fast liebenswürdig. Sie standen vor einer Eichentür mit dem Schild ›Chefarzt‹. Darüber hing ein rätselhaftes Spruchband. »Bist du selbst verrückt geworden, verhilf auch deinem Kameraden dazu!« Lukarius wollte seinen Begleiter schon nach der Bedeutung einer derart offensichtlichen Agitation fragen, aber in diesem Augenblick öffnete sich die Tür, und auf der Schwelle stand ein resoluter, mittelgroßer Mann mit erstaunlich lebenslustigen, lachenden Augen.

»Ich erwarte Sie schon!« rief er fast kokett. »Es stimmt doch, daß gerade Sie Lukin heißen? Einfach ein sehr guter Name! Sie sind zu beneiden, mein Lieber. Zum Beispiel Professor Lukin! Klingt doch!«

Er zupfte sich den weißen Kittel auf der Brust zurecht, nahm Lukarius am Ellenbogen und geleitete ihn in sein Arbeitszimmer.

»Sehr angenehm! Doppelt angenehm, daß Sie nicht auf unseren schwarzen Listen stehen!« Der mit allem sehr zufriedene Chefarzt rieb sich die rundlichen, weichen Händchen.

»Haben Sie denn schwarze Listen?« fragte Lukarius verwundert. Er nahm ein Fruchtbonbon aus einer ihm dargereichten Schachtel und ließ sich nach entsprechender Aufforderung in einem Sessel nieder.

»Wie kann es anders sein?« wunderte sich nun seinerseits der Chefarzt. »In unserer chaotischen Zeit!«
Er machte es sich seinem Gast gegenüber bequem, schob mehrere Bonbons in den Mund und erkundigte sich, die Töne zu einem Brei vermischend:
»Was verschafft mir eigentlich die Ehre?«
»Verstehen Sie, Herr Doktor«, Lukarius sah sein Gegenüber aufmerksam an, »ich möchte gern mit einem Ihrer Patienten sprechen.«
»Mit wem, wenn's kein Geheimnis ist?« Der Chefarzt hob die Brauen.
»Er heißt Eusebius!«
»Eusebius ... Eusebius ...« Der Gastgeber überlegte. »Ja, natürlich können Sie mit ihm sprechen. Aber ich muß Sie warnen. Das ist sehr ungünstig gewählt! Wir haben so glänzende Gesprächspartner. Die anzuhören ist ein reines Vergnügen! Der bevollmächtigte Botschafter in Paris ist ein gescheiter Kopf und Kunstkenner!« Der Doktor blinzelte sogar vor Vergnügen, über solch einen Menschen sprechen zu können. »Oder ein Conférencier, wenn Sie wollen! Erzählt pikante Witze, der Hund. Nicht einmal die Damen nehmen's übel! Ein boshafter Geist, eine scharfe Zunge! Aber Eusebius? Maulfaul, griesgrämig; aus dem holt man manchmal kein Wort heraus, und mit Rennpferden kennt er sich überhaupt nicht aus! Langweilig, mein Lieber, eine einzige öde Langeweile!«
»Und trotzdem möchte ich gerade mit ihm sprechen!«
»Nun sind Sie schon beleidigt! Das sehe ich Ihnen doch an!« Der Chefarzt hätte fast losgelacht, stockte jedoch plötzlich. »Aber in welchem Verhältnis stehen Sie eigentlich zu ihm? Worüber werden Sie reden? Wir als medizinisches Personal der Klinik sind verpflichtet, die Interessen unserer Patienten wahrzunehmen!« Er erhob sich, legte bedeutungsvoll die Hände auf den Rücken und ging in seinem Arbeitszimmer auf und ab. »Und überhaupt hat Eusebius niemals erwähnt, daß er Verwandte oder Bekannte hat!«

»Wissen Sie, Eusebius ist ein Freund aus meiner Kindheit, und als ich erfuhr, daß ihm so etwas ... Unangenehmes widerfahren ist, hielt ich es für meine Pflicht ...«
»Na gut«, stimmte der Chefarzt gezwungenermaßen zu. »Aber denken Sie daran, daß wir in unserer Klinik ausschließlich Ruhe als Behandlungsmittel einsetzen!«
Der Arzt drehte sich auf einmal jäh um und starrte Lukarius hart und argwöhnisch ins Gesicht.
»Lukin? ... Sind wir uns nicht im Gesundheitsministerium begegnet? Natürlich, in der Hauptverwaltung 4[5]! Leugnen Sie nicht – Sie sind doch Mediziner?«
»O nein, Gott sei Dank nicht!« erwiderte Lukarius lächelnd.
»Na, na.« Der Chefarzt setzte sich in seinen Schreibtischstuhl und ließ an seiner ganzen Miene erkennen, daß er dem ungebetenen Gast nicht ganz über den Weg traute. Er schwieg eine Zeitlang, schaute mürrisch und argwöhnisch um sich, und sein Gesicht verdüsterte sich immer mehr. »Würden Sie sich vielleicht die Mühe machen, mir zu antworten«, sagte er schließlich, wobei er nervös einen dicken Bleistift in seinen Fingern hin- und herdrehte, »eine Bescheinigung von der psychiatrischen Fürsorgestelle haben Sie doch? Versuchen Sie nur nicht, uns eine mit einem dreieckigen Stempel unterzujubeln. Damit kommen Sie hier nicht durch!« Der Arzt erhob sich unvermittelt und trat an Lukarius heran. »Sehen Sie mir in die Augen! Schizophreniker? Angst vor geschlossenen Räumen und Frauen in schwarzen Strumpfhosen?« Er wedelte mit dem Bleistift vor der Nase seines Besuchers hin und her und klopfte ihm plötzlich freundschaftlich auf die Schulter. »Nicht böse sein, Lukin. War nur 'n Scherz! Das bringt die Arbeit mit sich! Hier, nehmen Sie den Füllfederhalter, füllen Sie das aus und unterschreiben Sie gut leserlich! Das Datum in Zahlen und Worten ...«
Der Chefarzt holte einen Vordruck aus der Kitteltasche und reichte ihn Lukarius. Der Text lautete: »Ich – (Leerstelle) – verpflichte mich hiermit, unter keinen Umständen und auf kei-

nen Fall zu versuchen, einen Platz in der psychiatrischen Anstalt zu bekommen.«

Lukarius unterschrieb. Der Chefarzt studierte die Unterschrift lange und mit sichtlichem Vergnügen, faltete das Blatt dann ordentlich in der Mitte zusammen und räumte es in einen Safe.

»Na, wunderbar! Na, ausgezeichnet! Ich bewerte Ihren Schritt als ausgesprochen freundschaftlich. Haben einfach unterschrieben, ohne daß auf Sie eingewirkt wurde.« Er trommelte mit den Fingern auf dem Eisen des Safes. »Aber bedenken Sie: weder als medizinisches Personal noch als Patient! Euch kenne ich doch, da behauptet ihr hinterher noch, daß man euch nicht gewarnt hätte.«

»Was denn, wollen etwa viele zu Ihnen?« fragte Lukarius etwas verwundert.

»Viele? Ausnahmslos alle!« Der Arzt schlug die Hände zusammen. »Wir können uns gar nicht retten. Sie wissen doch selbst. Harte Zeiten da draußen, aber bei uns herrschen Ruhe, Wohlstand, gute zwischenmenschliche Beziehungen, kurz gesagt, Kommunismus in den Grenzen eines einzelnen Irrenhauses. Na, und eine feine Gesellschaft, ja man kann sagen, die High-Society ist hier vertreten. Die nimmt nicht irgendeinen von der Straße.«

»Wollen Sie damit sagen, daß die Patienten entscheiden, wer aufgenommen wird?«

»Natürlich! Die müssen ja mit den Neulingen leben. Zu uns zu kommen ist wie in die Akademie der Unsterblichen zu gelangen – da sind Sie Mitglied auf Lebenszeit. Sie werden verstehen, drei Empfehlungen plus Probezeit. In letzter Zeit scheinen alle verrückt geworden zu sein. Kommen auf die freche Tour! Das Ministerium ist völlig schamlos geworden – es wird aufgelöst, und seine Leute kommen dann zu uns. Wenn nicht als Ärzte, dann als Patienten. Dieser Tage versuchten sich zwei Verwaltungschefs als Epileptiker einzuschleichen, und ein echter Schizo ist aus dem Schriftstellerverband übergelaufen und hat um politisches Asyl gebeten. Hätte fast alle unsere Leute

gebissen. Na ja, für solche Fälle halten wir uns zwei Tobsüchtige. Nachdem der Überläufer eine Nacht bei denen geschlafen hat, wollte er wieder zurück. Bei sich dort, sagte er, hätten sie zwar auch Tobsüchtige, aber die wären nicht so wild.«
»Das heißt also, Sie behandeln Ihre Patienten überhaupt nicht?«
»Doch, doch! Und wie!« empörte sich der Chefarzt. »Unsere Heilmittel sind absolute Ruhe und Lebensqualität. Nicht so wie auf der anderen Seite vom Zaun. Hier bei uns gibt's keinen Anlaß, verrückt zu werden. Und dann noch obligatorisch Sport, Partys und Intrigen zur Aufrechterhaltung des Tonus. Übrigens haben wir dieser Tage eine Schocktherapie ausprobiert. Aber leider erfolglos, wie wir zugeben müssen. Überdosis. Haben morgens die neuesten Zeitungen verteilt und abends ohne Vorwarnung die Nachrichten gezeigt. Wir dachten, viele wollen wieder in die Freiheit und raus aus der Klinik. Aber denkste!« Der Arzt winkte resigniert ab. »In der Nacht hat keiner geschlafen, und am Morgen wurde auf einer außerordentlichen Versammlung beschlossen, die Schocktherapie als Persönlichkeitsverhöhnung zu verbieten. Die Tobsüchtigsten wollten sogar wegen Verstoßes gegen die Menschenrechte an die UNO schreiben. Es wurde beschlossen, auf den alljährlichen Maskenball zu verzichten, für das eingesparte Geld den Zaun zu erhöhen und Wachen mit Hunden einzustellen ...«
Er verstummte, trat ans Fenster und stand dort lange mit den Händen auf dem Rücken. »Und trotzdem ist es seltsam, daß Eusebius nie von Ihnen gesprochen hat!«
Der Chefarzt drehte sich um, sah seinen Besucher kurz und durchdringend an, nickte und verließ das Arbeitszimmer. Lukarius stellte sich darauf ein, warten zu müssen, aber buchstäblich im nächsten Augenblick wurde schüchtern an die Tür geklopft, ein Flügel öffnete sich und ließ wieder den Chefarzt hinein, aber diesmal ohne Kittel und in dem blauen Standardanzug. Aber nicht nur seine Kleidung hatte sich verändert. Der Eingetretene schaute finster und mürrisch drein, in seinen

eben noch fröhlichen Augen stand ängstliche Mißgunst. Selbst Gang und Verhalten waren anders: Der Mann schlurfte über den Boden, und seine krumme Haltung verriet Unsicherheit.
»Sie wollten mich sehen?« fragte er leise. »Ich bin Eusebius!«
»Aber ...?« Lukarius erhob sich befremdet aus seinem Sessel.
»Heute habe ich Dienst«, erläuterte Eusebius und sah den Gast mürrisch an. »Das Budget der Klinik ist nicht groß. Da muß an medizinischem Personal gespart werden. Vielleicht haben Sie schon einmal von der *Tschu-He*-Konzeption gehört – sich auf die eigenen Kräfte stützen? Na ja, und – ehrlich gesagt – wer kennt unsere Wehwehchen schon besser als wir selbst?« Er setzte sich demütig auf den Rand einer mit Wachstuch bespannten Liege und sah Lukarius fragend an.
»Erkennst du mich nicht? Wir waren doch in unserer Kindheit dicke Freunde! Du, ich und Serpina ...« Lukarius lächelte, als lade er Eusebius dazu ein, die Freude über die langerwartete Wiederbegegnung mit ihm zu teilen.
Eusebius betrachtete den vor ihm stehenden Mann noch immer aufmerksam und verdrießlich.
»Nein«, sagte er schließlich, »ich kann mich nicht erinnern. Und überhaupt – Sie kommen vergebens«, fuhr er fort, wobei er sich abwandte und gleichgültig zum Fenster hinaussah. »Diese ganzen Tricks kennen wir schon lange. Die Klinik ist nicht aus Gummi, und eine Empfehlung zur Einlieferung gebe ich Ihnen nicht. Wenn Sie wollen, können Sie das Egoismus nennen. Wir leben nun einmal in einer solchen Zeit – jeder denkt nur an sich!«
»Hast du mich denn nicht verstanden? Wir waren doch in einem anderen Leben Freunde ...«
»Na, sehen Sie. Jetzt werden Sie auch noch den Geisteskranken spielen.« Eusebius zuckte mit den Achseln. »Das Szenario kennen wir! Gehen Sie aus freien Stücken, ich möchte nicht die Krankenpfleger rufen. Dazu setzen wir bei uns ausschließlich Tobsüchtige ein.« Er streckte die Hand nach einer an der Wand montierten Klingel aus. Lukarius erkannte seinen Fehler:

Eusebius wußte nichts mehr von ihm. Ihm fehlte die durchgängige Erinnerung an die vorigen Leben, deren spontane Erscheinungsformen die Menschen so oft für Erinnerungen ihrer Vorfahren halten. Er lächelte und konzentrierte seine Willenskraft auf den vor ihm sitzenden Mann im Krankenhausanzug. Dessen Gesichtsausdruck begann sich zu verändern. Eusebius drückte nicht auf die Klingel, sondern erhob sich von seinem Platz und betrachtete Lukarius ganz genau.
»Lukas? ... Warte mal, warte mal!.. Aber natürlich, Lukas! Warum hast du das nicht gleich gesagt?«
Eusebius' Gesicht, eben noch angespannt, strahlte nun fast Freude aus. An einigen unauffälligen Anzeichen erkannte Lukarius in diesem vom Leben gebeutelten Mann den lustigen und findigen kleinen Jungen, mit dem er während seiner ersten Kindheit auf der Erde befreundet gewesen war.
»Wieso habe ich dich denn nicht erkannt?« wunderte sich inzwischen Eusebius. »Du hast dich aber auch ein wenig verändert. Wie viele Leben, wie viele Jahre seitdem vergangen sind!«
Lukarius sah dennoch deutlich, daß weder Anspannung noch Mißbehagen den Freund seiner Kindheit verließen. Etwas hemmte die aufkommende Freundlichkeit. Er hätte sich gern über ihre Begegnung gefreut, fürchtete sie aber auch aus irgendeinem Grunde. Seine starre Haltung und der Ausdruck seiner Augen verrieten Unsicherheit.
»Ich freue mich wirklich, dich zu sehen«, sagte Eusebius. Er wußte nicht, wohin mit den Händen, und die Zwiespältigkeit seiner Gefühle bedrückte ihn unverkennbar. »Weißt du was«, sagte er plötzlich erfreut, als habe er einen Ausweg aus der schwierigen Situation gefunden, »laß uns einen trinken! Hier wird das sogar als Therapievariante gefördert ...«
Er hastete geschäftig los und holte eine lange, dunkle Flasche sowie zwei hohe Weingläser aus einem Medikamentenschrank.
»Calvados!« Eusebius schenkte ein. »Wir haben großartige Verbindungen nach Spanien. Außerdem war dieser Tage eine Delegation aus Amerika hier. Die liefen rum und stellten dau-

ernd Fragen. Wollen unsere Erfahrungen übernehmen. Selbst in der Überflußgesellschaft herrscht also Bedarf an Oasen der Verrücktheit. Und weißt du, besonders hat die gewundert, daß wir völlig ohne bezahltes medizinisches Personal auskommen. In ihrem Amerika ist an so etwas nicht einmal zu denken, während das bei uns schon gang und gäbe ist! Nein, man kann schon noch was lernen bei Mütterchen Rußland. Unser Land hat noch Talente!«
Er hob das Glas und deutete mit einer Handbewegung an, daß er auf Lukarius trank. Der Wein war vorzüglich und hatte eine angenehme, kaum spürbar bittere Note.
»Übrigens«, fuhr Eusebius fort, der sich ganz deutlich immer besser und ungezwungener fühlte, »haben wir einen Irrenaustausch vereinbart. Ich bin ja eher ein Ruhiger, da schaff ich's nicht in die erste Gruppe, aber mit der Zeit komme ich, glaube ich, auch noch an die Reihe. Wenn ich Glück habe, fahre ich zu den Deutschen oder zu den Schweden. Zu den Amerikanern will ich nicht. Die sind mir zu laut ...«
Er sah Lukarius an. Argwohn stand wie schweres Quecksilber in seinen Augen.
»Wie hast du mich eigentlich gefunden? Ach ja«, fiel es ihm plötzlich ein, »das hab ich ja ganz vergessen: Man hat mir erzählt, daß du bei deinem Aufstieg ziemliche Höhen erklommen hast! Es hieß sogar, ein lichter Geist würde bezüglich seiner Kraft nicht hinter den Engeln zurückstehen!«
Lukarius lächelte.
»Menschliche Kraft ist etwas anderes, und auf dem Weg zur Erleuchtung gibt es keine Höhen, sondern nur Arbeit ...«
Er beschloß, Eusebius nichts von seiner Verbannung zu erzählen, wie er ihm auch nicht sagte, welche Mühen es ihn als einen in Ungnade Gefallenen gekostet hatte, Eusebius in dieser Klinik aufzutreiben. Da er die Natur des Menschen bis in alle Einzelheiten kannte, war ihm klar, daß diese Neuigkeit den Freund seiner Kindheit zwar nicht traurig stimmen würde, aber er hatte auch keine Lust, sich falschen Trost anzuhören. Außerdem

konnte das seine Pläne gefährden, und so beeilte er sich, das Thema zu wechseln.

»Na, und warum bist du hier?«

Eusebius antwortete nicht sofort. Er goß sich Wein nach, hob das Glas in Augenhöhe und schaute Lukarius durch das Glas hindurch an.

»Ich verstecke mich.«

»Vor wem?«

»Vor mir selbst.« Eusebius tat mit sichtlichem Vergnügen einen großen Schluck. »Ja, ja, vor mir selbst! Das ist nicht so einfach zu erklären ... Sieh mal, du gehst deinen Weg, Serpina hat Karriere gemacht und dient den finsteren Kräften, ich Sünder aber bin zu dem Schluß gekommen, daß mein Platz in der Klapsmühle ist, und das entbehrt durchaus nicht der Logik.«

Eusebius trank seinen Wein aus und stellte das Glas wieder auf den Tisch. Er machte ein trauriges Gesicht, seine Augen wirkten nachdenklich. Lukarius erinnerte sich auf einmal an ihre ferne Kindheit, ihm wurde warm ums Herz, und er bekam Mitleid mit dem Freund. In der nebligen Ferne der Jahrhunderte erkannte er den kleinen, semmelblonden Jungen, der immer barfuß herumlief und schmutzig war, dabei aber das einfache Glück genoß, zur Welt zu gehören. Er sah ein Steilufer an einem Fluß, ein Standbild des Gottes Perun und grenzenlose Waldflächen. Nachen mit stolz aufragendem Bug strebten unter weißen Segeln dem fernen Meer zu, während ihnen die drei Lausbuben von einem Abhang aus nachschauten und vom künftigen Leben träumten.

»Kann ich dir irgendwie helfen?«

Eusebius schüttelte den Kopf.

»Ich weiß, daß du Mitleid mit mir hast. Nicht nötig! Ich selbst habe meinen Weg gewählt. Du warst immer gütig und stark, und jetzt hast du über vieles Macht. Aber für mich kannst du nichts tun.«

»Ich möchte es versuchen ...« Lukarius legte dem Freund seine Hand auf die Schulter. Der lächelte nur.

»Auch du kannst doch nicht das eherne Gesetz von Ursache und Wirkung, das Karma-Gesetz, verändern?« fragte er. »Na siehst du. Niemand kann's. Nicht einmal Er.«
»Aber warum bist du dann im Irrenhaus?«
»Erklär ich dir gleich.« Eusebius machte den Eindruck, als habe er sich mit seinen Lebensumständen abgefunden. »Verstehst du, jeder von uns trägt die Saat von Paradies und Hölle in seiner Seele. Du weißt ganz genau, daß der Mensch mit seinen irdischen Handlungen, seinen Gedanken und Wünschen letztlich nur den Weg für die Zeit nach dem Tod festlegt, das heißt, ob er weiter zum Licht aufsteigt oder in die Hölle hinabsteigen muß. Das Karma-Gesetz läßt die Menschen so lange auf die Erde zurückkehren, bis sich eindeutig herausstellt, zu welcher der beiden Welten sie gehören. Wenn das klar wird und alle Zweifel beseitigt sind, endet die Reinkarnationskette.« Eusebius leckte sich die trocken gewordenen Lippen. »All das habe ich schon früh begriffen, weil ich von Jugend an alte Bücher gelesen habe und die Perspektive einer verbindlichen Entscheidung mir, ehrlich gesagt, keine Freude bereitet hat. Ich liebe das Leben vor dem Tode zu sehr, als daß ich es gegen ein Leben nach dem Tode eintauschen möchte; ich liebe es, mir diese zwar unvollkommene, aber so frohe und farbenprächtige Welt anzusehen. Es ist doch nichts Schlimmes an dem Vergnügen, im dichten Gras zu liegen und den langsam dahinziehenden, majestätischen Wolken hoch am Himmel zuzuschauen. Ich weiß, du verstehst mich, wenn ich einfach sage, daß ich gern als Mensch auf der Erde lebe.«
Eusebius schaute flüchtig nach draußen, wo im Park ein warmer Wind das frische Laub rascheln ließ. »Und da habe ich mir überlegt, wie ich leben soll, daß mich das unerbittliche Karma-Gesetz immer wieder als Mensch zur Welt kommen läßt. Und ich habe eine Antwort gefunden! Wenn man keinerlei Handlungen vollzieht, weder Gedanken noch Wünsche hat, ist man folglich nicht bereit, die Wahl für das Leben nach dem Tod zu treffen. Wenn man diese Wahl nicht trifft, wird man nie zum

Jenseits zugelassen und lebt so bis zu Seinem Jüngsten Gericht als Mensch. Verstehst du, das Wichtigste ist, das Gleichgewicht zwischen Gut und Böse zu wahren! Daher auch die Irrenanstalt: Hier erwartet niemand Handlungen von dir, und keine Gedanken zu haben gilt als absolut normal. Hier bin ich weder gut noch schlecht, weder brav noch böse – hier bin ich ein Niemand.«

»Das Leben ablehnen, um zu leben?«

»So ist es, Lukas. Ganz genau so! Und das ist gar nicht so einfach. Wenn wir wiedergeboren werden, kommen wir in diese Welt, ohne etwas von ihr zu wissen. Wir ahnen nicht einmal, daß es Karma-Gesetz und Reinkarnation gibt. Um daher entscheidende Handlungen zu vermeiden, mußte ich an meinem Unterbewußtsein arbeiten. Und ich hatte Erfolg! Sowie ich meine ersten Schritte in einem neuen Leben mache, redet es mir immer wieder zu: Sei ein Niemand, nichts in diesem Leben darf dich etwas angehen. Wenn du willst, kannst du das Verhängnis oder Schicksal nennen ... Mich wundert nur eines, und gerade erst jetzt, im Gespräch mit dir, habe ich das begriffen: Jedesmal werde ich ausnahmslos als Russe geboren. Findest du das nicht seltsam?»

»Durchaus nicht!« Lukarius holte eine Pfeife aus der Tasche und stopfte sie gemächlich. »Mehr noch – es erscheint mir gesetzmäßig. Dir kommt es ja bloß so vor, als ob nur du so lebst. In Wirklichkeit vertreten ziemlich viele Menschen, die sich russische Intellektuelle nennen, schon seit langem dieselbe Philosophie des Daseins: Sich in nichts einmischen, nichts wollen, leben, um zu leben ... Seinerzeit haben sie mit erstaunlicher Leichtigkeit ihr Haus ausplündern und besudeln lassen, um dann Dutzende von Jahren mit gesenktem Kopf zu leben. Auch jetzt hocken sie immer mehr wie die Küchenschaben in ihren Ecken. Du stehst also bei weitem nicht alleine da, mein lieber Freund! Zweifellos gehört dir die Entdeckung der psychiatrischen Klinik als Asylmöglichkeit, aber glaube mir, sehr bald werden auch diese Menschen zur selben Schlußfolgerung kommen. Im Grunde sind sie bereits auf dem Weg ins Tollhaus.«

Lukarius zündete seine Pfeife an und machte einen Zug. In dem Zimmer verbreitete sich der Duft von gutem Tabak. Lukarius beobachtete Eusebius aus dem Augenwinkel und sah natürlich, daß dieser finster dreinschaute und wie zu Beginn ihres Gespräches auf den Boden starrte. Jeder hält sich gern für etwas Außergewöhnliches, und diesen Mythos zu zerstören, ist immer schmerzhaft und gefährlich für eine Freundschaft. Niemand möchte in der endlosen Reihe der Müden und Gesichtslosen stehen ... Lukarius begriff, daß er einen Fehler gemacht hatte, und wollte ihn gerade wieder ausbügeln, als Eusebius auf einmal unvermittelt den Kopf hob und fragte:

»Warum bist du eigentlich hergekommen?« In seiner Stimme schwang mehr als bloßes Gekränktsein mit. »Was willst du von mir? Denk daran, daß ich nichts tue und nichts sage! Ich verletze doch nicht das brüchige Gleichgewicht, bloß weil ein anderer eine Anwandlung bekommen hat, und beraube mich doch nicht des ewigen Lebens auf der Erde!« Eusebius rückte ängstlich an die andere Ecke der Liege. »Geh, ich spüre, daß du mir zum Verhängnis wirst!«

»Wie kommst du denn darauf?« Lukarius lächelte betont ruhig und trank langsam seinen Calvados aus. »Ich wollte dich einfach sehen, wollte Kindheitserinnerungen auffrischen. Überleg doch selbst einmal, was ich mit meinen Möglichkeiten schon von dir wollen könnte.« Er zuckte befremdet mit den Achseln. »Und wieso können dir Erinnerungen schaden? Die liegen doch schon alle in der Vergangenheit und werden dein Karma überhaupt nicht beeinflussen.« Er nahm die Flasche und goß beiden ein. »Ist es dir wirklich nicht angenehm, wieder in jene ferne Zeit einzutauchen? Eine glückliche, sorglose Zeit ...«

Lukarius' Worte und seine ruhige Redeweise verfehlten ihre Wirkung nicht. Eusebius wurde mit einem Schlag zugänglicher, an die Stelle des Argwohns trat sanfte Wehmut in seine

Augen. Er setzte sich an den Tisch und nahm sein Glas. Lukarius wußte, der Zeitpunkt war gekommen!
»Kannst du dich noch erinnern, wie du uns gerettet hast?« sagte er einfach so dahin. »Im Grunde verdanken Serpina und ich dir das Leben; vielleicht sogar noch mehr. Wer weiß, wie sich unsere Reinkarnationskette verändert hätte, wenn wir in unserer ersten Kindheit getötet worden wären ...«
»Ja, tatsächlich, das war eine glückliche, sorglose Zeit!« Eusebius seufzte und lächelte verträumt. »Ich weiß noch, es war ein windiger und kalter Tag. Ich fror an den nackten Füßen. Im Wald hingen Wassertropfen wie Glasperlen an den Sträuchern, und der Fluß mit seinen weißen Schaumkronen wirkte bleierngrau. Wir hatten seinerzeit einen späten und verregneten Frühling ...«
»Ich glaube, ich habe die Gefolgsleute des Fürsten als erster gesehen«, bemerkte Lukarius.
»Ja, du hast noch geschrien ›Laßt uns fliehen!‹, und dann sind wir in den Wald gerannt. Sie sind uns auf den Fersen geblieben, und wenn sie uns gefaßt hätten, hätten sie uns lebendig in das Fundament der Festung eingemauert. Heute kommt einem das unsinnig vor«, schmunzelte Eusebius, »aber damals glaubten die Menschen allen Ernstes, das macht die Festung uneinnehmbar ...«
»Und was war weiter? Ich kann mich nur noch erinnern, daß wir uns auf einmal in einer anderen Welt befanden, wo uns ein alter Zauberer erwartete ...«
»Du hast's vergessen.« Eusebius trank seinen Wein aus und wischte sich die Lippen mit der Hand. Lukarius sah, daß die Erinnerungen die Eitelkeit seines Freundes angenehm kitzelten. »Das war gar kein Zauberer. Der Alte hieß Chronos. Und euch hatte ich in einen alten Götzentempel geschleppt, den ich lange zuvor beim Herumstreunen im Wald bemerkt hatte. Aber ich glaube, auch der hätte uns nicht vor den Gefolgsleuten des Fürsten gerettet, wären wir nicht über ein riesiges Götzenbild gestolpert!«

»War das Perun?«

»Nein, nein, viel älter – Rod[6]! Aber um den geht's nicht. Wir waren an eine Stelle gelangt, wo sich der Übergang zu einem anderen Reich befand. Ich hatte ja keine Ahnung gehabt, daß es den gibt. Wir haben einfach märchenhaftes Glück gehabt. Bei Chronos waren wir in Sicherheit. Ich stelle mir vor, wie sich unsere Verfolger gewundert haben, als sie uns nirgends fanden ...« Eusebius begann zu lachen wie ein kleiner Junge, wurde jedoch gleich wieder ernst und nachdenklich. »Weißt du, so etwas Herrliches habe ich nie wieder erlebt. Ich schließe jetzt die Augen und sehe riesige, jahrhundertealte Eichen wie in einem Nebel schwimmen, der von einem Dutzend verschiedenfarbiger Sonnen durchstrahlt wird. Mir war, als umgäben mich von allen Seiten bewegliche Spiegel, in denen sich eine Welt von zauberhafter Schönheit reflektiert und vibriert. Und das Grün erst! Das war wirklich smaragdfarben! Und die Luft – rein und kristallklar. Der Alte saß majestätisch und streng auf einem riesigen, moosbewachsenen Findling, als wenn er auf uns gewartet hätte, und wirkte in seinem schlohweißen Druidengewand, als sei er schon bei der Erschaffung der Welt dabeigewesen. Vielleicht war er's auch. Als wir näher kamen, hob er seine klaren, blauen Augen mit den herunterhängenden, buschigen Brauen und schaute uns an.

›Wer seid ihr, Kinder? Wie kommt ihr in mein Reich?‹

Nachdem er sich unsere Geschichte angehört hatte, schwieg er lange und starrte vor sich hin. Er war alt, sehr alt. Erst nach einer ganzen Ewigkeit bewegten sich seine Lippen, und er begann wieder zu sprechen.

›Mein Name ist Chronos! Ich bin der Hüter der Weltzeit. Durch mein Bemühen, durch die Arbeit meines Geistes habe ich all das geschaffen, was ihr ringsum seht. Mächtige Götzen bewachen die Eingänge zu meiner Welt. Sie haben es in ihrem Erdenleben gewagt, den Lauf der Zeit aufzuhalten, und versucht, die Zeit zurückzudrehen. Zur Strafe für ihre Dreistigkeit werden sie bis ans Ende der Tage das Werk meiner Hände be-

wachen – den Zissoid des Chronos, welcher die Weltzeit erarbeitet. Das kosmische Gesetz von Ursache und Wirkung rächt sich an jedem, der in Hektik und Hast nicht den herben Geschmack des ihm gewährten Lebens genießen möchte, der das Leben zu einer sinnlosen Hetzjagd macht und dadurch andere leiden läßt. Gott der Herr hat es befohlen, und ich habe geschaffen, was Er wollte, ich, der große Chronos!‹
Der Alte erhob sich schwerfällig von seinem Findling und ging, mühsam ein Bein vors andere setzend und auf einen Krückstock gestützt, in einen Eichenhain hinein. Wir folgten ihm. Auf einer großen, vom Licht vieler Sonnen überfluteten Waldwiese blieb er stehen und wies mit der Hand auf etwas Riesengroßes, das sich langsam einen Meter hoch über einem smaragdgrünen Grasteppich drehte. ›Da ist er – der Zissoid der Weltzeit.‹ Er wandte sich uns zu und fuhr fort: ›Die Zeit ... Was ist Zeit? Das Ergebnis des Kampfes zwischen Gut und Böse, zwischen zwei großen Prinzipien, die in der Welt der Leiden, Träume und Hoffnungen alles bewegen. Gott der Herr hat es mich gelehrt, und ich habe es so eingerichtet, daß diese zwei Universalprinzipien als ewig sich bekämpfende „Plus" und „Minus" meinen Zissoid in Gang halten. Wenn sich in der Welt Böses ansammelt, beschleunigt die Zeit ihren Lauf und macht das Leben des Menschen zum Taumel einer Eintagsfliege. Gewinnt das Gute die Oberhand, fließt die Zeit leicht und beglückend dahin, macht den Menschen weise und läßt ihn die Welt akzeptieren. All das habe ich getan – der große Chronos!‹«
Eusebius verstummte.
»Aber warum hat er uns dann aus seinem Reich verjagt?«
»Wegen Serpina«, seufzte Eusebius. »Der hat den Alten einen Dummkopf genannt. Er hat gesagt: ›Du bist alt und dumm, weil du nicht für dich gesorgt hast, als du diesen Zeit erarbeitenden Zissoid geschaffen hast. Du hast deinen Sterbemechanismus selbst in Gang gebracht und bist ein Opfer deiner Erfindung geworden. Doppelt dumm bist du, Alter‹, hat Serpina

wiederholt, ›denn bei der Erschaffung deiner Maschine hättest du dir einen Zeitvorrat anlegen und erst danach die Zeit an die nichtswürdigen Menschen verkaufen sollen. Jetzt bist du alt und arm wie eine Kirchenmaus, könntest aber jung und unsagbar reich sein, könntest die Welt beherrschen.‹

Chronos hatte Serpina lange und aufmerksam angesehen, und dann war schließlich ein stilles, sanftes Lächeln auf seine Lippen gekommen.

›Dich erwartet eine große Zukunft, Junge. Aber du wirst wohl kaum einmal glücklich werden und wirst nie erfahren, daß es in dieser Welt wahren Reichtum gibt. Wir beide gehen unterschiedliche Wege, aber durchaus nicht, weil du jung bist und ich alt bin ...‹

Im nächsten Augenblick standen wir auch schon am Hochufer eines Flusses und schauten den zum Meer fahrenden Kähnen nach ...«

Eusebius blickte seinen Gast an. In seinen Augen lag Trauer. »Deshalb überlege ich, wie wohl unsere Leben verlaufen wären, wenn Serpina das nicht gesagt hätte. Das weiß niemand, und uns bleiben nur die Erinnerungen. Überhaupt«, meinte er lächelnd, »scheint mir zuweilen, als lebten die Menschen nur, um hinterher Erinnerungen zu haben ...«

»Du hast gesagt, daß du nie etwas Schöneres als jene phantastische Welt erlebt hättest. Hast du wirklich keine Lust, auch nur einmal wieder in einen vom Licht vieler Sonnen überfluteten Eichenhain zurückzukehren?« Lukarius hielt Eusebius' Blick fest und fragte sanft und ohne Nachdruck: »Hast du möglicherweise vergessen, wo sich der Götzentempel befindet?«

»Nein, hab ich nicht.« Sie sahen einander in die Augen. »Sieh mal, das Fortgehen in ein anderes Reich ist eine Handlung, und zwar eine ernstzunehmende. Die könnte mein Karma beeinflussen ...«

»Du hast also dein ganzes Leben so mit Bedacht gelebt? Hast immer gezittert, daß bloß nichts passiert?«

Eusebius hörte ihm nicht zu. In seinen Augen lag die Traurigkeit eines gehetzten Tieres.
»Lukas! Bist du gekommen, um mich zugrunde zu richten? Ich habe alles verstanden: Du suchst den Eingang in das Reich des Chronos. Du brauchst den Zissoid der Weltzeit!«
Lukarius schwieg.
»Ich weiß, daß du mich zwingen kannst, es dir zu sagen«, fuhr Eusebius fort, »ich spüre deine Kraft ...«
»Versteh doch, das ist sehr wichtig! Nicht nur für mich! Die lichten Kräfte ...«
»Gib dir keine Mühe«, unterbrach ihn Eusebius. »Mir ist das völlig egal, ob sie licht oder finster sind. Für mich käme das einem Selbstmord gleich. Du weißt doch, daß die Seelen von Selbstmördern nie wieder auf die Erde zurückkehren. Antworte mir: Willst du das?«
Lukarius erhob sich. Er sah von oben auf Eusebius hinunter, der wie in Erwartung eines Schlages zusammengekauert dasaß.
»Verzeih mir, ich hätte nicht kommen sollen. Mag es sein, wie es will, es ist dein Schicksal, und ich habe kein Recht, etwas daran zu ändern ...« Er machte einen Schritt auf Eusebius zu, umarmte ihn und drückte ihn an seine Brust. »Leb wohl!«
Eine Zeitlang sahen sie sich in die Augen. Eusebius' Lippen zitterten, Tränen liefen ihm die Wangen hinunter.
»Ich verstehe, wie wichtig dir das ist!« Seine Stimme kippte. Er konnte kaum noch ein Schluchzen unterdrücken. »Aber ich kann nicht! Ich liebe dieses ekelhafte Leben zu sehr!«
Er stürzte zur Tür, sah sich noch einmal um und sagte: »Wo der Götzentempel stand, kann nur wieder ein Götzentempel stehen ...«
Lukarius trank seinen Wein allein aus, nahm den Hut vom Haken, aber da ging die Tür schon wieder auf, und der Chefarzt kam hereingestürzt, im Laufen die wehenden Schöße seines Kittels zurechtstreichend. In seinen Augen brannte die rastlose Energie eines Verwaltungsmenschen, und in seinem Gesicht

schwamm das antrainierte freundliche Lächeln eines Geschäftsmannes.
»Nun, wie ist es? Haben Sie sich gut unterhalten? Ich hab Sie ja gleich gewarnt, daß dieser Eusebius als Gesprächspartner nicht viel hergibt …« Er verzog abfällig die Lippen und breitete die Arme aus. Dann nahm er Lukarius vertraulich am Ellenbogen, führte ihn zur Tür und verharrte einen Augenblick. »Also, bitte zu niemandem ein Wort über unsere Anstalt! Die Zeiten sind schwer genug, und vergessen Sie auch nicht, daß wir ja Ihre Verzichterklärung haben! Sollte also etwas sein …« Er schlug mit der Handfläche auf den Panzerschrank und rief in den Korridor hinaus: »He, Mann, bringen Sie bitte Herrn Lukin zum Tor! Leben Sie wohl, Herr Lukin. Leben Sie wohl!«

Als die Nacht nahte, kroch eine schwarze Wolke vom Osten her in Richtung Moskau. In ihr knurrten ferne, tiefe Donnerschläge wie unzufriedene Hunde, malerische Zickzacklinien von Blitzen durchbohrten ihren von Feuchtigkeit aufgedunsenen Bauch. Auf die Stadt kam das erste Frühlingsgewitter zu, und als dessen Vorbote tröpfelte es bereits leicht von einem strahlenden Sonnenuntergangshimmel. Der Regen trommelte auf das Glasdach des GUM, seine Tropfen zerschellten an den Pflastersteinen auf dem Platz davor, und die schon früh eingeschalteten Scheinwerfer spiegelten sich in dessen feuchtglänzender Oberfläche. Lukarius trat unter den Bogen des für immer verschlossenen Kaufhauseinganges und zündete sich eine Zigarette an. Links von ihm kamen wie ein Symbol Rußlands die Kuppeln der Basiliuskathedrale zum Vorschein. Hinter ihm rührte sich jemand hüstelnd. Lukarius drehte sich um. Auf der oberen Stufe der halbrunden Treppe saß ein stämmiges, glatzköpfiges Männchen in einem ungepflegten blauen Russenhemd unter einer über die Schultern gehängten Wattejacke. In der einen Hand hielt er eine Flasche, mit der zweiten streichelte er einen sich an ihn schmiegenden, steilstirnigen Welpen.

»Sicher bin ich ein entweihter Pope«, sagte das Männchen zu seinem Welpen, »aber kein Gottloser. Gott ist in uns. Wir müssen ihn nur hören. Und wie schön es in der Kirche ist!« Er verstummte träumerisch und nahm einen Schluck. »Da brennen die Kerzen, auf dem Chor wird gesungen, und man verspürt Ruhe ... nein, sogar Glückseligkeit! Als gäbe es nicht den menschlichen Unrat ringsum ...«

Das Männchen erhob sich, stieg die Stufen hinunter und bat: »Hast du mal was zu rauchen, Bruder?«

Sie standen Schulter an Schulter, betrachteten schweigend den Widerschein der Lichter auf dem nassen Pflaster und rauchten. Der goldene Streifen des Sonnenunterganges über den fernen Dächern wurde immer schmaler.

»Bist du wirklich ein Entweihter?«

Das Männchen nickte und reichte Lukarius die Wodkaflasche, die es die ganze Zeit in der Hand gehalten hatte.

»Nimm mal 'n Schluck. Das erleichtert! Hilft gut gegen den inneren Schweinehund ...«

Lukarius nahm die Flasche, rieb sie oben mit der Hand ab und nahm ein paar kräftige Schlucke. Das Hündchen gähnte wohlig und riß dabei sein rosafarbenes, mit kleinen Zähnen übersätes Maul auf.

»Ist's weg?« fragte der Entweihte besorgt. »Ich sehe doch, daß du dich irgendwie nicht wohl fühlst. Bist wie 'n nasser Sack! Laß das, sei nicht so streng zu dir ...«

Lukarius faßte das Männchen dankbar um die Wattejackenschultern.

»Hör mal, Vater, du mußt das wissen! Es gibt in Moskau so eine besondere Stelle, eine verwunschene soll das sein ...«

»Vater war ich, jetzt bin ich Bruder!« lächelte das Männchen in seinen Bart. »Von solchen Stellen wimmelt's in der Weißsteinigen[7]! Die Zeit geht weiter, aber diese Stellen ändern sich nicht die Bohne. Auf dem Gutshof der Saltykowa[8] steht jetzt das Komitee an der Lubjanka[9], und dort, wo früher die Erlöserkathedrale stand, ist jetzt eine Pfütze[10]. Und das nur deshalb, weil dort nichts anderes stehen darf als ein Tempel. Nein, Moskau scheint sich nur zu verändern. In Wirklichkeit bleibt alles beim alten ...«

»Verstehst du«, unterbrach ihn Lukarius, »da hat früher eine Götzenfigur gestanden!«

»Ein Götzentempel etwa?« erriet der Entweihte. »Da haben sie bestimmt eine Kirche hingestellt.«

»Nein, da muß auch jetzt noch so etwas sein!« Lukarius kamen Eusebius' Worte in den Sinn.

»Ja ...«, sagte der Entweihte gedehnt und nachdenklich, fügte jedoch gleich erfreut hinzu: »Ach verdammt! Der ist ja gleich da drüben!« Er wies mit der Hand über den Platz. »Wieso soll das kein Götzentempel sein! Die Hütte sieht echt aus, und ein Götze liegt auch drin ... Zum Götzen haben ihn allerdings seine Kumpanen gemacht. In Wirklichkeit ist er ein gewöhnlicher Krimineller! Hat Mütterchen Rußland vergewaltigt. Die Menschen hatten von Brüderlichkeit und von Gleichheit geträumt. Auch diesen Traum hat er verdreht. Eh ... was soll man da sagen!« Er nahm wieder einen Schluck aus der Flasche und fuhr fort: »Ich denke folgendes: Er wird für alles, was er getan hat, geradestehen müssen. Aber wir auch! Die Geschichte hat keinen Straßenrand. Da kann man nicht einfach beiseite gehen und von dort aus zugucken. Wenn man gerufen wird, braucht man ja nicht unbedingt zu kommen. Aber die lieben Menschen sind ihm gefolgt. Manche aus Ruhmsucht, manche um des Vorteils willen, obwohl sie wissen mußten, daß das nicht gottgefällig war! Unter die Erde müßte man ihn bringen, auf dem Grab ein Gläschen trinken und diese kaputte Seele bemitleiden; aber wir können uns ja nicht bremsen – kriechen vor ihm!«

Lukarius trat seine Zigarette aus und blickte den Entweihten an. »Sag mal, glaubst du an das Gute?«

»Weißt du«, entgegnete der andere nach einigem Nachdenken, »ich lebe einfach. In der Welt der Schwachsinnigen ist es besser, ein Besessener zu sein ...«

Lukarius schlug den Mantelkragen hoch und überquerte den Platz. Er stieg über eine massive Kette und ging durch die verschlossene zweiflüglige Tür hindurch. Drinnen brannte trübes Notlicht, als fürchte der Verstorbene die Dunkelheit. Lukarius stieg zu dem Sarg hinunter, preßte die Stirn an das Glas und betrachtete das rosafarbene, glänzende Gesicht ganz genau. Seine Züge verrieten weder Brutalität noch Laster, in ihrer Leblosigkeit glaubte Lukarius Trauer zu erkennen.
»Die Zeit duldet es nicht, daß ihr Gewalt angetan wird«, sagte er. »Alles geht vorüber, und darin liegt die große Gnade des Herrn! Nichts währt ewig. Weder die Gewissensqualen noch die Reue. Jedem wird einmal verziehen!«
Er erhob sich von dem Sarg, ohne zu wissen, ob das von ihm Gesagte die Wahrheit war …
Am Morgen des folgenden Tages winkte der Nachtdiensthabende seine Frau ins Badezimmer, drehte beide Hähne voll auf, preßte seinen Mund an ihr Ohr und flüsterte mit zitternden Lippen, daß er den Führer des Weltproletariats in seinem Sarg weinen und lächeln gesehen habe. Seinen Vorgesetzten machte er allerdings keine Meldung von dem Vorfall, wie er sich auch nicht über den Mann ausließ, der in den dunklen Marmor der Wand wie in Wassser hineingegangen war. Wer hat schon Lust, in einer Gesellschaft, die ihre Wahnsinnigkeit nicht öffentlich eingesteht, als Verrückter zu gelten …

Auf der vergilbten und an den Rändern abgegriffenen Karte von Spanien stand nördlich von Madrid, wo die Cordillera Central ihre Bergspitzen gen Himmel reckt, ein dickes Kreuz. Durch häufigen Gebrauch hatte das Kartenblatt lauter rote Flecken, die wie Kaffeeflecken aussahen, und an den Knickstellen war es ein wenig abgenutzt. Ein Tropfen Kerzenwachs von der Größe einer kleinen Münze verdeckte die Umgebung von Guadalajara. Nachdenklich stocherte Serpina mit seinem langen, gelben Fingernagel in dem Wachs herum und zog an einer kleinen Pfeife, die wie der Kopf eines bärtigen Ziegenbocks

aussah. Sein samtenes Höflingskamisol lag zu fest an seiner etwas schwerfällig gewordenen Figur an, dauernd hatte er Lust, die Schleife der prunkvollen Krawatte aufzumachen und kräftig durchzuatmen. Zusätzliche Unannehmlichkeiten bereiteten ihm die hohen Kanonenstiefel. Sie drückten, weil er sie nicht gewohnt war. Der schwere Hut mit der Straußenfeder rutschte immer wieder in die Stirn, nahm ihm die Sicht auf die Stelle der Erde, zu der er zwecks Berichterstattung hinbefohlen war. Diese ganze Maskerade mit dem Umziehen, um unbedingt dem Ort und der Zeit des Treffens zu entsprechen, ging ihm maßlos auf die Nerven. Er runzelte die Stirn, paffte wütend an der Pfeife, aber dem Schwarzen Kardinal den Gehorsam zu verweigern hätte er nie gewagt. Zu frisch waren die Erinnerungen an das Schicksal des Kahlköpfigen, der Nergal unter die finsteren Augen gekommen war, ohne sich – halb aus Nachlässigkeit, halb aus allzu großem Hochmut – die Mühe gemacht zu haben, eine entsprechende menschliche Gestalt anzunehmen. Neugierige Durchreisende können jetzt noch an der Stadtgrenze des alten russischen Smolensk einen großen Findling sehen, der irgendwie entfernt an einen Glatzkopf mit großen Ohren erinnert. In der Nähe wohnende Städter behaupten, der Stein habe die seltsame Angewohnheit, zu springen und in winterlichen Mondnächten ein derart herzzerreißendes Stöhnen anzustimmen, daß sich den von Zechgelagen heimkehrenden Passanten die Haare sträuben, Hunde sich in ferne Ecken verkriechen und dort das große Zittern bekommen. Man habe schon versucht, den Stein zu zerschlagen, wollte ihn an reiche Ausländer verkaufen, jedoch sei er immer wieder an seinen Platz zurückgekehrt und habe den friedlichen Bürgern dadurch noch mehr Angst eingejagt.
Kleidung und Übereinstimmung mit der Epoche sind natürlich eine Lappalie, dachte Serpina, jedoch eine, die in vielerlei Hinsicht über dein Schicksal entscheiden kann. Seine eigene glänzende Karriere diente dafür als großartiges Beispiel. Durch seine Anpassungsfähigkeit, durch sein phantastisches Gedächtnis,

das ihn noch nie im Stich gelassen hatte, und natürlich auch durch widerspruchslosen Gehorsam hatte er sich aus der Absolventenmasse der Akademie des Wissens hervortun und die Aufmerksamkeit der oberen Leitung des Departements der finsteren Kräfte auf sich lenken können. Nimmt man dazu noch seine nicht zu bezweifelnde Loyalität sowie angeborene Ehrfurcht gegenüber Vorgesetzten, ist das Erfolgsrezept fertig! Er lächelte bei diesen Gedanken und machte sich daran, die abgenutzte Karte sorgfältig wieder zusammenzufalten. Verstand braucht man natürlich in jedem Fall, aber es war wohl gerade die Ehrfurcht gewesen, die ihm als Menschen, der sich zu einem einfachen Dämonen emporgearbeitet hatte, eine so bedeutende und beneidenswerte Stellung im Departement ermöglicht hatte. »Keine Mühe scheuen, an seinem Erscheinungsbild zu arbeiten, es tagtäglich und stündlich modellieren, nie auch nur die geringsten Details vernachlässigen, und sehr bald zeigt sich, wie das Erscheinungsbild für dich zu arbeiten beginnt« – diese Stelle im methodischen Handbuch für angewandte Heuchelei war bei ihm doppelt unterstrichen. Eine scheinbar elementare Erfolgsdialektik, unumstößlichste aller Regeln, die jedoch viele unbeachtet lassen und dann hinterher die Dreistigkeit besitzen, sich zu wundern, wenn sie nur so dahinvegetieren.

»Liebet die Menschen«, hat Nergal einmal im Sinne der Bibel gesagt und dann hinzugesetzt: »Ein Quell der Sünden! Kultiviert deren Mängel wie zarte Pflänzchen, die Liebe und Fürsorge verlangen, und sie bringen euch ihre Früchte. Bei der Arbeit mit Menschen muß man ihr Leben leben und immer daran denken, daß die menschliche Seele das einzige Aufmarschgebiet ist, auf dem unsere Schlachten stattfinden.« So hatte der Chef des Amtes für Geheimoperationen beim Departement der finsteren Kräfte seine Einführungsvorlesung in virtueller Psychologie des Menschen begonnen, und Serpina, damals noch unauffälliger Hörer der Akademie des Wissens, hatte sich die Worte seines Lehrers, der mit der Zeit sein Vorgesetzter geworden war, fest eingeprägt. Mochte auch Nergal sich über diese ganze Maskerade amüsieren, er als sein treuer Schüler und Untergebener wird sich mit Sicherheit streng an die Regeln halten.

Das alles jedoch, dachte Serpina, erklärt überhaupt nicht den Grund für die dringende Einbestellung zur hohen Obrigkeit. Während er sich vor dem riesigen venezianischen Spiegel hin- und herdrehte und die vielen Spitzen zurechtzupfte, überlegte er, wo und wann er einen Fehler gemacht hatte, um sich eine vernünftige Ausrede zurechtlegen zu können. Auszuschließen war natürlich auch nicht die Möglichkeit einer Denunziation, die im Departement der finsteren Kräfte als tonisierendes und mobilisierendes Mittel gefördert wurde; da konnte er sich nur auf seine eigene Wendigkeit und auf das Glück verlassen, das ihn übrigens selten im Stich ließ. An einem zweifelte Serpina allerdings nicht: Das bevorstehende Treffen war schwierig und sein Ausgang nicht vorhersagbar. Davon zeugte sowohl die Wahl der Zeit als auch die des Ortes, an dem zu erscheinen ihm vorgeschrieben worden war. Die Atmosphäre eines mittelalterlichen spanischen Schlosses eignete sich wohl kaum für eine mondäne Unterhaltung. Aber sein Vorgesetzter war Ästhet und wählte die Dekorationen zum Thema des Stückes, bei dem er selbst Verfasser und Regisseur war, immer sorgfältig aus. Zuweilen kam sich Serpina wirklich nur wie ein Schauspieler vor, und selbst sein eigener Text schien vorher von Nergal durchdacht worden zu sein. Eine ihrer letzten Begegnungen hatte in Paris stattgefunden, in der hemmungslosen Atmosphäre des anbrechenden 20. Jahrhunderts. Es hatte Wein, Weib und Gesang in Hülle und Fülle gegeben, danach in einer warmen südlichen Nacht eine Spazierfahrt mit der Jacht an der Côte d'Azur ... Damit hatte ihm der Schwarze Kardinal zur Beförderung gratuliert. Aber das mittelalterliche Spanien? Hier würde er wohl all seine Ausdauer und geistige Wendigkeit brauchen.

Mit diesen unfrohen Gedanken hüllte sich Serpina in seinen

langen, bis zum Boden reichenden Mantel, schob sich den Hut in die Stirn und trat entschlossen aus dem Astral hinaus. Wie sich herausstellte, waren seine Vorbereitungen durchaus nicht überflüssig gewesen. In den Bergen fiel dichter, nasser Schnee, und ein böiger, zwischen den Gipfeln dahinjagender Wind heulte wie eine Hundertschaft hungriger Wölfe. Serpina preßte sich mit dem Rücken an eine Vertiefung in einem Stein und sah sich, tief Luft holend, um. Wie er vermutet hatte, stand das Schloß hoch oben auf einer steilen Felsenwand, deren natürliche Fortsetzung seine Mauern zu sein schienen. Die Schlichtheit seiner Architektur zeigte, daß es nicht später als zur Zeit des ersten Kreuzzuges erbaut worden war. Serpina glaubte irgendwo in dem Steinblock gedämpftes rosafarbenes Licht zu sehen, jedoch machten der dichte Schneeschleier und die nahende Dämmerung die Erscheinung zu nicht mehr als einer Vermutung. Mit einem schweren Seufzer riß sich Serpina von dem rettenden Stein los und folgte einem kaum zu erkennenden Pfad hinauf nach oben, wobei er bei jedem Schritt Gefahr lief, in einen Abgrund zu stürzen. Er klammerte sich an spärlich wachsendes Buschwerk, ließ jedesmal die Windböen vorübergehen und erreichte schließlich einen in Felsen gehauenen Platz, den ein massives gußeisernes Tor als Scheidewand trennte. Von dessen rostiger, durch Zeit und Witterung zerfressener Oberfläche schauten ihn zwei ihre bronzenen Rachen aufreißende Löwen an. An einem in den Felsen getriebenen Haken hing eine Glocke. Serpina läutete dreimal. Lange schon waren die einsamen, vom Echo des Berges verstärkten Glockenklänge verhallt, hatte sich der weiße Dunst geschlossen und alles ringsum mit klebrigem Schnee überschüttet, er aber stand noch immer da und stützte mit dem Rücken die grobe Steinmauer ab. Endlich leuchtete irgendwo oben das Licht einer Fackel auf, ein Torflügel öffnete sich knarrend, und Serpina erblickte vor sich einen riesengroßen Neger, der ihn mit dunklen Glotzaugen gleichgültig ansah. Schneeflocken tauten auf dem entblößten Torso des Hünen. Der Schwarze sagte kein

Wort. Mit vor Kälte klammen Fingern band Serpina vor der Brust die schmalen Bänder seines Mantels auf. Die im Wind hin und her flackernde Fackelflamme ließ einen goldenen fünfzackigen Stern aufblinken. Beim Anblick dieses höchsten Wahrzeichens diabolischer Macht verbeugte sich der Schwarze ehrfürchtig, trat zur Seite und ließ den Gast in den kleinen Vorhof treten. Das Tor rasselte, ein schwerer Eichenriegel legte sich in massive Bügel. Schweigend stiegen sie auf den eisbedeckten Rücken einer Zugbrücke und wanderten noch lange durch in Stein gehauene Gänge, in denen es nach Feuchtigkeit und Mäusen roch. Riesige eisenbeschlagene Türen knarrten so, daß sich einem vor Entsetzen die Haare sträubten. Die behauenen Stufen der schmalen Wendeltreppen waren an manchen Stellen mit Moos bewachsen, und Serpinas Kanonenstiefel glitten auf ihnen aus. Nachdem sie eine Wendeltreppe hinaufgestiegen waren, befanden sie sich in einem kleinen, halbdunklen Raum, den nur ein blakendes Öllämpchen beleuchtete. Der Schwarze bedeutete ihm mit einer Handbewegung zu warten, drückte gegen eine Steinmauer und verschwand in der Öffnung eines Geheimgangs. Allerdings kam er gleich wieder zurück, machte einen tiefen Bückling und lud den Gast zum Eintritt in den Rittersaal ein, der sich nun vor Serpinas Blick öffnete.

»Exzellenz.« Serpina verbeugte sich tief und fegte mit den Hutfedern die Steinplatten vor seiner quadratischen Stiefelspitze.

»Freue mich, Sie zu sehen, Serpina!« Ein älterer Mann von fast gebrechlicher Statur erhob sich aus einem Sessel mit hoher geschnitzter Lehne. Der Schwarze Kardinal war sich treu geblieben: Seine von ihm ein für allemal gewählte Menschengestalt hatte sich nicht geändert, wenn man einmal von den zeitgemäßen Anzügen und Haartrachten absah. In Paris zum Jahrhundertbeginn hatte Nergal ein längliches Jackett, eine tadellose Frisur und einen Canotier bevorzugt. Jetzt jedoch umschlossen ein schwarzes Samtkamisol mit weißem Spitzenkragen und schwarze Beinkleider seinen gebrechlichen Körper; an den Füßen prangten weiche Halbstiefel nach der Mode der Zeit. Im Lichte der in die Wände gesteckten Fackeln und des hinter seinem Rücken brennenden Kaminfeuers schimmerten die schulterlangen Haare des Schwarzen Kardinals wie reines Silber. Sein stolz erhobener Kopf und die gebogene Nase machten ihn einem Raubvogel ähnlich.

Nach der eisigen Feuchtigkeit der unterirdischen Galerien und dem durchdringenden Hochgebirgswind war es im Saal trotz seiner Größe gemütlich. Rötlicher Widerschein lag auf den Eichenbrettern eines langen, für Gelage bestimmten Tisches und spielte auf den polierten Ritterrüstungen an den Wänden. Der in der Luft liegende Geruch nach brennendem Birkenholz erzeugte ein trügerisches Gefühl von Ruhe und Sicherheit.

Aber Serpina war allzu erfahren, um abzuschalten und das für bare Münze zu nehmen. Nachdem er noch ein paarmal mit der Hutkrempe am Fußboden entlanggewischt hatte, richtete er sich auf und blieb erwartungsvoll stehen, ohne die ergebenen Augen vom Chef des Amtes für Geheimoperationen abzuwenden. Serpina wußte genau: Er brauchte nur in der Kontrolle über die Situation nachzulassen, und ein Fehler war unvermeidbar. Selbst seine Gestalt als alternder, schwacher Mensch hatte Nergal mit Bedacht gewählt: Sie stumpfte bei seinem Gesprächspartner das geschärfte Gefühl für Gefahr ab und provozierte ihn damit vielleicht nicht zur Offenheit, so aber doch zu einer Sorglosigkeit, wie sie beschränkten Naturen eigen ist. Und natürlich stand diese Gestalt im Kontrast zu jener kolossalen Macht, die der Kampfgefährte und Intimus des Fürsten der Finsternis besaß.

Serpina nutzte die ihm gnädig gewährte Pause, entledigte sich seines Mantels und holte aus dem Ärmelaufschlag seines Kamisols ein parfümiertes Spitzentuch, mit dem er sich das vom Schnee feucht gewordene Gesicht abwischte. Nergal kehrte inzwischen ohne Hast zum Kamin zurück und machte sich nachdenklich daran, die in blauer Flamme auflodernden Kohlen zu schüren.

»Ausgezeichnetes Wetter, nicht wahr?« Er drehte sich um und sah Serpina mit brennenden Augen an, die Pistolenmündungen ähnelten. Seine Stimme war tief und kräftig, auf seinen dünnen, weißlichen Lippen spielte ein stilles, fast kindliches Lächeln. »An so einem Abend gibt es nichts Schöneres, als mit Freunden am Kamin zu sitzen, gewärmten Rotwein zu trinken und sich über Angenehmes zu unterhalten. So ganz allgemein« – er machte mit seiner dünnen, weißen Hand eine unbestimmte Bewegung – »über nichts Konkretes, was unversehens traurig stimmen oder einem die Laune verderben könnte. Das Holz prasselt, draußen schneit es … All das entspricht so sehr der Natur des Menschen … Nehmen Sie doch Platz, Serpina, setzen Sie sich hierhin, ans Feuer!«

Serpina trat näher, schob vorsichtig einen Sessel zum Kamin, wartete ab, bis sich der Schwarze Kardinal auf seinem weichen Ledersitz niedergelassen hatte, und erlaubte sich erst dann, ihm gegenüber Platz zu nehmen. Entspannt und die dünnen Greisenfüße zum Feuer hin ausgestreckt, schnipste Nergal mit den Fingern, und im selben Augenblick kam der Schwarze in den Saal und brachte auf einem silbernen Tablett zwei glasierte Krüge mit dampfendem, angewärmten Wein. Diesmal trug er eine schneeweiße, goldbestickte Livree und weiße Handschuhe an seinen riesigen Händen.

»Danke, James! Stellen Sie das Tablett auf das Tischchen, und den größeren Krug reichen Sie bitte unserem Gast. Er ist bei der Besteigung unseres kleinen Hochgebirgsnestes doch sichtlich durchgefroren!«

Der Schwarze Kardinal lächelte Serpina auf die angenehmste Art und Weise zu und fuhr sich leicht mit dem Daumennagel über sein fadendünnes Schnurrbärtchen. Serpina nahm den Krug aus den Händen des Schwarzen entgegen und trank genüßlich von dem heißen, mit Gewürzen zubereiteten Wein. Er hatte keine Eile, in ein Gespräch einzusteigen, sondern ließ den Blick schweifen und sah sich die an der gegenüberliegenden Wand hängenden Porträts der Schloßbesitzer an. Ihre Gesichter waren genauso schwer und massiv wie die Bilderrahmen. Räubervisagen, dachte Serpina. Wenn man da einen nimmt und am erstbesten Ast aufhängt, macht man keinen Fehler! Sofort bemerkte Nergal, als habe er Serpinas Gedanken gelesen:

»Das waren Zeiten, mein Freund! Recht hatte nur der Starke. Übrigens, seitdem hat sich wenig geändert! Möglicherweise vertreten Sie eine andere Meinung. Ich möchte Ihnen meine nicht aufdrängen!«

»O nein, Monsignore! Ich stimme Ihnen voll und ganz zu! Die Zeit ändert wenig am Charakter und an den Beziehungen zwischen den Menschen. Auf jeden Fall lernen sie nichts aus ihr! Seit Christi Geburt sind ja auch erst etwa 70 bis 80 Generationen vergangen ...«

Serpina sah den Schwarzen Kardinal an und stieß auf den Blick eng nebeneinander liegender Augen, die wie kleine Bohrer wirkten. In ihnen lag auch nicht ein Schatten jener Liebenswürdigkeit, die in seinen Worten mitschwang.

»Nun ja«, sagte Nergal, »ich freue mich, daß wir beide einer Meinung sind. Apropos Malerei. Ich habe James heute gebeten, in Deutschland ein Porträt von Hegel, gemalt von einem seiner Zeitgenossen, zu erwerben und hier im Schloß an sichtbarer Stelle aufzuhängen. Das wird mich angenehm an eine erfolgreich durchgeführte Operation erinnern. Wenn ich mich recht erinnere, war es Ihr Gedanke, dem Philosophen die Idee von Einheit und Kampf der Gegensätze unterzuschieben?«

»Zum Teil, Monsignore, zum Teil.« Serpina lächelte liebenswürdig. »Ich habe Ihre Konzeption von der Schematisierung des menschlichen Denkens nur in allen Details weiterentwickelt und Hegel das aufgedrängt, was hinterher spaßeshalber Dialektik genannt wurde. Besonders hatte mir Ihre These von der Negation der Negation gefallen! Wenn Sie sich erinnern, hatte ich sogar vorgeschlagen, sie etwas zu verstärken und das Gesetz von der Negation der Negation der Negation einzuführen. Aber Sie haben zu Recht die intellektuellen Fähigkeiten der Studenten bezweifelt, denn die hätten die Hauptlast beim Studium dieses Schwachsinns tragen müssen.«

»Nun spielen Sie bloß nicht den Bescheidenen, Serpina! Das Gesetz von Einheit und Kampf der Gegensätze ist ausschließlich Ihr Verdienst! Mit Hilfe dieses Deutschen konnten wir den Menschen den Gedanken einflößen, daß das Böse genauso notwendig sei wie das Gute, und sie glauben machen, daß Sünden dialektisch genauso nötig seien wie gute Taten!«

Der Schwarze Kardinal schmunzelte zufrieden. »Ich kann mich noch ganz genau daran erinnern, daß Sie für die Durchführung dieser Operation zum Wirklichen Geheimrat befördert wurden! Oder irre ich mich? Übrigens, Sie brauchen mir nicht zu antworten. Ich weiß das. Genauso wie ich weiß, daß Sie verdammt wenig Lust hatten, auf meine Aufforderung hin hier zu erscheinen!«

»Monsignore, wie können Sie!« rief der Geheimrat in einer Aufwallung geheuchelter Entrüstung.

»Mimen Sie hier nicht den Pharisäer, Serpina. Das werden Sie später noch brauchen!« Der Chef des Amtes für Geheimoperationen verzog die dünnen Lippen zu einer Art Lächeln. »Betrachten Sie Ihre Visite als objektive Notwendigkeit. Letzten Endes sind wir alle unfrei. Jeder von uns hat seine Obrigkeit! Übrigens habe ich irgendwann einmal vor langer Zeit sogar einen Witz zu diesem Thema in Umlauf gebracht. Der läuft ganz einfach auf folgendes hinaus: Der glücklichste Untergebene auf Erden ist der Papst, weil er seinen unmittelbaren Chef jeden Tag gekreuzigt sehen kann! Und – das müssen Sie doch zugeben – ich bestelle Sie nicht allzu oft zu mir ...«

Die Sache steht wirklich schlecht, dachte Serpina, Nergal ist in einer scheußlichen Stimmung. Jeder weiß doch, was hinter der Angewohnheit steckt, Untergebene über den grünen Klee zu loben und von ihren Erfolgen zu sprechen.

»Was die von Ihnen verhehlte Unlust angeht, meiner Aufforderung Folge zu leisten«, fuhr der Schwarze Kardinal seufzend fort, »so erwartet niemand von Ihnen, daß Sie mich vergöttern! Unsere finstere Welt fußt im Unterschied zur lichten Welt nicht auf solch heuchlerischen Geboten wie ›Du sollst nicht stehlen‹ und ›Du sollst nicht begehren‹ sowie auch nicht auf abstrakter Nächstenliebe, sondern auf realer Gewalt, Angst und dem Bestreben, seinen Nächsten mit allen Mitteln zu unterdrücken. Wer sich Anmaßung und Dreistigkeit erlauben kann, mag es ruhig tun, sollte es aber nicht übelnehmen, wenn ihn ein anderer vom Sockel stößt und zertrampelt. Die Praxis zeigt ja, daß es unter solchen Bedingungen bedeutend ungefährlicher und bequemer ist, höflich und liebenswürdig zu sein. Im übrigen haben Sie sich diese Regeln ausgezeichnet zu eigen gemacht, Serpina. Wenn einer weiß, daß die Gesellschaft nach dem Gewaltprinzip aufgebaut ist, begreift er die geheimen Sprungfedern der Macht, die den Einfaltspinseln verborgen bleiben. Das Recht des Starken und Klugen ist das gerechteste und zuverlässigste Recht der Welt!« Nergal trommelte mit seinen dünnen Fingern nachdenklich auf der polierten Seitenlehne seines Sessels. Serpina wartete ehrerbietig ab und betrachtete Nergals Raubvogelprofil, das dem Feuer zugewandt war. All diese Binsenweisheiten hatte er schon viele Male gehört, und er wartete jetzt, daß der Chef des Amtes für Geheimoperationen zur Sache kam. Aber der hatte keine Eile. »Übrigens, was unsere heutige Begegnung betrifft, ist Ihr Mißvergnügen durchaus am Platze! Sie können diese Begegnung sogar als Laune eines alten Mannes ansehen. Ich hatte ganz einfach Lust, den Abend mit einem klugen Gesprächspartner zu verbringen. Fast hätte ich gesagt, mit einem klugen Menschen!« Nergal schmunzelte. »Obwohl auch das teilweise richtig gewesen wäre. Sie haben ja doch Ihre Karriere als Mensch begonnen, und soweit ich mich erinnere, behaupten Sie gern, daß man so leben müsse wie die Menschen, wenn man mit ihnen arbeitet.« Nergals kleine Bohreraugen blickten auf Serpina.

Der rötliche Widerschein der Fackeln lag schwer auf den Brettern des Tisches, auf der anderen Seite der schmalen Schießschartenfenster bildete sich eine Schneewand. »Ehrlich gesagt«, in der Stimme des Schwarzen Kardinals schwang auf einmal Traurigkeit mit, »ich bedauere zuweilen, daß ich nicht als Mensch geboren wurde. Nein, nein, Serpina, lächeln Sie nicht, ich meine das ganz aufrichtig! Leider ist es weder mir noch Ihnen gegeben, jenes Aufwallen und jenen Höhenflug der Gefühle zu erleben, zu denen der gewöhnlichste Sterbliche fähig ist. Ich hole nicht umsonst dieses halbvergessene Wort ›Sterblicher‹ hervor. In ihm liegt die Lösung des Geheimnisses, die Erklärung für alle menschlichen Niederträchtigkeiten und auch für die vom Menschen erreichten Höhen. Ja, Serpina, wir können große Meister der Verführung sein, können alles so einrichten, daß uns ein Unglückseliger mit einem strahlenden Lächeln der Dankbarkeit in die Hölle folgt, aber wir können ihm niemals seine Begeisterung, die Fülle und die Intensität seiner Empfindungen nachfühlen! Und das alles, weil er sterblich ist und wir nicht! Nonsens. Aber so ist es. In der Sterblichkeit, und nur in ihr, liegt der Grund für den Höhenflug der menschlichen Gefühle und Möglichkeiten, für die Lebenslust des Menschen, für seine Fähigkeit, sich über die Umstände, über sich selbst zu erheben und ein lichter Geist zu werden. Die Menschen sind zeitlich begrenzt, sie müssen sich mit ihrem Fühlen und Streben beeilen, müssen es schaffen, in dem kurzen Augenblick der Erleuchtung zu verstehen, was Gut und Böse ist. Ein paar Schritte weiter hebt bereits Gevatter Tod die Sense, weht es dem Menschen schon kalt in den Nacken. Na sehen Sie, Sie lächeln wieder. Ich aber benutze mit Bedacht Bilder der Menschen! Gedanken an den Tod verfolgen den Menschen das ganze Leben, ermöglichen es ihm aber auch, in seinen Taten Gipfel zu erklimmen. Nehmen Sie beispielsweise die Kunst. Der Maler belauscht den Lauf der Zeit, wählt einen Augenblick aus und bannt ihn unter Einsatz der ganzen Kraft seiner Gefühle mit Farben auf die Leinwand. Musiker und Poeten machen sich durch die Anstrengung ihrer Phantasie und die Intensität ihrer Gefühle zu einer Stimmgabel, leben durch die Berührung mit der Zeit und geben deren Musik wieder. Wenn Sie über den Sinn meiner Worte nachdenken, Serpina, werden Sie verstehen, daß die menschliche Kunst nur der Versuch ist, den Lauf der Zeit aufzuhalten oder anders zu leben. Erstaunlicherweise ist die Geschwindigkeit des Zeitablaufes das Merkmal für die Anspannung menschlicher Gefühle. Aber die Menschen verstehen nicht, was Zeit ist, und sie sind glücklich damit! Uns beiden aber, Serpina, ist das nicht gegeben. Der Sinn des Lebens besteht in der Bereitschaft, es zu opfern. Und was können wir opfern, wenn wir unsterblich sind? Tausendmal recht hatte Er mit seinen Worten ›Denn wo viel Weisheit ist, da ist viel Grämen.‹ Ehrlich gesagt, dieser Gedanke verschafft mir Unbehagen, da fühle ich mich benachteiligt …«

Der Kardinal legte die Hand über die Augen. In der eingetretenen Stille hörte man auf einmal, wie das Unwetter draußen immer heftiger wurde. Der Geheimrat wartete. Nicht ein Muskel zuckte in seinem Gesicht. Er gestattete sich kein Lächeln, aber die Maske des Mitgefühls hielt er ebenfalls für deplaciert.

»Sehen Sie, ich bin heute nicht in Stimmung!« Nergal schaute über die Hand hinweg auf Serpina. »Erzählen Sie etwas, erfreuen Sie einen alten Mann … Was tun Sie, wenn plötzlich die Melancholie über Sie kommt?«

»Das Heilmittel ist bekannt.« Serpina trank aus seinem Krug. »Wein, Weib und Kartenspiel!«

»Immer dasselbe!« seufzte der Schwarze Kardinal. »Wird Ihnen das nicht über? Obwohl, was rede ich da, Sie sind noch jung und wissen nicht, wie anstrengend und eintönig die Ewigkeit sein kann. Ich gehörte ja doch zu denen, die vom ersten Tag an das Schicksal des Chefs in der Hölle geteilt haben. Zu sagen, das sei alles schon lange her, hieße überhaupt nichts zu sagen! Nun ja, lassen wir das.«

Nergal nahm eine Elfenbeinpfeife mit einem langen Rohr von

einem Ständer. Der Geheimrat sprang augenblicklich auf, kam James noch zuvor und reichte ihm eine Kerze in einem massiven, silbernen Halter. Der Chef des Amtes für Geheimoperationen rauchte an und lehnte sich in die harte Sessellehne zurück. Seine Stimmung war jäh verändert.

»Hören Sie, Serpina. Man hat mir berichtet, daß Sie ein großer Frauenkenner und -liebhaber sind.« Der Schwarze Kardinal lächelte leicht, in seinen Augen funkelte es. »Wenn ich mich nicht irre, hing Ihre Aufgabe bei den Aufnahmeprüfungen zur Akademie des Wissens unmittelbar mit diesem aufregenden Thema zusammen. Wie ist es Ihnen überhaupt gelungen, sich angesichts so einer kolossalen Anzahl von Mitbewerbern zur Fakultät der finsteren Kräfte durchzuschlagen? Kleine Taugenichtse gibt's ja wie Sand am Meer, und die meisten von ihnen wollen große werden ...«

»So schwierig war das gar nicht!« Serpina breitete die Arme aus und ließ es sich deutlich anmerken, daß ihm die Aufmerksamkeit seines Chefs sehr schmeichelte. »Die erste Frage der Prüfung war theoretischer Art: ›Die Frau als Werkzeug der finsteren Kräfte‹. Mir gelang es, den Maîtres aus der Prüfungskommission zu beweisen, daß Bernard Shaws *Pygmalion* eine der größten Provokationen in der Geschichte der Kunst gewesen ist.

Hier wurde den Männern eingeredet, man könne eine primitive, grobschlächtige Frau nehmen und sie auf seinen eigenen emotional-kulturellen Entwicklungsstand heben. Diese große Lüge des Dramatikers ist den besten und edelsten Vertretern des starken Geschlechtes sehr teuer zu stehen gekommen. Ihre zum Scheitern verurteilten Versuche endeten bestenfalls in Trunksucht und völliger Verzweiflung. Ich konnte auch zeigen, wie wichtig die Mode für die weibliche Schönheit ist, um die Männer völlig niederzuwerfen und ihnen das Leben zu versauern. Wenn ein Mann eine nach dem Ideal der Zeit zurechtgemachte Frau sieht, darf er erwarten, unter der Maske seiner Erwählten eine ganze Skala menschlicher Gefühle und ein reiches Innenleben zu finden. Aber leider ist die Kopie grob, unterentwickelt und vom ausgedachten Original weit entfernt. Zum Rückzug ist es jedoch bereits zu spät, Hymens Handschellen sind zugeschnappt!« Von Erinnerungen gepackt, wollte Serpina seine kurze Pfeife aus der Kamisoltasche holen, besann sich jedoch rechtzeitig eines Besseren. Der Schwarze Kardinal hatte es bemerkt, nickte wohlwollend und gestattete dem Geheimrat das Rauchen.

»Was war nun Ihre praktische Aufgabe?« Nergal schlug ein Bein übers andere.

»Die war für alle dieselbe.« Serpina nahm aus James' Händen den Kerzenhalter entgegen und zündete seine Pfeife an. »Jeder Prüfling mußte heiraten und seine Gattin soweit bringen, daß sie ihre Seele von selbst zugrunde richtete. Obwohl die Aufgabe auf den ersten Blick einfach zu sein scheint, erforderte ihre Ausführung eine bestimmte Findigkeit und sogar artistisches Können, würde ich sagen. Kaum unter die Haube gekommen, begannen die meisten meiner weniger erfolgreichen Studienkollegen zu trinken und zu randalieren, wobei sie versuchten, ihre Frauen da mit einzubeziehen. Der Trick ist so alt wie die Welt, klappt jedoch ausgesprochen schlecht. Außerdem wird das Hauptziel nicht erreicht: Die Frau muß sich selbst den finsteren Kräften in die Arme werfen! Daher ging ich nach einigem Überlegen einen anderen Weg. Mein Szenario, das ich ›schutzloses Opfer‹ nannte, erforderte sehr viel Ausdauer und Kaltblütigkeit. Es ist eine große Kunst, in allen Lebenssituationen naiv und unerfahren zu sein und seine Frau doch nicht dazu zu bringen, wegzulaufen. Hätte jemand bei unseren Bettszenen dabeisein können, wäre er bestimmt vor Lachen und Weinen erstickt. Ich lief ewig mit einem Verband herum, hatte mir dauernd etwas gebrochen oder verstaucht, mir wurde regelmäßig gekündigt, alle Kraftfahrer der Stadt machten einen Riesenbogen um ihren ergebenen Diener, da sie meine Neigung kannten, ihnen unter die Räder zu geraten. Barmherzige blinde Greisinnen halfen mir beim Überqueren der Straße, und im Zoo entführte mich ein Pavianweibchen in sein Gehege. Von zerschlagenem Geschirr, chronischem Durchfall und Erkältung will ich gar nicht erst reden. Aber meine Frau hat mich wirklich geliebt. Standhaft wie ein Zinnsoldat, begann sie erst nach einem halben Jahr mit dem Rauchen, nach einem Jahr mit dem Schnapstrinken, und Liebhaber hat sie sich erst vor unserem zweiten Hochzeitstag angeschafft. Ich weiß das genau, weil ich damals auf den Gedanken kam, Metall zu prägen. Da ich tagsüber Arbeit suchte, mußte ich das nachts tun, und das ging nicht nur unseren Nachbarn auf die Nerven. Kurz gesagt – ich will Sie nicht ermüden –, nach etwa drei Jahren verlotterte die Ärmste endgültig, schimpfte auf Gott und die Welt und schlug mich feiertags grün und blau.«

»Ja, ich sehe jetzt, daß Sie die Frauenfrage wirklich beherrschen«, lachte Nergal los, fragte aber auf einmal scharf und unvermittelt: »Und was haben Sie in letzter Zeit getrieben?«

Serpina konzentrierte sich. Das Vorspiel war beendet, man kam zur Sache. Er richtete sich in seinem Sessel auf und setzte ein anderes Gesicht auf.

»Nach einer Einschätzung der Situation auf der Erde«, begann er nach einigem Räuspern, »bin ich zu dem Schluß gekommen, daß die Tätigkeit unserer Leute diszipliniert und kontrolliert werden muß. Die Moral der menschlichen Gesellschaft verdirbt unsere operativen Kader. Die Notwendigkeit, Menschen zu verführen oder aufeinanderzuhetzen, ist praktisch völlig entfallen – die Menschen machen jetzt alles selbst! Das könnte zu einer Disqualifizierung des zur Erde abkommandierten Personals führen.«

»Welche Maßnahmen schlagen Sie vor?« Der Schwarze Kardinal hob die Brauen.

»Wenn Sie gestatten, Monsignore.« Serpina zog eine Rolle mit einem Bändchen darum aus dem Ärmelaufschlag seines Kamisols. »Das ist der Plan zur Umschulung der Kader einschließlich der Eröffnung eines Museums für menschliche

Dummheit mit angrenzendem Musterfriedhof der Hoffnungen. In der zweiten Phase des Projekts soll ein wissenschaftliches Zentrum für komplexe Untersuchungen zur Lasterhaftigkeit des Menschen aufgebaut werden. Wenn Sie geruhen, einen Blick darauf zu werfen?«

Der Wirkliche Geheimrat reichte Nergal die Rolle und machte eine halbe Verbeugung. Dieser nahm die Rolle und legte sie auf das neben ihm stehende Tischchen, ohne sie aufzumachen.

»Das kann ich mir später ansehen. Erzählen Sie kurz, was Sie in dem Museum zeigen wollen.«

»Sie sind außerordentlich gütig, Exzellenz!« Bevor er weiterredete, genehmigte sich Serpina noch einen Schluck Wein aus seinem Krug. »Monsignore sprachen vorhin von der Natur des Menschen, von seiner Möglichkeit, sich über sich selbst zu erheben ... Ich wage nicht, derart weise Urteile anzuzweifeln, erlaube mir aber dennoch die Bemerkung, daß nur einzelnen Menschen solch ein Höhenflug der Gefühle vergönnt ist. Meine Erfahrungen als praktizierender Taugenichts zeugen von Massenstumpfsinn und seelischer Unterentwicklung der meisten Menschen. Primitiv in ihren Wünschen, vorhersagbar in ihren Gedanken und Handlungen, sind sie vom fachlichen Standpunkt aus uninteressant; mit ihnen zu arbeiten ist langweilig und ermüdend. Zehn, im äußersten Falle zwölf Kombinationen beschreiben ihr gesamtes Dasein. Ich habe die Menschen, ehrlich gesagt, nie beneidet ...«

»Sie wissen einfach nicht, was die Offenbarung vermag, die Er dem Menschen geschenkt hat!« bemerkte Nergal sarkastisch. »Aber reden Sie weiter.«

»Das mag schon sein«, stimmte der Geheimrat notgedrungen zu, kehrte aber wieder zu seinem unterbrochenen Gedankengang zurück. »Als eines der Ausstellungsstücke für das Museum möchte ich das gültige Modell eines Menschenschicksals entwickeln. So wie Bausteine, mit denen Kinder spielen, könnte man das Panorama einer Beamtenseele in gehobener Stellung mit all ihren Ängsten, ihren Qualen und ihrem frühen Infarkttod zusammenstellen, könnte aber auch das Schicksal eines begabten jungen Mannes modellieren, den ausgefuchste Professoren am Fortkommen hindern, der schwerer Alkoholiker wird und in der Gosse verendet ...«

Serpina sah zum Chef des Amtes für Geheimoperationen hinüber. Der langweilte sich ganz eindeutig.

»Aber das Museum ist nebensächlich«, beeilte er sich, den entstandenen Eindruck sofort wieder auszubügeln. »Möglicherweise war das sehr gewagt von mir, aber dieser Tage habe ich mit einer Gruppe von Gelehrten aus der Grundlagenforschung ein neues Experiment eingeleitet. Angestachelt von ihrem Hochmut, sind diese Leute ganz dicht an das Verständnis für die sogenannten Naturgesetze herangekommen. Das gab es früher auch schon, und da mußten wir bei jeder neuen Entdeckung die Grenze des Wissens immer um einen weiteren Schritt hinausschieben. Erst haben sie das Atom erforscht, dann dessen Kern, und jetzt sind sie zu den Elementarteilchen gelangt. Für sie immer neue Gesetze auszudenken und die ganze Masse der Materie dauernd zu zerkleinern wird immer mühevoller und kostspieliger, ganz zu schweigen davon, daß dies unsere Kader von ihren eigentlichen Pflichten ablenkt ...«

»So, so!« bemerkte Nergal interessiert. »Das ist wirklich aktuell. Und was haben Sie sich da ausgedacht?«

»Ich habe beschlossen, die Leute bei ihrer krankhaften Eitelkeit zu packen und die Pfiffigsten unter ihnen in die falsche Richtung zu schicken. Ich habe in meiner Erinnerung gekramt und eine Formel gefunden, die wir bereits in der Akademie des Wissens für grobe Berechnungen des Geschichtsverlaufs benutzt haben. Die Formel ist zwar nur annähernd und ungenau, ist aber dadurch attraktiv, daß sie Ereignisse von Vergangenheit, Gegenwart und Zukunft zu einer Kette verbindet. Es entsteht sogar der Eindruck, daß man die Zukunft voraussagen könnte. Etwas Ähnliches ist seinerzeit den Astrologen untergejubelt worden, um das verehrte Publikum zu unterhalten.

Jedoch diesmal ist alles viel ernster. Meine Agentur hat sicherheitshalber etwa ein Dutzend Wissenschaftler in verschiedenen Ländern der Welt gleichzeitig bearbeitet, so daß deren unbezähmbare Energie jetzt ins Leere geht und sie uns für etwa 100 bis 150 Jahre in Ruhe lassen. Außerdem wird bei ihnen wie immer ein Rechtsstreit um die wissenschaftliche Priorität ausbrechen, und da können wir uns dann wieder einschalten. Angesichts von Neid, ungerechtfertigten Hoffnungen und Intrigen kann ich Ihnen garantieren, daß acht von zehn vergessen werden, an ihre Entdeckung zu denken, und nur noch um ihre Urheberschaft kämpfen. In etwa fünf Jahren werden wir ihnen natürlich zur Anfachung ihres Interesses wieder etwas zum Experimentieren unterschieben müssen, aber das kann dann schon jemand von meinen Assistenten übernehmen. Das Interesse der Jugend an der Wissenschaft ist bislang noch nicht erkaltet, und die bringen dort alles derart durcheinander, daß sich alle Professoren der Erde an ihre Glatzköpfe greifen!«

»Na ja, ein recht ehrbares Vorhaben«, lobte Nergal. »Ich spiele ja auch gern mit hochstehenden Geistern. Kann mich erinnern, wie ich seinerzeit mit großem Interesse Einsteins Forschungen verfolgt habe. Das war ein Vergnügen, wie es wohl nur ein Konzertvirtuose bereiten kann. Überlegen Sie nur einmal, Serpina: Ganz allein, ohne daß es ihm jemand vorgesagt hat, hat er die Einheit von Raum und Zeit begriffen. Nein, wirklich, Sie sind ungerecht gegenüber dem Genius der Menschen! Und was für eine nette kleine Sache er über die Relativität des Verständnisses der Menschen für ihre Umwelt geschrieben hat! Er stand vor der Entdeckung paralleler Welten und meinte am Ende seines Lebens, daß nicht nur die Schwerkraft, sondern auch der menschliche Wille Raum und Zeit beeinflussen könne.« Der Schwarze Kardinal erhob sich aus seinem Sessel und ging nachdenklich im Saal auf und ab. Sein gewaltiger Schatten folgte ihm auf der Wand gegenüber. Serpina war auch gleich auf den Beinen und verharrte ehrerbietig in einer Pose größter

Demut. »Nun, Ihre Initiative – nennen wir sie einmal so – ist wirklich nicht schlecht!« fuhr Nergal fort und blickte zur Erde. »Ich schätze Situationen, die ein spielerisches Element enthalten, immer sehr. Der Hochmut der Menschen muß gebändigt werden. Davon hat Er offen geredet, und wenn Ihr Vorhaben gelingt, bin ich bereit, einen Sonderbericht an Seine Kommission zur Beaufsichtigung der finsteren Kräfte zu schicken. Sollen die ruhig wissen, daß sie nicht die einzigen sind, die sich eifrig um die Durchführung Seiner Gebote bemühen.«
Nergal begann klirrend zu lachen. Er trat zum Kamin und streckte seine dünnen, beringten Hände dem Feuer entgegen. Als der Geheimrat sah, daß sein Vorgesetzter angenehm erregt war, beschloß er, seinen Erfolg zu festigen.
»Alle meine Initiativen sind nur Weiterentwicklungen Ihrer Konzeption vom menschlichen Glück.« Er blickte ergeben und schmeichlerisch auf Nergal, der sich über das Kamingitter beugte. »Das ist die beste Operation, die unser Departement je durchgeführt hat. Auf der Erde gibt es keinen Menschen, der nicht nach persönlichem Glück giert, anstatt Erleuchtung und Aufstieg zu Ihm anzustreben! Sie, Exzellenz, haben an die Stelle einer absurden, irrlichternden Illusion, die kein Lebender vernünftig bestimmen kann, ein direktes und klares Ziel gesetzt ...« Nergal hörte seinen schmeichlerischen Reden nicht zu. Serpina sah, daß der Schwarze Kardinal mit den Gedanken irgendwo fern von dem in Spaniens Bergen versteckten Schloß weilte. Er wollte nicht stören, verstummte und bemühte sich, unbemerkt zu bleiben. Knisternd brannte das Kaminfeuer herunter. Der Wind draußen hatte sich gelegt, und wie so häufig im Frühjahr in den Bergen hatte sich der Himmel aufgeklart, und strahlende, große Sterne waren aufgegangen. Die riesige, gelbe Scheibe des Mondes war auf den schwarzen Samt gerollt, der über den verschneiten Bergen aufgespannt war. Der Schwarze Kardinal richtete sich auf, durchquerte den Saal, wobei er sich im Gehen die Hände rieb, und stieg zu einer der in die Wand gehauenen Nischen hinauf, die über schmale

Schießschartenöffnungen nach draußen führten. Das Licht der Fackeln verblaßte völlig, erlosch auf einmal und ließ das gespenstische Halbdunkel der Mondnacht unter die Gewölbe des Saales kriechen. Mit sanften Schritten folgte ihm Serpina über die Steinplatten und blieb am Fuße einer kurzen, halbrunden Treppe stehen.

»Serpina«, sagte Nergal, wobei er durch eine Schießscharte auf die schneeglitzernden Abhänge der Berge schaute. Die in seiner Stimme mitschwingende kosmische Kälte ließ den Geheimrat erschaudern. »Es ist geschehen, was niemand erwarten konnte. Einstein war nahe an der Wahrheit gewesen und wäre ihr noch näher gekommen, hätte er nicht tote Materie, sondern die Welt der Menschen betrachtet. In ihrer hektischen Jagd nach illusorischen Gütern haben sich die Menschen – gemäß der Theorie des großen Physikers – der Lichtgeschwindigkeit genähert, die Last ihrer Sünden ist ins Unermeßliche gewachsen, und das mußte sich auf die Zeit auswirken. Erinnern Sie sich, wie es in der Offenbarung des Johannes heißt: ›Und ich sah einen anderen starken Engel vom Himmel herabkommen … Und er hatte in seiner Hand ein Büchlein, das war aufgetan … Und der Engel … schwur bei dem, der da lebt von Ewigkeit zu Ewigkeit … daß hinfort keine Zeit mehr sein soll … denn die Stunde seines Gerichtes ist gekommen …‹«

Der Schwarze Kardinal drehte sich um, schaute mit seinen leeren, nicht blinzelnden Augen in die des Geheimrats, und dieser tote Blick ließ bei diesem etwas inwendig reißen.

»Also, Serpina«, Nergals Stimme war ruhig und kalt wie Eis, »die Zeit ist stehengeblieben.«

Zwanzig Sekunden in der Livesendung wurden natürlich überzogen, und dafür huschten in der Wettervorhersage auf dem Bildschirm die Namen von Städten und Regionen nur so vorbei. Innerhalb von 24 Stunden waren die Rosen auf dem Tisch im Regieraum nicht nur nicht verwelkt, sondern noch mehr aufgeblüht und verbreiteten einen feinen und zarten Duft.

Anna sammelte ihre Unterlagen und begab sich mit ihrem Team hinunter in die Redaktion, hatte es jedoch trotz der späten Stunde nicht eilig, nach Hause zu gehen. Es fanden sich irgendwelche dringenden Arbeiten, die ohne weiteres noch einen Monat oder ein Jahr hätten warten können, und sie setzte sich an ihren Arbeitstisch und ordnete ihre Unterlagen. Sie wußte ganz genau, daß sie nur die Zeit hinauszögerte, konnte aber nichts daran ändern. Als sich die Tür hinter dem letzten Kollegen geschlossen hatte, schob sie das Telefon zu sich heran und wählte Maria Nikolajewnas Nummer.

»Na, du bist aber wirklich blöd!« sagte Maschka, nachdem sie sich zum x-ten Male die Ängste und Befürchtungen ihrer Freundin angehört hatte. »Einmal im Leben kommt das Glück, und da bockst du auch noch! Und das bei unserem erbärmlich langweiligen Leben! Na, wenn er sogar auf dich wartet! Ist doch keine Mißgeburt. Außerdem schenkt er dir Blumen, und im übrigen – wer hat heute keine Macken! Jede Frau würde es bei einem Mann wie deinem Sergej als Glück ansehen!«

Letzteres hätte Maria Nikolajewna nicht sagen sollen. Als Anna die bekannte Kommandostimme gehört hatte, war sie etwas ruhiger geworden. Jetzt aber waren alle Ängste wieder da. Nach Beendigung des Gesprächs – wenn man Maschkas Monolog als solches bezeichnen kann – nahm sie ihren Mantel und ging durch einen unterirdischen Gang in die Nachtbar des Fernsehzentrums. Tief in ihrem Inneren wußte Anna, daß sie mit diesem Manöver das Schicksal zu überlisten versuchte. Sie hätte auch durch einen anderen, für sie ungewohnten Ausgang auf die Straße kommen können. Sie bestellte sich eine Tasse Kaffee, nippte von Zeit zu Zeit an der braunen Brühe und sah eine liegengelassene Zeitung durch. Die halbdunkle Bar war leer, nur am Nachbartisch saßen zwei rauchende Männer, die aus hohen Gläsern Bier schlürften.

»Gar nicht so übel«, sagte einer von ihnen, ein Dicker mit Geheimratsecken, und wies mit dem Kopf zum Nebentisch.

»Nicht schlecht«, stimmte der zweite zu, der wie ein übersättigter Schürzenjäger und Frauenkenner aussah. Auf sein verlebtes Gesicht trat ein öliges Lächeln.

Als sich Anna schließlich erhob und dem Ausgang zustrebte, begleiteten die beiden Männer sie mit langen, abschätzenden Blicken.

»Ich wäre nicht abgeneigt ...«, wollte sich der Schürzenjäger unflätig äußern, konnte jedoch nicht zu Ende sprechen. Als die diensthabenden Milizionäre die sich auf dem Fußboden wälzenden Raufbolde auseinandergebracht hatten, behauptete jeder von ihnen, er habe die Ehre der Frau vor unflätigen Übergriffen schützen wollen. Ihre im schönsten Stil der Poeten des vergangenen Jahrhunderts hervorgebrachten Worte und Wortverbindungen setzten nicht nur den Protokoll schreibenden Leutnant, sondern auch die beiden Duellanten selbst in Erstaunen. Ihr hochtrabender Redestil hielt noch etwa zwei oder drei Wochen an, wurde danach jedoch unmerklich durch das gewohnte Grau ihrer normalen Moskauer Alltagssprache verwischt. Davon wußte Anna übrigens nichts und konnte sie auch nichts wissen, denn sie ging durch lange Korridore zum Ausgang des Fernsehzentrums und tat alles, um nicht an die mögliche Begegnung zu denken. Ihre Gedanken schwankten hin und her zwischen dem eleganten Unbekannten und dem unglücklichen Teljatnikow, der in letzter Zeit völlig unerträglich geworden war. Im Institut hatte er sich krank gemeldet, saß nun Tag und Nacht am Schreibtisch und vergeudete stapelweise Papier. Aus irgendeinem Grund kam ihr noch in den Sinn, daß am nächsten Tag die Telefonrechnung bezahlt werden mußte, da sonst das Telefon abgeschaltet werden würde. Rechnungen für mysteriöse Gespräche mit New York trafen nach wie vor mit mörderischer Regelmäßigkeit ein.

Automatisch lächelte sie dem Milizposten zu, stieß die Glastür auf und sah sofort einen weißen Wolga am Vordach der Auffahrt stehen. Ein sportlich wirkender Mann in dunklem Abendanzug kam leichtfüßig die Stufen hinaufgelaufen. Das war er. Was weiter geschah, war wie ein Traum. Unter den neugierigen Blicken der Mädchen vom Fernsehen schritt Anna die Treppe hinunter und setzte sich in den Wagen. Die Tür fiel sanft ins Schloß, er saß bereits neben ihr, am Steuer.

»Guten Abend, Anna.« Der Mann lächelte. Das Licht der Autoscheinwerfer schnitt wie ein Messer über die Fenster des Gebäudes. Der Wolga wendete und fuhr in Richtung Stadtzentrum. »Angenehmer Abend heute ...« Er sagte das so natürlich und einfach, als hätten sie sich erst gestern getrennt. »Sie haben es wahrscheinlich nicht bemerkt, aber es hat gewittert. Spüren Sie, wie wohlig warm und frisch die Luft ist?« Er hielt vor einer Verkehrsampel und wandte sich ihr zu. »Ich heiße Lukas.«

»Wie ich heiße, wissen Sie ja wahrscheinlich.« Anna lächelte spöttisch. »Ich verstehe nur nicht, warum Sie sich deshalb für berechtigt halten, sich in mein Leben einzumischen!«

»Um gerecht zu sein ...«, sie rasten wieder durch dunkle, leere Straßen, »also um gerecht zu sein«, wiederholte Lukas, »ist das noch die Frage, wer sich in wessen Leben eingemischt hat! Bis zu Ihrem Erscheinen hatte ich Ruhe und ein klares Ziel ... Sie haben mir alles genommen. Mehr noch – Sie haben mich ein Verbrechen begehen lassen.«

»Nein wirklich, das ist doch Schwachsinn! Sie erscheinen mitten in der Livesendung auf dem Bildschirm ... Ich bin vor Angst fast gestorben!«

»Glauben Sie mir, das wollte ich nicht, aber in diesem Augenblick war das meine einzige Möglichkeit ... Wie soll ich Ihnen das erklären? Ich mußte Sie wiedersehen, um einen endgültigen Beschluß zu fassen. Und ich habe ihn gefaßt. Außerdem hat ja niemand etwas gemerkt ...«

»Und dieser ganze Unfug in der Wohnung?« Anna erinnerte sich an alles, was sie Maschka erzählt hatte, und errötete. »Na, und überhaupt ... War das Ihr Werk?«

»Zu sagen, das sei es nicht gewesen, wäre gelogen.« Er sah die Frau geheimnisvoll an. »Übrigens hoffe ich, daß Sie an meiner

Stelle genauso gehandelt hätten. Ich liebe Sie, Anna, und diesem Gefühl entkomme ich nicht.«
Anna hüllte sich in Schweigen. Die geriffelten Reifen rauschten über den nassen Asphalt, die erleuchteten Fenster der Häuser rückten irgendwo in die Tiefe und huschten hinter dem Geflecht von Baumkronen mit sprießenden Knospen vorbei.
»Sie sagten, Sie hätten ein Verbrechen begangen ...«
»Das habe ich. Eigentlich bin ich jetzt auf der Flucht!«
»Haben Sie übersinnliche Wahrnehmungen? Woher wußten Sie das von dem Stilleben in der Küche?«
»Ich muß Sie enttäuschen – ich habe keine. Sehr häufig sind Menschen, die behaupten, übersinnliche Wahrnehmungen zu haben, gefährlich. In erster Linie für sich selbst.« Er hielt an, holte Zigaretten aus der Tasche und fragte: »Sie gestatten?« Rauchend fuhr er fort: »Gott der Herr hat dafür gesorgt, daß höchstes beziehungsweise verborgenes Wissen nur denen offenbart wird, die durch die Arbeit ihrer Seele einen gewissen Teil des Weges zur Erleuchtung hinter sich gebracht haben. Dieses Wissen ist verborgen und verschlüsselt, über ihm liegt der Schleier der Mysterien, ägyptische Priester und Tibets höchste Geistlichkeit besaßen es. Es kommt aus dem tiefen Altertum und erzählt vom Aufbau unserer Welt und von der Bestimmung des Menschen. Gerät das Wissen oder nur ein kleines, unbedeutendes Teilchen davon an nicht vorgebildete Menschen oder – was noch schlimmer ist – in schmutzige Hände, wird das wirklich gefährlich. Übrigens gibt es wie bei jeder Regel Ausnahmen. Aber Ihr Stilleben ist nicht der Rede wert.« Lukas fuhr wieder los. »Damals auf der Straße hab ich es nur erwähnt, um etwas Ungewöhnliches zu sagen, damit Sie mich im Gedächtnis behalten. Diese Methode hat bereits Diogenes benutzt. Sie haben doch gemeinsame Freunde mit Diogenes von Sinope?« Ohne den Blick von der Straße zu lösen, fügte er lächelnd hinzu: »Dem Stilleben aber sollten Sie nicht nachtrauern! Irgendwann einmal schenke ich Ihnen ein anderes Bild. Mit zwei tanzenden rosafarbenen Flamingos.

Natürlich nur, wenn es mir beschieden ist wiederzukommen ...«

»Sie verreisen?« Zu ihrem eigenen Erstaunen hörte Anna in ihrer Stimme einen Anflug von Bedauern.

»Das wird von Ihnen abhängen. Jetzt hängt alles in meinem Leben von Ihnen ab. Auch das Leben selbst.«

Die Stadt war am Einschlafen; nur das Spalier der Verkehrsampeln wachte und zwinkerte den Nachtschwärmern in ihren Autos mit gelbem Katzenauge zu. Anna hatte keine Angst; sie fürchtete nur, daß sie gleich ankommen und das Trugbild verschwinden würde, daß alles – und diesmal für immer – so sein würde wie zuvor.

»In dieser hektischen Stadt gibt es nicht viele Orte, an denen man sich vor Verfolgungen in Sicherheit bringen kann«, kam Lukas ihrer Frage zuvor. »Wir fahren dorthin, wo uns keiner zu stören wagt, selbst wenn man uns findet.«

»Verfolgt Sie denn jemand?«

»Ich glaube ja. Sollte die Verfolgung noch nicht begonnen haben, habe ich von diesen Leuten eine zu hohe Meinung gehabt.« Der Wagen fuhr die Twerskaja hinauf und wendete an einer Verkehrsampel. Durch einen hohen Torbogen fuhren sie in die tiefe Schlucht einer schlechtbeleuchteten Straße. »Ich habe schon immer gewußt, daß ich Ihnen begegnen werde. Hab's gewußt, aber nicht daran geglaubt. Sich selbst aber muß man glauben ...«

Der dunkle Koloß eines Gebäudes verdeckte den Himmel, und der Wolga hielt vor einem Hauseingang. Mit einem alten, ratternden Aufzug fuhren sie in den vierten Stock, und Lukas schloß eine Tür auf. Anna blieb auf der Schwelle stehen. Sie hatte auf einmal das seltsame Gefühl, sich nach dem Überschreiten der Schwelle in einer völlig anderen, ihr unbekannten Welt voller Gefahren wiederzufinden. Sie könnte noch gehen, irgendwelche leeren, unnötigen Worte sagen und gehen, und nichts würde geschehen. Sie schaute Lukas an. Er schwieg verständnisvoll und drängte sie nicht zu einer Entscheidung. Anna

seufzte tief und schritt leichten Fußes mit einem Lächeln in die Dunkelheit der Wohnung.
Es war eine seltsame Wohnung. Leichter Geruch nach getrockneten Blumen vermischte sich hier mit dem Geruch nach Staub und alten Sachen, die schon lange keine Sonne und keine Luft mehr abbekommen hatten. Lukas nahm Anna an der Hand, führte sie durch den verschlungenen Korridor und stieß die Tür zu einem Zimmer auf. Blasses Licht drang mühsam von der Straße her durch die zugezogenen Vorhänge. Ein Haufen Möbel umgab sie, Schränke von kolossalen Ausmaßen waren im Halbdunkel nur zu erahnen und hingen wie Felsen über dem schmalen Durchgang. Lukas riß ein Streichholz an und brachte den Docht einer Kerze zum Brennen. Die winzigkleine Flamme schwang sich auf und erleuchtete einen alten Tisch mit einer gestrickten Decke sowie ein Paar ebenso alter, riesiger Sessel.
»Das ist die Wohnung meines Freundes. Hier wohnt niemand. Ich habe dafür gesorgt, daß man sie vergessen hat, und jetzt ist sie eine Art Museum …«
»Ist er verreist?« Anna fuhr mit der Hand über die stoffbespannte Sessellehne. Ein Geschirrschrank mit Schnitzereien, ein altertümlicher Wasserkrug – alles hier erinnerte sie an ihre Kindheit.
»Gestorben.« Lukas machte einen Schritt zum Fenster und schob die schweren Vorhänge auseinander. Auf der anderen Straßenseite stand eine kleine Kirche. Im Mondlicht glänzte das Gold ihrer Kuppeln über himmelblau angestrichenen Mauern. »Die schützt uns! Kirchen wurden immer gebaut, wo es hell ist …«
Das alte, eingetrocknete Parkett knarrte, Anna trat ans Fenster und stand nun neben Lukas. Durch die ungeputzte Fensterscheibe eröffnete sich ihr eine märchenhaft schöne, von gespenstischem Mondlicht erfüllte Welt.
»Aus genauso feinem Stoff war das Herz meines Freundes gemacht. Er war in einer Mission der Menschenliebe und Güte

auf die Erde geschickt worden, hat das aber aller Wahrscheinlichkeit nach nicht einmal geahnt. Viele von uns wissen in ihrem Inneren, daß sie nicht einfach nur so in diese Welt gekommen sind, aber leider gelingt es bei weitem nicht allen, ihre Bestimmung zu erkennen. Wenn Sie wollen, erzähle ich Ihnen von ihm.« Lukas half Anna aus dem Mantel und schob ihr einen Sessel hin.

»Er war ein prächtiger Mensch und ein begabter Schriftsteller, was übrigens niemand erkannt hat. Er hat sich natürlich herumgequält, hat viel und ergebnislos gearbeitet, bis er zu dem Schluß kam, daß man schreiben muß, was gefragt ist. Und – das muß man sagen – es ist ihm gelungen. Sehr bald wurde er zwar nicht berühmt, aber doch bekannt, und seine Bücher, die voll von Gewalt, Horror und Sex waren, kamen in den Handel. Er schrieb im Fließbandverfahren, und möglicherweise haben wir uns deshalb immer seltener getroffen. Aber einmal – und die Begegnung fand in dieser Wohnung statt – habe ich ihn darauf aufmerksam gemacht, daß ein Schöpfer für die von ihm geschaffenen Gestalten verantwortlich ist ... Wissen Sie, daß es die Hölle gibt?« Lukas setzte sich in den Sessel Anna gegenüber und zündete sich eine Zigarette an. »Und warum Verbrecher in Einzelzellen gesteckt werden? Er wußte es auch nicht! Die schrecklichste Bestrafung besteht nämlich darin, in alle Ewigkeit mit der von einem selbst geschaffenen inneren Welt allein zu bleiben. Da braucht man keine Kessel mit siedendem Pech – das ist schlimmer als alle Folter. Ich sagte ihm alles, was ich darüber dachte, aber er lachte mir nur ins Gesicht. Danach ergab es sich irgendwie, daß er verschwand und erst nach Jahren wieder auftauchte. Berühmt und lebensmüde. Er rief mich an und sagte, er müsse mich sehen. Nach so einer langen Unterbrechung kam kein Gespräch zwischen uns zustande. Entweder brüstete er sich oder trank Wodka und beschimpfte andere. Dann verstummte er auf einmal und sagte nachdenklich und bekümmert:

›Du hattest recht; sie haben mich eingeholt!‹

›Wer?‹ fragte ich verständnislos, aber mein Freund erläuterte es nicht. Er saß einfach nur so da, genau wie Sie jetzt, schaute mich an und schwieg. Ich weiß nicht, wieviel Zeit verging, bevor er fortfuhr:
›Um von ihnen loszukommen, habe ich einen Roman geschrieben. Über die Liebe. Was ich schon lange nicht mehr getan hatte. Einfach einen Liebesroman. Aber wahrscheinlich war es schon zu spät. Mit diesem Roman hat alles angefangen. Ich habe mich da so hineingekniet, daß ich nicht aufhören konnte, als ich fertig war. Verstehst du, ganz automatisch erfand ich die Liebe auch für mich! Habe mir eine meiner Bekannten ausgesucht und mich so richtig in sie verliebt. Allerdings dauerte diese Liebe nicht lange. Wir brauchten nur miteinander zu reden, und ich begriff, daß es nichts weiter als ein von eigener Hand erschaffenes Trugbild war ... Aber das ist bereits eine andere Geschichte. Seit dieser Zeit begann das, was ich geschrieben habe, mich zu verfolgen, als sei ein Staudamm geöffnet worden, als stürze der Strom von mir erdachter Geschehnisse auf mich hernieder. Ja, ja, mit mir geschah das, wovon ich geschrieben hatte. Als wäre irgendwo hinter der Bühne ein Regisseur tätig. Aus einer Novelle oder einem Roman wurde ein kleiner Ausschnitt genommen und inszeniert. Aus jedem Werk aber nur einer. Ich will dich jedoch nicht ermüden, sondern nur sagen, daß mich ein Auto genauso überfahren hat, wie ich das in meiner vorletzten Erzählung beschrieben habe, in voller Übereinstimmung mit dem Text habe ich mir ein Bein gebrochen, und man hat mich zu erstechen versucht ... Kurz gesagt, du kennst ja die Sujets meiner Sachen! Heute nun habe ich begriffen, daß nur eine Novelle unangetastet geblieben ist. Diejenige, die mir seinerzeit den ersten Erfolg gebracht hat. Im Grunde besteht sie nur aus einer Episode. In aller Ausführlichkeit wird dort beschrieben, wie ein Monster sein Opfer zerstückelt.‹
Er hob die Augen und blickte mich an, und ich erinnere mich noch wie heute, wie alles in ihnen erstarrt war.

›Aber wir leben in einer zivilisierten Zeit …‹, versuchte ich ihn zu beruhigen; er jedoch hörte nicht zu.
›Ich habe dir das nur erzählt, damit wenigstens einer die wahre Ursache meines Todes kennt.‹
Er hat dieses Thema dann nicht mehr berührt. Ich habe ihn in einer seltsamen Stimmung zurückgelassen. Am nächsten Morgen fand man seine Leiche. Die offizielle Diagnose lautete Herzinfarkt, aber auf meine Bitte hin wurde noch die Netzhaut seines Auges analysiert. Das Letzte, was er in diesem Leben gesehen hat, war die Maske des Monsters, das er mit solcher Liebe in seinen Werken beschrieben hat …«
Lukas verstummte und ließ seinen Blick durchs Zimmer schweifen.
»Er ist hier gestorben, an diesem Tisch, aber seine Mission auf der Erde ist nicht beendet. Er kommt wieder, und deshalb will ich alles so lassen wie zu seinen Lebzeiten. Irgendwann in seiner nächsten Inkarnation kommt er bestimmt hierher, und dann kann er sich erinnern und begreifen, worin sein Fehler bestand. Eine traurige Geschichte?« Er schaute Anna an und lächelte breit. »Durchaus nicht! Schlimm ist nur, daß man sie als Vorwand benutzt hat, um mich in die Verbannung zu schicken …«
Lukas erhob sich aus seinem Sessel und nahm eine zwischen Büchern stehende Flasche aus dem Regal.
»Ich verstehe, daß ich Sie ermüdet und höchstwahrscheinlich auch erschreckt habe. Aber so ist die Welt, in der wir leben. Ich muß Ihnen sehr viel erzählen, und die Geschichte meines Freundes mag als Einleitung dazu dienen.« Irgendwo aus dem Halbdunkel rollte er zu Annas Sessel ein Serviertischchen, auf dem zwei Tassen Kaffee dampften und in kleinen silbernen Kristallschalen Gebäck und Süßigkeiten lagen. »Probieren Sie den alten finnischen Likör. Mein Freund verstand etwas davon.«
Lukas goß eine schwere Flüssigkeit in flache Gläser und setzte sich in seinen Sessel.

»Trinken Sie ein wenig; Sie werden es brauchen! Davon, daß wir unsere riesige Umwelt nicht bemerken, verschwindet sie nicht. Man kann natürlich in seinem dreidimensionalen Raum sitzen und alles ignorieren, was nicht den dürftigen menschlichen Vorstellungen entspricht; aber früher oder später werden die Menschen doch mit den Gesetzen des Kosmos konfrontiert.«
Lukas zündete ein Sandelholzstäbchen an, und ein süßer orientalischer Duft zog durchs Zimmer. In Annas Kopf drehte sich alles; ihr schien, als geschehe das alles mit jemand anderem und sie sei nur Zuschauerin eines unendlich spannenden Films, aber eben doch nur eines Films. Gleich würde das Licht angehen und das Märchen zu Ende sein ... Wer ist dieser vor ihr sitzende Mann? Er hat sanfte Umgangsformen, lachende Augen und so strenge, bittere Falten um den Mund. Was macht er hier? Wie alt mag er sein? Aus irgendeinem Grund dachte Anna an Maschka, an das, was diese ihr erzählt hatte, und sie lächelte.
»Sie lächeln?« Lukas nahm eine Tasse mit Kaffee von dem Tischchen. »Sie glauben mir natürlich nicht ein Wort. Gut, das müssen Sie auch nicht; aber hören Sie mich wenigstens an. Die Zeit ist knapp, genauer gesagt, gibt es sie einfach nicht, und spätestens morgen früh werden Sie eine Entscheidung treffen müssen. Sie kann unser weiteres Schicksal völlig verändern. Ja, ja. Ihres und meines! Aber vorher gestatten Sie, daß ich Ihnen von mir erzähle. Das wird gar nicht so einfach sein.« Er verstummte, als wüßte er nicht, wo er anfangen soll. »Der Mann ist so eingerichtet, daß er immer danach strebt, die Welt, in der er lebt, zu verstehen und seinen Platz in ihr zu bestimmen. Dieser Kelch ist auch an mir nicht vorübergegangen. In meiner frühen Kindheit ist es zu einer Begegnung gekommen, die vieles vorherbestimmt und mich zum Nachdenken über den Sinn der Zeit veranlaßt hat. Ich bin in der Reinkarnationskette von Leben zu Leben gegangen und wollte immer die Verbindung zwischen der Zeit und der Bestimmung des Menschen auf der

Erde finden, wollte das Reich Gottes und die Tiefen der Hölle in ein Verhältnis zueinander bringen. Als sich mein Verstand später weiterentwickelte, bewegten mich immer mehr Probleme. Ich stellte mir die Frage: Worin liegt der Sinn des menschlichen Lebens, und warum schickt das unerbittliche kosmische Gesetz von Ursache und Wirkung die Seele mit mechanischer Folgerichtigkeit auf die Erde zurück, zwingt sie immer wieder, den leidvollen Weg des Vergänglichen zu gehen? Unterschwellig spürte ich, daß alles, was mich beunruhigte und mein Vorstellungsvermögen erregte, das Eigentliche ist, daß es sich um Teile eines einheitlichen Ganzen handelt. Aber alle Versuche, die Teile zusammenzubringen, scheiterten. Das Mosaik zerfiel in Stücke. Da griff ich zu alten Büchern und verstand sehr schnell, daß der Grund für meine Mißerfolge in mir selbst lag. Nach langem, tiefen Nachdenken erkannte ich, daß ein universelles kosmisches Gesetz einem von seinen Leidenschaften versklavten Uneingeweihten verbietet, auf das einheitliche Bild der Welt auch nur einen kurzen Blick zu werfen. Ich sagte Ihnen ja bereits, daß das Geheimwissen gegen alle abgeschirmt wird, die nicht den Weg der Erleuchtung gehen. Mir stand ein schwerer und langer Weg bevor ... Die Entschlüsselung des Geheimnisses liegt in mir selbst, in der Tiefe meines Ichs, das ein kleines Teilchen des Kosmos ist. Wenn man sich selbst erkannt hat und zu sich selbst gekommen ist, kann man den uns umgebenden Ozean der Welt wie in einem Wassertropfen sehen und zu Gott gelangen. ›Rette dich selbst‹, hat Jesus gesagt, ›und rings um dich werden Tausende gerettet werden.‹ Und ich beschritt den Weg zur Erkenntnis der Wahrheit, der sich mir eröffnet hatte, und dieser Weg ging durch meine Seele. Ich suchte die Harmonie der Welt, die Einheit mit ihr, Freud und Leid waren meine Lehrer und der Wille mein Führer. Dieser Weg war nicht einfach und auch nicht leicht, und zurücklegen konnte ich nur ein kleines Stückchen. Aber darum geht's jetzt nicht. Mit jedem Schritt öffnete sich mir die Welt immer mehr, mir wurde das Glück zuteil, zu sehen und das

Gesehene zu verstehen. Und da wußte ich auf einmal, warum das Karma-Gesetz den Menschen auf diesen tragischen, rührenden und komischen Planeten zurückschickt. Dieses Wissen gab mir den Glauben an meine eigenen Kräfte. Nein, das war kein Hochmut, sondern Freude über das Wissen, daß Gott der Herr barmherzig ist, daß Er menschlicher Vollkommenheit keine Grenzen setzt. Wer will und kann, soll den Weg gehen! Ich ging ihn, und mir eröffnete sich der Sinn von Paradies und Hölle. Ich erkannte, daß dies nur vom Menschen angestrebte Endpunkte beim endgültigen Verlassen der Welt sind. In der Zeit nach dem Tod kann die Seele ihr Karma nicht verändern; sie geht den Weg, den der Mensch während seines Aufenthaltes auf der Erde gewählt hat. Wer heiter und rein ist, steigt weiter zu Ihm auf und trägt das Paradies in der Seele. Wer immer Gift und Galle gespien und gehaßt hat, wer wie ein Schwein unter Schweinen gelebt hat, trägt in seiner Seele die Hölle seiner Taten, die Last der Gedanken und Handlungen, und die zieht ihn hinunter in die Hölle. Auf der Erde gibt es einen Ausweg – man kann den Verstand verlieren; jenseits des Todes wird eine solche Gnade dem Menschen nicht zuteil ...«
Lukas sah zu Anna. Sie saß da und klammerte sich mit weiß gewordenen Fingern an die Seitenlehnen des Sessels. Er kniete vor ihr nieder, nahm ihre Hand und hob sie an seine Lippen.
»Haben Sie keine Angst, Anna; das ist alles nicht so schlimm! Das kosmische Gesetz von Ursache und Wirkung ist die höchste Gerechtigkeit, die der Mensch erreichen kann. Ja, wir sind alle Sünder, Er aber ist barmherzig! Der Mensch vermag die Bestie in sich niederzuringen, wenn er den Weg der Erkenntnis geht, und er kann ein lichter Geist werden. Glauben Sie mir, irgendwann gehörte ich zu jener Welt, war ich ein kleines Teilchen der unendlich mächtigen Hierarchie der lichten Kräfte ...« Lukas küßte ihr die Hand, stand wieder auf und ging im Zimmer hin und her. »Jetzt sage ich etwas Aufrührerisches, aber dennoch ist es die Wahrheit – ich habe die Absicht des

Schöpfers verstanden! Habe die höchste Bestimmung des Menschen auf Erden begriffen. Und selbst jetzt, da ich ein Niemand bin, ja sogar ein Missetäter, zweifle ich nicht an der Richtigkeit meiner Annahme. Sie besagt, und das wissen wir aus heiligen Büchern, daß sich der Schöpfer einmal von allen Seiten vom Bösen umringt sah, dessen Quell der Mensch war. Stellen Sie sich vor, Anna, ein Ozean des Bösen, uferlos finstere Nacht und darin das Gute wie eine schwache Kerzenflamme ... Und Gott der Herr fand einen seiner Weisheit würdigen Ausweg! Er schenkte dem der Eitelkeit verfallenen und nach falschen Werten jagenden Menschen die Fähigkeit, durch die Arbeit der Seele das Gute zu mehren! Ja, erkannte Er, die Menschen sind von Natur aus kleinlich und sündig; aber im Leben eines jeden von ihnen muß es Augenblicke höchsten Aufwallens aller seelischen Kräfte geben, in denen ihr jämmerliches Wesen dem Reinsten und Hellsten zustrebt. In den kurzen Augenblicken von Liebe und Selbstaufopferung, Mitleid und Trauer wird die Bestie Mensch durch ihre Gefühlsstärke und die Intensität ihrer Empfindungen Gott ähnlich! In diesen Augenblicken menschlichen Höhenflugs bringt Gott der Herr die Ernte des Guten ein. Er verwahrt sie, sammelt das Gute Körnchen für Körnchen als höchsten Wert und Ergebnis langer und beharrlicher Arbeit der menschlichen Seele ... Diese Gabe des Allerhöchsten an die Menschen verstanden zu haben macht das Wesen meiner Erkenntnis aus!«

Lukas hatte mit solcher Begeisterung gesprochen, als erlebte er die über ihn gekommene Offenbarung noch einmal in all ihrer Intensität. »Aber ich bin weiter gegangen«, fuhr er mit dumpf klingender Stimme fort, »irgendwann einmal vor langer Zeit hat ein Weiser Worte über das Gute und das Böse gesagt, und daß von ihrem Verhältnis zueinander der Lauf der Zeit in der Welt abhängt. Ich habe immer an diese Worte gedacht, und als ich sie mit meiner Erkenntnis über die Bestimmung des Menschen auf Erden verglich, kam ich zu einer Entdeckung, die mich erschüttert hat. Die Zeit peinigt den Menschen von jeher.

Sie selbst hängt von ihm, seiner Lebensweise und dem Inhalt seines Lebens ab. Mir eröffneten sich auf einmal die Tiefen des Weltalls, ich begriff, daß ich an eines seiner verborgensten Geheimnisse herangekommen war. Jedoch sehr bald stellte sich heraus, daß solche Freigeisterei dem Menschen nicht verziehen wird, selbst wenn er ein lichter Geist ist. Das höchste Wissen hat mich selbst bestraft, denn als ich es besaß, konnte ich das Wesen einer verbrecherischen Verschwörung begreifen. Mir erschloß sich, daß der gefallene Engel kein einmaliges Geschehnis, sondern ein nie endender Prozeß ist. Ich möchte hier nicht auf Einzelheiten eingehen, und zum Verständnis des Geschehenen ist das auch nicht so wichtig, sondern nur sagen, daß die mit der Reinerhaltung Seiner Idee Beauftragten letztere entstellt haben. Das konnte ich nicht ertragen. Mein Gerechtigkeitsgefühl und die Liebe zum Schöpfer zwangen mich zu handeln, und da ich das Leben nicht kannte, beging ich einen Fehler! Voller Entrüstung erzählte ich einer höchsten Wesenheit aus dem Departement der lichten Kräfte, daß ich diesen Verrat entdeckt habe! Ich war der Meinung, daß Ihm das Vorgefallene gemeldet werden müßte, und konnte mir einfach nicht vorstellen, daß die Hierarchen, an die ich mich wandte, ausgezeichnet darüber unterrichtet waren! Alles Weitere entwickelte sich nach dem bekannten Szenario: Man lobte mich und fand zugleich einen Vorwand, mich der schrecklichsten Sünden zu zeihen und als Hausgeist unter öffentlicher Aufsicht des zum Departement der finsteren Kräfte gehörenden Amtes für Geheimoperationen auf die Erde zu verbannen. Zur Verschärfung der Bedingungen meiner Verbannung bekam ich die strengste Auflage, den Wohnbereich Ihrer verstorbenen Tante, die für ihre Kälte und ihren harten altbolschewistischen Charakter bekannt war, nicht zu verlassen …«

»Aber warum haben Sie gesagt, daß ich Sie zu einem Verbrechen verleitet hätte?«

»Weil das bei weitem noch nicht alles ist, was ich angerichtet habe, Anna! Zu meiner Schande muß ich gestehen, daß ich mich mit meinem neuen Status als Hausgeist sehr schnell abgefunden habe. In einem gewissen Sinne war mir die Verbannung sogar recht, weil ich dadurch meine Studien fortsetzen und weiter an mir arbeiten konnte. In guter Nachbarschaft mit Ihrer Tante, in der Stille meiner Studierstube und im behaglichen Licht der grünen Lampe habe ich am Wesen der Zeit gearbeitet, habe versucht, deren Eigenschaften zu verstehen und herauszufinden, was Ewigkeit ist. Ich habe die Alte sogar wegen der Unbeugsamkeit ihres Charakters und der kompromißlosen Direktheit ihrer Urteile liebgewonnen. Mein Dasein war erträglich, ich lebte nach meinen Ideen, beachtete die Außenwelt kaum. Da drangen auf einmal Sie in mein Leben ein! Durch Ihr Erscheinen betrachtete ich mein Leben mit anderen Augen, sah seine Armseligkeit und wie gedemütigt ich war. Alles Abscheuliche und Bejammernswerte, das mir bis dahin durchaus passabel vorgekommen war, wurde mir mit einem Mal unerträglich. Sie weckten in mir die menschliche Würde, und ich begehrte auf! Nachdem ich die Liebe gefunden hatte, konnte ich den Umständen nicht erlauben, Sie mir wegzunehmen. Ich beschloß, Ihn um jeden Preis auf mich aufmerksam zu machen, die mit Füßen getretene Gerechtigkeit wiederherzustellen und zugleich meine Liebe zu verteidigen!« Lukas erhob sich aus dem Sessel, Anna folgte seinem Beispiel, und sie schauten einander in die Augen. »Ich bin wahrscheinlich verrückt«, sagte er. »Natürlich bin ich verrückt, aber ich sah nur einen Ausweg: den Lauf der Weltzeit zum Stehen zu bringen. Wenn Er jetzt nicht eingreift, werde ich zu Pulver zerrieben. Mir bleibt nur die Hoffnung …«

»Und wenn Er Sie nicht erhört?« Anna wandte ihre Augen nicht ab.

»Ich habe mir eine Frist bis zum Morgen gesetzt. Wenn dann nichts geschieht, werde ich noch einen, diesmal den letzten Versuch machen müssen, Seine Aufmerksamkeit zu erregen. Aber dann werden Sie die Entscheidung treffen müssen.«

»Ich?« fragte Anna verwundert und lächelte. »Sie sind ein

großer Aufschneider und Geschichtenerzähler. Sagen Sie jetzt, daß alles nicht stimmt, und ich verzeihe Ihnen!«

»Natürlich stimmt es nicht«, lächelte Lukas zurück, »genauer gesagt, nicht alles stimmt. Ich habe Ihnen noch nicht von einem weiteren kosmischen Gesetz erzählt, von dem Sie wissen müssen. Es lautet: Wie schlecht auch immer ein Mensch gelebt und was auch immer er getan haben mag, ihm wird vieles verziehen, wenn es in seinem Leben wahre Liebe gegeben hat. So hat Er die Welt eingerichtet. Alles ist vergänglich, nur die Liebe bleibt, jene feine Feldform der Materie, aus der die Seele gewoben ist.«

»Die Liebe ist also materiell?«

Er zog sie an sich und küßte sie.

»Ich weiß, daß Sie mir nicht glauben, aber Gott sei Dank kann ich Ihnen beweisen, daß die Liebe materiell ist!«

»Die Zeit ist stehengeblieben.« Die Stimme des Schwarzen Kardinals war ruhig und kalt wie Eis.

»Das kann nicht sein! Wollen Sie damit sagen, daß Er beschlossen hat, mit dem Jüngsten Gericht zu beginnen?« Serpina spürte auf einmal, daß er wie ein Blatt im Herbstwind zitterte.

»Nein, Serpina, was ich gesagt habe, habe ich auch gemeint. Chronos' Weltzeitmaschine, der Zissoid, ist stillgelegt worden. Wenn Sie die Folgen interessieren – sie sind nicht vorhersagbar. Er kann tatsächlich den Augenblick für günstig halten und mit Seinem letzten Gericht beginnen. Da endet dann das persönliche Schicksal eines jeden, der irgendwann einmal in die Welt gekommen ist. Sollte das so sein, ist unser Gespräch einfach absurd, da es faktisch weder Sie noch mich gibt. Was weiter wird, weiß Er allein, selbstverständlich nur, wenn überhaupt etwas wird! Es sind natürlich alle Vorkehrungen getroffen worden, damit keine Informationen durchsickern. Der Chef hat sich persönlich mit einem Vertreter des Departements der lichten Kräfte in Verbindung gesetzt, und dort ist man genausowenig wie wir bereit zum Anbruch des Gerichtstages. In diesem Augenblick – wenn dieses Wort überhaupt noch einen Sinn hat – ist schon eine Mannschaft aus den vertrauenswürdigsten Wesenheiten beider Departements zusammengestellt worden, hat ihre Arbeit aufgenommen, und es besteht Hoffnung, daß der Zissoid wieder in Gang gesetzt wird. Die Maschine ist jedoch derart kompliziert, daß niemand den Erfolg garantieren kann ...« Nergal starrte den am Fuß der Treppe stehenden Geheimrat unverwandt an. »Uns interessiert, wer den Zissoid zum Stehen gebracht hat und auf welche Weise, und Sie werden beauftragt, das zu klären! Das Wort ›Eile‹ ist unter den augenblicklichen Umständen nicht angebracht, jedoch darf ich wohl damit rechnen, daß Sie effizient und unnachsichtig vorgehen werden! Letzten Endes steht Ihr persönliches Schicksal genauso auf dem Spiel wie beispielsweise meines! Ihnen wird natürlich die Tatsache behilflich sein, daß nur wenige Personen von der Existenz des Generators wissen, von seinem Standort ganz zu schweigen ...«

»Sie brauchen nicht weiterzureden, Exzellenz.« Serpina machte eine halbe Verbeugung. »Ich kenne den Namen des Missetäters! Wie ich Ihnen berichtete, hat es das Schicksal so gewollt, daß ich in meiner frühesten Kindheit mit zwei Freunden in das Reich des Chronos geraten bin und wir dort seine Maschine gesehen haben. Einer von uns hat später bestimmte Höhen im Departement der lichten Kräfte erreicht, und möglicherweise werden Sie geruhen, sich zu erinnern, daß er auf Ihre Veranlassung hin provoziert, verurteilt und zur Verbannung auf die Erde geschickt worden ist. Ihm wurden Hochmut und Respektlosigkeit gegenüber den höchsten Kräften zur Last gelegt.«

»Ja, ja, ich erinnere mich, Lukarius hieß er.« Nergal winkte schwach ab. »Kennen Sie den tatsächlichen Grund für seine Entfernung aus der Hierarchie der lichten Kräfte?«

»Ich kann nur mutmaßen, Exzellenz!« Der Geheimrat verbeugte sich noch einmal.

»Sagen Sie, Serpina«, der Schwarze Kardinal stieg aus der Nische in der Wand auf die Steinplatten des Fußbodens, »dieser Lukarius war doch irgendwann einmal ein Freund von Ihnen? Wollten Sie das etwa vor mir verheimlichen? Und warum gerade er und nicht Ihr anderer Freund?«
»Wie sollte ich, Exzellenz!« schrie Serpina entrüstet auf. »Vor Ihnen etwas verheimlichen! Was Eusebius angeht, so ist der zu so etwas nicht fähig. Außerdem befindet er sich augenblicklich in einem psychiatrischen Krankenhaus, wohin er auf eigenen Wunsch gegangen ist. Nein, er ist nicht krank. Das ist für ihn nur eine Form der inneren Emigration ...«
»Aber warum mögen Sie ihn eigentlich nicht, Serpina?«
»Eusebius?«
»Stellen Sie sich doch nicht dumm! Sie wissen genau, daß ich Sie nach Lukarius frage!« Der Schwarze Kardinal ging zum Kamin zurück, drehte sich um und blickte seinen Geheimrat an. »Nun?«
»Warum ich ihn nicht mag?« Er suchte erst Ausflüchte zu machen, änderte jedoch augenblicklich die Taktik. »Daß ich ihn nicht mag, ist viel zu milde ausgedrückt. Ich hege ihm gegenüber ein Gefühl freundschaftlichen Hasses.«
»Machen Sie sich die Mühe, verständlicher zu werden!«
»Ich weiß nicht, was Sie mir unterstellen, Monsignore ...«
»Alles!« fuhr ihm Nergal über den Mund. »Ich unterstelle allen alles, und das ist ganz natürlich. Würde ich Ihnen etwas Konkretes unterstellen, würden wir unser Gespräch im Keller des Schlosses fortsetzen, wo eine urgemütliche Folterkammer eingerichtet worden ist. James tauscht dann seinen schneeweißen Anzug gegen eine Lederschürze ... Im übrigen zweifle ich nicht daran, daß Sie eine lebhafte Phantasie haben, und daher wollen wir zu Ihrem Freund zurückkehren!« Nergal setzte sich in den Sessel. Seine anfangs lebhaften Augen blickten gleichgültig-schläfrig.
»Sehen Sie, Monsignore«, Serpina kam näher, wagte aber nicht, sich zu setzen, »Lukarius' Karriere ähnelt in vielerlei

Hinsicht meiner, jedoch mit umgekehrtem Vorzeichen. Selbst in der Akademie des Wissens haben wir zur gleichen Zeit studiert, jedoch an unterschiedlichen Fakultäten, und haben immer, soweit ich mich erinnere, in Opposition zueinander gestanden. Er widersetzte sich mir in allem, in jeder geplanten Operation stieß ich auf seine kraftvolle Präsenz ...«

»Die Ihre übertraf«, fiel Nergal schmunzelnd ein.

»Ja, Monsignore.« Serpina senkte den Kopf. »Zumindest oft genug. Unser letzter Zusammenstoß endete mit seiner Verbannung, aber diese Operation haben ja Sie durchgeführt. Ich habe nur für den Anlaß gesorgt. Den Boten der Güte, der zu dieser Zeit auf der Erde lebte, konnten wir mit Ruhm und Geld verleiten und danach eine kleine Komödie mit ihm spielen. Sie erinnern sich vielleicht, wie wir alles, was er aus Geldgier geschrieben hat, auf sein Leben projiziert haben. Das war sehr amüsant. Lukarius hatte auch hier versucht, sich uns zu widersetzen, aber auf seine Warnung hatte niemand gehört. Er trug für diesen Fall keine persönliche Verantwortung. Deshalb wurde ihm ein ideologisches Verbrechen vorgeworfen – Abfall vom Glauben und daß er den Boten der Güte vom Weg abkommen ließ ...«

»Nun, das war richtig, daß Sie mir das alles erzählt haben. Ich trenne mich nämlich von Mitarbeitern, die es nicht fertigbringen, mir und sich die Wahrheit zu sagen. Mehr noch – ich begrüße es nur, wenn meine Untergebenen immer etwas miteinander auszufechten haben. Das zwingt sie, brutaler zu arbeiten. Sie können gehen, Serpina. Und denken Sie daran, daß vom Erfolg Ihrer Mission sehr viel abhängt. Wenn Sie aus dem Kampf als Sieger hervorgehen, ernten Sie schon deshalb keine Lorbeeren, weil es nie einen Stillstand der Maschine gegeben hat.« Nergal lächelte. »Aber Ihre Gefälligkeit wird man Ihnen auch nicht vergessen ...«

Der Geheimrat strich mit seiner Hutfeder über die Steinplatten und sah den Schloßherrn abwartend an. Aber der sagte nichts mehr.

»Monsignore, möchten Sie mir nicht noch etwas sagen, was meine Aufgabe erleichtern würde?«
Nergals dünne Lippen brachten ein Lächeln auf sein Vogelgesicht.
»Wozu? Vom Bestehen des Geheimprotokolls wissen Sie, obwohl Sie's nicht wissen sollten. Übrigens, hätten Sie davon nicht rechtzeitig erfahren, hätte ich Sie längst in die Provinz abgeschoben, um irgendwo in Uschansk als Bezirksvampir zu arbeiten. Gehen Sie, Serpina, gehen Sie. Verlieren Sie keine Zeit, und sei es nur, weil es sie nicht gibt, und denken Sie daran, daß Sie nötigenfalls auf die Hilfe aller Höllenkräfte zählen können.«
»Exzellenz!« Serpina krümmte sich zu einer tiefen Verbeugung und scharrte mit dem Fuß. Während er mit dem Hut hin- und herwischte, wich er zur Tür zurück und erlaubte sich die seltene Freiheit, direkt in den Astral zu gehen.

Ihn weckte Glockengeläut. Die Sonne war über die Dächer der Häuser gestiegen und warf einen Blick in das Zimmer, während draußen die von den Sonnenstrahlen gewärmten Spatzen zwitscherten und einander nachsetzten. Er betrachtete die schlafende Anna, zog den Arm unter ihrem Kopf heraus, erhob sich vom Bett und ging ins Nebenzimmer. Auf den Stufen einer Kirche sonnte sich ein Invalide und stellte seinen Beinstumpf zur Schau. Lukas ging vom Fenster zu einer in der Ecke hängenden Ikone, auf der Nikolaus der Wundertäter dargestellt war. Dessen Antlitz, gemalt von einem alten Meister, wirkte ungewöhnlich und hatte etwas Mongolisches an sich.
»Heiliger Nikolaus«, sagte Lukas und berührte die Ikone mit der Hand, »hilf! Hier und jetzt brauche ich deinen Schutz. Ich bin ein Sünder und werde für alles einstehen. Rette und erhalte sie. Du weißt, sie ist unschuldig ...«
Als er sich umdrehte, stand Anna in der Tür und schaute ihn an.
»Warum hast du den Heiligen nur um Hilfe für mich gebe-

ten?« Sie kam heran und schmiegte sich an Lukas. »Seine Hilfe brauchen wir beide.« Anna trat beiseite und schaute ihm in die Augen. »Lukas, ich habe Angst! Ich habe Angst, aufzuwachen und wieder in jener langweiligen, sinnlosen Tretmühle zu sein, die mein Leben war. Ich habe Angst vor denen, die dich verfolgen. Sag mir, wer sie sind und was sie wollen.«

»Das ist sehr schwer zu erklären.« Lukas zog sie an sich und umarmte sie. »Die Sprache der Menschen eignet sich schlecht zur Beschreibung von Realien, die sich parallel zur groben dreidimensionalen Welt entwickeln. Nimm nicht alles wörtlich, denk aber auch nicht, es sei reine Abstraktion. In der von Ihm geschaffenen Welt gibt es eine Hierarchie, die das Böse im Universum steuert und mit den Worten der Menschen als Departement der finsteren Kräfte bezeichnet wird. Die Menschen haben schon viel von Bacchanalien und tollen Streichen des Teufels, von allen möglichen Satansbällen auf dem Kahlen Berge und vom Hexensabbat gehört. Das gibt es alles, ist aber nur das äußere Erscheinungsbild. Dahinter sind die schwarzen Wesenheiten am Werk. Es sind Profis, die sich nicht von Emotionen beeinflussen lassen und vor nichts zurückschrecken, um das Böse in der Welt durchzusetzen! Diese haben mit mir noch ein Hühnchen zu rupfen. Allzu lange habe ich deren Pläne vereitelt und alle möglichen Intrigen sabotiert. Jetzt werden sie alles tun, um sich ihre Gelegenheit nicht entgehen zu lassen.«

»Hast du Angst vor ihnen?«

»Nein, das nicht! Für mich ist es bereits zu spät, Angst zu haben.« Er küßte eine Locke an ihrer Schläfe. »Ich habe bis zuletzt auf Seine Gnade gehofft, darauf, daß Er mich anhören will. Aber das ist nicht geschehen. Ich bin bis zum Äußersten gegangen, habe den Lauf der Weltzeit zum Stehen gebracht, aber auch das war vergeblich ...«

»Und was tust du jetzt?«

»Ich habe keine große Wahl!« lächelte Lukas bitter. »Es bleibt eine letzte Möglichkeit: Ich werde in die Vergangenheit zurückgehen müssen, wie in eine Untiefe in sie eintauchen, mich verstecken und versuchen, den Lauf der Geschichte vom Bösen zum Guten zu wenden! Es gibt folgendes Gesetz: Wenn du dich in der Welt der Menschen wie ein Mensch verhältst, müssen auch deine Verfolger, wer immer sie sind und wie allmächtig sie auch sein mögen, nach denselben Regeln spielen. Die Verfolgung wird somit auf eine andere Ebene, auf die untere Welt der Menschen, übergehen. Um mir auf die Spur zu kommen, werden sie sich Mühe geben müssen. Eine Hetzjagd wird das werden. Wer wird der Schnellere sein? Entweder ändere ich den Lauf der Weltgeschichte, oder sie finden und beseitigen mich. Dadurch habe ich eine letzte Chance. Der Mensch ist ein kleines Insekt. Ihn zu übersehen ist leicht. Aber die Geschichte ...«

Anna sah Lukas fassungslos an.

»Und ich? Bleibe ich allein in dieser Dämmerwelt zurück?«

»Hab keine Angst. Dir werden sie nichts tun! In diesem Spiel interessieren sie sich nur für mich. Das kosmische Gesetz von Ursache und Wirkung verbietet eine direkte Einmischung in das menschliche Schicksal.«

»Nicht davor habe ich Angst!« Sie schob verärgert seinen Arm zurück. »Wieso verstehst du nicht, daß ich in diesem trüben Lebensersatz, inmitten all dieser Halbschatten und Menschensplitter, nicht ohne dich sein kann!«

»Ist das deine Art zu sagen, daß du mich liebst?«

Anna begann plötzlich zu weinen und schmiegte sich an Lukas. Er streichelte ihren vom Schluchzen zuckenden Körper und versuchte, sie zu beruhigen.

»Das ist sehr gefährlich! Damit man uns nicht trennen kann, müßte ich in eines deiner früheren Leben zurückkehren, das du auf der Erde gelebt hast. Das ist ein großes Risiko. Du weißt doch nicht, wann du gelebt hast. Stimmt's?«

Anna schüttelte nur den Kopf.

»Na siehst du! Und ich kann dir nicht helfen, den Erinnerungsfaden durch deine früheren Leben zu ziehen. Wir sind

uns früher nie begegnet, und im Geflecht unserer Schicksale gibt es nicht einen einzigen Knoten. Verstehst du« – er lehnte sich etwas zurück und schaute ihr in die verweinten Augen – »es besteht die Gefahr, daß ich beim Eintauchen in deine Vergangenheit in eine Klärgrube der menschlichen Geschichte, in ein finsteres Land und eine so unbedeutende, ereignislose Epoche gerate, daß es mir trotz aller Versuche nicht gelingt, den Verlauf des Weltgeschehens zu verändern und die Flucht in die Vergangenheit unser Gefaßtwerden nur hinausschieben würde. Dann beträfe das nicht nur mich, sondern auch dich! Ich wollte, daß du diese Entscheidung selbst triffst, sehe aber jetzt, daß ich dich nicht in Gefahr bringen darf. Dieser Schritt wird deine folgenden Leben beeinflussen, und niemand kann wissen, wie!« Da Lukas spürte, daß sie erneut losschluchzen würde, fügte er eilig hinzu: »Nun gut, versuch mal, dich zu erinnern! Hast du Träume, die regelmäßig wiederkehren?«
»Ja!« Anna schluchzte auf und wischte sich mit dem Tuch die Augen. »Zuweilen träume ich, daß ich fliege, und manchmal, wie eine Kirche zerstört wird. Weißt du, sie ist groß und schön, aber ich sehe sie nicht in allen Einzelheiten, sondern wie in Nebel … Ich stehe da und weine und kann nichts tun!«
»Wie wird sie denn zerstört? Niedergebrannt, mit Kanonen beschossen oder Stein für Stein abgetragen?«
Anna überlegte.
»Nein, ich weiß es nicht! Ich weiß nur, daß sie zerstört wird, und das schmerzt mich sehr …«
»Das kann alles Mögliche sein!« seufzte Lukas. »Vielleicht war's der Herodes-Tempel in Jerusalem, den die Römer im Jahre 70 zerstört haben, vielleicht aber auch irgendeine abgelegene Kirche aus dem Mittelalter, die bei internen Fehden von kleinen Souveränen zu Schaden gekommen ist …« Er schaute Anna an. »Nun, ist Gott nicht doch gnädig?«
Sie nickte freudig und begann zu lachen.
»Ich werde dir helfen!«
»Du bist komisch! Weder du noch ich werden je von der Exi-

stenz dieses Gesprächs wissen. Alles wird neu geschrieben, und wir werden unser Schicksal in Seine Hände legen! Möglicherweise erfährst du nicht einmal, womit unsere Flucht in die Vergangenheit endet. Wenn wir Pech haben, sorgen andere dafür, daß die Erinnerung an mich aus den Annalen der menschlichen Geschichte gelöscht wird. Eines Tages wirst du in deiner Wohnung mit dem Gefühl erwachen, von Glück und Traurigkeit geträumt zu haben, wirst dich aber trotz aller Anstrengungen an nichts erinnern können! Na, weine bloß nicht. Wir haben noch nicht verloren, und ich habe nicht die Absicht, unseren Erzfreunden so einen Gefallen zu tun!«

Er nahm Anna an die Hand und führte sie zum Fenster. Die Sonne spielte im Gold der Kuppeln, die Farben des Tages waren freudvoll und rein. Anna hob den Kopf und sah Lukas an.

»Worüber lächelst du?«

»Ich denke daran, wie weise diese Welt eingerichtet ist! Du kannst dich doch erinnern, wie es in der Bibel heißt: ›Viel Weisheit bringt viel Grämen‹ ... Ich stelle mir vor, wie traurig viele Menschen wären, wenn sie erführen, daß sie als Neugeborene die gute Chance haben, dieselben Gesichter wie im vorigen Leben wiederzusehen. Das Karma der Menschen ist miteinander verbunden, und häufig ist das Zusammenleben mit einem anderen bereits dessen Strafe. Aber der Mensch weiß das alles nicht, und auch das ist ein Zeichen Seiner Barmherzigkeit.«

»Machst du Spaß?«

»Vielleicht ...«

Eine schmachtende, getragene Flötenmelodie kam von draußen.

»Es ist Zeit!« Er zog sie an sich und küßte sie. »Weißt du, was mich immer wieder in Erstaunen versetzt? Was wir auch tun und wie wir auch handeln – es wird trotzdem Leben genannt.«

Er lachte los, machte eine Handbewegung, sie schritten hinaus in den sich auftuenden Raum und befanden sich auf einmal in der Wohnung der Teljatnikows. Trotz des sonnigen Morgens waren die Vorhänge an dem Fenster in Sergej Sergejewitschs großem Arbeitszimmer fest zugezogen, und auf dem Schreibtisch brannte eine Lampe. Schwerer Zigarettenrauch hing schichtenweise in der Luft und füllte das Zimmer bis an die Decke. Teljatnikow lag beinahe mit seinem ganzen Oberkörper auf dem Tisch und schrieb hastig und fieberhaft. Seine Haltung hatte etwas Schülerhaftes. So verdeckt der Klassenbeste boshaft sein Heft vor dem Nachbarn, der immer nur Vieren bekommt. Von Zeit zu Zeit zuckten Sergej Sergejewitschs Schultern, aber es war unklar, ob er weinte oder lachte.

Resolut durchquerte Anna das Zimmer, schob die schwere Gardine beiseite und riß das Fenster auf. Wie ein Ozean brach die Sonne in die Wohnung hinein, frischer Wind fuhr durch die beschriebenen Blätter und ließ sie in der Luft kreisen. Teljatnikow stürzte los, um sie zu retten, und da er nicht recht verstand, was da vor sich ging, sah er seine Frau böse an.

»Was ist? Was soll das? Rühr mich nicht an, ich arbeite!« Seine Stimme klang gereizt, seine roten, überanstrengten Augen waren entzündet. »Warte, ich schreibe nur fertig, dann komm ich!«

Er wollte wieder zurück zu seiner Arbeit, aber da hielt Anna ihn fest.

»Sergej! Laß dich mal für einen Augenblick ablenken, wir haben einen Gast. Wir müssen ernsthaft mit dir reden ...«

»Nun, was bin ich schon für ein Gast?« Lukas bückte sich und hob ein mit großen, springenden Buchstaben beschriebenes Blatt vom Fußboden auf. Er überflog es, ging zu Teljatnikow und reichte ihm das Blatt. »Sergej Sergejewitsch, woher haben Sie diese Formel?«

Teljatnikow fuhr zusammen, zuckte in unverhohlenem Ärger mit den Schultern und krähte auf einmal wie ein Marktschreier los:

»Unterstellen Sie mir Plagiat? Da bin ich selbst draufgekommen. Ich selbst!« Er begann fieberhaft, die herumliegenden Blätter zusammenzuraffen. »Von Professor Schepetucha stammt nur die äußere Form. Die Relation habe ich schon vor ihm geahnt!«

»Haben Sie eben Schepetucha gesagt? Ich verstehe ... Sergej Sergejewitsch, lassen Sie das alles stehen und liegen, fahren Sie irgendwo hin und ruhen Sie sich aus! Es kommt Ihnen nur so vor, als ob die Formel Vergangenheit und Zukunft verbindet ...«

»Woher wollen gerade Sie das wissen?« Der Wissenschaftler erhob sich. »Sie sind doch bloß neidisch auf mich! Sie alle! Weil ich ein Genie bin!«

»Sergej Sergejewitsch, die Wellenfunktion beschreibt aber nicht die menschliche Seele ...«, begann Lukas, jedoch Teljatnikow unterbrach ihn:

»Die Seele? Kommen Sie mir nicht mit Ihrer Seele! Die ist doch nichts weiter als eine Vibration des weltweiten Informationskontinuums. Bei seinem Tod strahlt der Mensch die im Prozeß des Lebens gespeicherte und veränderte Information in den Raum aus. Weiter nichts! Sie aber reden von ›Seele, Seele‹! Ich brauchte doch bloß die ersten Ergebnisse meiner Forschungen zu veröffentlichen, da würde die Welt der Wissenschaft erzittern!«

»Überprüfen Sie Ihre Hypothese, differenzieren Sie den Raum nach der Zeit, und es kommt Nonsens, völliger Unsinn heraus ...«

Aber Teljatnikow hörte ihm nicht mehr zu. Lukas nahm Anna an die Hand und führte sie in die Küche.

»Dem ist jetzt nicht zu helfen«, sagte er stirnrunzelnd. »Diese Arbeit wird Sergej Sergejewitsch nicht loslassen, solange er sich nicht davon überzeugt hat, daß seine Ausgangshypothese grundfalsch ist. Aber ich glaube, er ist nur ein zufälliges Opfer meiner Verfolger. Deren Schlag richtet sich gegen mich. Die Jagd verläuft nach den Regeln: Wenn alles andere schiefgeht, werden sie mir vorwerfen, den Menschen Geheimwissen verraten zu haben. Wirkt sehr überzeugend: Er hat einen Wissenschaftler in den Wahnsinn getrieben, um sich seiner Frau zu

bemächtigen. Und das hat er ja auch wirklich getan!« Lukas lächelte Anna an. »Eine kleinkarierte Gemeinheit. Wirkt aber unübertrefflich. All das bestätigt wieder einmal, daß wir uns beeilen müssen. Du wirst hier auf mich warten. Was auch immer geschieht – warte! Ich komme bald wieder!«
Anna beobachtete mit Entsetzen, wie sich sein Gesicht veränderte, seine hohen Backenknochen versteinerten und Blei in sein Kinn drang. Ohne noch ein Wort zu sagen, schien Lukarius kaum noch etwas ringsum zu bemerken; er ging in die Wand hinein und verschwand aus der dreidimensionalen Welt der Menschen.

Nachdem Lukarius in den Astral getreten war, sah er sich argwöhnisch in seiner Studierstube um, lauschte in sich hinein, verspürte jedoch keine Anzeichen von unmittelbarer Gefahr. In einiger Entfernung klang etwas zur Vorsicht Gemahnendes wie feines Mückengesurre, aber um zu analysieren, woher es kam, war keine Zeit. Da er nicht hoffen konnte, in Sicherheit zu sein, ging er schnell und energisch vor. Das einzige, was für eine Sekunde noch seine Aufmerksamkeit in Anspruch nahm, war das in einer Nische hängende Bild von Monet *Frühstück im Grase*. Er blieb davor stehen, als sähe er es zum ersten Mal, tief beeindruckt von den leuchtenden Farben und dem Gefühl von Ruhe, das es ausstrahlte. Der Anblick des sonnenüberfluteten Gartens und der Frau in Weiß hatten ihn immer erfreut. Die Frau war aufgelöst in der von Blumenduft getränkten Luft, in der zärtlichen Berührung der Grashalme, wie er sie beim Liegen im kühlen Schatten der Bäume an seiner Wange verspürt hatte. Mit der Zeit waren ihm Spaziergänge in diesem Garten lieber gewesen als lange Wanderungen im feuchten Londoner Nebel, und sogar *Die Brücke von Waterloo* hatte er wieder ins Museum zurückgebracht. Jetzt aber erinnerte ihn die Gestalt der Frau an Anna und an die Notwendigkeit, sich zu beeilen. Mit einer Handbewegung beförderte Lukarius das Bild wieder in die Eremitage und riß die Klappen eines Wandschrankes auf, wo er den wertvollsten Teil seiner Sammlung aufbewahrte. Er mußte Abschied nehmen. Er konnte nicht gehen, ohne den unschätzbaren Reichtum, der ihm nicht gehörte, zurückgegeben zu haben. Rolle für Rolle nahm er von den Regalen, hielt sie in den Händen, als wollte er sie sich durch ihr Befühlen einprägen, dann verschwanden sie sofort aus seinen Fingern und kehrten an ihre Plätze in den Bibliotheken und Depots der Museen zurück. Nach dem Aufräumen des Schrankes machte er sich an die Bücherregale, die sich mit einer Handbewegung eines nach dem anderen zu leeren begannen. Obwohl er in Eile war, konnte er sich nicht das Vergnügen versagen, seine Augen zum letzten Mal über das Gold der geprägten Foliantenrücken wandern zu lassen. Sie waren seine treuen Freunde und Lehrer gewesen, in Zwiesprache mit ihnen war er Schritt für Schritt den Weg der Erkenntnis und der Erleuchtung gegangen. Nun mußte er nur noch seine eigenen Manuskripte ordnen. Er hätte sie eigentlich gar nicht anfertigen brauchen, denn er hatte den Text bis aufs letzte Komma im Kopf. Aber allein schon das Gleiten der Feder über das Papier und das Wunder der Entstehung von Gestalten aus ganz gewöhnlichen Wörtern hatten ihn immer wieder fasziniert. Mit der Feder in der Hand war er wie auf einer Schaukel in die Tiefen der Verzweiflung gefallen oder hatte sich zu den Gipfeln der Begeisterung emporgeschwungen.

Wie unerwartet und schnell sich doch alles in diesem Leben ändert, dachte Lukarius, als er die beschriebenen Blätter aufeinander schichtete. Erst vor kurzem noch hatte der Sinn seines Daseins in diesen Papieren bestanden, und jetzt freute er sich darüber, daß ihn die Arbeit durch ihr Unvollendetsein an Anna erinnerte! Obwohl er seinen Gedanken nachhing, beobachtete er dennoch aufmerksam seine inzwischen leer gewordene Studierstube und bemerkte sofort ein kaum wahrnehmbares Leuchten hinter der Staffelei. Es flammte rotbraun auf, verschwand gleich wieder, aber Lukarius wußte sofort – er hatte es nicht geschafft! Wie ein kaum wahrnehmbarer Dunst legte sich ein Kraftnetz auf seine Studierstube, und in der Luft lag elektrische Spannung wie vor einem Gewitter. Ohne zu zeigen, daß er die Ankunft der fremden Wesenheit bemerkt hatte, beendete Lukarius das Aufräumen seiner Unterlagen und vernichtete sie durch Handauflegen. Er spürte mit dem ganzen Körper, daß sich irgendwo in der Nähe etwas zusammenbraute, das jeden Augenblick wie ein Wasserfall über ihn hereinbrechen könnte. Und tatsächlich – kaum war er mit seinen Unterlagen fertig, drängte sich Schepetucha durch einen Riß in der Astralebene. Er sprang flott auf den Fußboden, strich sich mit der Handfläche die wenigen grauen Haare auf seinem Kopf glatt und ging wichtigtuerisch an den inzwischen leer gewordenen Regalen hin und her.

»Machst wohl 'ne Fliege?« interessierte sich der Waldgeist und schnalzte angeberisch.

»Aha, der Herr Professor«, begrüßte ihn Lukarius. »Und da habe ich doch in meiner Einfalt gedacht, Ihre scheußliche Visage wenigstens einen Monat lang nicht zu Gesicht zu bekommen. Wie ist es denn da so im offenen Kosmos?«

»Dauernd philosophierst du rum und redest so schwülstig daher!« Wie ein Don Juan aus der Provinz kam Schepetucha an den Tisch herangetänzelt und fuhr mit dem Pfötchen über dessen glatte Fläche. »Hast also alles Geschreibsel vernichtet?«

»Hör mal, Schepetucha, irgendwie kommst du mir ein bißchen zu oft unter die Augen. Das bringt nichts Gutes. Bestimmt nicht!« Lukarius trat an die Staffelei heran und nahm die auf einen Rahmen gespannte Leinwand herunter. »Sag mal, wie hast du das eigentlich geschafft, so schnell wieder zurückzukommen?«

Schepetucha spielte bedeutungsvoll mit seinen spärlichen Brauen und meinte lapidar: »Na, ich hab's eben geschafft, Alter!«

Die dreiste Miene und die übertrieben kumpelhafte Redeweise des Waldgeistes bestätigten ein weiteres Mal Lukarius' Verdacht, daß es verdammt schlecht um ihn stand. Er sah ein letztes Mal auf das begonnene Porträt, und schon verschwand es

mitsamt allen herumliegenden Gemälden und Bleistiftentwürfen im Nichts. Die Studierstube leerte sich.
»Ich hab dir doch gesagt, wenn man für das System arbeitet, bekommt man von ihm zu essen und wird von ihm beschützt!« Schepetucha hob belehrend den Finger. »Es gibt nicht mehr viele Idioten, die vom Licht eines fernen Sternes leben. Es kann ja so allerhand passieren – kommt man näher heran und sieht man genauer hin, ist das überhaupt kein Stern, sondern das Loch unter dem Schwanz des Katers! Du aber hast immer gestrebt und gehofft! Nein, das Dienen ist viel besser. Such dir deine Nische, richte sie ein, und leb so zum Wohle des Systems vor dich hin ...«
»Das sagst du mir?« Lukarius lächelte, aber in seiner Stimme lag etwas Metallisches.
Schepetucha erschrak, sprang weg vom Tisch, streckte jedoch sofort wieder seine schmächtige Brust heraus – wie ein Schauspieler, der sich wieder an seine Rolle erinnert.
»He, he! Und überhaupt – was meinst du eigentlich mit ›Professor‹?«
»Warst du es etwa nicht, der den armen Teljatnikow mit drittklassigem Portwein traktiert hat? Ohne Phantasie arbeitet ihr, ideenlos! Habt euch nicht einmal bemüßigt gefühlt, die Formel ein bißchen auszubessern, damit sie moderner wirkt.«
»Diese gelehrten Sprüche gehen mich nichts an!« Der Waldgeist winkte ab. »Ich bin ein kleiner Teufel, eine technische Hilfskraft. Ist die Anweisung gegeben, nehme ich die Fahne in die Hand, hänge mir die Trommel um den Hals, und los geht's, dem Morgenrot entgegen!« Er sah den Besitzer der Studierstube dreist und ängstlich zugleich an. »Und doch – wo willst du eigentlich hin? Rennst du wirklich los, den Tod der Alten zu melden?« Er grinste höhnisch mit seinen dicken Lippen. »Dich werden sie ganz weit weg bringen, Lukarius. Ganz bestimmt! Sag mal, dir tut's wahrscheinlich leid, dich von so einem schmucken Weibsstück zu trennen?«
Lukarius knirschte nur mit den Zähnen.

»Also, wer hat dir befohlen, Teljatnikow die Formel unterzuschieben?« fragte er, ohne die Augen zu heben, um nicht zu verraten, welcher Haß auf einmal in ihm brannte.
Der Waldgeist zuckte mit seinen dürren Schultern. Er unterschätzte ganz offensichtlich die ihm drohende Gefahr.
»Ja, es gibt eben Leute, die einen Schepetucha zu schätzen wissen ...« Er hob die Augen, und eine Sekunde später sträubten sich ihm die Haare auf seinem abgezehrten Körper, und sein an einen Kofferdeckel erinnernder Unterkiefer klappte herunter.
»Nein«, flüsterte er nur mit den Lippen und begann flach und häufig zu schlucken. »Ich ... ich ...«
»Nun?« drängte ihn Lukarius, der aus dem Augenwinkel heraus beobachtete, wie ein rotes Flimmern in einer Ecke der Studierstube immer intensiver wurde. »Sag's. Sei kein Frosch!«
Schepetucha schluckte bereits mit der Frequenz seines Pulsschlags. Kosmische Kälte strömte aus Lukarius' Augen und ließ dem Waldgeist keinen Zweifel daran, daß seine Tage gezählt waren. Eine unbekannte Kraft riß Schepetucha vom Boden, klatschte ihn an die Wand und begann ihn glattzurollen, wie es Hausfrauen mit dem Teig machen.
»Ich, ich werde dich!« versuchte Schepetucha zum letzten Mal zu drohen.
»Ja, du wirst mich ...«, stimmte Lukarius zu. »Aber erst hinterher. Zunächst einmal werde ich dich – und zwar sofort. Sagen Sie, mein Freund, möchten Sie nicht ein Fresko von Siqueiros werden?«
»Bloß kein Siqueiros!« begann Schepetucha aus Leibeskräften zu brüllen. »Ich sage auch ohne Siqueiros alles!«
Wieder losgelassen, glitt er die Wand hinunter und jammerte: »Da habe ich nun in Ausübung meiner Amtsgeschäfte leiden müssen!«
Wie mit Fernbedienung hob ihn Lukarius hoch und schüttelte ihn mit aller Gewalt.
»Nun?«

»Laß ihn, Lukas!« Die Stimme kam aus der Ecke, wo das immer stärker werdende Flimmern menschliche Formen anzunehmen begann. »Ich sehe doch, daß du ihn mit Absicht quälst, um mich zu ärgern!« Serpina trat aus dem rotbraunen Leuchten heraus und streifte kleine Funken von sich ab. »Du aber, Schepetucha, solltest wissen, daß Dienen nicht von Leiden zu trennen ist!«
Wie Lukarius hatte sich auch der Geheimrat ein menschliches Antlitz zugelegt. In seinem modernen Anzug mit einem zu der grellfarbenen Krawatte passenden Kavalierstaschentuch wirkte er frisch und elegant. Durch sein langes, lockiges Haar bekam sein rundes, würdevolles Gesicht etwas Schauspielerhaftes, und sein einschmeichelndes Auftreten und Reden verstärkte diesen Eindruck.
»Wer sich beschwert, macht sich unbeliebt. Vor allem bei der Obrigkeit.« Fast im Singsang daherredend, kam Serpina lässig näher. »Dienen ist eben kein Zuckerlecken!«
»Der Boß! Na endlich!« Der Waldgeist stürzte auf Serpina zu, blieb aber einige Schritte vor ihm stehen und preßte in einer Aufwallung von Begeisterung die gefalteten Pfötchen an die Brust. »Er hat mich gefoltert, wollte mich zum Siqueiros machen! Ich aber hab wie ein Held ...«
»Da hat er dich schlecht gefoltert.« Der Geheimrat verzog angeekelt das Gesicht und wandte sich von seinem Agenten ab.
»Ich wollte ihn dazu bringen, daß er auspackt. Wie's befohlen war.« Schepetucha konnte sich nicht beruhigen und blickte ergeben auf den geschniegelten Rücken seines Chefs. »Und er hat mich an die Wand geklatscht! Hat auch noch versprochen, mich in eine Blechschüssel im Frauenbad zu verwandeln, damit ich moralisch noch mehr leide!«
»Schweig!« befahl Serpina leise, aber sehr deutlich, und eine Grimasse des Ekels entstellte sein antrainiertes Strahlemanngesicht. Nachdem er sich die Grimasse wie mit einem Lappen abgewischt hatte, drehte er sich um, streckte Lukarius, der diese Szene beobachtet hatte, die Hände entgegen und rief pathe-

tisch aus, als hätte er ihn gerade erst bemerkt: »Lukas! Mein Freund! Wie freue ich mich, dich zu sehen!«
Der Besitzer der Studierstube hatte jedoch keine Eile, Serpina in die Arme zu schließen. Er verschränkte die Arme vor der Brust und betrachtete den nahenden Freund der Kindheit mit sarkastischem Lächeln. Angesichts eines derart kühlen Empfangs verlangsamte der Geheimrat seinen Begrüßungslauf und fuhr gekränkt fort: »Du freust dich wohl gar nicht, mich zu sehen? Wir waren doch einmal dicke Freunde, soweit ich mich erinnern kann. Nein wirklich, das ist von dir eine Schweinerei erster Güte!«
Der Wirkliche Geheimrat blieb mitten in der Studierstube stehen, spielte die beleidigte Leberwurst und ließ sich, ohne hinzusehen, in einem von Schepetucha eifrig herbeigeschobenen Sessel nieder. In der eingetretenen Stille hörte Lukarius in der unteren Welt eine Uhr schlagen. Anna wartete, während das Spiel gerade erst begann, dessen Regeln nicht von ihm abhingen. Er jedoch unterwarf sich ihnen und fragte Serpina reserviert mit kaltem Blick: »Was verschafft mir die Ehre? Im übrigen habe ich nicht daran gezweifelt, daß mir das Amt für Geheimoperationen eine Visite abstatten würde, jedoch auf den Besuch eines so hohen Gastes habe ich nicht zu hoffen gewagt. Für einen gewöhnlichen Hausgeist eine hohe Ehre!«
»Laß das, Lukas, erniedrige dich nicht!« Serpina rekelte sich in seinem Sessel und schlug ein Bein übers andere. »Die Verbannung geht vorüber, und du bekommst in deinem Departement wieder den Platz, der dir zusteht. Niemand bezweifelt, daß du in der Hierarchie der lichten Kräfte eine hohe Stellung innehast.«
»Bist du gekommen, mich aus der Verbannung zurückzuholen?« fragte Lukarius schmunzelnd.
»Nicht ganz.« Der Geheimrat spielte mit der goldenen Kette seiner Uhr. »Aber dazu beitragen kann ich. Du weißt doch, daß ich nicht das letzte Rad an unserem Wagen bin. Wir haben gute Beziehungen, darunter auch zu manch einem aus der Lei-

tung des Departements der lichten Kräfte. Überall gibt es nüchtern und real denkende Politiker. Wenn man will, kann man beispielsweise als Eigeninitiative ausgeben, was früher fast als Renegatentum angesehen wurde. Denk daran, das Leben ist die Kunst der Kompromisse, wie ein Klassiker einmal gesagt hat.«

»Ach, Serpina, warum soll ich dich behelligen! Du hast doch ohnehin schon viel für mich getan!« Lukarius verzog die Lippen zu einem Lächeln. »Allein schon, daß ich durch dich in die Verbannung gekommen bin.«

»Ich bitte dich!« erwiderte Serpina flehend und rang theatralisch die Hände. »Du solltest Freundschaft und dienstliche Verpflichtungen nicht durcheinanderbringen. Wer nicht an die Richtigkeit der Handlungen Vorgesetzter glaubt, wird in jeder Hierarchie bestraft. Das ist genauso ein Naturgesetz wie die Schwerkraft. Und dann meinst du auch noch, wie ich sehe, ich hätte dich provoziert. Denkst du, ich sei dazu fähig?« Der Geheimrat legte die Hand an die Stelle auf der Brust, wo bei den Menschen das Herz zu sein pflegt. »Ja, ich bin dazu fähig. Ja, ich habe dich provoziert!« fuhr er in sachlichem Ton fort. »Aber ausschließlich im Rahmen meiner dienstlichen Verpflichtungen! Nicht aus persönlichen Gründen und im übrigen nur zu deinem Wohl. Du erinnerst dich doch: Wer nicht sündigt, bereut nicht, wer nicht bereut, dem wird nicht verziehen.« Er lachte laut los, als sei alles Gesagte nur Spaß gewesen. »Lohnt es sich, daran zu erinnern, Lukas? Die ganze Welt spielt nach einheitlichen Regeln. Glaub mir, alter Freund, wärest du an meiner Stelle gewesen, hättest du dasselbe getan, weil die Natur der Macht das diktiert. Die Macht kann nicht moralisch oder unmoralisch sein. Entweder sie festigt sich, oder sie zerstört sich. Laß uns doch wie alte Freunde reden! Du verstehst alles ausgezeichnet, und Verstehen ist schon halb Verzeihen.«

»Seien Sie vorsichtig mit dem, der ist gefährlich!« zischelte Schepetucha dem Geheimrat ins Ohr und warf Lukarius schiefe

Blicke zu. »Ich habe rechtzeitig alles über ihn gemeldet, habe alles so geschrieben, wie es ist! Auch über seine Streiche und seine Eigenmächtigkeiten und daß er nicht das Fell eines Hausgeistes trägt! In letzter Zeit hat er sich auch noch angewöhnt, sich unters Volk zu mischen; wie dieser ... wie ein proletarischer Schriftsteller. Ich habe auf dem Dienstweg einen Sonderbericht darüber geschickt! Und dann hat er sich auch noch« – der Waldgeist erstickte förmlich vor Diensteifer – »bis über beide Ohren in die aus der Wohnung von der Alten verknallt! Ich sage die Wahrheit. Wenn nicht, will ich bis zum Jüngsten Gericht als Holzklotz im Moor verfaulen«, schwor Schepetucha. »Meinetwegen hätte er mit der Ljuska ein Techtelmechtel haben können, die gehört als Gespenst immerhin zu uns, ist eine Jenseitige. Aber nein, er verknallt sich in ein Weib von der Erde! Immerhin ein Verstoß! Eine Mesalliance!«
Serpina rückte angeekelt von dem Waldgeist ab und zischte durch die Zähne:
»Hau ab!«
Im Nu bekam Schepetucha am ganzen Körper graue Schimmelflecken, löste sich in der stillen Luft der Studierstube auf und hinterließ einen deutlich wahrnehmbaren Verwesungsgeruch.
»Schwierigkeiten mit dem Personal. Da müssen wir mit allerlei Gesindel arbeiten.« Der Geheimrat wandte sich Lukarius zu und bedachte diesen mit einem strahlenden Lächeln seiner weißen Zähne. »Keine Ausbildung, keine Schulung. Bloß Niedertracht. Weiter nichts.«
»Hör mal, wozu habt ihr dem Teljatnikow unsere alte Formel aus der Studienzeit untergeschoben?« Lukarius setzte sich in seinen Lieblingssessel.
»Nun, auf jeden Fall hat das nichts mit dir zu tun. Das kannst du als Zufall betrachten.« Serpina zündete sich seine kurze Bockspfeife an und nahm ein paar tiefe Züge. »Ich war ja bei deinem letzten Treffen mit Schepetucha auch dabei. Du hast's wohl bemerkt. Warst schon immer teuflisch begabt! Jetzt be-

greife ich, daß du gerade deshalb so schnell und aktiv gehandelt hast ...«

»Wie meinst du das?«

»Na, Lukas ...« Serpina breitete die Arme aus, als entschuldige er sich für die Begriffsstutzigkeit seines Gesprächspartners. »Wir kennen uns schon so lange! In letzter Zeit habe ich überhaupt recht oft an dich gedacht. Von einigen Details abgesehen, ähneln sich unsere Schicksale wie zwei Wassertropfen. Findest du das nicht auch symbolträchtig, daß wir uns nach so vielen Leben und Jahren an der Stelle wiedertreffen, wo wir unsere erste Kindheit verbracht haben? Ein kosmischer Zyklus muß zum Abschluß gekommen sein, und wir stehen an der Schwelle eines neuen, den wir noch nicht kennen ... Ja, das war ein barbarisches, rückständiges Land ... und ist es übrigens auch geblieben: Wenn man da überhaupt etwas aufzubauen beginnt, dann geht's nicht ohne Blutvergießen ...«

»Du bist melancholisch gestimmt, wie ich sehe«, bemerkte Lukarius schmunzelnd. »Ist dir nach Erinnerungen?«

»Warum auch nicht?« Serpina zuckte die Achseln. »So oft kann man ja nicht mit einem Freund zusammensitzen und sich an Vergangenes erinnern. Unsere erste Kindheit hatte etwas Naives und Reines, was sich nie wiederholt hat. Und diese Begegnung mit Chronos, die so vieles im Leben eines jeden von uns dreien vorherbestimmt hat ...«

»Bemüh dich nicht, Serpina. Nicht nötig! Du wiederholst fast wörtlich mein Gespräch mit Eusebius, und ich zweifle nicht, daß du mir gefolgt bist, dich auch mit ihm getroffen und in Erfahrung gebracht hast, was ich wissen wollte.«

Der Wirkliche Geheimrat hüllte sich in Schweigen.

Lukarius zögerte eine Zeitlang, fragte dann aber doch: »Hast du sein Gleichgewicht gestört?«

»Nein! Wozu? Solche Niemande wie er, die nur scheinbar auf der Erde leben, können wir sehr gut gebrauchen. Erinnerst du dich an die Worte des großen proletarischen Schriftstellers: ›Wer nicht mit uns ist, ist gegen uns?‹ Seit damals ist die Welt eine ganz andere geworden. Jetzt bemühen wir uns, flexibler und ohne Extremismus zu arbeiten. Würde dieser Klassiker heute leben, könnte er schreiben: ›Wer nicht gegen uns ist, ist mit uns.‹« Serpina klopfte sich die Pfeife am Absatz seines Lackschuhs aus und fuhr fast wehmütig fort: »Die Zeiten haben sich geändert, alter Freund, die Zeiten als solche. Es ist nur eine überkommene Illusion, daß man zwischen Gut und Böse neutral bleiben könne. In Wirklichkeit gibt es nur zwei Arten von Menschen: Diejenigen, die Gutes tun, und alle übrigen. Und diese alle übrigen sind unsere Leute. Vom Gutes-nicht-Tun bis zum Nichts-Gutes-Tun ist es nur ein ganz kleiner Schritt: Frag dich nicht, wer du bist und wozu du auf diese Erde gekommen bist.«

»Du bist heute erstaunlich gedankenvoll und schwermütig. So habe ich dich eigentlich noch nie erlebt.« Lukarius betrachtete Serpina forschend.

»Du hast recht. Ich bin heute schwermütig«, stimmte der Geheimrat zu. »Und weißt du, warum? Ich nehme Abschied ... Von dir, und zwar für immer!«

»Ist das nicht ein bißchen früh, Serpina?«

»Nein! Ehrlich gesagt hat mir dein Eifer gefallen, als du vom Bestehen des Geheimprotokolls zwischen unseren Departements erfahren hast. Ich persönlich war nicht begeistert von der Abmachung, in der Welt ein Gleichgewicht zwischen Gut und Böse zu wahren. Dadurch ist uns der Wettbewerbsgedanke verlorengegangen. Jedoch im Unterschied zu dir habe ich klein beigegeben. Es gibt Dinge, die übersteigen unsere Möglichkeiten, und die muß man als gegeben hinnehmen. Du hast das nicht begriffen, wie du's auch jetzt nicht begreifst. Es kommt bei dir aus irgendeinem Grund nicht an, daß mit dir etwas nicht in Ordnung sein kann, wenn Er zweimal deinen Protest nicht bemerken will! Na, und wen kümmert schon dieses kleine Planetchen auf dem Hinterhof der Milchstraße! Nicht ich und nicht du, sondern Er hat die Welt so geschaffen, wie sie ist, und folglich geschieht alles, was geschieht, mit Seinem

Wissen und in Übereinstimmung mit Seinem Plan! Er hat zwar den Morgenstern vom Himmel gestürzt und aus dem gefallenen Engel einen Luzifer gemacht, diesem aber trotzdem Macht und Gewalt nicht genommen. Hast du dir noch keine Gedanken gemacht, warum? Weil Er den gefallenen Seraph in dieser neuen Eigenschaft brauchte! Da fragt man sich, gegen wen du aufmuckst. Meinst du wirklich, die kleinkarierten, unbedeutenden Menschen brauchen dein Opfer? Die haben ihre Hoffnung, und das reicht vollauf, um's bis zum Grab zu schaffen.« Serpina kicherte. »Beim ersten Mal, ich weiß nicht mehr warum, bist du nur zur Verbannung verurteilt worden. Jetzt kannst du nicht mehr mit so einer milden Strafe rechnen.«

»Und du bist gekommen, um dem Gericht wie beim letzten Mal einen Vorwand zu liefern?«

»O nein.« Serpina winkte ab. »Beim letzten Mal konnten sie dich infolge des Geheimabkommens nicht wegen Ketzerei verurteilen. Inzwischen aber hast du derart viel auf dem Kerbholz, daß überhaupt kein Vorwand mehr notwendig ist. Du wirst doch nicht abstreiten wollen, daß du den Zissoid der Zeit angehalten hast?«

»Gut«, sagte Lukarius ausweichend, »wenn dein Kommen keine Provokation ist, weshalb bist du dann hier?«

»Dränge mich nicht!« bat Serpina und zündete seine Pfeife wieder an. »Es ist alles nicht so einfach, wie es dir erscheinen mag. Wir verstehen sehr gut, in welch schwierige Situation du dich gebracht hast, und obwohl dir das seltsam vorkommen wird, sind wir bereit, dir die Hand zur Hilfe zu reichen.«

»Mir?« Lukarius hob verwundert die Brauen. »Eure Hand? Eure Hilfe?«

»Stoß sie nicht voreilig zurück!« schmunzelte Serpina. »Erinnerst du dich, daß ich zu Chronos gesagt habe, er sei ein Dummkopf? Ja, ich war einfach ehrlicher als du und Eusebius.«

»Meinst du?«

»Ich weiß es genau! Ich habe gesagt, was ihr gedacht habt und einfach denken mußtet. Weil jeder Mensch seinen inneren

Schweinehund hat, der schmutzige Gedanken produziert. Ewig lebt in ihm die Versuchung, und das ist nicht seine Schuld, denn er wurde so geschaffen. Was das Menschenpack angeht, war Gott ein großer Mystifikator. Sie wissen nicht, woher sie kommen, und haben keine Ahnung, wann und wohin sie gehen werden. Und wenn manch einer durch seinen Verstand etwas Passables erreicht hat, muß er gerade dann sterben. Sag mal selbst – ist das nicht der reinste Hohn, die Menschen in einer Welt leben zu lassen, in der Hoffnung und Verzweiflung einander abwechseln?« Serpinas Augen waren traurig, und Lukarius meinte, sogar etwas Menschliches in ihnen zu entdecken. »Und nun überleg mal«, fuhr der Geheimrat fort, »wenn Gott den Menschen in seinen Gedanken versucht und Possen mit ihm treibt, indem er ihn jede Minute seines langweiligen, leidvollen Lebens in Unwissenheit hält, kann es doch sein, daß Er die Menschen zu seinem Vergnügen geschaffen hat. Was soll man da von ihnen verlangen? Es sind schwachsinnige, flunkernde Narren! Und wenn das so ist, dann ist all dein Opfern und Kämpfen einfach lächerlich. Du spielst in der falschen Mannschaft. Überleg mal – du hast eine ausgezeichnete Möglichkeit, die Seiten zu wechseln, dich denen anzuschließen, die Seinen Plan begriffen haben, bei ihm mitspielen und Öl ins Feuer der menschlichen Dummheit gießen. Wenn du dich auf unsere Seite schlägst, wirst du in das große Geheimnis der menschlichen Bestimmung eingeweiht. Wir werden alles tun, daß man dir deinen hohen Rang in der Hierarchie der lichten Kräfte zurückgibt. Was für ein Genuß, die wahre Ordnung der Dinge zu kennen, sich als Riese inmitten von Pygmäen zu fühlen! Mit deinem Talent wirst du leicht in die Elite gelangen, in den engen Kreis derer, die wissen, was sich hinter den Kulissen dieses absurden Theaters abspielt, die den Mechanismus, der die Welt bewegt, in allen Einzelheiten kennen … kennen – und schweigen.«
Serpina erhob sich aus seinem Sessel und ging lässig in der leer gewordenen Studierstube auf und ab.

»Von dir wird nicht einmal verlangt, daß du dich sofort entscheidest.« Der Geheimrat lächelte und zwinkerte Lukarius bedeutungsvoll zu. »›Keine Zeit‹« ... wie oft wiederholen wir diese Worte, ohne über ihren tieferen Sinn nachzudenken ... Aber diese Frau in der unteren Welt, die da wartet und hofft! Nebenbei gesagt, auch ihr Schicksal wird von deiner Antwort abhängen. Wie glücklich wird sie sein, dich wiederzusehen – stark und selbstsicher! Und wie mißmutig wird sie werden, wenn sie erfährt, daß du dir euer Glück durch deine eigene Dummheit hast aus den Fingern gleiten lassen! Und dabei wird eigentlich gar nichts Besonderes von dir verlangt – du sagst, wie du den Zissoid der Zeit zum Stehen gebracht hast, und das wird dir angerechnet. Du brauchst nicht daran zu zweifeln, daß man in unserem Departement Kooperationsbereitschaft zu würdigen weiß ...«

»Also ist es doch gelungen, das Wespennest aufzuscheuchen?« Lukarius schaute Serpina mit einem spöttischen Lächeln an. »Man ist unruhig geworden! So etwas läßt sich vor Ihm nicht verheimlichen!«

»Du dramatisierst alles zu sehr. Natürlich hat dein leichtsinniger Streich einige Scherereien mit sich gebracht, aber an dem Generator arbeitet bereits eine gemeinsame Mannschaft aus beiden Departements.« Der Geheimrat winkte müde ab. »Und diejenigen, die Ihn auf das Geschehene aufmerksam machen könnten, werden den Schöpfer mit so einer Belanglosigkeit nicht belästigen wollen. Dir sollte klar sein, daß niemand in dieser Welt auf das Jüngste Gericht vorbereitet ist!«

»Und wenn Er's doch erfährt?«

»Laß gut sein, Lukas! Möglicherweise wäre das schrecklich, aber es haben sich dabei schon zu viele die Finger schmutzig gemacht ... Hier beginnt eine andere Logik zu wirken, mein Lieber. Wenn alle ringsum rein sind, möchte ein Schmutziger sich reinwaschen. Wenn jedoch alle bis zum Hals im Dreck stecken, ist es viel einfacher, das nicht zu bemerken. Dieses universelle Gesetz des menschlichen Seins ist auch auf alle anderen

Welten anwendbar. Ehrlich gesagt begreife ich kaum, wozu du das alles getan hast. Und dann – was sollen diese kahlen Wände und die Vernichtung der Unterlagen? Romantik, leere Romantik! Du kannst nirgends hin, und das würde auch niemand zulassen. Eitel ist das alles, Lukas, eitel! Du weißt genausogut wie ich, welche Möglichkeiten das Departement der finsteren Kräfte besitzt ...«

»Hältst du jetzt die Zeit für gekommen, mir zu drohen?« fragte Lukas interessiert.

«Wozu drohen? Laß dir einfach erzählen, was dich erwartet, wenn du meinen Vorschlag nicht akzeptierst.« Serpina stellte sich hinter die Sessellehne und sah den Freund seiner weit zurück liegenden Kindheit fast mitfühlend an. Seine Stimme klang ruhig und gleichgültig, Lukarius jedoch konnte einen Anflug von Triumph und Überlegenheit nicht überhören. »Direkt aus dieser Studierstube kommst du vor das vereinte höchste Gericht der zwei Departements, und zu Gericht sitzen wird man über dich wegen Auflehnung gegen Gott und Vergehen gegen das System. Du hast die Hand zum Schlag gegen das Allerheiligste erhoben, gegen das, was Gott allen und jedem geschenkt hat – gegen die Zeit! In einem Anfall von Hochmut wolltest du Seine höchste Gnade rauben, und dafür mußt du büßen. Lächle nicht. Ich weiß, was du jetzt denkst! Aus Unwissenheit glaubst du, diesen Prozeß zur Aufdeckung eines Komplotts ausnutzen zu können. Daraus wird nichts. Entschuldige, ich vergaß dir zu erzählen, welcher Bearbeitung man deine Wesenheit unmittelbar vor der Auslieferung an das Gericht unterziehen wird. Oh, in unserem Departement haben wir große Meister. Aus deren zarten Händen wirst du als Lämmchen hervorgehen! Du wirst deine fixe Idee von dem Geheimabkommen vergessen und zugeben, daß du die Straftat aus Liebe zu einer Frau von der Erde begangen hast – du wolltest ewig mit ihr zusammensein! Na ja, bist ja nicht der erste und wirst auch nicht der letzte sein. Das ist schon manchem aus der Hierachie der lichten Kräfte passiert, und wenn du dich erinnern kannst, sogar in der Bibel beschrieben worden. Das Urteil?« Der Geheimrat hob theatralisch die Brauen und machte eine Pause. »Es wird ein Standardurteil sein: Das Höchstmaß – vollständige Desintegration der Wesenheit mit nachfolgender Löschung jedes Hinweises auf deine Existenz aus dem Weltgedächtnis. Kämpfer gegen Gott gibt es nicht und darf es nicht geben. Das ist eines der Grundpostulate des Systems, und hier wird es nicht vom Buchstaben des Gesetzes abweichen! Jede Struktur macht sich ihre Selbsterhaltung zur ersten Aufgabe. Lukarius? Was für ein Lukarius? Ach nein, da bringen Sie etwas durcheinander, so einen hat es nie gegeben!«

»Und wer bringt mich vor Gericht? Du vielleicht?« Lukarius lächelte ironisch.

»Stell dir vor. Ich kenne deine übernatürlichen Kräfte sehr gut und habe meine Niederlagen auch nicht vergessen. Aber dieses Mal krieg ich dich klein.« Serpina war völlig ruhig und selbstsicher.

Lukarius erhob sich aus seinem Sessel und reckte sich. Fröhliche Angriffslust funkelte in seinen lebhaften, glänzenden Augen.

»Und wenn wir's wie in der Kindheit machen – Mann gegen Mann? Weißt du noch, wie wir uns damals geprügelt haben?« Er begann das Jackett auszuziehen …

Kolja Burow kannte Delirien nicht nur vom Hörensagen. »Die Kolchosherde zu weiden«, – pflegte er zu seinen Kumpels zu sagen – »ist schon so 'ne Sache!« Dabei verzog er gewöhnlich das Gesicht und neigte den sehnigen Hals zur Seite. »Da kriegst du in jedem Haus dein Schnäpschen. Ich bin doch für die wie der eigene Vater!«

Was zum täglichen Pensum noch fehlte, holte Kolja am Abend nach, wenn er mit seiner Alten im Anbau am Tisch unter der noch vom Großvater stammenden großen Ikone saß. Wenn die kleinen Heiligengestalten an ihren Rändern sich verselbständigten, wußte Kolja, daß es genug war, wußte er, daß er genau

die richtige Menge zu sich genommen hatte. Dann begann seine sonnengebräunte Wange wie immer zu zucken, und er ging vor dem Schlafen noch frische Luft schnappen. Er stand dann lange draußen, atmete die vom Fluß kommende frische Luft ein, sah zu den Sternen hinauf und dachte übers Leben nach. Das liebte Burow über alles. Alles drehte sich – die Hütte, die Scheune, doch wenn er sich ins Gras legte, blieben die Sterne unbeweglich und halfen Kolja damit sehr. Nein, nicht wegen des Gleichgewichts, sondern überhaupt – im Leben! Sie hatten so etwas Hoffnungsvolles, Stabiles an sich, was es auf der Erde nicht gibt. Bei seinen Wanderungen durch die Umgebung vertraute er besonders dem Polarstern. So ein klitzekleines, gewöhnliches Sternchen – pflegte Kolja zu denken – aber sieh einer an, ohne den geht's nicht. Der steht am richtigen Fleck! Und solche Gedanken waren ihm angenehm, da sich irgendwie auch noch Gedanken über sich selbst unter diese Sternengedanken mischten.
In jener Nacht hatte er bereits genug frische Luft geschnappt, den Hosenstall zugeknöpft und wollte schon wieder in die Hütte gehen, als ihn etwas Ungewöhnliches stutzig machte. Der weiße, wie ein Leinenhemd ausgeblichene Mond hing hoch über dem Waldesrand, und sein kaltes Licht spielte in den kleinen Tropfen des über dem Fluß ausgeschütteten Nebels. Ein großer schwarzer Vogel zog lautlos eine Linie über einem fernen Waldstreifen, aber nicht dieses gewohnte Bild ließ sein Herz beben und sich plötzlich schmerzhaft zusammenkrampfen. Was er sah, verblüffte Burow bis zum äußersten, und trotz aller Schwüre und Beteuerungen nahm es ihm hinterher niemand ab. Wer wird auch schon glauben, daß zwei riesige Pferde auf einer unsichtbaren, den Sternen zustrebenden Straße direkt zum Himmel hinauf mit einem grünen Reisewagen durchgingen, einen Kreis beschrieben und als Hunde zurückkehrten, um sich im weißen Nebel wieder aufzulösen? Kolja rieb sich die Augen mit den Fäusten blank und bekreuzigte sich ausgiebig. Der Rausch war mit einem Mal aus seinem Säuferkopf verflo-

gen, und er konnte sich nicht erinnern, wann sein Kopf je so klar und exakt funktioniert hätte. Aber das Eigentliche stand erst noch bevor! Über dem dunklen Waldstreifen erblickte Burow auf einmal vor einem endlosen Sternenhimmel einen Hahn. Der strebte regungslos, ohne auch nur einen Flügel zu bewegen, wie ein von einem Bogen abgeschossener Pfeil nach oben und ließ sein üppiges Federkleid funkeln. Ihm folgte himmelaufwärts etwas unendlich Mächtiges, das vorn so etwas wie einen Ritterhelm hatte, der in einen langen, zigarrenförmigen Körper überging. An dessen Seiten waren, wie Burow erkannte, zwei gepanzerte Arme lang ausgestreckt. Der Rest ging in einem tosenden Feuerschwall unter. So hätte der Bauherr der Welt im Glanze seines Ruhmes in den Kampf ziehen können; aber solche Worte kannte Kolja nicht. Dafür sah er, wie der Hahn auf die Spitze des Ritterhelms geriet und auf der Stelle verschwand, indem er sich in dessen Kampfgefieder verwandelte. Im nächsten Augenblick verschwand die Vision. Burow schaute noch eine Weile zum Himmel hinauf, seufzte danach leise und setzte sich ins nasse Gras …

Weißes Licht überflutete die öde Welt und spiegelte sich in winzigkleinen Nebeltröpfchen wider. Lukarius entfernte sich immer weiter von der Erde und genoß den freien Flug in vollen Zügen, berauscht von der Freude über die eigene Macht. Ihn dürstete nach Kampf, seine zur Panzerung gewordenen Muskeln spannten sich im Vorgefühl des letzten Kampfes, und er flog hinauf in den Weltraum, in die kalte Welt der Sterne, die den Kräften des Guten und des Bösen offensteht. Freiheit! Irgendwo in der Ferne zerschmolz der Mond zu einem weißen Punkt. Die Sonne verwandelte sich aus einem Himmelskörper in ein kleines Sternchen, er aber flog und flog, ließ die endlosen Weiten des Universums hinter sich und reihte sie auf den unsichtbaren Faden seines wilden Fluges. Gleich wird er, irgendwo dort am Rande der Galaxis, etwas grell aufblitzen sehen, und mit rasender Geschwindigkeit wird sich, schwarz wie die kosmische Nacht, derjenige auf ihn stürzen, der seine Seele

an den Satan verkauft hat, derjenige, mit dem er in seinem letzten Kampf zusammenstoßen wird – Serpina! Das wird ein offener Kampf, ein Duell, wo keine Zweifel mehr bestehen und es nur die Kälte des Verstandes und die Kälte der aufeinander gerichteten Pistolen geben wird! »Lieber Gott!« flehte Lukarius. »Nimm mir nicht die Freude am Kampf!« Er wartete und hatte schon den salzigen Geschmack von Schweiß und Blut auf seinen Lippen, seine Brust hob sich bereits in der Vorfreude auf die Schlacht ... aber nur die Schwärze der galaktischen Nacht und kosmische Einsamkeit umgaben ihn. Er suchte überall, die Kräfte verließen ihn ... sein Gegner zögerte. Unmerklich, wie die zarte Berührung eines Schleiers bedeckte ein feinmaschiges Netz seinen ganzen, in brünierten Stahl eingeschnürten Körper. Erst ganz leicht, dann immer stärker und stärker packte es ihn, würgte es ihn, drückte ihn wie eine Presse zusammen, begann es seine Zerstörungsarbeit. Er begriff sofort. Der Würgegriff der Hölle schloß sich um ihn, er sah bereits die sich auftuenden Tiefen des schwarzen Loches, das ihn verschlucken wollte, mit jedem Augenblick spürte er immer deutlicher, wie es ihn grausam und unwiderstehlich anzog. Wie dünnes Eis knirschte der Stahl, stöhnte der gepanzerte Harnisch, der die Spannung nicht aushielt ... Lukarius riß sich mit letzten Kräften los, wich dem unersättlichen Rachen des schwarzen Loches aus und strebte der Erde zu. Er wußte, daß er nur Rettung finden würde, wenn er die Erde berührt und sich auf ihre seidigen Wiesen wirft!
In jener Nacht registrierten alle Observatorien der Welt, daß ein bislang unbekannter Komet mit unwahrscheinlicher Geschwindigkeit auf die Erde zugeflogen kam. Ein Zusammenstoß war unvermeidlich, seine Folgen apokalyptisch. Als ein alter Wissenschaftler ihn erblickte, stürzte er los, um zu Hause anzurufen und zu warnen ... Wovor? Er lächelte bitter, zündete sich nach 30jähriger Abstinenz eine Zigarette an und trat ans Fenster. Im Garten des Observatoriums blühte ein Kirschbaum, die Frühjahrsnacht war still und sanft. Der Wissenschaft-

ler hob die Augen zum Himmel, den Kometen konnte er bereits mit bloßem Auge sehen, die Geschwindigkeit, mit der er sich näherte, war ungeheuerlich. Der Alte bekreuzigte sich und schloß die Augen: Eins! Zwei! Drei! Er zählte bis zehn und stürzte zum Teleskop: Der Sternenhimmel sah deprimierend alltäglich aus. Wie vom Donner gerührt, stand er an dem größten Apparat der Welt und erkannte in völliger Klarheit, daß er nicht nur vom Leben, sondern auch von seiner Wissenschaft nichts verstand. Eines wußte der Alte aber ganz bestimmt – er war glücklich! Später dann, auf einem speziell einberufenen internationalen Kongreß, breiteten die größten Wissenschaftler nur ratlos die Arme aus. Unter den jungen fanden sich Extremisten, die vorschlugen, eine Resolution zu verabschieden, daß es eine solche Erscheinung in Wirklichkeit gar nicht gegeben hätte, jedoch man brachte sie zur Räson, und die Gelehrten fuhren unverrichteter Dinge wieder nach Hause. Die Journalisten machten sich lustig bis zum Gehtnichtmehr, aber auch sie kannten nicht die Wahrheit über das, was passiert war. Die kannte nur Kolja Burow.

Als er zu der Stelle gerannt kam, wo der Stern niedergegangen war, erblickte er einen auf der Erde liegenden Mann. Über und über mit Wunden bedeckt und zerschunden, preßte er sich mit seinem ganzen Körper in den Lehmboden. Weinte er oder lachte er?

»Die haben dich aber fertiggemacht!« Nikolai nahm sich die Wattejacke von der Schulter und bettete den Unglücklichen darauf. »Hab 'n bißchen Geduld, Bruder, ich hole mal Wodka, da geht's dir gleich besser!«

Burow trabte zur Hütte, aber als er wieder zurückkam, lag nur seine Wattejacke auf der eingedrückten Erde.

»Das sind ja Sachen …«, sagte er, und das war alles, was er sagen konnte.

»Die Kindheit ist zu Ende, Lukas, wir spielen jetzt nach ganz anderen Regeln!« Serpina blinzelte den vor ihm stehenden Lukarius an, dessen zerschundenes Äußeres selbst einem Berufshenker hätte Mitleid einflößen können. Malerische Lumpen, die einst ein Anzug von ausgezeichneter Qualität gewesen waren, bedeckten einen Körper voller Schrammen und Blutergüsse. In dem blutverschmierten Gesicht brannten Lukarius' Augen wie kleine Kohlen.

»Du hast noch immer nicht begriffen, daß sich die Zeiten geändert haben und daß Duelle und sonstige Späßchen à la Don Quichotte längst aus der Mode sind. Kalte Berechnung und Pragmatismus – da hat man für Sentimentalitäten keine Kraft mehr. Jetzt lebt die ganze Welt nach diesen Gesetzen. Der Mensch ist über das Tier hinausgewachsen, hat sich aber nicht dem Göttlichen genähert, sondern dem Zustand einer programmierbaren Maschine. Du atmest einfach noch den Staub vergangener Jahrhunderte. Wir leben beide in einer brutalen Welt, und an die muß man sich anpassen, ob man will oder nicht. Dir, mein Freund« –, Serpina lächelte gönnerhaft –, »ist es gelungen, alle Kräfte der Hölle gegen dich aufzubringen, und daß du dich aus ihrem Würgegriff befreit hast, kann man nur als Wunder bezeichnen. Na gut, es reicht«, unterbrach er sich selbst, »gehen wir davon aus, daß du die Lektion gelernt hast! Sag mir, was du mit dem Zissoid von Chronos gemacht hast, und du kannst zu Anna gehen. Sie wartet.«

»Du wirst ja doch ein falsches Spiel mit mir treiben, Serpina!« Jedes Wort kostete Lukarius Mühe, seine aufgeschlagenen Lippen bluteten.

»Nein, Lukas, dieses Mal nicht! Ich kenne dich. Wenn du diesen Weg einmal eingeschlagen hast, weichst du nicht mehr von ihm ab. Nur schwache Geister denken, es sei nie zu spät, aus dem Spiel auszuscheiden. Du aber weißt ganz genau, daß dies unmöglich ist. Den Weg nach unten muß man bis zum Ende gehen. Du hast keine Wahl. Selbst ein lichter Geist mit deinen Möglichkeiten vermag sich nicht aus den Kraftnetzen der Hölle zu befreien. Du hast zu viel angerichtet ...«

»Und komme ich wieder zurück auf meinen Platz im Departement der lichten Kräfte?«
»Versprochen!«
»Und ihr werdet der Frau nichts tun?« Schwankend machte Lukarius ein paar unsichere Schritte. Der Wirkliche Geheimrat erwartete ihn, an seinem Sessel stehend, und beobachtete lächelnd den besiegten Gegner. Mit schwerem Tritt kam dieser heran und blieb ihm gegenüber stehen. Sein Blick war leer und traurig.
»Also besiegeln wir die Sache per Handschlag?« Serpina konnte ein zufriedenes Lächeln auf seinem runden Gesicht nicht unterdrücken.
»Ja, per Handschlag!« Mit einer leichten Bewegung schob Lukarius die ihm gereichte Hand beiseite und schlug den Geheimrat kurz und ohne auszuholen in den Solarplexus. Dem Mitarbeiter des Amtes für Geheimoperationen quollen die Augen heraus. Er krümmte sich und begann zu japsen. Ein zweiter Schlag knockte den Untergebenen des Schwarzen Kardinals aus.
»Na, siehst du, das ist ganz was anderes!« Lukarius wischte sich das Blut aus dem Gesicht. »Du mit deinem dauernden ›Kräfte der Hölle‹ … In dieser Welt gelten ganz andere Gesetze, alter Freund. Es hat doch seine Vorteile, in Menschengestalt zu arbeiten!«
Er schaute auf den am Boden liegenden Körper und trat, immer noch unsicher auf den Beinen, aus dem Astral heraus.

»Wenn man in der Formel die Variablen verteilt und die Gravitationskonstante ausklammert«, flüsterte Sergej Sergejewitsch, der sich vor Eifer auf die Zunge biß und den die Notwendigkeit von Transformationen sowohl erfreute als auch ärgerte, »und dann …« – vor Aufregung knabberte er an der Bleistiftspitze – »und dann beide Teile mit der Lichtgeschwindigkeit zum Quadrat multipliziert!«
Hinter seinem Rücken bewegte sich etwas. Teljatnikow wurde

sofort ärgerlich, drehte sich jäh um und warf einen zornigen Blick auf die Tür. Dort stand Anna, hielt sich am Türpfosten fest und war kreidebleich.

»Serjosha«, sagte sie kaum hörbar, »mir ist schlecht!«

»Wie schlecht? Warum schlecht?« erschrak Sergej Sergejewitsch. Aber »schlecht« kann man doch wegen seiner unregelmäßigen Maßeinheit nicht in einer Formel substituieren! schoß es dem Dozenten durch sein aufgeregtes und entzündetes Gehirn. Er wollte seiner Frau etwas in der Art sagen und sie fragen, ob sie nicht etwas Geeigneteres zum Substituieren der Variablen hätte, da ließ sie plötzlich den Türpfosten los, kam ins Zimmer und fiel wie niedergemäht auf den Teppich. Teljatnikow begriff nicht recht, was da vor sich ging, erhob sich völlig fassungslos von seinem Platz am Tisch und starrte seine bewußtlos daliegende Frau mit weitaufgerissenen Augen an. Ein Windstoß riß das Fenster auf, ein weißer Vorhang sprang beunruhigend und schreckenerregend in die Höhe und warf eine Vase mit längst vertrockneten Blumen zu Boden. Erschrocken überflog Sergej Sergejewitsch mit einem Blick das Zimmer. Ihm kam es auf einmal so vor, als ob ein blutverschmierter und zerlumpter Mann mit entstelltem Gesicht und auf einem Bein hinkend aus der Wand herausgetreten wäre, Anna auf die Arme genommen hätte und sofort wieder verschwunden wäre. Seltsamerweise jedoch blieb seine Frau auf dem Teppich liegen, er selbst aber, Sergej Sergejewitsch, wurde von einer geheimnisvollen Kraft an seinen Platz am Tisch zurückgebracht. Danach sprang aus einer Zimmerecke sein alter Bekannter Schepetucha, jedoch aus irgendeinem Grunde nackt mit grauer, grünlich behaarter Haut. Der Professor warf die Knie hoch, näherte sich Anna mit zitternden Pfötchen, schaute ihr ins Gesicht und stürzte plötzlich unter beängstigendem Gekreische wieder zurück. »Krankenwagen!« schrie der wieder zu sich gekommene Teljatnikow, »Kra ...«

Aber die Laute blieben ihm in der Kehle stecken. Ein von irgendwoher gekommener Arzt machte sich bereits an Anna zu schaffen. Er faßte sich ständig an die Kinnbacke oder an den Bauch, ging aufgeregt um den ausgestreckten Körper herum, gestikulierte heftig und schimpfte auf lateinisch. Die Augen der Frau rollten, sie atmete nicht, und nur das ganz dünne Fädchen des Pulses zeigte an, daß irgendwo drin wie ein schwelender Kienspan noch Leben glimmte. Der hinter dem Arzt hertrippelnde Schepetucha lauerte auf eine Gelegenheit, ihm über die Schulter sehen zu können, und jammerte kläglich: »Sie ist tot! Mausetot!«

Sergej Sergejewitsch sah jetzt, daß Schepetucha überhaupt kein Professor war, sondern vermutlich ein Arzthelfer oder – was noch wahrscheinlicher war – ein Sanitäter. Irgendwie stimmt heute mit meinem Kopf etwas nicht! dachte Teljatnikow, stand auf und näherte sich mißtrauisch dem Körper seiner Frau. Einzelne Fragmente der Formel fielen noch immer wie Flocken von der Decke, kreisten in der Luft, ohne ihn jedoch dabei zu stören, das Tun des medizinischen Personals zu beobachten. Inzwischen richtete sich der Notarzt auf, warf seine langen, lockigen Haare zurück und wandte sich an Sergej Sergejewitsch.

»Na, was ist, Dozent? Da hast du die Bescherung!« sagte er gereizt, ohne die Hand von der blau angelaufenen und geschwollenen Kinnbacke zu nehmen. »Da haben sie dir die Frau ausgespannt! Ach, du Vollidiot!« Mit ungezügelter Entrüstung stieß der Arzt den armen Teljatnikow an die Brust, so daß der zur Wand flog. Danach wandte sich der Arzt dem Sanitäter zu, spuckte ein paar offensichtlich überflüssig gewordene Zähne aus und fuhr fort: »Hast sie entwischen lassen, du Dreckskerl mit Segelohren! Dich stampf ich ein! Siehst du denn nicht, daß die gnädige Frau im Koma liegt? Sie sind weg, sind beide weg. Jetzt kannst du sie suchen!«

Schwer aufstampfend und gefolgt von dem herumwieselnden Schepetucha, verließ der Arzt das Zimmer durch das Fenster und zerschmolz vor den Augen des sprachlos gewordenen Teljatnikow in der stillen Luft. Der Doppelgänger des Professors

wollte auch verschwinden, kehrte jedoch plötzlich zurück und zeigte Sergej Sergejewitsch eine kleine, knochige Faust.
Der herbeigerufene und inzwischen eingetroffene Krankenwagen fand in der Wohnung zwei Körper, an denen zutiefst erschrockene, mitleidige Nachbarn herumwirtschafteten ...

Anna drehte sich um. Irgendwo weit unten, in Raum und Zeit, die von ihr verlassen worden waren, sah sie sich auf dem Fußboden ihrer Wohnung neben Teljatnikow liegen. Irgendwelche unbekannten, besorgten Menschen in weißen Kitteln schlossen Geräte an und bereiteten Spritzen vor. Seltsamerweise verspürte sie weder Mitleid noch Trauer, sondern nur eine unerwartete, wiedererrungene Freiheit, und auf keinen Fall wollte sie in die von ihr verlassene Welt zurück. Und dennoch lebte in ihr die Sehnsucht, eine unerklärliche, herzzerreißende Sehnsucht nach jener sinnlosen und bitteren Absurdität, die ihr Leben gewesen war. Mit rasender Geschwindigkeit durchflog sie etwas, das ihr wie ein endloser, dunkler Tunnel vorkam. Jemand rief sie beim Namen, bat sie zurückzukommen, lachte hemmungslos und hysterisch, sie hörte Bruchstücke fremder, sinnloser und daher erschreckender Gespräche, und eine Kakophonie von Lauten eilte ihr wie Wellen nach und begrub sie immer wieder unter sich. Schakale und Hyänen heulten, und ekstatisches Stöhnen wechselte mit den Schreien gepeinigter Opfer ab.
»Lukas!« rief sie in die Leere hinein und spürte sogleich, daß er sich irgendwo neben ihr kraftvoll und ruhig bewegte. »Was ist mit mir? Bin ich gestorben?«
»Keine Sorge!« Er war ganz in ihrer Nähe. »Der Astral macht dir angst. Der Tod ist herrlich und frei, ist leicht und barmherzig, aber was mit dir vor sich geht, ist noch nicht der Tod! Du kehrst zurück, du wirst in die Welt der Menschen zurückkehren!«
»Und du? Du auch?«
Anna hob den Kopf, plötzlich veränderte sich alles, die Stim-

men, die sie erschreckt hatten, blieben zurück, und erst leise, aber dann immer machtvoller und feierlicher ergoß sich der zauberhafte, wunderschöne Gesang reiner und herrlicher Stimmen über sie, und sie schwamm in dessen zarten, dahinströmenden Klängen. Und ein Stern ... In unendlicher Höhe, alles durchdringend, erglühte in Freude und smaragdgrünem Licht ein ferner Stern!

3

Der September ist in Moskau nicht die beste Zeit des Jahres. Besonders zu Monatsbeginn. Irgendwann in der Monatsmitte kommt dann der Altweibersommer, aber die ersten Septembertage sind in der Regel trübe, und wenn es nicht regnet, ist der Himmel zumindest wolkenverhangen. Die Stadt ist bis zu den Dächern mit trauriger, schwermütiger Ausweglosigkeit angefüllt, und in Vorahnung eines langen und kalten Winters krampft sich einem das Herz zusammen. Wenn es schon nicht regnet und alles unendlich grau ist, weht der Wind. Durch die schon früh leer werdenden Straßen jagt er den tagsüber angefallenen Müll, Laub, Blechbüchsen und Zeitungsfetzen vor sich her. Was bringen sie, diese inzwischen veralteten Neuigkeiten? Der Sommer ist vergangen, vergangen ist der Sommer – das ist die wichtigste Neuigkeit.

Lukin bückte sich, hob ein zerknülltes Zeitungsblatt vom Gehweg auf und glättete es im schwankenden Licht einer im Wind schaukelnden Laterne. So, in Deutschland drängen die Nazis an die Macht ... Zahlen über die Erfüllung des ersten Fünfjahresplans ... Rotarmist Sutschkow erhielt als Tapferkeitsauszeichnung für seinen Brandeinsatz eine Uhr mit eingraviertem Namenszug ...

Eine dunkle, traurige Arena! Freiheit als Notwendigkeit, eingesehen in der proletarischen Gesellschaftsordnung. Lukin knüllte die Zeitung wieder zusammen und warf sie auf die Fahrbahn. Der vom Wind aufgegriffene Papierball hüpfte über das Kopfsteinpflaster. Lukin zog sich den Hut in die Stirn, zündete sich im Schutz seines Regenmantels eine Zigarette an, streckte sich wieder und blickte Richtung Straßenende. »Was auch immer sein mag«, sagte er laut, »was auch immer geschieht, ob es brennt oder ein Diktator im Todeskampf liegt – immer werden sich Leute finden, die davon profitieren. Offensichtlich ist die Bestie Mensch so beschaffen, daß sie aus allem ihren Vorteil zieht!«

Nachdem er auf solche Weise die verlassene Straße mit seinen Gedanken vertraut gemacht hatte, schob er die Hände noch tiefer in die Manteltaschen und ging, von Windstößen angetrieben, den Fahrdamm hinunter. Von keiner Laterne behindert, rückte die Nacht ganz dicht heran, vom nahen Fluß roch es nach Feuchtigkeit und Benzin. Wenige Meter vor einer Straßenecke blieb er stehen und drehte sich um. Die Straße war ganz zu überblicken, dunkel und leer. Seine Armbanduhr zeigte zwei an. Durch eine Lücke zwischen den Häusern erschien vor dem dunklen Himmel der schwarze Schattenriß der Erlöserkathedrale. Irgendwo dort auf einem Platz gellte eine Milizionärspfeife. Auf leisen Sohlen schlich Lukin wie eine Katze an eine Mauer heran und lauschte. Ganz in der Nähe glaubte er ein Geräusch gehört zu haben. Seine Hand glitt wie von selbst in die Manteltasche und legte sich auf einen Revolvergriff.

»He, Genosse!« hallte eine Stimme aus einem Torbogen. »Kommen Sie hierher! Schnell, schnell, auf Ihrer Seite kann's Splitter regnen!« Lukin arbeitete sich seitwärts weiter, ohne die Augen von dem schwarzen Loch des Torbogens zu lassen, überquerte die Straße und näherte sich dem Bogen, der in ein Labyrinth von Höfen führte. Nachdem er in dessen Dunkelheit eingetreten war, ging er unverzüglich weiter, bis er den gesamten Bereich überblicken konnte. In dem trüben Licht, das von der Straße her kam, erkannte er zwei Gestalten, die sich gegen eine Mauer preßten.

»Wo sind Sie? Ich sehe Sie nicht!« sagte die Stimme von vorhin, die Lukin bekannt vorkam. Er hatte diesen unsicheren, wie um Hilfe bittenden Tonfall ganz bestimmt schon irgendwo gehört. Es roch, als seien Müllkästen und Katzen in der Nähe. Lukin ging weiter an der Mauer entlang und blieb einen

Schritt vor dem Sprecher stehen. »Wir haben Bekannte besucht ...«, fuhr dessen Stimme fort. »Haben Sie zufälligerweise etwas zu rauchen da? Wissen Sie, eigentlich bin ich Nichtraucher, aber jetzt wäre mir irgendwie sehr nach einer Zigarette.«
Lukin holte eine Packung Gauloises aus der Tasche und reichte sie in die Dunkelheit. Der Mann zog tastend eine Zigarette heraus und bedankte sich.
»Danke! Hätten Sie vielleicht auch Feuer?«
Den Mann kenne ich doch, dachte Lukin beim Anzünden eines Streichholzes. Und zwar nicht einmal schlecht. Er hielt die Hand vor das schwache Feuer und hob es an das Gesicht des Unbekannten. Das zitternde Licht riß eine runde Brille und ein akkurates, fast schon grau gewordenes Doktorbärtchen aus der Dunkelheit.
»Sergej Sergejewitsch? Teljatin?«
»Lukin! Wahrhaftig, Lukin!« Der Mann richtete sich auf und vergaß das Anrauchen. Das Streichholz verlosch, und er starrte angespannt in die Dunkelheit. »Nein, ich glaub's nicht! Das kann doch nicht wahr sein!«
»Doch, Sergej Sergejewitsch, es kann!«
Im nächsten Augenblick zerriß eine gewaltige Explosion die Stille der Nacht. Etwas unmäßig Schweres, schwer wie die Sünde, krachte zur Erde, und ließ diese erbeben, während die Häuserwände wackelten. Eine Handvoll kleiner Steine schmetterte über das Pflaster der Fahrbahn. In die plötzlich eingetretene Stille gellte erneut die Trillerpfeife eines Milizionärs. Irgendwo heulte ein Auto auf, das durch die Entfernung abgeschwächte Scheinwerferlicht glitt über die Mauer des gegenüberliegenden Hauses. Sie verließen die Toreinfahrt, gingen mit Beinen, die plötzlich wie Watte geworden waren, weiter und blieben auf einer Kreuzung stehen. Dort, wo die Kathedrale gestanden hatte, sah man jetzt in Wolken von aufgewirbeltem Staub erschreckend verunstaltete Trümmer. »Das wird man denen nicht so einfach durchgehen lassen!« sagte Sergej Sergejewitsch immer wieder und drückte ein weinendes Mäd-

chen an sich. »Das wird Er ihnen niemals verzeihen! Nie! Ich hatte gedacht, ein zweites Mal würden sie es nicht wagen, hatte gedacht, Er würde es nicht zulassen …«
Auch Teljatin weinte, ohne die Tränen zu verbergen. Seine Hand auf der Schulter des Mädchens zitterte, die Finger zuckten nervös. Lukin zündete sich eine Zigarette an und zog den Hut tiefer ins Gesicht. Irgendwelche Leute rannten im Licht von Laternen auf den Ruinen der Kathedrale hin und her. Die Fenster der Häuser rings um den Platz waren schwarz.
»Sie haben sie höchstwahrscheinlich von der Brücke aus gesprengt«, mutmaßte Lukin aufgrund einer Kette über den Fluß gespannter Lampen. »Heute in der Straßenbahn hieß es, das erste Mal hätte Lasar Kaganowitsch selbst auf den Knopf gedrückt. ›Wir werden Mütterchen Rußland den Rock hochheben!‹ hat er gesagt und daraufgedrückt, der Misthund, der!«
Das Mädchen schluchzte laut auf.
»Schon gut, wir müssen gehen.« Teljatin drehte sich um, hakte sich bei seiner Begleiterin ein und ging müde die Straße hinauf. »In der Hochschule wurde heute gemunkelt, daß der Platz von der Miliz abgesperrt wird und es in der Nacht Razzien geben könnte. Ich wäre ja nicht gekommen, um mir das anzusehen«, fuhr er, an Lukin gewandt, fort, »aber meine Nichte, die Anja, hat mich überredet. Es bedrückt einen irgendwie, abscheulich ist das …«
Lukin blieb ein paar Schritte zurück, sah sich mehrmals um, aber die Straße lag still und dunkel hinter ihm. Licht brannte nur in einigen Fenstern des auf der anderen Flußseite emporragenden, riesigen Hauses der Regierung. Sie bogen in die Höfe ab und gingen durch ein Labyrinth von Torwegen. Ganz unerwartet blieb Sergej Sergejewitsch stehen und drehte sich um.
»Lukin, bist du das wirklich, Lukin? Ich kann's nicht glauben!« Etwas unsicher ging er auf ihn zu, umarmte ihn und küßte ihn dreimal. »Du lebst. Tatsächlich!«
Irgendwo über ihren Köpfen klapperte ein Fenster, und ein

männlicher Baß versprach jedem, der ihn beim Schlafen stört, den Kopf abzureißen.

»Ich bin Werktätiger und muß zur Frühschicht«, brüllte der Mann, daß es die ganze Straße hörte, »während sich das Gesindel, das wir noch nicht erwischt haben, nachts rumtreibt und uns nicht schlafen läßt! Verdammte Scheiße noch mal!«

»Kommt schnell weg von hier!« drängte Teljatin, »Gott bewahre, daß noch die Miliz kommt!«

Er nahm Anja an die Hand und rannte fast in den nächsten Torweg. Lukin folgte ihm und staunte, wie flink dieser Mann noch war, obwohl er nicht mehr zu den Jüngsten zählte. »Das hätte mir gerade noch gefehlt«, brummelte Teljatin im Gehen. »Wenn die das in der Hochschule erfahren, ist's aus! Ich hab doch gesagt, wir sollten nicht herkommen. Aber nein!«

»Was regen Sie sich denn so auf?« sagte Lukin, der ihn wieder eingeholt hatte. »Nun, dann kommt eben die Miliz, Sie sagen, wer Sie sind, und damit hat es sich!«

»Hör mal!« Sergej Sergejewitsch blieb stehen. »Du kommst wohl vom Mond? Und überhaupt, was machst du eigentlich hier?«

»Dasselbe wie Sie – wollte Zeuge der Geschichte sein. Unterstellen Sie mir etwas?«

»Aber nicht doch!« Teljatin wischte sich den Schweiß von der Stirn. »Die Nerven sind mit mir durchgegangen, weißt du. Verzeih, Lukin, das wollte ich doch nicht! Aber wo wohnst du eigentlich?« fuhr Sergej Sergejewitsch keuchend fort. »Bis die erste Straßenbahn fährt, ist es noch lange hin. Komm mit zu uns, wir wohnen ganz in der Nähe, da unterhalten wir uns ein bißchen über früher ... Es gibt doch etwas, an das wir uns erinnern können, nicht wahr?«

Teljatin faßte Lukin um die Taille und zog ihn mit. Lukin wehrte sich nicht.

»Ich bin ja heute erst angekommen«, sagte er, bemüht, mit Teljatin Schritt zu halten, »und da wollte ich mir mal ansehen, was bei euch in der Hauptstadt los ist ...«

»Na prima, Gott sei Dank! Ehrlich gesagt hatten wir dich nämlich schon totgesagt. Aus dem Lazarett wurde mitgeteilt, du seist gestorben.«

»Fast«, schmunzelte Lukin. »Ein ordentliches Loch habe ich seitdem ...«

»Aber natürlich, ich erinnere mich! Ich hab ja noch mitgeholfen, dich auf die Fuhre zum Lazarett zu laden ...«

Sie blieben an der Ecke einer Grünanlage stehen, sahen sich nach allen Seiten um, durchquerten diese schnell und verschwanden im Eingang eines ehemaligen Mietshauses. Die breite Treppe und der Korridor waren dunkel. Bemüht, keinen Lärm zu machen, gelangten sie zu ihrer Tür, Teljatin öffnete sie tastend und ließ Anja und Lukin in den schwülen Bauch der Wohnung hinein. Im trüben Licht einer staubigen Lampe erkannte Lukin drei in einer Reihe hängende Blechbriefkästen und drei Klingeln am Türpfosten.

»Alle klauen«, sagte Sergej Sergejewitsch, während er von innen abschloß. »Früher haben sie natürlich auch geklaut. Aber nicht so. Da hatten sie noch ein Gewissen und wußten, wann's genug war ...«

Nachdem Teljatin sein verantwortungsvolles Werk beendet hatte, ging er bis zum Ende eines schmalen, hohen Korridors und öffnete mit einem massiven Schlüssel die Tür zu einem Zimmer, das Lukin auf den ersten Blick an ein Möbellager erinnerte. Wahrscheinlich wußte Sergej Sergejewitsch um den Eindruck, den seine Behausung machte, denn er erläuterte gleich:

»Haben uns welche reingesetzt! Früher gehörte uns die ganze Wohnung ...«

Während seine Gastgeber ein spätes Abendessen zubereiteten – Tee aufsetzten, Brot, Hering und Wurst schnitten –, ließ sich Lukin in einen hohen Stuhl mit geschnitzter Lehne und Ledersitz nieder, zündete sich eine Zigarette an und besah sich interessiert die Attribute fremden Lebens.

»Ach«, fiel es Teljatin plötzlich ein, »ich hab euch ja sozusagen noch gar nicht miteinander bekannt gemacht ... Anja, meine Nichte, die Tochter meiner verstorbenen Schwester. Und das, Anjuta, ist ein alter Kamerad von mir und sozusagen Kollege – Oberleutnant Lukin.«

Lukin erhob sich und küßte die Hand, die das Mädchen ihm reichte.

»Ich freue mich einfach, daß der Stabskapitän so eine bezaubernde Verwandte hat.« Er schaute von der Seite zu Teljatin hinüber. Der fuhr zusammen, und in seinen Augen blitzte ein kindhaftes Erschrecken auf.

»Was hast du eben gesagt? Stabskapitän? Ach ja! Nun, entschuldige, ich hab's vergessen. Wir haben uns beide ja über zehn Jahre nicht mehr gesehen«, erläuterte er Anja, »da denkt man unwillkürlich in den Begriffen der damaligen Zeit. Aber, liebe Freunde, bedenkt nur einmal, was für eine Begegnung!«

Auf einem riesigen Geschirrschrank mit Schnitzarbeiten lag ein Stoß Bücher. Lukin nahm das zuoberst liegende und las den Titel: »Physik der Elektrizität«.

»Sind Sie Studentin?«

»Nein, sie ist, mit Verlaub gesagt, Schauspielerin«, antwortete Teljatin für Anja. »Das Buch ist von mir. Damit verdiene ich mir meinen Lebensunterhalt. Anna ist eine geborene Schauspielerin«, fuhr Sergej Sergejewitsch fort, während er den Hering mit dem Messer zurechtschnitt, »zunächst zwar nur ›Schritte hinter der Bühne‹ und ›Das Essen ist aufgetragen‹ ...«

»Ach Onkel! Erzähl lieber von dir.«

»Da gibt's eigentlich nichts zu erzählen.« Teljatin richtete sich auf und sah Lukin an. »Ich unterrichte Physik an der Hochschule für Wasserwirtschaft. Was soll man machen? Leben muß man, na, und da hab ich mich in eine Nische verkrochen, damit mir niemand zu nahe kommt. Wir haben ja nun wirklich eine ekelhafte Zeit!«

Wie zufällig ging Lukin zur Tür und sah auf den Korridor hinaus. Sergej Sergejewitsch wickelte die Heringsinnereien in eine

Zeitung und wischte sich die weißen, dicken Hände mit einem kleinen Lappen. Dann öffnete er eine Tür des Geschirrschranks, holte nicht ohne Feierlichkeit eine kleine Wodkaflasche heraus und stellte sie auf den Tisch.

»Du solltest lieber von deiner Entdeckung berichten.« Anja brachte Wodkagläser und wischte sie mit einem Handtuchende aus. »Wissen Sie«, sagte sie, zu Lukin gewandt, »ich verstehe das natürlich alles kaum, aber er hat bewiesen, daß Einstein unrecht hatte! Will ihm sogar einen Brief schreiben.«

»Na ja, bewiesen hab ich's nicht ganz«, Teljatin spielte mit seiner Braue, »und so ganz im Unrecht ist er auch nicht, aber es gibt da gewisse Erwägungen ... Schon gut, davon reden wir jetzt nicht, das muß erst noch richtig durchdacht und durchgerechnet werden. Und wozu auch solche Hast, wenn's ums Ewige geht? Kommt lieber an den Tisch!«

Mit dem Messergriff schlug er den Siegellack vom Flaschenhals, zog mit dem Messerende den Korken heraus und goß den Wodka in die Gläser.

»Auf unser Wiedersehen, Lukin! Freue mich, daß du noch am Leben bist.« Teljatin trank aus und legte ein Stück Wurst auf eine Brotscheibe. »Das letzte Mal gesehen haben wir uns doch am ...«

»... ersten Oktober 1918«, ergänzte Lukin. »Vor knapp 14 Jahren. Station Shutowo, südlich von Zarizyn. Ich weiß noch, was das für ein Getümmel war, Sergej Sergejewitsch! Haben sie über einen Tag lang angegriffen und dann doch eingenommen. Eine Sonderdivision roter Schützen, aber getürmt sind sie wie die Hasen. Haben einen Panzerzug, Militärzüge mit Proviant sowie Verwundete stehen- und liegenlassen! Sie sind nicht zufälligerweise Genosse, so daß ich Ihnen zu nahe trete?« fragte Lukin interessiert. »Die Zeiten ändern sich ja, und in den Fragebögen braucht man nicht mehr unbedingt seine weißgardistische Vergangenheit anzugeben ...«

»Weshalb sagen Sie das? Wollen Sie dem Onkel angst machen?« Anja blickte Lukin an.

»Aber, Mädchen«, beschwichtigte Teljatin. »Unser Gast hat nun einmal so eine nette Art, sich zu unterhalten! Aber in den Fragebögen habe ich von der Freiwilligenarmee wirklich nichts gesagt. Ansonsten schreibe ich ehrlich: war vor der Revolution Dozent an der Akademie des Generalstabs ...«

»Na, das ist Ihnen doch ins Gesicht geschrieben, Sergej Sergejewitsch, daß Sie durch und durch Zivilist sind! Bis jetzt wundere ich mich, warum Sie damals bei uns waren!«

»Du wunderst dich? Seltsam ... Ich hielt es für meine Pflicht gegenüber dem Land, das ich gewohnt war, meine Heimat zu nennen ... Aber lassen wir das. Erzähl lieber, wie dein Leben verlaufen ist. Ich weiß ja nicht einmal, wie es zu deiner Verwundung gekommen ist!«

Teljatin hob sein Glas und stieß mit Lukin an. Dieser trank den Wodka mit einem Schluck aus, wobei er den Kopf mit den schon ziemlich grau gewordenen Haaren zurückwarf.

»Wie mein Leben verlaufen ist?« Er zündete sich eine Zigarette an, blies den Rauch aus dem Mundwinkel und biß sich auf die Oberlippe. »Wahrscheinlich wie bei allen ... Aber verwundet wurde ich auf dumme Weise. Verwundet und getötet wird man ja immer auf dumme Weise. Sie erinnern sich natürlich noch an Oberst Sotnikow? Er hatte befohlen, zu klären, was mit den Militärzügen los war.

Ich steige also in den erstbesten Waggon, öffne die Abteiltür ... Ich konnte ihn mir noch ansehen, den Rotarmisten. Ein junges Kerlchen, die ganze Brust verbunden, das Gesicht kreideweiß, und die Augen, so richtig kornblumenblau, glänzten im Fieber. Er hatte nicht einmal die Kraft, den Revolver zu heben. Er bog nur das Bein und legte den Lauf darauf. Ich öffnete die Tür, und er drückte ab. Alles ganz, ganz einfach. Danach Lazarett. Odessa. Ich weiß nicht, warum, aber auswandern konnte ich nicht. Schlug mich nach Samara durch, war Lastenträger, Schuhmacher und belegte sogar einen Buchhalterlehrgang. Mein Bildungsstand hat das sozusagen erlaubt.« Er lächelte bitter, griff nach der Flasche und füllte die Gläser.

»Jetzt bin ich hier, wie Sie sehen, und will mein Glück in der Hauptstadt versuchen.« Lukin warf einen Blick auf die Tür und fragte: »Man hört ja Ihre Nachbarn gar nicht. Wenn ich das richtig verstanden habe, haben Sie zwei?«

»Na, derentwegen brauchst du dir keine Sorgen zu machen! Die sind jetzt auch gar nicht da. Paschka, der Proletarier« – Teljatin wies mit dem Finger zur Wand – »ist Geld verdienen gefahren, hat sich für ein Jahr auf irgendeine Baustelle anheuern lassen und ist abgeschwirrt. Den Schlüssel hat er uns dagelassen, damit wir seine Interessen wahren. Er ist kein schlechter Kerl, trinkt zwar, aber wer trinkt heutzutage nicht ... Die andere Nachbarin« – er warf einen kurzen Blick auf Anja – »arbeitet immer nachts, kommt morgens und schläft sich den ganzen Tag lang aus. Auch kein schlechter Mensch ...«

»Für dich sind sie alle gut, Onkel. Bist ein richtiger kleiner Jesus! Bloß niemandem zu nahe treten! Eine Hure ist sie, eine ganz gewöhnliche Hure, eine von den ›schicken Frauen‹, die's mit den Ausländern treiben ...«

»Warum redest du denn so? Das ist doch nicht schlimm, daß Ljudmila Nikolajewna in einer Valutabar arbeitet und unsere Gäste betreut ...«

»Sag ich doch, eine Hure ist sie!« bestand Anja auf ihrer Meinung. »Hättest lieber den Mund halten sollen!«

Sergej Sergejewitsch errötete plötzlich, begann zu husten und wischte sich die Brille mit einem kleinen Filzlappen ab.

»Das ist schön, wenn man ruhige Nachbarn hat«, bemerkte Lukin, um die Situation zu entschärfen, »die einen nicht stören ...«

»Sagen Sie mal«, fragte Anja plötzlich, »was ist denn später mit diesem Rotarmisten noch passiert, ich meine mit dem, der auf Sie geschossen hat?«

»Aus verständlichen Gründen weiß ich das nicht genau«, erwiderte Lukin lächelnd. »Ich glaube, den haben sie gleich dort im Waggon abgeknallt. Eine grausame Zeit war das, Anjetschka, eine sehr grausame Zeit! Ein Menschenleben war keinen Pfifferling wert. Übrigens, wenn man sich die russische Geschichte ansieht ...«

»Weißt du«, sagte Sergej Sergejewitsch und sah Lukin nachdenklich an, »überleg dir das mit Moskau doch noch mal. Es wird immer wieder gemunkelt, daß ab Neujahr Pässe und eine polizeiliche Anmeldung eingeführt werden, das heißt also, jeder einzelne wird überprüft. Da ist es immer besser, sich dort aufzuhalten, wo sie einen schon lange kennen. Es laufen wieder Säuberungen, und wenn auch unsere Hochschule eine gottverlassene Einrichtung ist, so brodelt und kocht doch auch dort dauernd etwas ... Und der Abschaum ... Du kannst dir gar nicht vorstellen, was für einen Abschaum unser Leben an die Oberfläche bringt!«

Draußen begann es kaum merklich heller zu werden, irgendwo unten fuhr ein Auto vorbei.

»Na ja, schlafen muß ich auch noch ein bißchen. Hab morgen 'ne Vorlesung.« Teljatin seufzte schwer. »Was für ein langer und schwerer Tag das war! Wißt ihr, es gibt Augenblicke, die sind wie Meilensteine. Da beginnt eine neue Epoche. Ich habe das Gefühl, als ob das heute so ein Augenblick für uns war. Denkt an meine Worte: Die Zerstörung der Kathedrale geht uns nicht ungestraft durch« – er hob sein Glas – »vergib uns, Herr!« Nachdem er seinen Wodka ausgetrunken hatte, bat er: »Anja, mach Lukin das Bett bei Petja zurecht. Ich denke, bis er was gefunden hat, kann er bei dem Proletarier im Zimmer wohnen. Das schadet dem ja nicht ...«

Teljatin wartete ab, bis seine Nichte hinausging, sah ihr besorgt nach und sprach weiter:

»Sie tut mir leid ... Ich hab ja mein Leben schon hinter mir, aber sie hat's schwer ... Studieren durfte sie nicht – stammt nicht von Proletariern ab. Einen vernünftigen Beruf hat sie auch nicht. Gerade in den letzten Tagen ist sie irgendwie nervös geworden. Als warte sie dauernd auf etwas. Heiraten müßte das Mädel, aber andererseits wäre das schrecklich. Die Menschen sind ja so heruntergekommen und verdummt, ha-

ben jetzt etwas Tierisches an sich. Sie aber redet immer nur vom Theater! Hör mal, Lukin« – Sergej Sergejewitsch beugte sich über den Tisch und ging zum Flüstern über – »du bist doch noch nicht alt. Nimm Anka und fahr weg von hier. Hier kommt nichts Gutes mehr. Geht nach Amerika! Die sind reich, versprechen uns einen Milliardenkredit! Wenn ihr Glück habt, lassen euch die Unseren raus. Wenn nicht, haut ihr über die Grenze ab ... Na, und ich komme hier schon irgendwie zurecht. Hab's dann leichter.« Er sah Lukin an. Seine Augen hinter den Brillengläsern waren rot und entzündet, und in seiner Stimme schwang unsinnige Hoffnung mit. »Sag bloß nicht nein. Überleg's dir. Überleg's dir gut!«
Die Tür öffnete sich, Anna kam zurück ins Zimmer und ging in ihre Ecke hinter dem Wandschirm. Lukin sah ihr nach.
»Kommen Sie, wir wollen nicht stören. Gute Nacht, Anja!« Er erhob sich, nahm Mantel und Hut vom Haken und trat hinter Teljatin in den Korridor. Unter einer hohen Decke füllte ein trübes, staubiges Lämpchen einen Gang, der eng und schmal wie ein Federkasten war, mit gelbem, trostlosem Licht. Sergej Sergejewitsch setzte sich auf einen Hocker, Lukin blieb stehen. Sie rauchten und schwiegen eine Weile.
»Na, was siehst du mich so an?« Teljatin hob den Kopf und reckte sich müde. »Hab ich mich verändert? Weiß selbst, daß ich mich verändert habe. Es fällt schwer, in einer Herde von Rindviechern ein Mensch zu bleiben. Versuch mal, dir aus den Scherben des alten Lebens ein neues aufzubauen! Da hast du bloß Ärger ... Kaum hebst du den Kopf, drücken sie dich schon wieder zur Erde, bis du anfängst, so wie alle anderen den Dreck unter deren Füßen zu fressen! Aha, du trägst 'ne Brille, aha, du sprichst drei Sprachen – da gibt's was für, und schon kriegst du 'n Stiefel in den Bauch! Ich hätte mich wahrscheinlich schon lange erschossen, wenn sie nicht wäre ... Warum sagst du denn gar nichts?«
Lukin hockte sich neben ihn hin und flüsterte:
»Was meinen Sie – wenn ich damals nicht verwundet worden

wäre und weitergekämpft hätte, wäre dann vielleicht alles anders gekommen? Hätten wir damals im Herbst Zarizyn eingenommen, wär's aus gewesen mit den Bolschewisten! Manchmal denke ich, daß uns vielleicht in dieser ganzen Geschichte ein Bajonett gefehlt hat – meines.« Lukin sah Sergej Sergejewitsch aus nächster Nähe unverwandt in die Augen. »Es lief ja alles wie geschmiert. Sogar der Schnurrbärtige saß in der Stadt, speziell zu dem Zweck, damit wir ihn am erstbesten Laternenpfahl aufknüpfen ... Ich glaube einfach nicht, daß der Schuß damals ein Zufall war. Verstehen Sie, Teljatin, das glaube ich nicht!« Lukin lächelte, und dieses Lächeln erschreckte Sergej Sergejewitsch. »Aber das ist noch nicht das Ende«, fuhr Lukin nachdenklich fort. »Noch lange nicht. Klassische Tragödien haben mindestens zwei Akte ...«
Er zwinkerte Teljatin zu. Sergej Sergejewitsch überkam ein unangenehmes, leichtes Frösteln.
»Ich dachte immer, ich wäre hier der Verrückte«, sagte er mit Mühe, »jetzt sehe ich, daß du es bist. Bedenk, daß ich Foltern nicht aushalte.«
»Aber Sergej Sergejewitsch«, Lukin umarmte Teljatin freundschaftlich, »Sie haben mich völlig falsch verstanden! Aber jetzt lassen Sie uns schlafen gehen. Sie haben einen schweren Tag vor sich ...«
Lukin machte einige Schritte durch den Korridor und verschwand hinter einer Tür. Teljatin stand noch eine Weile verstört in der Ecke, versuchte fieberhaft, seine Gedanken zu ordnen, drehte sich dann um und schaute auf das Bild des Genossen Stalin, das Petja mit Reißzwecken an der Wand befestigt hatte.

Nach der schlaflosen Nacht erlaubte sich Lukin auszuschlafen. Das durchgesessene Sofa des zum Geldverdienen abgereisten Proletariers verhieß keine Wonnen in Morpheus' Armen, was Lukin allerdings nicht daran hinderte, bis Mittag liegenzubleiben. Nachdem er endgültig aufgewacht war, ging er in dem winzigkleinen Zimmer auf und ab und besah sich interessiert die äußeren Merkmale eines recht unkomplizierten Lebens. Durch einen Spalt hineingeschoben, lagen unter der Tür zwei Schlüssel und ein Zettel mit Hinweisen, wo er etwas zu essen finde und was zum Frühstück da sei. Mit runder Kinderschrift teilte Anja mit, daß sie und Teljatin höchstwahrscheinlich spät kämen und er auch nicht zum Mittagessen auf sie warten solle. In einem Nachsatz, der deutlich Spuren von Eile und nach Lukins Eindruck auch von Unschlüssigkeit trug, bat Anja ihn »als alten Freund von Sergej Sergejewitsch« um ein Gespräch unter vier Augen. Nachdem Lukin diese Botschaft gelesen hatte, faltete er das Blatt mehrmals sorgfältig und verwahrte es in einer Tasche seiner Anzughose. Die bloße Tatsache, daß sie ihm schrieb und um etwas bat, erfreute ihn aus irgendeinem Grund. Bemüht, seine Gefühle nicht zu analysieren, ertappte er sich dennoch dabei, schon mit der freudigen Erwartung einer bevorstehenden Begegnung mit Anja aufgewacht zu sein.

Nachdem sich Lukin die Hosenträger über den nackten Torso geworfen hatte, betrachtete er sich eine Zeitlang in dem mittlerweile an vielen Stellen gesprungenen und gelb gewordenen Spiegel des Kleiderschranks und schaltete den runden Lautsprecher des Stadtfunks an. Es kamen gerade die Tagesnachrichten. Mit halbem Ohr hörte er der unaufhörlich plappernden Stimme des Sprechers zu, trat ans Fenster und schaute auf die Straße hinaus. Während der Nacht war es kälter geworden, der Wind hatte sich verstärkt, und manchmal zeigte sich in den Lücken zwischen den rasch über der Stadt dahingleitenden Wolken ein erstaunlich blauer, strahlender Himmel. Auf der Straße ratterte ein Anderthalbtonner über das Kopfsteinpflaster, ihm folgte schwarz und glänzend wie ein Käfer eine lange, neubereifte Regierungslimousine. Eine Straßenbahn klingelte sich durch eine Kurve. Die Sonne blickte eine kurze Minute hervor und ließ auf den Scheiben der Straßenbahn einen fröhlichen, blendenden Strahl spielen. Vor einem Bäckerladen

drängten sich Leute. Ein Mann mit Schirmmütze schimpfte fürchterlich und fuchtelte wild mit den Händen, wurde jedoch trotzdem aus der Schlange geworfen und schleppte sich beleidigt zur Straßenbahnhaltestelle. Lukin sah der Limousine nach, schätzte über den Daumen die Entfernung und biß sich nachdenklich auf die Oberlippe. Der Sprecher fuhr inzwischen mit den Nachrichten fort:
»Am 25. September blickt Maxim Gorki auf eine 40jährige literarische und gesellschaftliche Tätigkeit zurück. Das ganze Land bereitet sich auf dieses Jubiläum des ersten proletarischen Schriftstellers vor. Zur Würdigung dieses Ereignisses und der Verdienste des Kämpfers der proletarischen Presse um die Hebung des kulturell-politischen Niveaus der Werktätigen der Sowjetunion hat eine Zusammenkunft von Redaktionsangestellten und literarischen Mitarbeitern von 39 Zeitschriften und Zeitungen auf Initiative der Redaktion der Zeitschrift *Ogonjok* beschlossen, eine Spendensammlung für Mittel zum Bau eines gigantischen, mehrmotorigen Agitationsflugzeuges ›Maxim Gorki‹ zu eröffnen. In das Komitee zur Leitung der Spendensammlung und zum Bau des Agitationsflugzeuges wurden die Genossen Alksnis, Baranow und Mechlis gewählt ...«
Lukin ging zum Kleiderschrank, riß das Lautsprecherkabel aus der Steckdose, griff sich von einem Stuhl einen uralten grünen, abgestoßenen Teekessel und begab sich in die Küche. In dem Licht, das durch ein kleines Fenster drang, wirkte sie ungepflegt. Wie in jeder Gemeinschaftswohnung standen in dem großen, schmutzigrosa gestrichenen Raum nach der Zahl der Mieter drei Tische, auf zweien prangte je ein Petroleumkocher. Aus dem Wasserhahn floß ein dünnes Rinnsal in ein Spülbecken. Lukin musterte kritisch das ärmliche Interieur, zündete den am nächsten zum Fenster stehenden Petroleumkocher an und stellte den Teekessel darauf. Durch die schon lange nicht mehr geputzte, verrußte Fensterscheibe konnte er die Dächer der Nachbarhäuser sehen. Auf der anderen Flußseite hing das kürzlich bezogene Haus der Regierung wie ein grauer

Koloß über den alten Bauten. In Moskaus Stadtlandschaft wirkte es wie ein Fremdkörper und löste bei Lukin bloße Wut aus. Unangenehm war allein schon die Tatsache, daß es an die zerstörte Erlöserkathedrale erinnerte, an deren Stelle ein 400 Meter hoher, von einer Lenin-Skulptur gekrönter Palast der Sowjets errichtet werden sollte. Wie die Zeitungen schrieben, wurde an dem Projekt bereits gearbeitet, und das Haus der Regierung sollte als abgeschlossener Bau Teil eines einheitlichen Komplexes zum Schmuck des Hauptstadtzentrums sein. Ein schwacher Schmuck, dachte Lukin, besah sich noch einmal das graue, rechteckige Ungetüm und hatte auf einmal das Gefühl, daß jemand hinter ihm stand. Er tat, als betrachtete er weiterhin die Straße, und lauschte argwöhnisch, aber in der Wohnung blieb alles still. Lukin drehte sich um. Am anderen Ende der Küche stand eine Frau in der Tür. Das Licht vom Fenster fiel auf ihre Gestalt. Die Frau war hochgewachsen, trug die Haare der Mode entsprechend glatt, was ihre schöne Kopfhaltung vorteilhaft unterstrich. Ihr kurzer, offener, flauschig verwaschener Kittel paßte schlecht zu ihren schwarzen Fil-de-Perse-Strümpfen und den hochhackigen Schuhen. In ihrer Rechten hielt sie eine kleine Pistole. Lukin kannte solche Waffen. Es war ein winzigkleiner Damenbrowning, der bestimmt versilbert war und Perlmuttintarsien am Griff hatte. Fast ein Spielzeug. Wäre er auch, wenn er nicht schießen könnte. Indessen zielte der Pistolenlauf auf seine Brust, und die sich wiederholenden Bewegungen von unten nach oben gaben ihm zu verstehen, daß es nicht schlecht wäre, die Hände zu heben. Lukin kam der Aufforderung nach, allerdings ohne sich sehr zu beeilen. Als wollte sie seine schnelle Auffassungsgabe belohnen, lächelte die Frau, betrat die Küche und lehnte sich mit dem Rücken an die schmutzig-rosafarbene Wand.

»Na, haben wir dich erwischt?« Ihre leicht heisere Stimme war tief und schön. Mit so einer Stimme – dachte Lukin – kann man wunderbar Romanzen zur Gitarre singen. »Willst dich wohl erst noch 'n bißchen stärken, bevor du die Wohnung

durchwühlst? Natürlich, die Fressalien sollen ja nicht sinnlos verkommen!«
Sie beobachtete ihn unentwegt. Ihre großen Augen mit den erweiterten und irgendwie unruhigen Pupillen verweilten auf seinem Gesicht, glitten über seine breite Brust, registrierten eine lange, weiße Narbe und blieben bei den gediegenen Anzughosen und den schönen, ledernen Halbschuhen stehen.
»Na, warum schweigst du? Sag was zu deiner Rechtfertigung, ehe ich dich durchlöchere!«
Lukin zuckte mit den Achseln.
»Hatten wir alles schon ... auch das mit dem Durchlöchern. Ansonsten sehen Sie ja selbst, daß ich nicht zur Kategorie der Wohnungsdiebe gehöre ...«
»Stimmt!« erwiderte die Frau schmunzelnd. »Allzu exotisch gekleidet. Wenn man 'nen Coup vorhat, macht man nicht den Oberkörper frei wie beim Onkel Doktor.« Sie holte eine lange, dünne Zigarette aus ihrer Kitteltasche.
Lukin sah auf einmal, wie der Zeigefinger der Frau langsam und unaufhaltsam am Abzughahn zog. Sein Atem stockte, er konnte den Blick nicht von der schwarzen Pistolenmündung lösen. Plötzlich knackte es, und aus dem Hinterstück des Brownings schoß eine Flamme. Die Frau zündete sich eine Zigarette an und steckte das Feuerzeug in die Tasche.
»Sie können die Hände wieder herunternehmen ...«
Lukin tat es und holte tief Luft.
»Und wenn ich nun bewaffnet gewesen wäre?«
»Wenn, ja wenn ...« Die Frau zog sich den Kittel über der Brust zurecht und zog gierig an der Zigarette. »Was hat man schon zu verlieren?« Sie trat ganz nahe an Lukin heran und sah ihm mit ihren Nixenaugen an. »Was kann man Ihrer Meinung nach verlieren? Diesen Müllhaufen?« Zum Fenster hinnickend, verzog sie verächtlich die Lippen. Sie roch nach Wein und außerdem noch nach etwas widerlich Süßem. »Na, gut«, sie winkte ab, »was soll man dazu schon sagen? ... Sie sind, wenn ich das richtig verstehe, zu Besuch bei denen hier, den Telja-

tins? Wie ein Freund unseres Proletariers sehen Sie mir nicht gerade aus …« Sie schaukelte ein wenig von der Schuhspitze auf den Absatz und blies einen ganz dünnen Rauchstrahl zur Decke. »Drei Jahre wohne ich schon hier und hab noch nie erlebt, daß die Besuch gekriegt hätten.«
Müde ging sie zu dem Petroleumkocher und drehte mit einer geübten Bewegung den Docht aus.
»Der gehört mir … Aber benutzen Sie ihn ruhig! Bei uns gehört jetzt alles allen. Selbst ich.« Sie versuchte zu lächeln, aber es wurde nur eine klägliche Grimasse. »Man kann sogar sagen, daß ich ein Symbol für deren Scheißsozialismus bin. Mich kann man auf einen Sockel stellen. Bin der Amboß, auf dem die Valuta fürs Sowjetland geschmiedet wird. Und die alle …«, sie verzog verächtlich die Lippen, »nehmen mir das Geld weg und wollen gratis mit mir schlafen. Kommt gar nicht in Frage. Nein, sage ich zu denen, her mit den Dollars. Nicht für mich, sondern für die Schwerindustrie! Bürger, durch euer Vergnügen helft ihr, das Land des werktätigen Proletariats zu industrialisieren! Ansonsten sind sie alle durch die Bank weg Knauser und Schweine … Aber für Sie und den Fonds zur Unterstützung der Hungernden des Wolgagebiets würde ich's ohne Geld machen! Wollen Sie?«
Die Frau riß ihren Kittel auf und führte Lukin kleine, abstehende Brüste vor.
»Na, du sagst ja gar nichts? Du gefällst mir. Ich liebe Männer wie dich. Du kannst Lucie zu mir sagen, wie alle …« Sie gähnte. »Obwohl, verschieben wir das lieber auf den Abend. Ich will nämlich noch schlafen. Sonst sterbe ich. Du hast's doch nicht eilig?« Sie fuhr sich müde mit der Hand übers Gesicht, verwischte dabei ihr grelles Lippenrot und verließ schwankend die Küche. Lukin sah ihr schweigend nach.
In sein Kabuff zurückgekehrt, frühstückte er in aller Ruhe und band sich sorgfältig den Schlips zu einem großen englischen Knoten. Wie auf den Leninbildern. Mit einer Stiefelbürste aus dem Kleiderschrank des Proletariers brachte er seine Halbschu-

he auf Hochglanz, schaute noch einmal in den an mehreren Stellen gesprungenen Spiegel und war mit sich zufrieden.
Nach der staubigen Schwüle der Gemeinschaftswohnung atmete es sich draußen leicht und unbeschwert. Auf der Straße war erstaunlich viel los. Obwohl es mitten an einem Werktag war, schob sich ein Menschenstrom über den Bürgersteig, begegneten ihm rundköpfige, schlicht gekleidete Bauern, eilten wichtigtuerisch dreinschauende Männer dahin. Sie trugen Stiefel und Jacketts, unter denen häufig weiße, mit Stickereien verzierte russische Hemden zu sehen waren. Allgemeine Aufmerksamkeit erregte als Überbleibsel der Vergangenheit ein Droschkenkutscher, der malerisch vom Kutschbock herunter mit einer Dame feilschte, um deren dicken Hals ein silbrig funkelnder, flauschiger Fuchspelz lag. Lukin besah sich dieses Schauspiel hauptstädtischen Lebens in allen Details, defilierte mit der gleichgültigsten Miene der Welt bis zur nächsten Ecke, bog ab und machte sich daran, interessiert die Schaufenster eines Eisenwarengeschäfts zu betrachten. Hinter einer großen, ungeputzten Scheibe waren auf weißem Papier Vorhängeschlösser ausgestellt, und unter jedem lag als natürlicher Schmuck ein massiver Schlüssel mit schwerem, künstlerisch gefertigtem Schlüsselbart. Wie in einem Spiegel konnte Lukin die ganze kleine Straße mit ihren Passanten, Fahrzeugen und der an die Haltestelle heranfahrenden und in der Sonne glänzenden Straßenbahn überblicken. Als die Straßenbahn klingelte und wieder anfuhr, stürzte Lukin los und hing im nächsten Augenblick bereits auf dem Trittbrett, von wo aus er einer dicken, ausgesprochen gutmütigen Schaffnerin zulächelte.
»Wie ein Lausbub. Wie ein kleiner Junge«, tadelte sie ihn ohne Zorn. »Hättest dich lieber hinten dranhängen sollen! Und dann auch noch so gut angezogen und mit Hut. Bürger«, fuhr sie mit lauter Stimme fort, »wer ist zugestiegen? Reichen Sie das Geld für die Fahrscheine durch!«
Lukin stieg auf die Plattform, drehte sich um und beobachtete eingehend die Straße. Sein Verschwinden war niemandem

aufgefallen. Nachdem er sich von dieser Tatsache überzeugt hatte, drängte er sich zur Wagenmitte durch, wo er steckenblieb, allseits eingezwängt von Mitbürgern, die ebenfalls Tram fahren wollten. In diesem halb hängenden Zustand fuhr er etwa 30 Minuten, stieg am Hotel Metropol aus und ging von dort aus zu Fuß weiter. Trotz des kalten Windes wärmte die Sonne, und an den Ecken, wo es nicht zog, war es sogar heiß. Lukin erreichte ohne Eile den Roten Platz und begab sich nach kurzem Nachdenken zur Basiliuskathedrale. Der polierte Marmor des neuen Mausoleums, welches das hölzerne Provisorium abgelöst hatte, glänzte, jedoch Iljitschs Totengruft erregte Lukin allem Anschein nach nur wenig. Anstatt dem Führer des Weltproletariats einen Besuch abzustatten, blieb er eine Zeitlang am Richtplatz stehen, ging dann um die Basiliuskathedrale herum, lehnte sich an die Fundamentsverkleidung und begann zu warten. Er mußte lange warten. Der Minutenzeiger der Uhr am Spasskiturm hatte schon drei Viertel seines Kreises durchlaufen, als ein Fahrzeug aus dem Tor kam. Die geschätzte Entfernung betrug etwa 150 Meter. Lukin begann zu zählen. Bis zu dem Augenblick, da der über das Pflaster rauschende Wagen aus seinem Blickfeld verschwand, vergingen sechs Sekunden. Wer in dem Fahrzeug gesessen hatte und wieviel Personen es waren, konnte er nicht genau sagen. Lukin biß sich auf die Oberlippe, zündete sich eine Zigarette an und begann zu überlegen. Ein großer Trupp junger Pioniere ging mit entrolltem Banner Opa Lenin einen Besuch abstatten. Hinter dem Minin-und-Posharski-Denkmal kam ein Milizionär hervor und ging direkt auf Lukin zu. Das junge, schnurrbärtige Gesicht des Ordnungshüters strahlte vor Gesundheit, eine auf der Brust gestraffte Uniformbluse umschloß seinen kräftigen Körper. Lukin richtete sich auf und knöpfte sich wie selbstverständlich seinen Mantel auf. Am Gürtel unter seinem Jackett hing eine Revolvertasche mit Inhalt. Der Milizionär kam heran, blieb einen Meter vor Lukin stehen und sah ihm streng ins Gesicht.

»Was soll das, Genosse! Auf dem Roten Platz, gegenüber das Mausoleum, und Sie rauchen! Nicht schön!«
»Verzeihung«, entschuldigte sich Lukin, machte die Zigarette am Hacken aus und erläuterte: »Bin aus dem Ausland gekommen, war lange nicht hier, da hat's mich übermannt ...«
»Verstehe.« Der Ordnungshüter war gleich milder gestimmt. »Ach deshalb stehen Sie hier schon fast eine Stunde.«
Er salutierte, drehte sich um und entfernte sich langsam zu seinem Posten am Denkmal. Lukin holte tief Luft und schlug die Enden seines Regenmantels übereinander. Er überquerte den Roten Platz und begab sich hinunter zur Straße Ochotny rjad, fragte eine liebenswürdige Alte nach dem Weg und stieg in die erstbeste Straßenbahn, die ihn zur Kalantschowka[11] brachte.
Auf dem Bahnhofsvorplatz wimmelte es nur so. Massen herumhetzender, in die Hauptstadt gekommener Schieber fragten jeden, der ihnen über den Weg lief, förmlich ein Loch in den Bauch, wie man da und da hinkommt, und überprüften die erhaltenen Informationen gleich wieder, da sie diesen ausgefuchsten Moskauern doch kaum trauten. Die riesige Halle des Kasaner Bahnhofes war voller Menschen. Das durch Schwüle und Enge schon ganz benommene Volk stürmte die Fahrkartenschalter in der Hoffnung, die verrückte Stadt recht bald wieder verlassen zu können. Nachdem Lukin dieses Bild massenhafter Bekundung menschlicher Leidenschaften ein wenig beobachtet hatte, holte er seine abgewetzte Reisetasche aus der Gepäckaufbewahrung und kehrte wieder in die Schalterhalle zurück. Mit dem besorgten Blick eines zerstreuten, sich in der Menschenmenge ganz verloren fühlenden Intellektuellen ging er mehrere Male an der endlos langen Schlange hin und her, wobei er ein dickes Portemonnaie abwechselnd aus der Manteltasche herausnahm oder nervös wieder hineinsteckte. In den Pausen zwischen diesen jeglichen Sinns entbehrenden Handlungen stellte Lukin immer wieder seine Reisetasche auf den Boden und wischte sich eifrig mit einem großen Taschentuch

über die verschwitzte Stirn. Er brauchte nicht lange zu warten. So wie ein Hai an die Oberfläche des Meeres kommt, wenn er Blut riecht, und dann seine Kreise zu ziehen beginnt, tauchte nun in Lukins Blickfeld immer häufiger ein unansehnlicher, rothaariger Typ auf. Er trug eine fladenförmige Schirmmütze, zerknitterte, an den Knien ausgebeulte Hosen sowie ein etwas zu enges und kurzes Jackett. Auch er zog seine Kreise immer enger. Einmal streifte er sogar wie zufällig kaum merklich sein Opfer, aber offensichtlich wurde er von etwas verscheucht und löste sich wieder in der dichten Menschenmenge auf. Schließlich nutzte der Rothaarige die Tatsache, daß der Mann im Hut verstärkt blinzelnd auf den Fahrplan starrte, drängte sich unauffällig an den konfusen Gimpel heran und fuhr mit der Hand leicht und unverkrampft in dessen Manteltasche. Er hatte bereits das Portemonnaie ertastet, seine musikalischen Fingerchen schlossen sich schon um das weiche Leder des teuren ausländischen Dings, das so viele Verlockungen des Lebens verhieß, als plötzlich von irgendwoher ein schrecklicher Schmerz seine Hand durchfuhr. Der Rothaarige hatte noch nicht begriffen, was geschehen war, wußte jedoch bereits mit dem sechsten Sinn des Profis, daß er auf frischer Tat ertappt worden war. Im nächsten Augenblick entdeckte er auch schon die Ursache für die von ihm verspürte Unannehmlichkeit, um es einmal milde auszudrücken. Er fand sich eingekreist, während der Mann im Hut seine Hand umklammerte, die sich weiterhin in der fremden Tasche befand.

»Bürger!« schrie der »Gimpel« mit der gellenden Stimme eines Menschen, der so eine Gemeinheit vom Schicksal nie erwartet hätte. »Wen haben wir denn da? Ein Taschendieb! Der wollte mir das Portemonnaie klauen! Da hab ich 27 Rubel drin und einen Dienstreiseauftrag! Ihr habt das doch alle gesehen?«

Er führte den Schaulustigen die Hand des Langfingers in seiner Tasche vor, zog diese dann heraus, und sie umklammerte tatsächlich gerade ein Portemonnaie. Ein paar robuste Kerle traten wie auf Kommando nach vorn und krempelten sich da-

bei unzweideutig die Ärmel hoch. Der Langfinger zuckte zusammen, und seine ganze Schwächlichkeit verkrampfte sich in Vorahnung eines Gerichts nach Art des ihm unbekannten Mister Lynch. Aber Lukin kühlte den gerechten Zorn der Werktätigen gegen den Helfershelfer des Weltkapitalismus.
»Bürger«, sagte er laut und wieder mit normaler Stimme, »Ihr alle seid Zeugen, und ich liefere diesen Kümmerling jetzt bei der Miliz ab. Bleibt bitte hier, lauft nicht fort, ich komme in fünf Minuten mit einem Milizionär zurück!«
»Wo sollen wir schon hin!« beruhigte ihn ein alter Mann in Wattejacke und mit unzeitgemäßer Wintermütze, »wir müssen ja noch bis in die Puppen nach Fahrkarten anstehen.«
Lukin nahm den Dieb fest an der Hand und verließ den Schalterbereich, begab sich jedoch nicht zum Milizrevier, wie er es dem werktätigen Volk versprochen hatte, sondern zum Bahnhofsausgang. Draußen drückte er seinen unfreiwilligen Kompagnon gegen eine Wand und fragte leise und vernehmlich:
»Was ist, Rotfuchs? Zieht's dich zu den Pritschen? Hast wahrscheinlich vergessen, wie Wassersuppe schmeckt ...«
Nachdem Lukin das gesagt hatte, sah er den Augen seines Opfers an, daß er sich geirrt hatte: Der Rothaarige hatte noch nicht vergessen, wie Wassersuppe schmeckt.
»Dann ist ja alles in Ordnung«, fuhr Lukin fort und hypnotisierte den Dieb mit seinem Blick. »Jetzt hör mal gut zu. Tu mir den Gefallen und glaub mir aufs Wort, daß ich das letzte Mal im Jahre 1917 gespaßt habe.« Mit der freien Hand zog er Zigaretten aus der Tasche, steckte eine davon dem Rothaarigen in den Mund, nahm die zweite mit den Lippen und zündete beide mit dem Feuerzeug an. Der Dieb rauchte genüßlich, in seine Augen trat ein Hoffnungsschimmer. »Also«, Lukin schob seine Zigarette in den Mundwinkel, »wir fahren jetzt zusammen in deine Räuberhöhle, und da stellst du mich deinem Boß vor.«
Der Langfinger schüttelte den Kopf. »Ich bin doch nicht lebensmüde!« Seine Stimme war heiser und verraucht.

»Brauchst du ja auch nicht zu sein«, versicherte ihm Lukin leichthin. »Dein Boß wird sich noch bei dir bedanken, daß du mich hingebracht hast.«
»Darauf kannst du lange warten!« Der Rothaarige lächelte schief, und Lukin sah, daß der Dieb allen Grund zum Zweifeln hatte. »Kriegst 'n Messer in'n Bauch und dann ab die Post!«
»Ich hab 'n dickes Ding vor«, setzte Lukin seine Bearbeitung fort.
»Na gut«, stimmte der Langfinger zu, »warte hier 'ne Weile auf mich, ich laufe hin und bin gleich wieder zurück! Wie ein geölter Blitz! Will nur schnell um Erlaubnis bitten!«
»Dann gehe ich doch lieber zurück zu den Fahrkartenschaltern. Was soll ich hier alleine rumstehen? Da werden wir beide ja auch erwartet! Wir gabeln jetzt einen Bullen auf und gehen zu dritt ein kleines Protokoll schreiben. Ich habe doch deine Entscheidung richtig verstanden?« Um der Sache noch mehr Nachdruck zu verleihen, preßte Lukin die Hand des Diebes so zusammen, daß dieser das Gesicht verzog.
»Mensch, bist du stark«, sagte der und bekam kaum Luft. »Jetzt mach nicht die Pferde scheu, laß uns erst mal ein bißchen nachdenken.«
»Nachdenken kannst du unterwegs«, versicherte ihm Lukin. »Und was meine Kraft angeht, so ziehe ich die aus Spezialübungen nach dem Kung-fu-Prinzip. Sollten wir beide Freunde werden«, versprach er nebulös, »bring ich's dir auch bei, damit du in der Zelle eine Beschäftigung hast ...«
Mit diesen Worten riß Lukin den Dieb von der Mauer, bahnte sich einen Weg durch die Menschenmenge und ging zu einem Droschkenkutscher, der auf dem Fahrdamm zugange war.
In der Droschke saßen sie nebeneinander. Lukin rauchte, beobachtete den Langfinger aus dem Augenwinkel heraus und versuchte zu bestimmen, ob das nicht der Droschkenkutscher war, den er frühmorgens am Hause der Teljatins gesehen hatte. An die Dame mit dem Fuchs konnte er sich noch genau erin-

nern, aber das mit diesem Kutscher und seiner Droschke könnte ein Schnitzer sein. Na ja, dachte er schließlich, selbst wenn's derselbe Kutscher ist, kann das durchaus Zufall sein; aber das unangenehme Gefühl der Unzufriedenheit mit sich selbst blieb. Der Dieb neben ihm rutschte unruhig mit seinem dünnen Hintern auf dem Ledersitz hin und her und kaute ständig an den Fingernägeln. Lukin hatte keine Lust, sich mit ihm zu unterhalten, und so schwieg er. Sie fuhren inzwischen immer öfter durch Seitengassen und überquerten nur einmal eine breite, belebte Straße mit Straßenbahnverkehr und einem fröhlichen Milizionär mit weißen Stulpenhandschuhen, der mitten auf der Kreuzung stand. Nach Marjina roschtscha[12] gelangten sie fast unmerklich. Die Häuser um sie herum, die im Laufe der Zeit schwarz und häufig auch schon schief geworden waren, kamen Lukin alle gleich vor, und daher bemühte er sich nicht, die kurvenreiche Strecke im Gedächtnis zu behalten, sondern achtete nur auf die allgemeine Fahrtrichtung. Er wunderte sich über die vielen ihnen entgegenkommenden Zigeuner.

Nachdem er den Kutscher auf einer Kreuzung entlohnt hatte, warteten sie, bis er weg war, und gingen dann Schulter an Schulter eine lange, besonders unschöne Gasse hinunter, deren Fahrdamm mit gewaltigen Kletten und dichtem, fast mannshohem Gras bewachsen war. Mit der einen Hand umklammerte Lukin das Handgelenk des Langfingers, in der anderen trug er seine Reisetasche. Nachdem sie auf diese Weise drei Häuserblöcke hinter sich gebracht hatten, begann der Dieb langsam unruhig zu werden und zu jammern, nach einem freundschaftlichen Händedruck jedoch begab er sich zu einem hohen Tor, das irgendwann einmal grün angestrichen war und in dem eine kleine Tür an einem Türband hin und her schaukelte. Nach Betreten des Hofes blinzelte der Langfinger in der grellen Sonne und blieb stehen, gleichsam in der letzten Hoffnung, dem weiteren Verlauf der Ereignisse ausweichen zu können.

»Und jetzt?« Lukin sah seinen Weggefährten mit bleiernem Blick an und zog abwartend die Brauen hoch.

»Siehst du die Stufen dahinten?« Der Dieb wies mit dem Kopf in die Ecke des Hofes, der von allen Seiten von Häusern umgeben war. Tatsächlich befand sich dort eine kleine, schiefe Tür, zu der mehrere Stufen hinunterführten. »Warte hier, ich gucke mal nach, ob der Boß zu Hause ist.«
»Ach, wozu den belästigen?« widersprach ihm Lukin wiederum. »Laß uns hier warten, vielleicht hilft uns jemand! Ich persönlich hab's nicht eilig, und die Bullen auf dem Bahnhof ackern rund um die Uhr, so daß wir's schon noch schaffen ...« Mit diesen Worten zog er den Langfinger hinter sich her, ließ sich auf einen an einer Mauer liegenden, von Witterung und Menschenhintern glattpolierten Holzstamm nieder und warnte kurz:
»Machst du nur eine Bewegung, knall ich dich ab!«
Nachdem er sich mit dem Rücken an die sonnengewärmte und von Käfern zerfressene Holzwand gelehnt hatte, blinzelte er selig und betrachtete unter der breiten Krempe seines Hutes hervor diesen verwilderten Winkel des alten Moskau. Der Langfinger zappelte hin und her und warf ständig unruhige Blicke auf die Fenster der Kellergeschosse. Von außen betrachtet, wirkten die beiden wie zwei alte Kameraden, die sich für ein Weilchen hingesetzt haben, um sich zu sonnen und übers Leben zu plaudern. Die Zeit verging, der Hof blieb leer, abgesehen von einem spärlich behaarten, rotbraunen Kater, der aus einem Haus gekrochen kam, um ihnen Gesellschaft zu leisten. Schließlich knarrte die in das Tor eingelassene kleine Tür an ihrem einzigen Türband, und kaum hörbar betrat mit federnden Schritten ein Rausschmeißertyp in kariertem Sporthemd mit aufgekrempelten Ärmeln und in Hosen mit sehr großem Schlag den Hof. Er war mittelgroß und in den Schultern so breit, daß Lukin gleich daran denken mußte, wie man solche im Volksmund nennt – Länge mal Breite. Nachdem der Mann einen Augenblick in der Türöffnung stehen geblieben war, streifte er den Hof mit argwöhnischem Blick und verharrte auf dem idyllischen Bild des geselligen Beisammenseins. Eine Se-

kunde später öffnete sich eine kleine Tür zum Kellergeschoß, und aus ihr schaute ein schmächtiger Mann heraus, der eine Uniformjacke und Stiefelhosen sowie Hausschuhe an nackten Füßen trug. Sein Kopf saß irgendwie seitlich auf dem sehnigen Hals, so daß er aus der Ferne in der Art, wie er um sich sah, an einen Hahn erinnerte. Ein Schielauge, registrierte Lukin für sich und versäumte nicht zu bemerken, daß die Hand des Mannes in der Tasche seiner militärischen Hosen verweilte und ganz offensichtlich etwas Schießendes umklammerte. Inzwischen kam der Rausschmeißertyp näher, blieb ein paar Meter vor ihnen stehen und starrte Lukin frech an, ohne den Rothaarigen auch nur eines Blickes zu würdigen. Um die Aufgabe des Kennenlernens seiner Person zu erleichtern, erhob sich Lukin, nahm seine Reisetasche von dem Baumstamm und ging ohne Hast über den Hof zu dem ihn erwartenden Liebhaber von Militäruniformen. Der Langfinger trottete mit finster gesenktem Kopf hinter ihm her. Lukin ging an dem zur Seite tretenden Schielauge vorbei, stieg die Stufen hinunter, zog eine Brettertür zu sich her und betrat in geduckter Haltung einen niedrigen Raum im Kellergeschoß. In der Zimmermitte saßen zwei Männer beim Licht einer nackten Glühbirne an einem Tisch und droschen eifrig Karten. Den Lauten nach zu urteilen, die sie dabei von sich gaben, spielten sie Bura[13]. Weiter hinten im Zimmer lag irgendein Dritter mit einer Wattejacke über dem Kopf auf einer Pritsche. Wie Lukin erkennen konnte, befand sich daneben eine Tür, die weiter in das Kellergeschoß hineinführte. Lukin ging um die Spieler herum in die Zimmerecke und ließ sich auf einem Stuhl nieder. Der Rausschmeißertyp trat an den Langfinger heran.

»Na du Aas, hast uns verpfiffen und 'n Bullen hergeschleppt?« Mit kräftiger Hand hob er den Dieb hoch, ließ ihn zur Abschreckung baumeln, schlug aber nicht zu, da er augenscheinlich um die Stärke seiner Hand wußte.

»Warte mal, Seemann, nicht so hastig«, hielt das Schielauge den Rausschmeißertyp zurück, kam jedoch nicht näher, son-

dern beobachtete das Ganze vom Eingang aus. Seine Stimme war blökend und entsprach durchaus seinem Äußeren. »Sobald er auftaucht, soll er reinkommen, ist gesagt worden.«
Er kicherte und wies mit dem stoppligen Kinn zur Tür bei der Pritsche. Der auf den Spitznamen »Seemann« hörende Rausschmeißertyp ließ den Langfinger ein wenig herunter, schleifte ihn über die schon lange nicht mehr gescheuerten Bretter bis zur Tür und schubste ihn in das Nachbarzimmer. Lukin bemerkte nur, daß dieses bedeutend besser beleuchtet war und daß dort irgendwo an der gegenüberliegenden Wand ein großer, bunter Teppich hing. Die Tür schloß sich, und es trat ein Schweigen ein, das nur durch das Schnaufen des Seemanns und das Klatschen der Karten auf die Tischplatte gestört wurde. Schielauge stand noch immer am Eingang und betrachtete das Zimmer wie ein Hahn, ohne die Hand aus der Tasche zu nehmen. Lukin stellte seine Reisetasche neben sich, schlug ein Bein übers andere, holte eine Packung Zigaretten heraus und ließ das Feuerzeug aufschnappen. Die Luft im Zimmer war zum Ersticken. Sie roch sauer, nicht zuletzt durch die an einem Strick über der Pritsche trocknenden Fußlappen. Nachdem er seine Zigarette geraucht hatte und schon leicht zu gähnen begann, ging plötzlich die Innentür auf, und ein mittelgroßer Mann mit einer Riesenmähne welliger, grauer Haare kam ins Zimmer. Sein Gesicht mit den etwas harten Zügen war von männlicher Schönheit, zu der eine runde Altfrauenbrille im Kontrast stand. Er nahm sie allerdings gleich ab und legte sie in die Brusttasche seines weißen Hemdes, über das er sich eine warme Weste aus Wolfsfell gezogen hatte. Der Mann trat mit Würde auf, seine Bewegungen waren nicht überstürzt, und bei jeder von ihnen spürte man körperliche Kraft und einen durchtrainierten Körper. Etwa 50, bestimmte Lukin nach Augenmaß dessen Alter. Vielleicht auch mehr. Aber nicht viel. Trägt saubere Sachen, die nicht billig sind, was angesichts der im Kellergeschoß herrschenden Verwahrlosung besonders auffällt.

»Meiner Meinung nach hat hier jemand geraucht«, sagte der Mann, rümpfte die Nase und jagte die Kartenspieler mit einer lässigen Handbewegung aus dem Zimmer. »Ah, ein Gast? Nun, Gäste dürfen! Hab von Ihnen gehört. Sehr viel gehört«, fuhr er fort, trat an den Tisch und ließ sich auf einem frei gewordenen Stuhl nieder.

Er lehnte sich in seinem Stuhl zurück und sah Lukin lange und durchdringend an. Zu seinem Erstaunen begriff Lukin plötzlich, daß zwischen ihnen sowohl im Auftreten als auch im Äußeren eine gewisse Ähnlichkeit bestand.

Der Mann sprach inzwischen weiter: »Der Rothaarige hat erzählt, wie Sie ihn aufgegriffen haben, und er hat auch noch eine phantastische Geschichte von sich gegeben, wie Sie ihn angeblich gefoltert und so gezwungen haben, Sie hierherzubringen. Na gut, nun sind Sie bei mir! Sagen Sie, was Sie herführt.«

»Ach ja, Seemann«, befahl er träge und wandte seinen Kopf kaum merklich in Richtung des Rausschmeißertyps, »filz doch mal den Freier hier ein bißchen. Ich glaube, er hat dem Rothaarigen versprochen, ihn abzuknallen. Mal sehen, was man uns in der Reisetasche hier gebracht hat.«

Auf dieses Kommando hin ging der Seemann auf Lukin zu, gab ihm zur Abschreckung einen Stoß und streckte die Hand nach der Reisetasche aus. Wahrscheinlich hat er seine Eile hinterher bereut, denn im nächsten Augenblick schon stürzte er schweigend, wie es sich für einen echten Mann gehört, zu Boden, wo er auch liegenblieb und die von den bespuckten Brettern ausgehenden Ausdünstungen einatmete.

»Nicht schlecht«, kommentierte der Mann, »gar nicht schlecht! Nur ereifern Sie sich vergebens. Der kommt ja bald wieder zur Besinnung ... Na ja, aber solange haben wir Zeit«, schmunzelte er, »uns zu unterhalten! Geben Sie mal Ihre Kanone her!«

Unter den Pistolenläufen des Schielauges und einer auf der Pritsche zum Leben erwachten Gestalt, die sich als Mann mit

Bart entpuppte, holte Lukin seinen Revolver hervor und legte ihn auf den Tisch.
»Jetzt seien Sie bitte so lieb, die Reisetasche«, befahl der Mann.
»Vielleicht mache ich das besser selbst?« schlug Lukin vor.
»Nun, warum sollen Sie sich bemühen?« entgegnete der Boß grinsend. »Schielauge, nimm du das mal in die Hand!«
Der Schmächtige steckte die Pistole in eine Tasche seiner Stiefelhose, ging um Lukin herum, nahm die Reisetasche, stellte sie auf den Tischrand, machte sich kurz an dem Schloß zu schaffen und öffnete im Nu die von Metall eingefaßten Klappen. Was sich da seinem Blick offenbarte, setzte ihn in Erstaunen: Seine Augen wurden mit einem Mal glasig und sein knochiges Gesicht kreidebleich. Die Lippen kaum bewegend, brachte er hervor:
»Eine Granate! Ohne Splint!«
Und alle sahen, daß er nicht gelogen hatte, weil der Splint an der abgewetzten, hellbraunen Seite der Reisetasche hing und mit Paketband an deren Schloß angebunden war. Im nächsten Augenblick lagen alle außer Lukin auf dem Boden und hielten sich die Hände über den Kopf. Jeder zählte in Gedanken bis drei.
Lukin reckte sich über den Tisch hinweg, zog die Reisetasche zu sich her, schloß sie wieder, nahm den Revolver und trat so an die Wand heran, daß er alle Liegenden sehen konnte. Sekunden vergingen.
Drei, fünf, sieben! Als erster erhob sich der Boß. Er klopfte sich seine Hosen mit den Händen ab, sah Lukin schief an und verzog die dünnen Lippen.
»Sie scheinen ja ein Spaßvogel zu sein!«
»Das bringt das Leben so mit sich«, bemerkte Lukin unbestimmt, ohne den Revolver zu senken. »Ich hatte doch Hilfe angeboten. Hören Sie, Grauhaar, ich denke, so heißen Sie doch wohl«, fuhr Lukin fort, »lassen Sie uns zur Sache kommen! Wir spielen mit Dingen, die schießen können. Ich habe wahrhaftig keine Lust, herauszufinden, wer schneller zieht.

Und außerdem liegt ja weder Ihnen noch mir daran, die Polente hierher zu locken. Reden wir also?«

»Na gut.« Grauhaar setzte sich auf seinen Stuhl und befahl: »Tragt den Seemann raus, der soll ein bißchen frische Luft schnappen, denn hier ist es etwas heiß geworden. Bleibt in der Nähe, ihr werdet vielleicht noch gebraucht!«

Lukin wartete ab, bis sie den Rausschmeißertyp unter die Arme genommen und nach draußen geschleift hatten, stellte seinen Stuhl so, daß er Fenster und beide Türen im Auge hatte, und setzte sich. Den Revolver steckte er in die Tasche, seine Hand blieb aber in der Nähe.

»Ist die Granate eine Attrappe?« fragte Grauhaar und sah Lukin direkt in die Augen.

»Warum denn?« Lukin lächelte sanft. »Alles vom Feinsten. Englische Produktion. Nur sind Granate und Zünder getrennt.« Er zögerte ein wenig, langte mit der linken Hand nach den Zigaretten und steckte sich eine an. Dann fragte er blinzelnd: »Freiwilligenarmee ... Odessa ... kein Geld ... lauter Gesindel ringsherum?«

»Lassen wir die Vergangenheit ruhen«, bemerkte Grauhaar ironisch lächelnd. »Ich persönlich bin nicht einmal ganz davon überzeugt, daß es sie tatsächlich gegeben hat ... Was wollen Sie eigentlich?«

»Ich möchte mich ein bißchen im Gewehrschießen üben und brauche ein Mausergewehr, Baujahr 1930. Ansteckkolben, einrastender Bolzen mit kleiner Stütze für die Schulter.«

Grauhaar sah Lukin mürrisch an und kaute nachdenklich an seinen Lippen.

»Freiwilligenarmee ... Odessa ... kein Geld ... Auftragskiller?«

»Lassen wir die Vergangenheit ruhen«, entgegnete Lukin mit ironischem Lächeln. »Allerdings zweifle ich im Unterschied zu Ihnen nicht daran, daß es sie gegeben hat.«

»Tut mir leid. Tut mir sehr leid.« Grauhaar lehnte sich in seinem Stuhl zurück und legte die Hände hinter den Kopf. »Es tut mir wirklich sehr leid, aber mit Waffen handle ich nicht.

Wenn Sie wollen, kann ich Ihnen Steine und Wertsachen aus Familienbesitz anbieten, sofern Sie natürlich keine eigenen haben. Und wie ich sehe, haben Sie die nicht ... Kaufen Sie. Sie werden's nicht bereuen!«

»Ja, das habe ich noch vergessen zu sagen«, unterbrach ihn Lukin. »Beschaffen Sie einen guten Schalldämpfer und ein deutsches Zielfernrohr. Das Magazin muß für drei Patronen sein, und machen Sie sich bitte die Mühe, zu überprüfen, daß die Patronen in tadellosem Zustand sind. Ich werde ein Dutzend nehmen ...«

»Sie meinen also ein Magazin für drei Patronen.« Grauhaar nickte verständnisvoll und bewegte die Lippen. »Eine ist also eventuell zuwenig, während für einen vierten Schuß die Zeit fehlt«, überlegte er laut. »Bei einer Feuergeschwindigkeit von etwa 30 Schuß pro Minute rechnen Sie damit, daß Ihnen sechs Sekunden zur Verfügung stehen. Da Sie sich für ein Mausergewehr entschieden haben, wird also aus erheblicher Entfernung geschossen ...« Grauhaar stieß einen leichten Pfiff aus. Lukin sah ihn schweigend und abwartend an. »Daraus wird nichts. Mit der GPU zu tun zu kriegen gehört nicht zu meinen Plänen. Mir reichen die Bullen. Sollten Sie andere Wünsche haben, kommen Sie vorbei. Den Weg kennen Sie ja! Für meine Jungs kann ich allerdings nicht die Hand ins Feuer legen. Denen haben Sie weh getan. Sehr weh getan!«

»Lieferzeit zwei Tage. Ich zahle in amerikanischen Dollars. Gebe zwei Riesen.«

Grauhaar hob erstaunt die Brauen und stieß noch einmal einen Pfiff aus. Eine Zeitlang schwieg er, dachte konzentriert über etwas nach und sagte dann, wobei er zu seinen eigenen Gedanken lächelte:

»Na ja, das wäre auch 'ne Möglichkeit! Sozusagen ein Wink des Schicksals ... Auf seine alten Tage wie ein zivilisierter Mensch leben ... Zehn! In bar! Nebenbei gesagt, ist das nicht viel, wenn man berücksichtigt, was das Petroleum kostet, um dieses Wanzennest hier niederzubrennen.«

»Für dieses Geld können Sie ganz Moskau kaufen und niederbrennen«, schmunzelte Lukin. »Fünf. Fünftausend! Nur verschonen Sie mich mit Ihren Sklaven und halten auch Sie sich mit Provokationen zurück. Das ist viel Geld, die Sache ist seriös, wozu unnötig Risiken eingehen?«
»Gut«, stimmte Grauhaar zu. »Einen Riesen als Anzahlung.«
»Einen Tausender hab ich nicht, aber ein paar Hunderter kann ich Ihnen geben.« Lukin zog zwei grüne Geldscheine aus der Tasche. »Sie werden verstehen, daß ich solche Summen nicht mit mir herumtrage.«
Er erhob sich und nahm die Reisetasche vom Boden. Grauhaar stand ebenfalls auf, nahm die Banknoten mit zwei Fingern und steckte sie lässig in die Tasche, in der er seine Brille aufbewahrte.
»Wir treffen uns übermorgen mittag in der kleinen Anlage am Bolschoi-Theater. Sie geben mir das Futteral und bekommen das Kuvert mit dem Geld. Und bitte keine Tricks! Bringen Sie mich zum Tor, und mäßigen Sie den Eifer Ihrer Meute. Sollte ich bemerken, daß ich verfolgt werde, ist das Geschäft storniert ...« Er ging zur Tür, blieb jedoch plötzlich stehen. »Da ich eine Zeitlang an Ihrer Sicherheit interessiert bin, will ich Ihnen einen Rat geben. Über die Grenze kommt man am besten im Raum von Nikolsk-Ussurijski, etwas über 50 Kilometer von Wladiwostok entfernt. Natürlich ein bißchen weit, dafür aber sicher. Chinesische Schleuser finden Sie leicht, und teuer ist es auch nicht.«
»Na ja«, schmunzelte Grauhaar. »Danke für den Tip. Ich bleibe Ihnen auch nichts schuldig. Irgendwie gefallen Sie mir. Ich könnte mir sogar vorstellen, daß wir die Plätze tauschen könnten, wenn die Karten anders gemischt würden. Dann würden nicht Sie mich, sondern ich Sie um einen Gefallen bitten.«
»Na, gehen wir davon aus, daß dies keine Bitte, sondern ein Geschäft war!« entgegnete Lukin schroff. »Was Ihre Vermutungen angeht, wäre ich nie an Ihrer Stelle, egal wie die Karten gemischt werden!«
»Wie Sie wünschen.« Grauhaar verzog die Lippen zu einem

bitteren Lächeln. »Aber einen Rat gebe ich Ihnen dennoch. Aus demselben Grund ...« Er kam näher heran und blieb vor Lukin stehen. »Wechseln Sie bei erstbester Gelegenheit Ihre Klamotten gegen etwas Sowjetischeres. Möglicherweise würde Sie in Paris niemand beachten, aber in Sowdepien[14] darf man nicht auffallen! Hier gilt überhaupt das Gesetz: Je grauer, um so sicherer.«

Grauhaar ging an Lukin vorbei und trat auf den Hof hinaus. Schielauge trieb sich unweit der Tür herum, der Seemann und der Bärtige ruhten sich auf dem Baumstamm aus. Als der Seemann Lukin erblickte, erhob er sich unsicher und ging schwankend in dessen Richtung, Grauhaar hielt ihn jedoch mit einem Kopfschütteln zurück. Der Boß begleitete seinen Gast über den Hof, öffnete schweigend die Tür ein wenig und ließ Lukin hinaus. In dieser vorabendlichen Stunde war die Gasse still und leer, nur graue Wolkenfetzen zogen am Himmel irgendwohin Richtung Süden.

Nach Hause kam Lukin gegen sechs. Grauhaars Tip befolgend, hatte er sich in einem Kaufhaus von Krasnaja Presnja[15], das wie eine Glaslaterne auf einen belebten Platz schaute, eine dunkelblaue Bluse aus grobem Stoff sowie eine Mütze mit hartem Lackschirm gekauft. Solche Mützen mußten nach seiner Vorstellung gesetzestreue Bestarbeiter und Eisenbahningenieure tragen, die ja schon immer einen Hang zu Uniformen hatten. Nachdem er noch ein wenig an den Ladentischen herumgelungert war, schlüpfte er unmerklich zu einem Lastenaufzugsschacht und zog sich schnell seine Neuanschaffung über. Hut und Mantel wickelte er sorgfältig in ein großes Blatt Einwickelpapier, das er sich von einer Verkäuferin hatte geben lassen, schnürte das Ganze mit Paketband zu und hängte es an den Griff seiner Reisetasche. Nach dieser unkomplizierten Operation stieg er die Treppe in den mit Kisten und Müll vollgestopften Hof des Kaufhauses hinunter und ging durch einen Torspalt auf eine Seitenstraße hinaus. Nachdem er sich so eines möglichen Verfolgers entledigt hatte, stoppte er ein vorbeifahrendes Taxi und wies den Fahrer an, sofort zum Weißrussischen Bahnhof zu fahren, überlegte es sich jedoch unterwegs anders und nannte die Adresse des Hauses der Regierung. Er ließ an dem grauen Koloß vorfahren, zahlte, kaufte am Kiosk eine Schachtel Kasbek-Papirossi, ein paar Zeitungen sowie das neueste »Krokodil«[16] und begab sich zu Fuß nach Hause. Von einem grauen, farblosen Himmel begann es zu tröpfeln, vom Fluß her erhob sich plötzlich ein kalter, böiger Wind. Auf der Mitte der Großen Steinbrücke blieb Lukin stehen und betrachtete die Ruinen der Erlöserkathedrale. Da und dort standen noch einzelne Mauern, und irgendwelche Leute kramten auf den Trümmerbergen herum. Das Ganze hinterließ den Eindruck verwaister Ungeborgenheit, die einem das Herz abdrückte. Jemand berührte ihn am Ärmel. Lukin drehte sich jäh um. Eine alte Bettlerin streckte ihre Hand aus. Ihr Gesicht war faltig wie ein Bratapfel, in ihren Augen stand Kummer.

»Gib 'ner armen Frau 'nen Groschen, guter Mann! Früher konnte ich vor der Kathedrale stehen; jetzt weiß ich nicht mehr, wo ich mich hinstellen soll. Also ziehe ich los, um zu betteln!« Sie hielt die Münze fest in ihrer trockenen Hand und lächelte mit zahnlosem Mund. »Das erste Mal haben die Verfluchten direkt vor Silvester versucht, sie zu sprengen … Kalt war's, schrecklich. Ich dachte, jetzt ist's aus, den Winter überlebe ich nicht. Am Morgen ging ich nachsehen, aber die Gute stand noch, hatte der Kraft des Teufels widerstanden! Na ja, denk ich, Dank sei dir, lieber Gott, du hast sie geschützt! Aber nein, offenbar haben wir uns gegen Ihn vergangen und erhalten Seinen Segen nicht! Dabei hieß es doch, daß Großfürst Konstantin Pawlowitsch 27 Pfund Silber für die Kirche und Demidow[17] sogar 200 Imperialen[18] für das Altarkreuz gespendet hat. Nein, nein, das geht nicht gut aus …« Weiter vor sich hin murmelnd, drehte sich die Alte um und schlurfte in ihren abgetretenen Schuhen mühsam zur Uferstraße. Lukin sah ihr nach. Es lag etwas Unheimliches, Erschreckendes in dieser kleinen, einsamen Gestalt auf der Brücke, wo der Wind tobte. Wem war er begegnet – Rußland? Die Feuerzeugflamme mit den Handflächen schützend, zündete sich Lukin eine Zigarette an und ging auf die gegenüberliegende Straßenseite, bemüht, nicht mehr auf das zu schauen, was von der Erinnerung an den Krieg von 1812 übriggeblieben war ...

In Teljatins Wohnung war es still und dunkel. Das durch den Staub in der Küche abgeschwächte Licht aus dem kleinen Fenster erreichte kaum den Korridor. Im Halbdunkel schlecht zu erkennen, schaute von einem Bild von der gegenüberliegenden Wand aus der Führer des Volkes auf Lukin. »Lenins bester Schüler.« Lukin erinnerte sich, daß dies eine allgemein verbreitete Bezeichnung für den Herrscher war. Schrieb man »ruhmreicher Mitkämpfer Iljitschs«, handelte es sich um Wjatscheslaw Michailowitsch Molotow, während der Zusatz »standhafter Bolschewik und Leninist« Woroschilow bezeichnete. Lukin schmunzelte, hob die Hand und zielte mit dem Finger auf die Stelle, wo sich die Brauen über der krummen kaukasischen Nase trafen ...

In dem ihm zugewiesenen Zimmer packte Lukin seine Mitbringsel aus, hängte die Jacke und den Regenmantel an einen Drahtbügel und drehte sich in der neuen Bluse vor dem Spiegel. Jetzt – zumindest schien ihm das so – ähnelte er eher einem Facharbeiter. Die Kleidung sieht natürlich zu neu aus, aber wenn man sie etwas knautscht und reibt, bekommt man, was man braucht. Lukin zog den Revolver aus der Jackentasche und schob ihn hinter den Hosengürtel. Kaum hatte er die Bluse zugemacht, öffnete sich die Tür, ohne daß vorher angeklopft worden war, und Anna erschien auf der Zimmerschwelle. In ihrem modernen, gestrechten Satinrock und mit den leichten Torgsin-Schuhen[19] wirkte sie wie eine Sportlerin.

»Na endlich! Wo waren Sie denn? Ich habe so auf Sie gewartet.« Das Mädchen kam ins Zimmer und betrachtete Lukin erst jetzt voller Erstaunen. »Wollen Sie etwa zum Maskenball? Wozu haben Sie sich denn das angezogen?«

»Ich ... ich dachte« – Lukin war von ihrem Angriff überrascht – »wissen Sie, ich wollte nicht auffallen! Bin überhaupt ein bescheidener Mensch und nicht gewohnt ...«
»Ist schon gut. Ziehen Sie dieses gräßliche Zeug aus!«
»Ehrlich gesagt, dachte ich, in dieser Bluse wie ein intelligenter Druckereiarbeiter auszusehen. Wissen Sie, das hat doch auch seinen Charme ...«
»Möglich«, stimmte Anna zu. »Könnten Sie sich mit alldem nicht ein bißchen beeilen? Wir kommen sonst zu spät ins Theater. Sie haben doch meinen Zettel gefunden? Wir müssen so miteinander reden, daß der Onkel keinen Verdacht schöpft.«
»Ich hoffe, wir sehen uns etwas von Shakespeare an?« Lukin trat hinter die offene Tür des Kleiderschranks, wechselte rasch die Bluse gegen das Jackett und steckte den Revolver in dessen Tasche.
»Leider nicht. Heute wird ›Tempo‹ von Pogodin gespielt. Ich habe mir zwei Freikarten geben lassen. Wir haben vor kurzem ›Hamlet‹ aufgeführt, und dafür wurde das Theater wegen Positionslosigkeit und formalistischer Ästhetik kritisiert.«
»Natürlich.« Lukin schloß die Schranktür und nahm den Hut vom Kleiderhaken. »In diesem Land hat man für Prinzen und die Schatten ihrer Väter nichts übrig ...«
Sie beschlossen, zu Fuß zum Theater zu gehen. Überfüllte Straßenbahnen krochen mühsam dahin, das Feierabendvolk hing auf den Trittbrettern. Lukin hakte sich bei Anna ein und machte den Schirm auf. Anna schwieg.
»Wissen Sie«, sagte sie schließlich, »Sie sind gestern schlafen gegangen, aber wir haben uns noch lange unterhalten. Onkel hat großes Vertrauen zu Ihnen. Helfen Sie ihm ... Ich weiß nicht, wie, aber helfen Sie ihm! Er geht zugrunde ...«
Sie verstummte. Der Regen hörte auf. Lukin machte den Schirm wieder zu, ließ jedoch den Arm des Mädchens nicht los.
»Ich wache manchmal nachts auf und höre, wie er im Zimmer hin- und herläuft, dann am Fenster stehenbleibt, wie erstarrt

dasteht und lauscht, ob nicht vielleicht ein Auto kommt. Er hat doch überhaupt keine Freunde. Einen gab es, einen Chemieprofessor, aber der hat sich aufgehängt. Vor seinem Tod hat er den Onkel an unserem Hauseingang abgepaßt und ihm erzählt, daß man ihn zur GPU bestellt und er alles unterschrieben hätte. Sowohl das über sich als auch das über Sergej Sergejewitsch und andere. Er hatte zugegeben, daß sie einen Brief von 18 Bolschewiken verbreitet hätten, in dem sie Stalin vorwarfen, sich eine Hausmacht aufzubauen und noch etwas, woran er sich nicht mehr erinnern konnte. Der Professor war zwar Parteimitglied gewesen, aber der Onkel hat jetzt schon deshalb Angst, weil er weiß, daß es diesen Brief gibt.«
Anna holte tief Luft. Durch das schnelle Laufen und das aufgeregte Reden war sie ganz außer Atem gekommen.
»Und an der Hochschule hat er auch Unannehmlichkeiten ... Dort überprüft eine Kommission alle Lehrbücher. So ein Mistkerl, Onkels bester Schüler, hat in einer Meldung an die Kommission geschrieben, daß er dem Dozenten Teljatin nicht vertrauen würde, weil der in einem methodischen Handbuch ein Stalinzitat nicht vollständig angeführt und damit Stalins Gedanken entstellt habe. Den Onkel haben sie dann zu sich bestellt, und wir haben eine ganze Nacht lang nicht geschlafen. Haben dieses unglückselige Zitat gesucht und nicht gefunden. Er hat es offenbar irgendwo abgeschrieben und kann sich nicht erinnern, wo ...«
Was das Leben doch für eine erstaunliche Sache ist, dachte Lukin, während er Anna zuhörte. Es ist wie ein Krug, in den man Nektar aus erhabenen Gedanken und Liebe, aber auch die Jauche von Niedertracht und das Spülwasser von Denunziation gießen kann. Und sowohl der tierische Haß auf seinesgleichen als auch der erhabene Höhenflug von Gefühlen wird mit ein und demselben Wort beschrieben. Lukin schmunzelte. In der Tat – beim Verlassen des Lebens bitte Füße abstreifen!
»Sie lachen? Habe ich vielleicht etwas Komisches gesagt?«

Anna sah Lukin befremdet an. »Ihnen ist das wahrscheinlich alles gleichgültig.«
»Nein, Anjetschka, nein! Es schmerzt mich einfach, zu sehen, was das Leben aus Sergej Sergejewitsch gemacht hat. Er war doch klug, begabt, Offizier ...«
»Warum ›war‹? Meinen Sie, daß er verhaftet wird? Haben Sie ihn schon abgeschrieben? Obwohl auch ich schon oft gedacht habe, daß Onkel und ich eigentlich gewesene Menschen sind ...«
»Aber nicht doch. Das habe ich überhaupt nicht gemeint! Ich habe einfach daran gedacht, wie er vor 15 Jahren war. Sie bitten mich, ihm zu helfen.« Lukin blieb stehen und sah Anna in die Augen. »Wie? Ich weiß es nicht. Haben Sie noch etwas Geduld. Ich hoffe, daß sich bald alles ändern wird. Zuweilen reicht es, einen Stein anzutippen, um eine Lawine loszutreten. Und dann will ich Ihnen noch etwas sagen« – er lächelte – »ich kann nicht umhin, Ihnen zu sagen, daß Sie mir sehr gut gefallen. Bitte sprechen Sie nie mit jemandem über das, was Sie mir eben erzählt haben! Eine schreckliche Epoche ist über uns gekommen, aber leider kann man sich nicht aussuchen, in welcher Zeit man lebt.« Er nahm ihre Hand in seine und berührte sie mit den Lippen. »Ich habe schon viel in diesem Leben verlieren müssen, aber Sie möchte ich nicht verlieren!«
»Ich glaube Ihnen!«
Durch eine schmale Gasse kamen sie zum Arbat. Ein Stückchen weiter zeigte sich auf der anderen Straßenseite das graue Theatergebäude.
»Ich werde Zeit brauchen, um mich hier umzusehen«, sagte Lukin und zog sich im Gehen den Hut zurecht. »Ein paar Ersparnisse habe ich, so daß ich mich nicht beeilen muß, Arbeit zu suchen. Letzten Endes kann ich es mir erlauben, ein wenig als freier Künstler zu leben.« Er sah ihr ins Gesicht. Anna lächelte. Ein kleiner Ford, schwarz wie ein Käfer, mit dem Steuer auf der rechten Seite, kam ihnen in rascher Fahrt entgegen und ließ den Lack seiner Karosserie funkeln. Von allen Seiten eilten

Menschen zum Theater und drängten sich vor dem Eingang. Einige Mercedes-Wagen der Regierung fuhren vor. Ihnen entstiegen irgendwelche Ausländer, begleitet von Bürgern mit gebieterischen Mienen und von geschäftig hin- und herlaufendem Begleitpersonal. Lukin erkannte Jenukidse. Indem er Anna den Weg bahnte, drängte er sich näher an ihn heran. Keine Bewachung, abgesehen von einem Trampel mit Schirmmütze, der sich in einiger Entfernung von seinem Schützling aufhielt. Aus dem Gedränge heraus konnte Lukin beobachten, wie die ganze Gruppe langsam durch die Türen des Theaters hindurchging. Die Wagen fuhren ab. Das Stimmengewirr der Menge wurde lauter, und sie rückte näher zum Eingang.

Eine alte Kartenabreißerin lächelte Anna freundlich zu und betrachtete Lukin einschätzend. Nachdem Anna und Lukin zur Garderobe angestanden hatten, gingen sie eine Treppe hinauf. Am mittleren Eingang zum Zuschauerraum stand eine Gruppe von Männern in betont korrekten Anzügen mit angespannt-offiziellen Mienen. Ein mittelgroßer Mann mit einem willensstarken Gesicht und hervorstehenden Backenknochen fiel Lukin auf. Er hatte eine hohe Stirn, nach hinten gekämmte Haare und festverschlossene Lippen. Er stand etwas abseits und beteiligte sich nicht am Gespräch. Seine Augen glitten gleichgültig über die Gesichter der Menschen, die in sein Blickfeld gerieten.

»Ah, Anna Alexandrowna«, lächelte er reserviert, als er Anna und Lukin näher kommen sah. Er trat ihnen entgegen und meinte wie in Fortsetzung eines vor langer Zeit begonnenen Gespräches: »Dieses ganze Theater hier habe ich ja so satt!«

»Guten Abend, Boris Jewgenjewitsch!« sagte Anna freudig. »Darf ich vorstellen: ein Freund unserer Familie.« Lukin trat vor und drückte die ihm gereichte, feste Hand.

»Nichts als Gequatsche ringsum, und von diesen unnützen Gesprächen wird man ganz müde«, beklagte sich Boris Jewgenjewitsch weiterhin über sein Schicksal. »Wir müßten eigentlich proben, und ausgerechnet dann kommt eine Delegation!«

»Genosse Lukin ist aus Samara zu uns gekommen und sucht nach einer passenden Arbeit«, lenkte Anna das Gespräch auf ein allgemeineres Thema. »Ich habe ihn mitgebracht, um ihm unser Theater zu zeigen.«

»Haben Sie auch ein Faible für die Schauspielerei? In eurem Theater war ich auch schon. Allerdings schon lange her.« Boris Jewgenjewitsch sah Lukin forschend an und fragte: »Sie wollen sicherlich im Fach bleiben, oder sind Sie vielleicht aus dem technischen Bereich? Kommen Sie zu uns, da können Sie uns helfen, mit den Dekorationen klarzukommen. Wir haben bald Premiere, aber bei uns herrscht das totale Chaos! Und überhaupt«, Boris Jewgenjewitsch kam wieder in Fahrt, »habe ich den Eindruck, daß die ganze Truppe den halben Tag lang Dmitrijew sucht. Man kann das drehen und wenden, wie man will, aber für den ersten und den dritten Akt muß eine Treppe gebaut werden ...«

»Dmitrijew ist unser Bühnenbildner«, erläuterte Anna. »Boris Jewgenjewitsch ...«, begann sie, aber da trat ein herausgeputzter junger Mann an sie heran und entführte ihnen den Gesprächspartner. Der breitete nur hilflos die Arme aus.

»Na sehen Sie, ich habe bereits das erste Angebot«, bemerkte Lukin lächelnd, ging mit Anna beiseite und fragte: »Wer ist denn der Mann?«

»Boris Jewgenjewitsch Sachawa, unser Regisseur. Er hat gemeinsam mit Wachtangow dieses Theater hier aufgebaut. Jetzt zu Gorkis Jubiläum inszeniert er ›Jegor Bulytschow‹, und daher ist er wahrscheinlich auch nervös. Die Aufführung wird vom ZK kontrolliert, und so haben wir mit dem Stück schon allerhand erlebt. Zuerst mußte Gorki dazu gebracht werden, alles umzuarbeiten, und nun sind wir in Zeitnot. Nehmen Sie dazu noch den sozialistischen Wettbewerb, die tägliche Kontrolle bei den Proben und in den Werkstätten, die Anmerkungen in den Tagesberichten ... kurz gesagt, da kann man sich nur an den Kopf fassen. Welche Mühe es allein kostet, das Informationsbulletin über die Arbeit an dem großen Stück herauszubringen! Zur Premiere am 25. soll Gorki selbst kommen und mit ihm« – Anna stellte sich auf die Zehenspitzen und flüsterte es ihm ins Ohr – »Stalin!« Ein wenig erschrocken und bedeutungsvoll sah sie Lukin an. »Alexej Maximowitsch war schon bei den Proben, mischt sich aber in die Inszenierungsarbeit nicht ein. Sitzt nur da und schaut zu. Und so liegt die ganze Last auf Boris Jewgenjewitsch und auf Schtschukin, der im Stück die Hauptrolle spielt.«

Während Lukin Anna zuhörte, beobachtete er aufmerksam die Männer, die die Ausländer begrüßten. Deutsche, eine offizielle Handelsdelegation, schloß er aus den zu ihm dringenden Worten.

»Der zweite, der uns Sachawa entführt hat«, fuhr Anna fort, »ist Kirschon, eine Größe in der Schriftstellerwelt. Die Stücke, die er schreibt, sind zwar hölzern und vordergründig, aber dafür kommt er im Leben bestens zurecht. Ein Bühnenautor hat erzählt, Stalin hätte ihm voriges Jahr persönlich befohlen, nicht mehr gegen die Mitläufer unter den Schriftstellern zu hetzen. Verstehen Sie – persönlich!«

Es klingelte zum dritten Mal, mit etwas Verspätung, wegen der Gäste, wie Lukin begriff, und alle begaben sich einträchtig in den Zuschauerraum. Kaum hatten sie die Plätze eingenommen, erlosch langsam das Licht, und der schwere Vorhang ging auf. Die Zuschauer spendeten Beifall. Es begann der erste Akt des Stückes, dessen Inhalt Lukin nicht verfolgte. Er schaute auf die Bühne und hing seinen Gedanken nach, wobei er nicht vergaß, zusammen mit allen zu klatschen. In der Pause führte Lukin Anna zum Bühnenrand, drehte sich um und betrachtete lange und aufmerksam den Zuschauerraum. Besonders dessen gegenüberliegende Seite, wo sich die Direktorenloge befand. Nach dem Ende ,der Aufführung blieben sie noch kurz im Durchgang zwischen den Reihen und ließen die nach Hause Eilenden durch.

»Jetzt haben wir wirklich Altweibersommer, nicht wahr?« Auf der Straße reckte Lukin den Kopf nach oben und schaute zum wolkenlosen Himmel. Inzwischen war es tatsächlich wärmer geworden, der Nordwind hatte sich gelegt und dem milden Atem der fernen Steppen des Südens Platz gemacht. »Ich liebe diese Zeit! Es liegt eine freundliche Schwermut in ihr und noch etwas«, er schnalzte mit den Fingern, »das einem ans Herz greift. Wahrscheinlich die dumpfe Furcht vor dem langen Herbst und der nahenden Kälte. Der Mensch, der ja in allem noch wie ein Tier ist, mag strenge Winter nicht ...«

Ohne Hast gingen sie in Richtung Boulevard und bogen auf dessen von Bäumen eingefaßten Mittelgang ab. Im Lichte der wenigen Laternen standen verstummte Bäume, auf den Bänken küßten sich Pärchen.

»Haben Sie Gorki schon einmal gesehen?« fragte Lukin. »So aus der Nähe?«

»Ja. Nichts Besonderes. Ein alter Mann wie jeder andere. Groß, geht ein bißchen gebeugt, schweigt meist. Auf einer Probe hat er einmal vor Rührung etwas geweint. Unsere Leute sagen, er sei überhaupt sentimental. Und seine Augen? Haben mir nicht gefallen. Irgendwie trübe, müde ...«

»Kommt er oft?« Lukin blieb unter einer Laterne stehen und zündete sich eine Zigarette an. Der Lichtkegel füllte sich mit Wölkchen aus weißem Rauch.

»Eigentlich ja ... Sie wissen doch, daß bald Premiere von ›Bulytschow‹ ist, und dieses Stück wird besonders hoch eingestuft. Es ist eine Art Krönung seines 40jährigen Schaffens. Alexej Maximowitsch ist heutzutage gut angeschrieben! Viele meinen, daß Jossif Wissarionowitsch wegen ihm dem Theater so ein Wohlwollen entgegenbringt. Zwar geht er meist ins Bolschoi-Theater und ins Moskauer Künstlertheater, aber einmal war er auch bei uns.«

»Ist das schon lange her?«

»Ja. Lange, bevor ich zur Truppe gekommen bin. 1925, glaube ich. Zu uns kommen eher Leute aus dem ZK, Funktionäre der zweiten Garnitur. Wissen Sie«, meinte Anna, lebhafter werdend, »ich habe selbst gehört, wie einer von ihnen gesagt hat,

Nishni Nowgorod soll in Gorki umbenannt werden, und das Jubiläum wird im ganzen Land gefeiert.«

»Das war zu erwarten«, schmunzelte Lukin. »Loyalität und Regimetreue müssen nobel honoriert werden.«

»Mögen Sie ihn nicht?«

»Nein! Er hat zugelassen, daß man eine lebende Ikone aus ihm gemacht hat, und gehört zu denen, die die gerade angesagte politische Idee bedienen – nach dem Motto ›Was darf's sein?‹ Wer sich bei den Mächtigen einschmeichelt, ist immer käuflich. Es geht dann nur noch um den Preis. Denken Sie nicht, daß ich ihn verurteile. Wer bin ich, um das tun zu können? So etwas entscheidet jeder für sich selbst. Die Zeit ist eben so: Sie teilt alle ein in Speichellecker und in solche, die vor allem, was da vor sich geht, die Augen verschließen. Na ja, natürlich gibt es auch Heilige. Nur eben zu wenig ...«

»Warum reden Sie so? Sie ärgern sich doch über etwas?« Anna war stehengeblieben und sah Lukin an. »Die russische Intelligenz hat sich noch nie zur Dienstmagd machen lassen!« – »Ach, diese russische Intelligenz!« äffte Lukin sie nach. »Die russische Intelligenz war in ihrer Masse immer infantil und feige, und weiter als bis zu einem lieben guten Zaren gingen ihre Träume auch nicht. Sich ganz in sich verkriechen und wollüstig mit dem Nagel in den eigenen Gefühlen und Seelenzuständen herumkratzen, sich am Mitleid mit sich und ihresgleichen hochziehen – das konnte sie! Aber wenn es darum ging, ihre menschliche Würde, das Recht, nach dem eigenen Kopf zu leben, zu verteidigen, ja ganz einfach und banal ihr Hab und Gut zu schützen, steckte sie den Kopf in den Sand. Lesen Sie unsere große Literatur, und Sie werden sehen, daß ich recht habe! In diesem Sinne ist bei uns allen der Wurm drin, sind wir alle aus Gogols *Mantel* hervorgegangen. Daher auch der Umsturz von 1917. Alles, was geschehen ist und mit uns geschieht, ist absolut zwangsläufig. Von der Unfähigkeit und Unlust, die eigene Würde zu verteidigen, bis zum Speichellecker- und Parasitentum ist es nur ein Schritt, und diesen hat unsere schaffende Intelligenz getan. Deshalb ist auch unklar, wo unsere messianische Literatur endet und wo die GPU beginnt. Daher auch das Wetteifern unter ihren Machern, wer den letzten Parteibeschluß am schnellsten und geradlinigsten in seinen unsterblichen Werken wiedergibt! Hat er das geschafft, beginnt wieder der Taumel: Leben von einem Tag zum anderen mit Wodka, Kneipen und Weibern. Entschuldigen Sie, Anja, ich hätte Ihnen das nicht sagen sollen ...«

»Wissen Sie, man möchte einfach nicht glauben, daß dies alles wahr ist! Der Mensch lebt von der Hoffnung, das aber ... Was soll uns da noch als Lebensinhalt bleiben?« Anna ließ traurig den Kopf hängen und blickte auf den Boden. »Ist wirklich überall ein und dasselbe?«

Sie gingen eine kleine Treppe hinunter und dann eine Gasse hinauf.

»Haben Sie davon gehört, daß Stalin verboten haben soll, Demjan Bedny mehr als einen halben Rubel pro Zeile zu zahlen? Nein? Alexej Maximowitsch hatte sich über ihn beschwert ...«

Lukin schwieg. Anna wußte nicht, ob er ihr zugehört hatte oder seinen eigenen Gedanken nachhing. Neben ihm fühlte sie sich geschützt und verspürte eine angenehme Ruhe, die sie seit ihrer Kindheit nicht mehr erlebt hatte. Was morgen ist, dachte sie, ist morgen. Aber heute und jetzt fühle ich mich wohl. Sie blieben am Hauseingang stehen. Lukin drehte sie so, daß sie ihm ihr Gesicht zuwandte, und sah ihr – so schien es Anna – aufmerksam und streng in die Augen.

»Heute war ein langer Tag. Sie sind müde«, sagte er. »Aber trotzdem muß ich Ihnen noch einiges sagen. Beginnen wir bei Sergej Sergejewitsch. Der muß um jeden Preis ins Krankenhaus. Wegen Herz, Lunge, Leber, was auch immer – aber aus der Hochschule muß er dringend weg. Darum werden Sie sich kümmern! Wenn Sie Geld brauchen, sagen Sie's. Das Zweite« – er drehte sich um und schaute auf die leere Straße – »alles, worüber wir uns beide hier unterhalten haben, einschließlich des ganzen Literatenhickhacks, sollten Sie mit niemandem erörtern! Überlegen Sie sich, wann Sie mit wem über was reden. Das hier ist viel ernster, als Ihnen das vorkommen mag. Irgendwo wurde ein Krug Böses verschüttet, und das ist in die Herzen der Menschen geflossen. Oder erinnern Sie sich daran, wie bei Andersen die Spiegelscherben in der ganzen Welt herumflogen.«

Anna lächelte.

»Es wäre schön, wenn sich so ein Zauberer fände, der alles mit einem Schlage veränderte und den Leuten ihr menschliches Antlitz zurückgeben würde!«

»Leider gibt es so etwas nicht. Es bleibt nur ein Weg: Wer sich nach unten ziehen läßt, muß von selbst wieder hochkommen. Das ist ein unumstößliches Gesetz des Lebens, und niemand, auch kein Zauberer, kann es ändern. Und noch etwas ...« Lukin lächelte auf einmal übers ganze Gesicht. »Ich werde wohl das Angebot Ihres Regisseurs annehmen und in Ihrem Theater anfangen. Natürlich nur, wenn Sie nichts dagegen haben ...«

Anna hatte den Eindruck, als wollte er noch etwas sagen, aber Lukin hüllte sich in Schweigen.

Auf der Treppe roch es nach Katzen. Das ehemalige Mietshaus schlief und hatte farblose Sowjetträume. In der Küche brannte noch Licht und füllte deren rosafarben-schmutziges Inneres mit trübem Dunst. Um keinen Lärm zu machen, ging Anna auf Zehenspitzen den Korridor hinunter, öffnete die Tür ihres Zimmers einen Spalt weit, blieb einen Augenblick stehen und warf einen Blick auf Lukin. Der stand noch immer am Eingang und sah ihr nach. Die Tür schloß sich. Weiterhin lächelnd entkleidete sich Lukin in seinem Zimmer und zog sich anstelle des Schlafanzugs die neue Bluse an. Irgendwo in der Nachbarwohnung schlug es zwölf. Er wärmte sich Tee auf dem Elektroherd, setzte sich mit dem Glas in der Hand in einen alten, abgewetzten Sessel und schob die am Tage gekauften Zeitungen zu sich her. Die Presseschau begann er mit dem *Krokodil*, das ihm langweilig und überhaupt nicht komisch vorkam. Die beiden »besten« Witze von allem Gelesenen machten ihn eher stutzig und nachdenklich, als daß sie ihn amüsiert hätten. »Wenn ein junger Bursche gut Geige spielt«, las Lukin und legte unzufrieden die Stirn in Falten, »bedeutet das noch lange nicht, daß er kein Opportunist ist.« Die zweite Perle gehörte in den Bereich der Außenpolitik und behauptete, daß während der Mittagspause des Völkerbundes Japan China verspeisen wird. Dann stand da noch etwas zur Überheblichkeit einzelner Kommunisten, aber von einer solchen Qualität, daß man mit der verkümmerten humoristischen Begabung der Schreiberlinge nur Mitleid haben konnte. Die Neuigkeiten in den Zeitungen ermüdeten durch ihre Eintönigkeit, und er konnte sich des Eindrucks nicht erwehren, daß ein einziger sie alle von Anfang bis Ende geschrieben hatte. Nichts Weltbewegendes war an diesem Tage geschehen. Wiederum erwartete man die Auflösung des deutschen Parlaments, Hitler drängte immer noch an die Macht, während das Sowjetland um die Schaffung von Kadern für eine eigene künstlerische Intelligenz kämpfte. Der Ausdruck »künstlerische Intelligenz« gefiel Lukin, und er bedauerte sogar, daß er nicht aus dem *Krokodil* stammte. In der *Prawda*, die er sich für den Schluß aufgehoben hatte, waren die Überschriften klarer und bestimmter. Sie klangen bedrohlich: »Verstärken wir den Kampf gegen das rechtsopportunistische Selbstläufertum in der Getreideerfassung!«, »Schonungslos die Plünderer sozialistischen Eigentums entlarven!« Alle Zeitungen vermerkten den erneuten Angriff chinesischer Freiwilliger auf Mukden und veröffentlichten Einzelheiten zu Gorkis Jubiläum. Nach dieser Pressedurchsicht warf Lukin die Zeitungen ungeniert auf den Fußboden, zündete sich eine Zigarette an und begann nachdenklich, das in der Nähe hängende Bücherregal unter die Lupe zu nehmen. Die Bibliothek des Proletariers machte auf ihn keinen elitären Eindruck. Sie bestand aus einem halben Dutzend zerknitterter, kleiner Bändchen mit abgewetzten Papierumschlägen, die sämtlichst aus einer Abenteuerserie stammten, sowie der ersten Probeausgabe einer kurzen Biographie des Führers der Völker. Lukin nahm dieses Buch mit festem Einband vom Regal und schlug es auf. Auf einer Glanzpapierseite war ein Mann mit üppigem Schnurrbart über einem schweren Kinn abgebildet. Er kniff die Augen zusammen, als wollte er Lukin besser sehen und im Gedächtnis behalten, und runzelte die schmale Stirn unter den dichten, nach hinten gekämmten Haaren. Was lag in diesem Gesicht? Unbeugsamer Wille? Brutalität? Die Schläue einer Bestie?

Die Tür knarrte, Lukin hob den Kopf. Vor ihm stand Lucie. Sie trug einen weiten Rock und eine farbenfrohe Bluse. Ihre glatten, mit einem Kamm zusammengehaltenen Haare gaben ein krankhaft-schönes, tiefblasses Gesicht frei. Es war, als hätte jemand speziell alle Farben von ihr abgewischt und es einer weißen Leinwand ähnlich gemacht, auf der nur noch ein Frauenbild gemalt werden muß. Einige Züge dieses Bildes kamen bereits zum Vorschein: Große, fieberhaft glänzende Augen sahen Lukin an.

»Ich störe doch nicht?« Lucie schloß die Tür hinter sich und ließ sich auf eine Liege nieder, die auf Blöcke aufgesetzt war und auf der eine Decke lag. »Wissen Sie, ich habe heute doch nicht getrunken!« Sie schlug ein Bein so übers andere, daß etwas von ihrem schönen, runden Knie zum Vorschein kam, und fuhr mit ihrer aufregenden Bruststimme fort: »Und bin auch nicht zum Dienst gegangen ... Ihretwegen! Bin am Tage aufgewacht, als hätte ich einen Stoß bekommen, und hatte nur einen Gedanken: Das ist er! Lachen Sie bitte nicht, kränken Sie mich nicht – ja, ich weiß, daß das komisch und auch traurig ist, aber ich habe mich in Sie verliebt. Sie sind mein Retter, die einzige Chance in diesem Leben! Wirklich, ich lüge nicht!« Sie machte ihm schöne Augen und lächelte bittend. »Lukin, holen Sie mich aus diesem Schweinestall heraus! Tun Sie's, und Sie werden's nicht bereuen. Ich werde alles für Sie sein – Liebhaberin, Köchin, Hund. Nur holen Sie mich hier raus. Ich habe auch grüne Scheine, so dumm bin ich ja nicht, daß ich alles bis auf den letzten Cent an die abliefere.«

»Hat Ihnen Teljatin von mir erzählt?«

»Erzählt? Ein bißchen … Beispielsweise, daß alle Sie immer Lukin nennen. Nein wirklich, holen Sie mich hier raus! Ich habe mir heute den ganzen Tag vorzustellen versucht, wie wir beide in Paris spazierengehen. Wenn Sie wollen, können wir auch aufs Land fahren. Aber weit, weit weg. Sie werden das Feld bestellen, und ich werde am Fenster sitzen und warten, daß Sie nach Hause kommen …«

»Kokain? Morphium?« Lukin sah ihr in die Augen.

»Nur so, um mich aufzuheitern und mir keinen Strick nehmen zu müssen. Ich weiß nicht, wie es Ihnen geht, aber mir ist der Gedanke unangenehm, daß man mich starr und kalt in der Schlinge findet, mich dann auch noch abnimmt und fallen läßt … All das ist dumm und abscheulich. Wie das Leben selbst!« Sie begann auf einmal zu weinen, die Tränen flossen ihr aus offenen Augen, und sie wischte sie nicht ab. »Ich habe keine Kraft mehr«, flüsterte Lucie, »ringsum Schmutz und Schweinereien. Die zwingen mich, mit den Ausländern zu schlafen und danach aufzuschreiben, worüber wir geredet haben. Ich spreche Französisch und Deutsch, war am Institut für höhere Töchter …« Sie schnüffelte und schneuzte sich in ein Tuch. »Das Geld nehmen sie mir weg, sagen, ich sei reif fürs Gefängnis, sie selbst aber sind gierig darauf, zu mir ins Bett zu kriechen. Schweine, ungewaschenes Vieh …« Lucie ließ die Hände auf die Knie sinken, schaute vor sich hin und sagte mutlos: »Ich bin müde.«

Lukin nahm eine Packung Zigaretten von der Matratze und reichte sie ihr. Die Frau roch an einer Zigarette und zündete sie sich erst danach an.

»Französische.« Sie lehnte sich zurück, blies den Rauch zur Decke und bat: »Suchen Sie mal da bei dem Proletarier«, sie zeigte mit ihrem langen, blutroten Fingernagel auf den Schrank, »der hat immer was zu trinken da. Wenn diese Leute schon keine Alkoholiker sind, dann sind sie doch alle durch die Bank Raffkes.«

Lukin bückte sich, stöberte in der Ecke einer Schublade und zog eine versiegelte Wodkaflasche ans Licht. Lucie reichte ihm eine neben ihr stehende Tasse mit abgeschlagenem Henkel.

»Gießen Sie ein! Randvoll! Ja gießen Sie nur, ich habe mit Petruscha noch ein Arbeiter-und-Bauern-Hühnchen zu rupfen!« Sie lachte auf, hob den Wodka an die Lippen und trank ihn in kleinen Schlucken, wobei sie allmählich den Kopf zurückbeugte. »Jetzt du! Willst du nicht? Ekelst dich wohl?«

Lukin sah, wie sie sofort betrunken wurde und ein verschwommenes, halb verächtliches Lächeln auf ihre schönen Lippen trat.

»Weißt du überhaupt, daß eine Gräfin vor dir sitzt? Und überhaupt fahre ich morgen nach Paris, und du wirst hier bei lebendigem Leibe verfaulen, bis dir die Nase abfällt, weil in diesem Lande alle eine einheitliche proletarische Syphilis haben. Nun, was wartest du? Wirf dich auf mich, reiß mir die Kleider herunter, nimm mich. Du bist der Hegemon, du darfst alles.«

Ihr Gesichtsausdruck wurde hochmütig und verachtungsvoll. Lukin dachte, daß das mit ihrer Herkunft höchstwahrscheinlich stimmte.

»Du willst nicht? … Na, dann läßt du's eben!« Lucie schwankte und drückte ihre Kippe rabiat auf einer als Aschenbecher dienenden Untertasse aus. »Du bist genauso impotent wie die alle! Siehst ja auch aus wie 'n typischer GPU-Mann. Bist ebenfalls so 'n Dreckskerl. Jetzt verstehe ich, verstehe ich alles … Du bist speziell auf mich angesetzt worden, um meine Loyalität zu überprüfen.« Sie verstummte. Titanische Denkarbeit spiegelte sich auf ihrem von einer Grimasse entstellten Gesicht wider. »Was hab ich denn schon gesagt? Mit ›impotent‹ und ›Dreckskerl‹ hab ich doch das Bett gemeint und nicht die Sowjetmacht. Nein … mich legst du nicht rein! Und bestell deinem Sergej Sergejewitsch, daß ich nicht mehr mit ihm schlafen werde. Aus politischen Gründen …« Sie ging mit unsicheren

Schritten über die knarrenden Dielenbretter zur Tür, drehte sich um und sah Lukin mit leeren Augen an, die nichts mehr zu sehen schienen. »Ich wollte mit dir als Mann wie von Mensch zu Mensch reden! Du aber ...« Sie winkte hoffnungslos ab. »Scheißkerl! Ich seh's doch, bin doch nicht blind. Scharwenzelst um die Anka rum. Von wegen Theater ... Arm in Arm ... Meinst du, die ist anders? Sind doch alle gleich. Alle! Die ist bloß noch nicht in den ganzen Dreck reingezogen worden. Aber wenn einer winkt, macht sie widerspruchslos mit! Die wird Schwein haben, wenn ich ein Wort für sie einlege. Dann wird sie nicht gleich an die Wand gestellt.« Lucie lächelte schief. »Die hat schon einen Verehrer gehabt, war schon fast 'n Bräutigam. Auch dauernd ins Konzert gerannt und über erhabene Themen geredet, Blümchen geschenkt ... Und zack war er weg! Hat sich im Theater über sie erkundigt, wollte rauskriegen, wie der Onkel in der Hochschule angeschrieben ist, und da war Schluß!« Sie wollte schon loslachen, aber stattdessen sagte sie einfach, als ob sie eine Tatsache konstatierte: »Eine schreckliche Zeit. Das sind doch keine Menschen, sondern Gespenster. Ist ja auch kein Leben, und die leben auch nicht ...«

Lucie stieß die Tür auf, ging in den Korridor hinaus, kam jedoch gleich wieder zurück.

»Ich werde wahrscheinlich bald sterben. Habe heute was Schönes geträumt. Von 'ner riesigen, leeren Kathedrale. Ich war noch ein junges Mädchen, und auf den Fußbodenplatten war ein kleines Mosaik. Die Orgel hat gespielt, und ich habe so eine Ruhe empfunden, so schön war das, und ich brauchte nichts, aber auch gar nichts ...« Lucie verstummte, und ihm kam es auf einmal vor, als sei sie überhaupt nicht betrunken. Sie richtete ihre riesengroßen Nixenaugen auf ihn. »Stoß mich nicht zurück, Lukin. Ich liebe dich doch wirklich. Glaubst du's nicht? Willst du, daß ich niederknie? Du willst nicht ... Schade, daß alles so dumm ausgeht ...«

Lucie lächelte schief, eine schmerzliche Grimasse entstellte ihr

Gesicht. Dann hob sie langsam den Arm und zielte mit dem Finger auf Lukin.

»Peng!«

Hätte jemand viel Zeit und Lust gehabt, um zu beobachten, wie Lukin den folgenden Tag verbrachte, wäre er bestimmt zu dem Schluß gekommen, daß dieser hochgewachsene Mittvierziger nach Moskau gekommen sei, um sich ein wenig Abwechslung zu verschaffen. Ganz offensichtlich zog es ihn zu den historischen Stätten der Hauptstadt, und so verbrachte er einige Stunden hintereinander damit, sich den Roten Platz in allen Einzelheiten anzusehen und sich dann mit ebensolcher übermäßiger Gründlichkeit mit der Grünanlage vor dem Bolschoi-Theater und den angrenzenden Gebäuden und Straßen vertraut zu machen. Eine Zeitlang saß er sogar auf einer Bank, rauchte und genoß die Fassade der weltbekannten Bastion der Opern- und Ballettkunst, schlenderte dann wie jemand, der das Nichtstun genießt, durchs Stadtzentrum und begaffte alles. Wie es sich gehört, schloß er den Tag mit einem Theaterbesuch ab, hielt sich jedoch nicht lange damit auf. Er registrierte, daß die zentrale Gästeloge viel höher liegt als die Bühne, verließ unter dem Zischen der anderen Besucher die Parkettloge, und als er wieder auf der Straße stand, begab er sich zu Fuß zum Moskauer Künstlertheater. Hier wartete er die Pause ab, setzte sich ins Parterre, betrachtete die Saaleinrichtung, wurde langsam ruhiger und blieb bis zum Ende des Stückes. Sie spielten *Das Gericht* von Kirschon, und Lukin interessierte es, was der fesche junge Mann geschrieben hatte, den er im Wachtangow-Theater gesehen hatte. Dessen geleckte Schönheit hatte ihm seinerzeit nicht gefallen. Nun bemühte er sich, seinen ersten Eindruck zu verdrängen, und hörte sich aufmerksam in den Text hinein. Er kam ihm langweilig vor, dem Sujet merkte man an, daß etwas Bestimmtes vorgegeben war, und das ganze Stück kam ihm schmalspurig und gekünstelt vor. Zumindest habe ich ein Stückchen sozialistischen Realismus kennengelernt, dachte Lukin, als er in Teljatins Wohnung zurückkehrte. An diesem Abend trank er keinen Tee, machte mit Anna ein Treffen aus und ging früh zu Bett. Er konnte aber lange nicht einschlafen und lauschte daher auf die dumpfen Geräusche des zu Bett gehenden Hauses.

Am nächsten Tag war er eine Stunde vor Mittag schon wieder auf dem Theaterplatz, ging auf ihm umher und beobachtete alles, was auf diesem Fleckchen Moskauer Lebens vor sich ging. Letzteres aber floß in seinem gewohnten Alltagsrhythmus dahin, die Leute gingen ihren Geschäften nach, Verkäuferinnen mit weißen Schürzen füllten Gläser mit Sprudelwasser, und junge Mamis schoben ohne Hast schwergewichtige, entfernt an Autos erinnernde Kinderwagen vor sich her. Eine Straßenbahn fuhr klingelnd an eine Haltestelle heran, und Lukin schaute auf die runde Normaluhr. Sie zeigte zwei Minuten vor zwölf. Im selben Augenblick sah er, wie Grauhaar die Anlage betrat. Er hielt ein schwarzes Futteral sowie eine abgewetzte Aktentasche in den Händen und erinnerte in seiner Kleidung und seinem Verhalten an einen Ingenieur, der offensichtlich gezwungen ist, Arbeit mit nach Hause zu nehmen. Ohne Hektik machte er es sich auf einer Bank bequem, holte ein in Pergamentpapier eingewickeltes Butterbrot und eine Flasche Milch aus der Aktentasche und begann mit dem Mittagessen. Der kann's, lobte ihn Lukin in Gedanken. Der spielt seine Rolle gut. Alles psychologisch ausgewogen. Welch ein Schauspieler da verlorengeht. Ein richtiger Ktorow!

Gemächlich bummelte Lukin durch die Anlage. Nichts Ungewöhnliches geschah. Grauhaar hatte inzwischen mit dem Butterbrotkauen aufgehört, lehnte sich gesättigt auf der Bank zurück und zündete sich eine Zigarette an. Er sah aus wie jemand, der sich diese kleine Verschnaufpause verdient hat und sie auch genießt. Die Normaluhr zeigte zehn nach zwölf. Lukin knöpfte sich die Bluse auf, fuhr kurz über den Revolvergriff und begab sich mit zerstreuter Miene in die Mitte der Grünanlage. Dort zog er eine Zigarette aus der Tasche, schaute sich

Feuer suchend nach allen Seiten um, wobei er intensiv seinen Kopf hin- und herdrehte, aber da er wenige Meter von Grauhaar entfernt stand, leuchtete sein Gesicht auf, und er schritt direkt auf ihn zu.

»Sie gestatten?«

Mit einem Gesicht, als fühle er sich gestört, reichte ihm Grauhaar Streichhölzer. Lukin rauchte an und ließ sich neben ihm auf der Bank nieder.

»Schönes Wetter heute!« Er gab die Streichholzschachtel zurück, nickte dankend und schob ganz selbstverständlich das Futteral zu sich her. Dann stellte er es sich zwischen die Knie, nahm den Deckel ab und warf einen Blick in das schwarze Innere. Was er dort sah, befriedigte ihn vollauf. Genauso gelassen und zwanglos zog er ein in Zeitungspapier gewickeltes, kleines Päckchen aus der Tasche und legte es zwischen sich und Grauhaar. Hinter einer Wolke zeigte sich der Sonnenrand und wärmte liebevoll die kleine Grünanlage. Zwei junge Mamis mit Kindern an den Händen steuerten auf die mächtigen Säulen des Theaters zu. Grauhaar beugte die Hand, sah auf die Uhr, warf nervös die Zigarettenkippe fort und machte sich ans Gehen. Sorgfältig legte er das fettige Papier zusammen und steckte es mit dem kleinen Päckchen und der leeren Flasche in die Aktentasche. Dann begann er in deren Eingeweiden herumzuwühlen, als hätte er etwas verloren, und prüfte das Geld. Für einen kurzen Moment trafen sich ihre Blicke. In ihnen lag nichts als Argwohn und Wachsamkeit. Ein Verkehrspolizist in weißer Uniform kam vorbei und schwenkte seinen gestreiften Stab hin und her. Grauhaar ließ die Schlösser seiner Aktentasche einschnappen, stand auf und zupfte sich sein etwas zu kurz geratenes Ingenieursjäckchen zurecht. Lukin schaute ihm nach und sah, wie sich sein Gang veränderte und sachliche Zielstrebigkeit annahm, woran leicht Mitarbeiter in gehobener Stellung mit Aktentasche zu erkennen sind. Da geht ein großer Schauspieler verloren, dachte Lukin. Stanislawski hätte sich gefreut!

Er erhob sich von der Bank, nahm lässig das Futteral am Griff und begab sich gemächlich in Richtung Twerskaja. Nachdem er etwa eine Stunde in der Stadt herumgefahren war und mehrmals die Straßenbahnen gewechselt hatte, nahm er sich ein Taxi und kehrte in die Teljatinsche Wohnung zurück. Die Zeit war günstig, um die Mittagsstunde war sie leer. Er schloß sich in seinem Zimmer ein, zog das Gewehr aus dem Futteral und besah es sich eingehend. Es war nicht neu, jedoch in gutem Zustand, gereinigt und eingefettet, und machte überhaupt einen gepflegten Eindruck. Lukin öffnete eine Tasche im Futteral, zog eine dicke Stange mit einer Stütze am Ende heraus und schraubte sie an das Hinterstück des Gewehrs, setzte den runden Schalldämpfer auf die Mündung und schraubte das Zielfernrohr fest. Alle Einzelteile paßten ausgezeichnet zusammen, und als er sie fertig montiert hatte, freute er sich über das Gerät.
Es ist ja doch irgendwie unnatürlich, daß eine Waffe zum Töten schön ist, dachte Lukin, riß das Gewehr hoch und zielte. Er hätte schwören können, daß er auf 200 Meter nicht einmal an einem Groschen vorbeischießen würde. Die Frage war nur, wie man auf diese 200 Meter an das Ziel herankam! Lukin schmunzelte und prüfte die Anzahl der Patronen in einem Kästchen. Es waren zehn. Er baute das Gewehr wieder auseinander, wischte die Fingerabdrücke gründlich ab, nahm jedes einzelne Teil mit einem kleinen Lappen, legte die Teile in die Tasche und steckte sie zusammen mit dem Gewehrlauf in das Futteral. Dann stieg er über die Hintertreppe auf den Boden, versteckte es hinter einem dicken Balken und wälzte sicherheitshalber noch herumliegendes Gerümpel darauf.
Nachdem Lukin die Aktion abgeschlossen hatte, wusch er sich gründlich die Hände, wechselte das Hemd, kämmte sich vor dem Schrankspiegel und begab sich zum Wachtangow-Theater, wo er mit Anna verabredet war. Allerdings merkte er bereits im Foyer, daß er zur Unzeit erschienen war: Im Theater war ganz offensichtlich etwas im Gange. Der Verwaltungschef,

der ihm in der Tür begegnete, war aufs äußerste erregt, verlangte aus irgendeinem Grunde den Personalausweis und einen Passierschein, und auf Lukins Erklärung, daß er mit Sachawa verabredet sei, winkte er nur nervös ab und sagte: »Dazu ist jetzt keine Zeit!« Dann ging er eigenartigerweise zum vertraulichen Flüstern über und fuhr fort: »Genossen aus dem ZK! Führen mit der Truppe eine Versammlung im Zuschauerraum durch! Ich habe Sie dieser Tage mit Boris Jewgenjewitsch gesehen, aber glauben Sie mir, Herzchen, dem steht jetzt nicht der Sinn nach Ihnen! Setzen Sie sich hier irgendwo hin, und warten Sie!«

Im selben Augenblick vergaß er Lukins Existenz und eilte die Treppe hinauf. Lukin nutzte die ihm gewährte Handlungsfreiheit, stieg ohne Hast in den zweiten Stock, ging einen Gang hinunter und schlüpfte hinter eine schwere Portiere, die einen der Eingänge zum Balkon verdeckte. Vom Rang aus konnte er nur die lichtüberflutete Bühne sehen. Auf dieser stand ein mit einer Art rotem Samt bedeckter Präsidiumstisch, an dem mehrere Männer mit konzentrierten Gesichtern wie aufgereiht saßen. Lukin erkannte nur Sachawa. Ein dicker Mann in einer enganliegenden, halbmilitärischen Uniform stand an einem Rednerpult, fuhr sich ständig mit der Hand über den rasierten Schädel und sprach zu einer Zuhörerschaft, die Lukin nicht sehen konnte. In dem großen, leeren Saal klangen seine Worte dumpf. Lukin preßte sich gegen die Wand und hörte zu.

»Somit«, sagte der Dicke, »muß die Premiere von ›Jegor Bulytschow‹ das wichtigste Ereignis dieses vom ganzen Volk gefeierten Festes zum Jubiläum des von uns allen heißgeliebten Alexej Maximowitsch werden. Die Partei, kann man sagen, hat euch die hohe Ehre und Verantwortung anvertraut, in der vordersten Linie des ideologischen Kampfes für eine neue, proletarische Kunst zu streiten!«

Lukin hob die Augen vom Rednerpult. Über die ganze Breite der Bühne hing die Losung: »Für ein kämpferisches Tempo! Für ein Schaffen mit höchstem Einsatz!«

»Zum Schluß, Genossen«, fuhr der Redner inzwischen fort, »möchte ich euch noch einmal zur Wachsamkeit aufrufen! Der Feind schläft nicht, Genossen! Wir leben in einer Zeit, da die Opportunisten aller Schattierungen, wütend über unsere Erfolge und Errungenschaften, ihre Fratzen zeigen. In diesem Zusammenhang möchte ich darauf aufmerksam machen, daß wir im ZK alles, was eure Aufführung betrifft, unter unsere strengste Kontrolle genommen haben. Ich schließe nicht aus, daß führende Vertreter von Partei und Regierung zur Premiere kommen, was eurem Kollektiv eine besondere Verantwortung auferlegt. Genossen, ich wünsche euch Klarheit in der Arbeit und große schöpferische Erfolge!«

Der Dicke im Halbmilitärischen wälzte sich hinter dem Rednerpult hervor und nahm im Präsidium Platz. An seine Stelle trat ein aufgeregter Mann mittleren Alters in einem offiziellen schwarzen Anzug mit Schlips. Er sprach zwar abgehackt, aber immer noch glatt genug, und wandte sich im wesentlichen an die Männer des langen Tisches.

»Unter Führung der Partei, der Bezirksparteileitung des Frunse-Rayons, ist unser junges Theater einer der größten Kulturbetriebe der Hauptstadt geworden. Wir haben die Patenschaft über das Werk *Kautschuk,* über zwei Truppenteile, über die Moskauer Schule Nr. 27 und über den Minussinsk-Bezirk, von wo gerade erst drei unserer Brigaden zurückgekommen sind. Wir wissen das von der Partei in uns gesetzte Vertrauen hoch zu schätzen und erkennen als junges Theater vollauf das politische Gewicht der von uns übernommenen Verpflichtung. Das Jubiläum des großen proletarischen Schriftstellers, des von uns allen heißgeliebten Alexej Maximowitsch Gorki, ist ein Ereignis von universeller Bedeutung, und das Kollektiv des Theaters wird das Banner der sozialistischen Kunst hochhalten. Wir haben die Aufführung des Stückes unter unsere besondere Aufsicht genommen und bringen ein Sonderbulletin zur Arbeit an dem Stück heraus, entfaltet wurde der sozialistische Wettbewerb mit dem Teil der Truppe, der zum Jahrestag der Revolution das Stück des Genossen Slawin ›Das ausländische Kollegium‹ aufführungsreif macht, im Foyer des Theaters wird eine Ausstellung ›Gorkis Schaffen in 40 Jahren‹ eingerichtet …«

Lukin huschte in den Gang hinaus, stieg ein Stockwerk hinunter und setzte sich auf eine Plüschbank. Die Stimmen aus dem Zuschauerraum drangen nicht bis hierher, und er konnte in aller Ruhe das Ende der politischen Aufführung abwarten. Die Haupttüren öffneten sich aber schon ziemlich bald, und die hohen Gäste verließen das Theater in Begleitung der örtlichen Obrigkeit. Lukin wartete sicherheitshalber noch fünf Minuten, stieg dann eine Seitentreppe hinunter und setzte sich in die letzte Sesselreihe im Parterre. Die Versammlung war beendet, und im Zuschauerraum befanden sich nur noch die an der Inszenierung Mitwirkenden. Am Präsidiumstisch saß niemand, Sachawa ging auf dem Gang an der Bühne hin und her. Er sprach in der ihm eigenen ruhigen Art, als rede er mit sich selbst und mache seine Kollegen mit seinen Überlegungen vertraut.

»Niemand ist frei in diesem Leben, und das Sujet erlegt uns angesichts seines statischen Charakters Beschränkungen auf. Das Stück hat keine Handlung, nichts geschieht, und das kann man nur durch psychologische Tiefengestaltung herausreißen. Jede einzelne Figur muß mit Substanz gefüllt werden. Ich weiß, daß das Binsenweisheiten sind, aber ich möchte, daß wir die gestellte Aufgabe alle in gleicher Weise verstehen. Wie uns richtig vorgegeben wurde, liegt die Stärke des Stückes darin, daß es die politischen Verhältnisse der Epoche bloßlegt, die Leute wie Bulytschow hervorgebracht hat. Betrachtet meine Worte als Vorspiel zur Probe, laßt uns mit dem ersten Akt beginnen und versuchen, ihn zusammen mit dem zweiten durchzuziehen!«

In den Zuschauerraum kam Bewegung, einige Personen stiegen auf die Bühne, während Sachawa in den Zuschauerraum ging und sich auf einen Sessel am Rand setzte. Lukin nutzte die entstandene Unterbrechung, trat an ihn heran und begrüßte ihn.

»Ah, Sie sind's! Anja hat mich informiert, und ich wäre Ihnen ehrlich dankbar, wenn Sie uns helfen würden. Stellen Sie sich vor, uns fehlt es ganz einfach an Arbeitskräften! Wir sind mit den Dekorationen unerhört im Rückstand, und ich bin es einfach müde, mal dem Verwalter und mal dem ständig verschwindenden Dmitrijew nachzujagen. Das ist unser Bühnenbildner«, erläuterte Sachawa automatisch und war offensichtlich mit seinen Gedanken schon wieder auf der Bühne. Lukin schien er vergessen zu haben, drehte sich aber plötzlich zu ihm um und setzte hinzu: »Stellen Sie sich beim Leiter der Werkstätten vor. Akimytsch ist zwar so ein Früchtchen, aber seine Sache versteht er, und er hat uns noch nie sitzenlassen. Morgen gehen Sie dann mit Ihrem Einstellungsantrag zur Kaderabteilung ...«

Boris Jewgenjewitsch erhob sich aus seinem Sessel und winkte: »Nein, nein, die Ausgangsaufstellung wie gestern, und laßt uns bitte keine Zeit mehr verlieren ...«

Da Lukin diese Worte als Ende der Audienz betrachtete, ging er los, um Akimytsch zu suchen. Den fand er in einem Raum neben den Werkstätten, in dem lauter leinwandbespannte Rahmen und bemalte Sperrholzplatten standen. Akimytsch war schon etwas älter, grauhaarig, untersetzt und kräftig gebaut.

»Also, Boris Jewgenjewitsch schickt dich?« fragte er und hob seine buschigen, grauen Augenbrauen. »Und Lukin ist dein Name, sagst du? Na, dann heißt du eben Lukin. Wir wissen auch Bescheid und waren bei der Versammlung dabei! Wie ein einfacher Werktätiger siehst du zwar nicht gerade aus, aber das ist nicht mein Problem, die Obrigkeit weiß das besser! Setz dich da in die Ecke und paß auf!«

Lukin schmunzelte nur und sagte gar nichts. Er bat darum, ihm die Skizzen für die Dekorationen zu zeigen, studierte die Zeichnungen, legte sie dann beiseite, holte aus der Blusentasche eine Packung *Kasbek* und bot dem Meister eine Papirossa an.

»Lebst ja recht vornehm!« Akimytsch blinzelte. »Na, wir rauchen lieber unsere eigenen. Das ist im Augenblick das Beste.« Er zog eine Packung *Machorka* hervor und legte sie auf den Tisch. Das Etikett zeigte einen Sack, auf dem ein Bauer saß. Unter dem Bild las Lukin: »Rauche Machorka von KTK, und dein Kummer ist schon nicht mehr da!« Mit Zigarettenpapier drehte sich Akimytsch geschickt eine elegante, ziemlich dicke Zigarette und steckte sie in ein langes Mundstück aus Elfenbein.

»Mit den Dekorationen habt ihr's wohl nicht so eilig?« Lukin zündete sich eine Zigarette an, lehnte sich zurück und sah sich den gutgebauten, kräftigen Meister an. »Nicht genug Arbeitskräfte?«

»Genug oder nicht genug«, Akimytsch wiegte geheimnisvoll den Kopf, »wir reißen uns kein Bein aus!«

»Die Premiere steht doch vor der Tür ...«

»Das hängt von der Tür ab«, bemerkte der Meister tiefgründig. »Unsere Künstler haben jeden Tag neue Einfälle. Heute so, morgen so, und wenn die Zeit dann drängt, sind sie mit allem einverstanden. Sollen die sich doch austoben, später werden wir schon sehen. Ich weiß sowieso besser als die, was wo auf der Bühne zu stehen hat!«

Kaum hatte er seine Gedanken zur Zusammenarbeit mit der künstlerischen Intelligenz dargelegt, zeigte sich in der Türöffnung ein zerzauster Frauenkopf und kommandierte:

»Akimytsch, zu Sachawa! Der hat sich da mit dem Bühnenbildner in den Haaren ...«

»Da siehst du's«, kommentierte Akimytsch, »die sind also aktionsbereit!«

Er nahm einen Stoß Skizzen vom Tisch, legte sie schön ordentlich in einen kleinen Aktenordner, band die Schnürchen zu und watschelte zum Zuschauerraum. Gespannt auf den bevorstehenden Stierkampf, eilte Lukin ihm nach.

»Und ich habe mich abgerackert, es allen zu erklären«, sagte ein Mann in Künstlerbluse, der vor der Bühne auf und ab ging

und mit der Hand den Takt zum Tempo seiner Rede schlug, »der Baum muß umgestellt werden! Der darf nicht ins Fenster ragen. Ach, mein Allerbester«, er stürzte den Gang hinunter, als er Akimytsch erblickte, »machen Sie doch quelque chose mit Bulytschows Arbeitszimmer. Das ist doch viel zu eng!«
»Hören Sie, Akimytsch«, unterbrach Sachawa den Bühnenbildner, »ich bin trotzdem der Meinung, daß die Treppe zum ersten Stock auf der Bühne stehen muß! Es geht nicht an, daß ein Schauspieler irgendwo hinter die Kulissen verschwindet und erst danach wieder oben erscheint. Dieses ›danach‹ unterbricht die Handlung, widerspricht der Psychologie der inneren Entwicklung des Stückes ...«
»Aber durch Ihre Treppe können wir Bulytschows Arbeitszimmer nicht vergrößern«, widersprach der Bühnenbildner. »Das muß man erst noch sehen, ob die Handlung unterbrochen wird oder nicht. Aber wenn ein Schauspieler nicht einmal weiß, wo er – entschuldigen Sie den Ausdruck – stehen soll, dann können wir uns nicht erst lange die Köpfe zerbrechen. Außerdem haben wir auch gar keine Zeit für Ihre Treppe, und es ist keiner da, der sie bauen kann. Akimytsch, haben Sie noch Zeit für die Treppe? Nein!« Der Bühnenbildner sprach gleich weiter und ließ Akimytsch gar nicht erst den Mund aufmachen. »Und bis zur Premiere sind's bloß noch 'n paar Tage!«
Akimytsch schwieg wohlweislich und beobachtete das Wortgefecht. Lukin stellte sich hinter ihn und sagte:
»Die Treppe ist sogar notwendig für das Gleichgewicht zwischen den Dekorationen. Um sie herum ist alles übrige wie um ein zentrales Element angeordnet. Ich habe Ihre beiden Skizzen verglichen. Die mit der Treppe ist bedeutend besser!«
»Da sehen Sie, was ein Neuling sagt«, freute sich Sachawa.
Der Bühnenbildner sah Lukin mit einer Miene an, als wollte er fragen: ›Was bist denn du für einer?‹ Aber er winkte bloß ab.
»Ach ... macht doch, was ihr wollt!« Er wandte sich zur Bühne, wo ein Teil der Dekorationen aufgestellt war, und fuhr mit seinem noch verbliebenen Eifer fort: »Aber tut mir den Gefal-

len und nehmt den Baum aus dem Fenster. Da gebe ich nicht nach!«
»Naja«, Akimytsch lächelte spöttisch in seinen Schnurrbart, »du hast die Treppe vorgeschlagen. Dann bau sie auch!«
»Da brauche ich nur Bretter, nur das Material. Sonst ist das kein großes Problem!« stimmte Lukin zu.
»Im Lager haben wir haufenweise Bretter. Fahr morgen hin. Na, und was die Probleme angeht, das werden wir noch sehen!«
Sie kehrten schweigend in die Werkstatt zurück. Lukin setzte sich an den Tisch, entwarf eine kleine Zeichnung und schätzte nach den Skizzen die Abmessungen ab. Akimytsch schlich um ihn herum, schnaufte, aber näher heranzukommen, um zu sehen, was aus all dem wird, erlaubte ihm sein Stolz nicht. Nachdem er sich etwa ein Stündchen so abgequält hatte, zog er sich um und knurrte vor dem Weggehen:
»Mach das Licht aus und schließ hier alles ab, sonst wird das Werkzeug geklaut. Diebe waren sie alle und sind es auch geblieben.«
Lukin saß etwa bis neun an den Zeichnungen. Er vermaß die bereits fertigen Dekorationen, notierte die Abmessungen und machte sich Gedanken über die neue Anordnung. Die Treppe fügte sich ein, als sei sie von Anfang an so geplant gewesen. Der ganze Schnitt des zweistöckigen Hauses bekam dadurch etwas Glaubwürdiges und wirkte irgendwie solide. Zufrieden mit dem erzielten Ergebnis, schloß Lukin die Werkstatt ab und begab sich in den Zuschauerraum, um sich vorzustellen, wie einmal alles aussehen wird. Die Bühne war jedoch noch immer belegt. Die Probe zu *Jegor Bulytschow* war beendet, und jetzt folgte eine Durchlaufprobe für einzelne Szenen aus anderen Stücken von Gorki, die auf der kleinen Bühne und im Foyer gezeigt werden sollten. In einem spielte auch Anna mit, die in der Mitte des Zuschauerraums saß und den Probenverlauf beobachtete. Als Lukin sie von der Tür aus bemerkt hatte, ging er zu ihr und setzte sich neben sie.

»Sie haben sich anscheinend gleich an die Arbeit gemacht«, bemerkte sie lächelnd, als sie einen Dekorationsentwurf in seinen Händen sah. »Wie haben Sie sich denn mit Sachawa geeinigt?«

»Ausgezeichnet! Morgen gehe ich zur Kaderabteilung«, erwiderte Lukin ihr Lächeln. »Habe eine staatstragende Aufgabe übernommen. Soll eine Treppe bauen.«

»Und ich habe meinen Onkel heute ins Botkin-Krankenhaus gebracht. Eine Freundin von mir ist dort Ärztin. Sie sagt, sein Herz sei nicht in Ordnung.«

Der Regisseur, der mit den Schauspielern arbeitete, drehte sich um und sah müde zu ihnen hin. Sie verstummten und saßen so bis zum Ende der Probe. Sie fuhren mit der Straßenbahn nach Hause. Standen auf dem hinteren Perron. Ein riesiger, weißer Mond überflutete die Welt mit Silberglanz, ein leichter, warmer Wind bewegte die Blätter an den Bäumen, und schwarze Schattengeflechte zitterten auf der Erde. Bitterer Geruch nach Verwelkendem kroch den Menschen in die Seele, ließ sie schmachten, am liebsten hätten sie den verglimmenden Sommer zurückgehalten, bekamen Lust auf Liebe. Irgendwo spielte ein Koffergrammophon, Worte aus einer Romanze schwammen wie auf Wellen dahin, die Zartheit des Südens war in ihnen ausgegossen: »Die ermattete Sonne verabschiedet sich zärtlich vom Meer ...«

»Was für eine wunderschöne Nacht!« sagte Anna. »In ihr liegen Zärtlichkeit und Trauer des Sterbens. Sehen Sie nur, die Dächer der Häuser sind weiß. Wie vom Schnee. In solchen Nächten bemitleidet man sich irgendwie selbst, die Seele ist unruhig, es treibt sie in kalte, unermeßliche Höhen. Sagen Sie, kennen Sie irgendwelche Gruselgeschichten?«

»Eine. Über mein verpfuschtes Leben ...«

»Sind Sie traurig? Nicht traurig sein. Erzählen Sie mir lieber etwas Interessantes!«

»Ich weiß nicht, ob es Sie interessieren wird.« Lukin lächelte. Sie standen sehr nahe beieinander. In der Kurve schwenkte die

Straßenbahn aus, und Anna wurde an ihn gedrängt. Er umarmte sie und ließ sie nicht mehr los. »Ich liebe Sie! Wahrscheinlich sollte ich Ihnen das nicht sagen. Mein Leben ist ohne Sinn und Ordnung ...«

»Reden Sie nicht weiter.« Anna schmiegte sich an ihn und konnte kaum die Tränen zurückhalten. »Ich habe auf Sie gewartet. Habe so auf Sie gewartet!«

Lukin neigte sich zu ihr und küßte sie auf die Lippen. Dann ließ er sie los und sah sie an.

»Ich habe kein Recht, Sie Gefahren auszusetzen! Versprechen Sie mir eines: Es kann ein Augenblick kommen, und zwar sehr bald, wo wir, ohne lange zu überlegen, fliehen und alles stehen und liegenlassen müssen. Versprechen Sie mir, daß Sie dann mitmachen, sonst muß ich noch heute aus Ihrem Leben verschwinden.«

Lukin schaute ihr in die Augen. Allein auf dem hinteren Perron der Straßenbahn, eilten sie durch Raum und Zeit, durch unzählige aufsteigende Welten dahin.

»Ich habe immer daran geglaubt, daß Sie kommen würden«, sagte Anna schlicht. »Ich habe gebetet, und Sie sind gekommen. Lieber Gott, ich danke dir für das Glück, das du mir beschert hast!«

Am anderen Morgen ging Lukin in sein Zimmer, um sich zu rasieren und das Hemd zu wechseln. Die ihm entgegenkommende Lucie huschte wie ein Schatten in die Küche. Lukin grüßte, aber sie erwiderte seinen Gruß nicht und hob nicht einmal die Augen. Als er zum Frühstück zurückkam, legte er Anna einen Packen Geld hin und sagte:

»Das wirst du brauchen. Merk dir die folgende Adresse.« Lukin schrieb etwas auf ein Blatt und reichte es Anna. »Präg sie dir ein, und schreib sie dann auf die Rückseite!«

Anna las mehrmals, merkte sich dabei das Geschriebene, drehte das Blatt um und nahm einen Bleistift. Lukin trat auf Zehenspitzen an die Tür und riß sie ruckartig auf. Im Korridor war niemand, jedoch hinter der nur einen Spalt geöffneten Tür zu Lucies Zimmer glaubte er eine rasche Bewegung bemerkt zu haben. Er wartete kurz, ging zum Tisch zurück, ließ sich von Anna das Blatt geben, las und zerriß es. Die kleinen Papierfetzen schüttete er sorgfältig in einen blechernen Aschenbecher und hielt ein Streichholz an das entstandene Papierhäufchen.

»Und noch eines …« Er mischte die Asche mit einer Messerspitze, neigte sich an Annas Ohr und flüsterte: »Dort gehst du hin, sobald ich's dir sage. Unverzüglich. Läßt, ohne zu überlegen, alles stehen und liegen. Du wartest 24 Stunden auf mich, und wenn ich nicht komme, siehst du zu, daß du dich nach Nikolsk-Ussurijski durchschlägst. Das ist nicht weit von Wladiwostok an der chinesischen Grenze. Dort findest du den alten Cheng, den kennen dort alle, und dem zeigst du das hier.«

Lukin nahm das Kreuz, das er um den Hals trug, und legte es Anna in die Hand. »Der weiß dann, was Sache ist, gibt dir Geld und kümmert sich darum, daß du nach Europa kommst … Das wär's eigentlich.«

»Hast du etwas Gefährliches vor?«

»Durchaus nicht«, erwiderte Lukin lächelnd. »Ich muß einfach nur etwas abschließen, was Sergej Sergejewitsch und ich 1918 nicht mehr geschafft haben.«

»Und der Onkel?«

Lukin schaute ihr in die Augen, und Anna sah darin seine Unruhe.

»Ihm sagst du's erst im letzten Augenblick. Wenn er nicht mitkommen will, ist das seine Entscheidung. Ach, das hätte ich fast vergessen: Das Kreuz mußt du immer bei dir haben, und das Geld trägst du in einem speziellen Gürtel … Na, was siehst du mich so an? Erzähl mir etwas Schönes! Was gibt's bei euch Neues im Theater?«

Er setzte sich Anna gegenüber, strich sich Butter aufs Brot und legte eine Wurstscheibe darauf. Sie sah zu, wie er beim Essen

energisch mit den Kinnbacken arbeitete. Tränen standen ihr in den Augen.
»Gestern«, begann sie, »waren welche aus dem ZK da und hatten eine Beratung mit der Truppe ...« Anna nahm ein kleines Tuch und wischte sich die Augen aus. »Sie erzählten, wie wichtig und verantwortungsvoll das ist, und haben aus irgendeinem Grunde von den bösen Opportunisten geredet. Ich kenne mich ja nicht gut damit aus, aber Boris Wassiljewitsch hat hinterher gesagt, das Ganze sei ernst.«
»Boris Jewgenjewitsch«, korrigierte Lukin automatisch.
»Nein, Boris Jewgenjewitsch ist Sachawa, aber das hat Schtschukin gesagt! Kennst du den etwa nicht?« fragte Anna verwundert. »Der inszeniert mit Sachawa das Stück und spielt den Bulytschow. Und dann wurde noch gemunkelt, daß Alexej Maximowitsch versprochen hat, auch den ... von ganz oben mitzubringen!«
»Na, der geht bestimmt nicht in irgend so ein Theater«, zweifelte Lukin sofort und schnitt sich eine Scheibe Wurst ab.
»Nicht in ›irgend so ein Theater‹, sondern zu Wachtangow.« Anna war fast gekränkt. »Alle wissen, daß Gorki Stalin sehr nahesteht und angeblich sein Verbindungsmann zur schaffenden Intelligenz ist. Durch ihn ist Jossif Wissarionowitsch ein leidenschaftlicher Theaterliebhaber geworden, und seine Frau hat sogar eine Art Künstlersalon eingerichtet. Bewirtet die mit Tee und überhaupt ...«
»Na, ich weiß nicht«, stimmte Lukin halbherzig zu und stand vom Tisch auf. »Laß uns gehen, sonst kommst du noch zu spät zu deiner Probe! Ich muß mir heute vom Verwalter einen Anderthalbtonner geben lassen und ins Lager fahren, um Bretter für die zusätzlichen Dekorationen zu holen ...«
Als sie an der Ecke auf die Straßenbahn warteten, kaufte Lukin bei einem Zeitungsjungen eine Zeitung. Auf der ersten Seite fiel ihm sofort die fettgedruckte Schlagzeile »Brand in Marjina roschtscha« auf. Er überflog die Meldung schnell. Es hieß darin, gestern sei dort am frühen Vormittag ein Feuer ausgebro-

chen, und es habe etwa fünf Stunden gebrannt. Abgebrannt sei ein ganzes Viertel alter Moskauer Häuser, in denen sich nach Informationen der Miliz zwei Diebesnester befunden hätten. Diese Angaben fänden ihre Bestätigung durch die in einem Kellergeschoß gefundenen verbrannten Leichen mit charakteristischen Einschußstellen in den Schädeln. Die Kriminalpolizei vermute einen Bandenkrieg mit anschließender Brandstiftung, um die Spuren zu verwischen.

»Ist was passiert?« Anna schaute ihm über die Schulter. »Interessiert dich das wirklich?«

»Natürlich nicht. Ich bin einfach nur neugierig.« Er faltete die Zeitung zu einem Streifen zusammen und steckte sie sich in die Blusentasche. Die Leute an der Haltestelle beobachteten interessiert ein für Moskau ungewöhnliches Bild: Ein adretter Herr mit graumeliertem Haar neigt sich zu einer hübschen, schlanken Frau und küßt sie zärtlich.

Allerdings hatte die Szene noch eine weitere Zeugin. Eine Frau stand mit einer Zigarette am Küchenfenster und sah, wie Lukin Anna behutsam auf das Trittbrett der Straßenbahn half, selbst zustieg und sie gegen die von allen Seiten herandrängende Menge schützte. Ein Klingeln unterbrach ihre Beobachtungen. Lucie nahm den Hörer des Gangtelefons ab und hörte eine altbekannte Männerstimme. Sie kleidete sich hastig an und verließ bereits eine Minute später das Haus.

Lukin war gerade dabei, sich in den Wagen zu setzen, um im Lager Bretter zu holen, als Lucie an dem im ganzen Land bekannten Gebäude in der Lubjanka vorbeiging und ein unscheinbares Wohnhaus daneben betrat. Sie stieg in den dritten Stock, klingelte an einer ihr schon vertrauten Tür und machte sich darauf gefaßt, warten zu müssen. Es wurde auch nicht gleich geöffnet. Jemand machte sich lange am Schloß zu schaffen. Als dann aber die Tür aufging, stand ein Mann auf der Schwelle, den sie nicht kannte. Er war stämmig und hatte ein rundes Gesicht, die welligen Haare trug er schulterlang wie ein Künstler. Ein fast freundliches Lächeln wanderte über seine

vollen Lippen und wäre ein solches gewesen, wenn in dem Blick der starren, braunen Augen nicht Argwohn zu lesen gewesen wäre.
»Entschuldigen Sie, ich habe mich wahrscheinlich geirrt«, sagte Lucie, die es gar nicht fassen konnte, wie so etwas möglich war, und wollte schon wieder umkehren. Jedoch der Mann hielt sie zurück:
»Nein, Ljudmila Nikolajewna, hier liegt kein Irrtum vor! Ich erwarte Sie. Kommen Sie bitte herein und legen Sie ab. Der Tee kocht gerade, da unterhalten wir uns ein wenig bei einer Tasse Tee! Draußen ist es ungewöhnlich warm«, fuhr der Mann fort, schloß die Tür ab und führte die Frau in ein Zimmer. »Mit einem Wort – Altweibersommer! Interessanterweise nennen die Engländer diese Zeit Indianersommer ...«
So weiter plaudernd, brachte er die Teekanne aus der Küche, goß Tee in bereitstehende Gläser und stellte eine kleine Schale mit Brezeln sowie Zuckerstückchen auf den Tisch.
»Nun, ich sehe, Sie sind etwas verwundert.« Der Mann setzte sich Lucie gegenüber, tat ein Stück Zucker in sein Glas, rührte mit einem kleinen Löffel um und fuhr im leichten Plauderton fort: »Ich habe Sie nach der Beschreibung gleich erkannt. Selbst auf der Straße wären Sie mir aufgefallen. Sie haben ein markantes, einprägsames Äußeres. Unwillkürlich beneide ich da den Kollegen, der mit Ihnen arbeitet. Das ist doch ein reines Vergnügen, sich mit einer solch schönen Frau zu treffen.« Er nahm einen Schluck von seinem heißen Tee, zerbrach eine Brezel in der Hand und beförderte ein Stück davon in den Mund. »Ich habe darum gebeten, Sie herzubestellen, damit Sie uns einiges aus Ihrem letzten Bericht präzisieren. Er trägt das Datum von gestern, und gestern abend habe ich ihn auch erst durchgesehen. Ach, entschuldigen Sie, ich habe mich ja noch nicht einmal vorgestellt! Ich heiße Serpin, bin Ermittler in besonders wichtigen Angelegenheiten der Vereinigten politischen Hauptverwaltung[20].« Serpin schlug die vor ihm liegende Mappe auf und holte aus ihr ein mit Lucies kleiner Schrift beschriebenes

Blatt heraus. »Trinken Sie nur, trinken Sie, sonst wird er kalt! Nehmen Sie sich eine Brezel ...« Er begann in aller Ruhe, das Geschriebene durchzusehen. »So ... hier beschreiben Sie Ihre Begegnung mit zwei Deutschen. Sehr, sehr lebensnah. Sie haben ganz eindeutig literarisches Talent. Weiter reden Sie flüchtig von einem Rendezvous mit einem Franzosen.« Serpin hob den Blick vom Text und sah Lucie an. »Sagen Sie bitte, sind die Franzosen wirklich so gute Liebhaber? Na, schon gut, war nur 'n Scherz!« Er vertiefte sich wieder ins Lesen. »Hier! Jetzt hab ich's gefunden. Sie schreiben: ›Auf die Bitte hin, alles Ungewöhnliche zu melden, teile ich mit, daß vor zwei Tagen ein gewisser Lukin aus Samara zu meinen Nachbarn, den Teljatins (Informationen über sie wurden bereits übergeben) gekommen ist, um entweder Arbeit in Moskau zu finden oder sie einfach nur zu besuchen ...‹« Serpin legte das Blatt beiseite und trank Tee aus seinem Glas. »Nun erklären Sie mir bitte einmal, was denn daran so ungewöhnlich sein soll, daß dieser Genosse zu seinen Freunden in die Hauptstadt kommt. Er kommt eben. Warum haben Sie es für notwendig befunden, ihn in Ihrem Bericht zu erwähnen?«
Ljudmila Nikolajewna zuckte mit den Schultern und holte eine Packung deutscher Zigaretten aus ihrem Täschchen. Serpin beugte sich über den Tisch und ließ galant das Feuerzeug schnipsen.
»Wie soll ich Ihnen das erklären ...«, begann Lucie und blies den Rauch zur Decke. »Dieser Mann kam mir einfach ungewöhnlich vor. An ihm ist nichts Besonderes, und trotzdem ist er irgendwie ... nicht wie alle. Samara kenne ich natürlich nicht, denke aber, daß die Leute dort nicht so sind.«
»Kurz gesagt«, unterbrach der Sonderermittler ihre Überlegungen, »bei Ihnen entstand der Verdacht, daß sich dieser Lukin für einen anderen ausgibt und etwas zu verbergen hat? Werden Sie konkreter! Was ist Ihnen aufgefallen? Was hat Ihre Aufmerksamkeit erregt?«
»Er ist gut angezogen«, Ljudmila Nikolajewna kniff die Augen

zusammen, als betrachte sie Lukin vor ihrem geistigen Auge, »tritt selbstsicher auf ...«

»Das, was Sie sagen, klingt ausgesprochen seltsam«, lächelte Serpin schief. Seine Augen bohrten sich in Lucies Gesicht, als wollte er dort Mängel ausfindig machen. »Das Land schließt den Fünfjahresplan ab, der Wohlstand der Werktätigen wächst, und Ihnen kommt es komisch vor, wenn ein Mensch bei uns selbstsicher auftritt und gut gekleidet ist. Wenn man von unseren Zeitungen ausgeht, sind ja gerade darauf die Anstrengungen von Partei und Regierung gerichtet.«

»Ja, ja, natürlich«, beeilte sich Ljudmila Nikolajewna hinzuzufügen. »Das wollte ich ja eigentlich auch gar nicht sagen! Verstehen Sie, auf der Straße fällt er auf: ein schöner Hut, ein ausländischer Mantel, ein Anzug von sehr guter Qualität. Und auch seine Zigaretten – französische Gauloises. Und wissen Sie, meiner Meinung nach hat er inzwischen begriffen, wie extravagant das wirkt, und läuft nun in einer einfachen Arbeiterbluse herum ...«

»So, so. Was noch?« Serpin vermerkte etwas in seinem Notizbuch. »Erzählen Sie, Ljudmila Nikolajewna, erzählen Sie! Wie in der Beichte. Wir sind doch hier unter uns, da brauchen Sie sich nicht zu genieren. Vielleicht machen Sie irgendwelche intimen Einzelheiten argwöhnisch? Daß er beispielsweise während der Ekstase in einer fremden Sprache herausplatzt? Die Zeiten sind nun einmal so grausam, Ljudmila Nikolajewna. Da müssen wir alles wissen, um den Staat gegen den Feind zu schützen.«

»Ja, mehr scheint's da eigentlich nicht zu geben ...«, Ljudmila Nikolajewna zögerte. »Im übrigen ein Mann wie jeder andere, allerdings ansehnlich.«

»Alter? Aussehen? Worüber hat er mit diesen«, Serpin verglich mit den Unterlagen, »mit diesen Teljatins gesprochen?«

»Er ist etwas über vierzig. Ziemlich groß, dunkle Haare, teilweise ergraut, regelmäßige Gesichtszüge, gebogene Nase. Haben übers Theater gesprochen, wie ich gehört habe ...«

»Weiter nichts?«

Der Untersuchungsrichter starrte Lucie an, erhob sich, ging zum Fenster, schaute irgendwohin nach draußen und fuhr mit wütender und scharfer Stimme fort:

»Hast dich verplappert, du Hure, und willst jetzt ’nen Rückzieher machen? Von wegen ›Ich weiß nicht, lassen Sie mich in Ruhe!‹ Darauf kannst du lange warten! Kommst wegen Stoff, wegen Kokain und Morphium, auf dem Bauch gekrochen. Verheimlichst vor dem Staat Devisen. Weißt du überhaupt, du Agentenmatratze, was alles in unserer Akte über dich steht?! Nein, mit dem SLON[21] kommst du hier nicht davon. Das riecht nach ’ner Kugel in den Kopf. Was denn, hast dich mit ihm eingelassen, hast mit ihm gebumst? Antworte, wenn du gefragt wirst!«

Ljudmila Nikolajewna schaute unverwandt auf Serpins kräftigen Rücken und dessen enganliegende Uniformjacke und war nicht imstande, auch nur einen Laut herauszubringen. Ihre Lippen zitterten, Tränen standen ihr in den Augen. Sie versuchte, sich eine Zigarette anzuzünden, aber die Finger gehorchten ihr nicht. Serpin kam zum Tisch zurück, als sei nichts gewesen, setzte sich und sah Ljudmila Nikolajewna fast liebevoll an.

»Ja, wo waren wir stehengeblieben?« Er zerbrach eine Brezel in der Hand, machte sich ans Kauen und schlürfte genüßlich seinen Tee. Über den Tisch gebeugt, tätschelte er der Frau aufmunternd die Hand. »Aber was ist denn? Nehmen Sie sich doch zusammen! Es ist alles nicht so schlimm, wie es Ihnen vorkommt ... es ist alles viel schlimmer. Wir schätzen Sie, und solange Sie mit uns Freundschaft halten – wie Sie es aus der Kindheit kennen – geschieht Ihnen nichts! Sie müssen sich doch nur an eine Kleinigkeit erinnern: was er so dahergeredet oder gemacht hat. Nun!«

Ljudmila Nikolajewna schluchzte auf, rieb die rot gewordene Nase mit einem kleinen Tuch und trank einen Schluck von dem inzwischen kalt gewordenen Tee.

»Ich ... ich bin nachts zu ihm gegangen. Wissen Sie, konnte irgendwie nicht schlafen ...«

»Nun natürlich, natürlich«, ermunterte sie Serpin. Dazu lächelte er und verzog skeptisch die Brauen. »Sicherlich wollte er nicht und hat damit die Frau in Ihnen gekränkt. Nicht schlecht ausgedacht, geht aber nicht durch. Außerdem hat er Sie ja doch wohl wirklich gekränkt, weil er lieber zu Ihrer Nachbarin gegangen ist? Solche Sachen verzeihen Frauen nicht, stimmt's? Von seiner Seite aus ist das sehr, sehr unüberlegt.«

»Woher wissen Sie das? Beschatten Sie ihn?«

»Sie selbst haben doch gestern unserem Mitarbeiter am Telefon gesagt, daß die beiden höchstwahrscheinlich im Theater sind, und da niemand in der Wohnung ist, könne er den Bericht abholen. Natürlich hat er selbst Sie zu sich bestellt, aber diese Information hat er mir zusammen mit Ihrem Bericht mitgeteilt. Sehen Sie, so einfach ist das. Man muß nur zuhören und seine Schlußfolgerungen ziehen können.«

Ljudmila Nikolajewna schlug die Augen nieder und hüllte sich in Schweigen.

»Er wollte, daß ich mit ihm nach Paris fahre«, fuhr sie nach einer Pause fort.

»Nun, liebe Ljudmila Nikolajewna, das gehört bereits in den Bereich der Märchen! Ach, das ist es also!« Serpin schlug sich plötzlich mit der Hand an die Stirn und schnipste mit den Fingern. »Sie haben sich in ihn verknallt. Streiten Sie's nicht ab. Ich sehe doch, daß Sie sich verliebt haben und ihn deshalb in Schutz nehmen. Er aber hat inzwischen ein Techtelmechtel mit der Teljatina. Oder etwa nicht? Als Mensch verstehe ich Sie – die Hoffnung stirbt als letztes. Ach, Paris, weiße Akazie, Blüten der Emigration! Nur gehört das alles der Vergangenheit an. Lukin kommt von hier aus nirgendwo mehr hin. Sie aber, wenn Sie schlau sind, können's! Sie unterschätzen sich, Ljudmila Nikolajewna. Im übrigen brauchen wir Leute wie Sie nicht nur hier, sondern auch im Ausland. Ausgezeichnete Erziehung, zwei Fremdsprachen, eine Schönheit, wie es nur wenige gibt … Ich könnte mich um Ihre Karriere kümmern. Eine Stelle an der Botschaft oder als Gattin eines erfolgreichen Diplomaten …«

»Er schläft mit Anka«, Ljudmila Nikolajewna biß sich auf die Lippe, »ich habe selbst gesehen, wie er morgens aus ihrem Zimmer gekommen ist!«

Serpin hielt es für besser, sich in Schweigen zu hüllen. Gierig rauchte Ljudmila Nikolajewna ihre Zigarette zu Ende und zerdrückte die Kippe mit ihren langen, blutrot lackierten Fingernägeln im Aschenbecher. Der Himmel über dem Dach des Nachbarhauses war erstaunlich blau. Sie hatte plötzlich das Gefühl, auf den Stufen von Sacré-Cœur zu stehen, und unterhalb von ihr breite sich Paris aus – Häuser, Straßengewirr, ein Meer von Dächern unter einem blauen Herbsthimmel.

»Irgendwann dieser Tage …«, sagte Ljudmila Nikolajewna mit heiserer, farbloser Stimme und brach wieder ab. »Am Ende unseres Korridors«, fuhr sie fort, »hängt ein Bild von Jossif Wissarionowitsch, das ein Nachbar aus dem *Ogonjok* ausgeschnitten hat. An einem Tag ist Lukin gekommen, hat eine Weile an der Wohnungstür gestanden, das Bild aufmerksam betrachtet und dann so gemacht –« Ljudmila Nikolajewna stand auf, hob den Arm und zielte wie mit einer Pistole auf Serpin:

»Peng!«

»Na ja«, schmunzelte der GPU-Sonderermittler, »das wäre doch schon mal was!«

Auf dem Rückweg vom Holzlager bat Lukin den Fahrer, am Haus der Teljatins vorbeizufahren. Ohne erst in die Wohnung zu gehen, stieg er die Hintertreppe zum Boden hinauf, schob den ganzen Plunder beiseite und zog das schwarze Futteral ans Licht. Er überlegte eine Sekunde, machte es auf, nahm das Zielfernrohr heraus und legte es wieder zurück, setzte dann das Oberteil des Futterals wieder an seine Stelle und ging zum Wagen. Der gelangweilt am Steuer des Anderthalbtonners wartende Fahrer beachtete das Futteral überhaupt nicht. Etwa zwanzig Minuten später fuhr der Wagen mit seinen kaputten Stoßdämpfern klappernd am Theater vor. Lukin schleppte die Bretter in die Werkstatt und stapelte sie an der Wand über das Futteral. Akimytsch, der während der Mittagspause kurz vorbeischaute, fand ihn bei der Arbeit. Er besah sich kritisch das Besorgte und schnalzte mit der Zunge:

»Na, mit den Brettern haben sie dich aber angeschmiert, Junge. Sieh mal, lauter Astlöcher. Du hast eben nicht das Auge eines Fachmanns.« Lukin erklärte gar nicht erst, daß es ihm Mühe bereitet hatte, gerade solche Bretter herauszufinden. Ansonsten zeigte der Alte kein großes Interesse an Lukins Beschäftigung. Wie er versprochen hatte, hielt er sich aus dem Treppenbau heraus. Lukin dagegen arbeitete pausenlos den ganzen Tag hindurch – er fertigte Rohlinge – und kam erst um Mitternacht nach Hause. Am nächsten Tag erschien er in aller Frühe im Theater und machte sich daran, die Konstruktion zusammenzubauen, wobei er sie an die Dekorationen der Zimmer anpaßte. Er schloß die Zwischenräume zwischen den Stufen und nagelte in Augenhöhe ein Brett mit zwei Astlöchern an. Nachdem er die Aststückchen vorher herausgestoßen und die Löcher etwas ausgeweitet hatte, schob er erstere wieder in die Astlöcher. Jetzt konnte er sie jederzeit sofort herausziehen und dann den Zuschauerraum ausgezeichnet überblicken. Vom Saal aus war das nicht zu bemerken, da sich die entstandenen Öffnungen unterhalb der Stufe und somit im Schatten befanden. Nachdem Lukin mit dem Treppenlauf fertig war, zimmerte er vier hohle, quadratische Säulen zusammen, verband sie miteinander und erhielt so eine Art Gerüst, an dem er die Treppenflucht befestigte. An den Seiten verkleidete er das Gerüst mit Sperrholz, und oben nagelte er bündig zum Boden des zweiten Stockwerks der Dekorationen eine Plattform an. Auf diese Weise entstand eine Art Kabine, die recht geräumig war und deren eine Seite die Treppe bildete. Lukin betrachtete zufrieden sein Werk, rauchte eine Zigarette, ging hinaus in den Gang und lauschte, was in dem riesigen, leeren Gebäude vor sich ging. Es war bald elf. Der Nachtwächter schlummerte friedlich in einem Kabuff an der Treppe, und die von ihrem Tagewerk müde gewordene Truppe war nach Hause gegangen. Lukin ging in die Werkstatt zurück, verschloß die Tür hinter sich, zog das Futteral hinter den Brettern hervor und holte die Gewehrteile heraus. Er setzte das Gewehr zusammen, schraubte den runden Schalldämpfer auf die Mündung und legte drei Patronen in das verkürzte Magazin. Mit einer schon vorbereiteten, aus Brettern zusammengenagelten Tafel ging er in den Gang fürs Personal hinaus, der sich durchs ganze Theater zog, und lehnte diese Zielwand an eine abseits gelegene Ziegelmauer. Von irgendwoher schlug es elf. Lukin lauschte. Auf leisen Sohlen durchquerte er die nahe gelegenen Räume – alles leer. Er wartete noch eine Weile und holte dann das Gewehr aus der Werkstatt. Von der Zielwand trennten ihn etwa 50 Meter. Im trüben Licht der Notlampen lud Lukin durch, legte das Gewehr an die Schulter, zielte und drückte dreimal ab. Im leeren Theatergebäude knallte es dreimal dumpf. Er stürzte sofort zurück in die Werkstatt, versteckte das Gewehr hinter einem Schrank, trat wieder auf den Gang hinaus und wartete, ob Stimmen oder Schritte zu hören waren. Aber alles blieb still. Der Nachtwächter schlief und träumte. Nachdem Lukin etwa eine Minute so dagestanden hatte, kehrte er zu der Stelle zurück, wo er geschossen hatte, hob die leeren Hülsen auf und ging erst dann zur Zielwand. Grauhaar hatte ihn nicht betrogen: Das Gewehr war ausgezeichnet eingeschossen. Alle drei Kugeln saßen in einem kleinen, dunklen Astloch, das auf dem Hintergrund der hellen Bretter gut zu erkennen war. Lukin brachte die Zielwand wieder in die Werkstatt zurück, zog das Aststück aus dem Brett heraus und legte es in die Tasche, in der bereits die verschossenen Hülsen lagen. Als er danach das Magazin mit drei neuen Patronen geladen hatte, umwickelte er das Gewehr mit Leinwand und versteckte es in einer Nische des Stützbalkens für das Gerüst, wobei er oben ein gut schließendes Brett aufnagelte. Er schob die ganze Konstruktion ein wenig hin und her und überzeugte sich so davon, daß das Gewehr fest darin lag und keine unnötigen Geräusche machte. Jetzt mußte er nur noch das Futteral wegräumen, was er auch tat, indem er es in dem Raum, wo die alten Dekorationen aufbewahrt wurden, unter Gerümpel begrub. Die Schachtel mit den restlichen vier Patronen nahm Lukin mit. In dieser Nacht schlief er gleich ein, ohne daß er wie sonst vor dem Schlafen eine Zigarette geraucht und die Ereignisse der zurückliegenden 24 Stunden analysiert hatte.

Am späten Abend desselben Tages brannte in einem Fenster des Hauses auf der Lubjanka Licht. In einem Zimmer befanden sich zwei Personen. Ein älterer, nicht sehr großer, sorgfältig gekleideter Mann wanderte von einer Ecke zur anderen, während der zweite, der GPU-Sonderermittler, am Fensterbrett lehnend, abwartete. Das Schweigen dauerte bereits mehrere Minuten, aber Serpin hatte nicht die Absicht, es zu brechen. Jede Entscheidung muß ausreifen und in einem konkreten Befehl der Obrigkeit zum Ausdruck kommen. Seine Sache war es, Fakten mitzuteilen und Gedanken anzuregen, aber zu entscheiden hatte dieser kleine, grauhaarige Mann. Zu hoch war der Preis eines Fehlers, zu ernsthaft könnten seine Folgen sein.
»Nun ja.« Der ältere Mann, der einem Raubvogel ähnelte, blieb in der Zimmermitte stehen und sah Serpin aufmerksam, ja fast forschend an. Sei es, weil er nicht groß war, sei es, weil er in der Parteihierarchie eine hohe Stellung innehatte – den Kopf hielt er stolz wie ein Adler. »Sie meinen also, er kommt nicht aus Paris?«
»Nein, Genosse Ergal«, widersprach der Sonderermittler ehrerbietig, »ich möchte meinen Gedanken anders formulieren. Unseren Agenturmeldungen zufolge gehört er keiner Emigrantenorganisation in Paris an. So ist es exakter. Übrigens verübt auch keine von denen Terrorakte, soweit uns bekannt ist.«
Ergal zuckte kaum merklich mit den Schultern, trat an den

Tisch, holte gelbliche Blätter aus einer Aktentasche und reichte sie dem Sonderermittler.

»Lesen Sie!«

Serpin nahm die Blätter und ging zu einer runden Tischlampe. Es war eine Nummer der in Paris erscheinenden Emigrantenzeitung *Borba* (»Kampf«) vom März 1932. Auf der ersten Seite war ein Absatz angestrichen, der mit folgendem Satz begann: »Der Wüstling Jan Rudzutak, der sich auf Parteikosten in allen Pariser Bordellen herumgetrieben hat, wurde von Stalin zum Vorsitzenden der Zentralen Kontrollkommission ernannt, des Gewissens der Partei, wie man zu sagen pflegt!« Danach folgte ein Aufruf der Gruppe »Borba«:

»Arbeiter, Bauern, Parteimitglieder!« las Serpin. »Die Stalinsche Diktatur zeigt bei den blutigen Ereignissen im Fernen Osten ihr wahres Gesicht und reicht der japanischen Soldateska, die bereits die Mandschurei geschluckt hat, mit zynischer Ungeniertheit die Hand. In Deutschland setzt sich eine Bande von Leuten, die durch Almosen Stalinscher Bürokraten demoralisiert worden sind, gegen die Interessen des deutschen Proletariats, für Hitlers faschistische Diktatur ein. Überall dort, wo die Kräfte der Reaktion offen gegen die Demokratie vorgehen, stellen sich Stalins Lakaien in die Reihen derjenigen, welche die Einheit der Werktätigen zerstören und den Sieg der Reaktion vorbereiten. Seht euch um! Dann erblickt ihr ein System asiatischer Despotie, eine Diktatur des ›unfehlbaren Lehrers‹. Erhebt euch! Fordert die Wiederherstellung eurer Rechte!«

Serpin sah von der Zeitung hoch zu Ergal, der erwartungsvoll dastand und die Hände vor der Brust verschränkt hielt.

»All dies beweist wieder einmal, wie schwach die sind«, sagte er hart. »Sie sind nur zu Aufrufen und überhaupt nicht zu Terrorakten fähig. Die weiße Emigration in Paris ist zerstritten, ist einfach zerfallen. Der Russische militärische Gesamtverband als Nachfolger der Freiwilligenarmee mit General Miller an der Spitze liegt eigentlich in den letzten Zügen. Die beschwören einander nur, daß der Kampf für die weiße Sache noch nicht beendet sei, und reden von patriotischer Pflicht, während das in Wirklichkeit alles nur Snobismus in seltsamer Verbindung mit äußerster Armut ist. Man kann sagen, was man will, aber die Situation in Paris kennen wir aus dem Effeff: Hunger macht die Menschen sehr schnell gefügig!«

»Da dem so ist«, sagte Ergal und steckte die Unterlagen wieder in seine Aktentasche, »haben wir es mit einem Einzelgänger zu tun. Hat die Observierung nichts ergeben?«

»Nichts, obwohl er rund um die Uhr beschattet wird. Ich habe allerdings gewarnt: lieber mal unbeobachtet lassen, als sich versehentlich bemerkbar machen und ihn vorzeitig aufscheuchen.«

»Vernünftig.« Ergal nickte und verstummte. Serpin betrachtete ehrfurchtsvoll Ergals fast gemeißeltes Raubvogelprofil und dessen dünne, launenhafte Lippen über einem hervorstehenden, spitzen Kinn. »Vielleicht aber«, fuhr Ergal fort, wobei er nachdenklich mit dem Daumennagel über seinen fadendünnen Schnurrbart strich, »vielleicht ist das aber auch gut so! Hauptsache, wir haben eine unwiderlegbare Tatsache; ein paar Komplizen besorgen wir dann schon für ihn. Nicht wahr, in dieser Hinsicht haben wir beide doch schon einige Erfahrung?« Er sah Serpin schmunzelnd an. »Machen Sie weiter wie besprochen, und was Alexej Maximowitsch angeht, sollte der Alte in Ruhe gelassen werden. Beschaffen Sie Ersatz. Das kann zu einem Informationsverlust führen, und außerdem hat der Mann doch sein Jubiläum.«

Er formte die Lippen zu einer Art Lächeln und nahm die Aktentasche vom Tisch. Serpin stand stramm. Ergal trat an ihn heran, und sie schauten sich eine Zeitlang schweigend in die Augen.

Aus seinem Fenster sah der GPU-Sonderermittler, wie sich sein Gast in ein großes, schwarzes, ihn bereits erwartendes Automobil setzte und dieses vom Fleck weg zügig in Richtung Staraja ploschtschadj[22] anfuhr.

Die nächsten beiden Tage vergingen für Lukin in wachsender Anspannung. Aus den Zeitungen erfuhr er, daß am Tag der Premiere von *Jegor Bulytschow* im Bolschoi-Theater eine von Kalinin eröffnete Festsitzung zu dem großen Jubiläum stattfinden sollte. Natürlich wurde erwartet, daß die gesamte Führung des Landes im Bolschoi-Theater zur Gorki-Ehrung zusammenkommt. Diese Nachricht betrübte Lukin, wirkte sich jedoch überhaupt nicht auf die Arbeit an dem Stück aus. Bis zur Premiere waren es nur noch wenige Tage, und geprobt wurde praktisch ununterbrochen in vollständig montierten Dekorationen. Allerdings stellte sich heraus, daß es an Beleuchtungskapazitäten fehlte und keine Rheostate installiert waren, und so mußte sich Lukin auch noch damit befassen und ganze Tage im Theater verbringen. Als schließlich alles so einigermaßen fertig war, nahm ihn Sachawa beiseite und sagte, daß es so nicht ginge und daß einige Requisiten dazugekauft werden müßten.

»Verstehen Sie«, sagte Boris Jewgenjewitsch beim gemeinsamen Spaziergang im Korridor, »Sie sind im Grunde genauso ein Schöpfer des Stücks wie ich oder die Schauspieler. Alles, was der Zuschauer auf der Bühne sieht, muß einen tieferen Sinn haben. Nehmen Sie beispielsweise das Evangelium oder den Stab der Äbtissin oder sogar den Bund Pilze – die stehen ja nicht für sich, sondern dienen als beste Charakterisierungen ihrer Besitzer! Also, mein Lieber, legen Sie sich noch mal ins Zeug, damit hier nichts schiefgeht!«

Nach dieser Ermahnung fuhr Lukin zum Trödelmarkt und kaufte noch fehlenden bunten alten Plunder dazu. Ein Mann, der unweit der Verkaufsstände hin und her ging, kam ihm irgendwie bekannt vor. Als hätte er sein Gesicht schon irgendwo gesehen. Das machte ihn stutzig, und auf dem Rückweg ins Theater prüfte Lukin, ob er beschattet wurde, merkte aber nichts. Aber das vage Gefühl der Unruhe blieb.

Da die Bühne belegt war, fanden Annas Proben im Foyer statt, sie sahen sich mehrmals am Tag und aßen zusammen zu Mittag in der unweit gelegenen Kantine. Diese Begegnungen, die Berührung ihrer Hände, wenn beide vermieden, über die Zukunft zu reden, hatten etwas von der in der warmen Luft liegenden Wehmut des ausklingenden Altweibersommers. Anna fragte nichts, aber etwas blieb zwischen ihnen unausgesprochen und verlieh jeder Begegnung die Schärfe des Abschieds, die Augenblicksfreude des Wiedersehens. Verstohlen küßte ihr Lukin die Schläfe, sie zuckte plötzlich, und er wußte, daß er glücklich war. Und dann gab es ja auch noch die Nächte.

Am Morgen des dritten Tages machte sich Lukin auf der Bühne zu schaffen und paßte ein vom Gerüst abgegangenes Dekorationsbrett an. Die Probe hatte bereits begonnen, der erste Akt des Stückes wurde durchgespielt, und er bemühte sich, geräuschlos zu arbeiten, um die Schauspieler nicht zu stören. Akimytsch trat auf Zehenspitzen heran, beugte sich an sein Ohr und flüsterte mit vor Aufregung gepreßter Stimme:

»Der Chef ist gekommen!«

»Wer?« fragte Lukin verständnislos.

»Wer wohl?« äffte Akimytsch Lukins Frage nach. »Stalin! Alexej Maximowitsch hat ihn mitgebracht. So ein Angeber.«

Im nächsten Augenblick sah Lukin durch einen Spalt zwischen den Dekorationsplatten, wie in der rechten, von der Bühne her letzten Parkettloge eine Tür aufging und vor dem Hintergrund des beleuchteten Ganges nacheinander zwei Gestalten auftauchten, die allgemein von Bildern bekannt waren. Als erster kam ein untersetzter Mann mit großem Kopf auf schmalen, geraden Schultern, und danach mit krummem Rücken, als sei ihm seine eigene Größe peinlich, ein hochgewachsener alter Mann. Jeder Schüler hätte beide auf Anhieb erkannt. Mit einem Seitenblick bemerkte Lukin Bewegung an beiden Türen des Parketts und auf den Balkons. Die Leibwächter. Die Probe lief inzwischen auf vollen Touren. Der in der ersten Parkettreihe sitzende Sachawa drehte sich nicht einmal um.

Lukin, der bisher gekniet hatte, richtete sich auf, klopfte sich wie üblich den Staub von den Hosen und ging ohne Eile zum

Bühnenausgang. Kaum jedoch hatte er die Portiere beiseite geschoben, als sich ihm eine schwere Hand auf die Schulter legte. Ein Mann kaukasischen Typs sah den neben ihm stehenden, beinahe schon vor Angst zitternden Intendanten fragend an.
»Wer ist das?«
»Ein Bühnenarbeiter von uns ...«, stammelte jener.
Nachdem sich Lukin hatte durchsuchen lassen, stieg er die Treppe ins Foyer hinunter und beugte sich, ohne die laufende Probe zu beachten, zu Anna, die auf ihren Auftritt wartete.
»Geh! Sofort!«
Dann stieg er immer noch ohne Eile in die Werkstatt und nahm ein Stemmeisen von der Werkbank. Das legte er in die Tasche und ging zurück zur Bühne, aber der schwarzhaarige Kaukasier vertrat ihm den Weg.
»Dekoration«, sagte Lukin so, wie man mit Leuten redet, die schlecht Russisch verstehen, »muß arbeiten.«
Der Leibwächter schüttelte den Kopf. Er stand mit schweren, hängenden Armen einen halben Meter von Lukin entfernt. Seine durchtrainierten, quadratischen Schultern versperrten den Durchgang.
»Da«, sagte Lukin, holte das Stemmeisen aus der Tasche und tat, als reiche er es dem Mann, »habe Werkzeug geholt ...«
Der Leibwächter verlagerte das Gewicht seines Körpers auf den rechten Fuß und machte eine Bewegung, als wollte er den ihm gereichten Gegenstand annehmen; Lukin ließ zwar das Stemmeisen fallen, versetzte ihm jedoch augenblicklich einen Schlag mit der Handkante gegen den Hals. Der Mann begann zu röcheln, seine Augen traten aus ihren Höhlen, und sein braungebranntes Gesicht lief blau an. Lukin fing den leblosen Körper auf, schleppte ihn beiseite und warf ihn hinter die Portiere. Dann ging er zurück zur Bühne und sah sich um. Niemand da. Auf leisen Sohlen über das Podium schleichend, ging er bis zu der Nische unter der Treppe und trat unter die Auflage. Es roch nach warmer Ölfarbe. Die Stimmen der Schauspieler waren ganz nah hinter der Sperrholzwand zu hören. Er

erkannte die Mansurowa, welche die Schura spielte. Mit seinem Stemmeisen drückte Lukin ein Brett vom Stützbalken des Gerüstes ab und zog das Gewehr heraus. Die Berührung der Waffe beruhigte ihn. Er wickelte die Leinwand auf, lud behutsam und lautlos durch und nahm das Aststück aus dem Brett. Grelles, blendendes Licht schlug ihm entgegen, und er kniff die Augen zusammen. Auf Dmitrijews Anweisung war eine Lampe am Bühnenrand aufgestellt worden, und jetzt strahlte ihr Licht direkt unter die Treppe. Der dunkle Graben des Parketts war hinter dieser Lichtwand kaum zu erahnen, von den dahinter gelegenen Logen ganz zu schweigen. Lukin fluchte. Sein Herz schlug ihm in der Brust wie eine Glocke, das Blut hämmerte in den Schläfen. Ganz in der Nähe sagte Bulytschow mit Schtschukins Stimme:

»Glaubst du, daß ich sterben werde?«

»Das kann nicht sein«, erwiderte Glafira, die für Lukin unsichtbar blieb.

»Warum nicht?« fragte Bulytschow. »Nein, meine Liebe, mit mir steht's schlecht. Sehr schlecht, ich weiß das!«

Um etwas sehen zu können, blinzelte Lukin noch einmal und sah nicht direkt ins Lampenlicht. In der Kulisse, wo sich der bewegungslos gemachte Leibwächter ausruhte, waren Stimmen zu hören.

»Das glaube ich nicht!« sagte Glafira.

Lukin wußte, daß danach Bulytschows letzte Sätze im ersten Akt folgten und dann der Vorhang fallen würde. Er legte den Rand des Schalldämpfers auf die Kante der Öffnung, richtete den Gewehrlauf dorthin, wo er sein Ziel vermutete, und preßte sich ganz dicht an den Stützbalken.

»Du Eigensinnige«, begann Schtschukin seine letzten Sätze, »na, dann eben Kwas! Ich aber werde etwas Pomeranzengeist trinken. Der ist gut für die Gesundheit!«

Die Stimmen am anderen Bühnenende verstärkten sich, und Lukin war klar, daß man den leblosen Körper des Leibwächters gefunden hatte. Inzwischen glitt die ihm unsichtbar bleibende

Glafira über die Bühne zur Rampe, verdeckte mit ihren Röcken das ihn blendende Licht, und im gleichen Augenblick erkannte Lukin in der Loge zwei Silhouetten. Er wählte die linke, die kleinere mit dem großen Kopf auf den schmalen Schultern, und zog sanft am Abzugshahn. Ein dumpfer Knall ertönte. Der Mann in der Loge zuckte und neigte sich zur Seite. Lukin ließ ihn nicht aus dem Visier, rückte etwas zur Seite und schoß ein zweites Mal. Im nächsten Augenblick verdeckte ihm der über die Bühne gehende Schtschukin das Ziel. Ohne das ungewöhnliche Geräusch zu beachten, spielte der seine Rolle weiter.

»Haben den Wodka weggeschlossen, diese Teufel! Diese Schweine! Als sei ich ein Häftling, ein Arrestant!«

Etwas Schweres fiel von hinten auf Lukins Kopf, seine Arme ließen wie von selbst das Gewehr fallen. Ein greller Lichtstrahl stieß plötzlich durch das kleine Loch, krümmte sich und drehte sich wie alles ringsum. In seinem Versuch, sich auf den Beinen zu halten, machte Lukin einen Schritt zurück, die Füße versagten ihm jedoch bereits den Dienst, und er fiel auf die glatten, warmen Bretter der Bühne. Dieses Gefühl von Glätte und Wärme war das letzte, was er wahrnahm. Im nächsten Augenblick hörte die Welt für Lukin auf zu existieren.

In einer Zelle kam er wieder zu sich. Von dem Eisenbett aus, auf das man ihn geworfen hatte, sah er eine Eisentür mit Spion, eine ausdruckslos grau gestrichene Wand und einen an sie festgeschraubten Tisch. An dem Tisch, die kleinen Hände artig auf dem Bauch gefaltet, saß ein rundgesichtiges, glatzköpfiges Männchen mit spärlichem Schnurrbart und genauso dünnem, fetzenartigen Bärtchen. Von der Decke hing an einer geflochtenen Schnur eine Glühbirne ohne Schirm. Lukin stöhnte unwillkürlich auf. Sein Kopf platzte ihm förmlich, vor seinen Augen tanzten rote Kreise, und irgendwelche Wortfetzen und unverständliche Sätze ertönten unabhängig von seinem Willen in seinem Gehirn.

»Ah, aufgewacht«, freute sich das Männchen, erhob sich von

seinem angestückten Sitz, trat näher heran und blieb vor dem auf dem Rücken liegenden Lukin stehen. »Hier, trink 'n bißchen Wasser, das hilft! Die scheinen dich ja kräftig in der Mangel gehabt zu haben, wenn sogar der Arzthelfer gekommen ist, um dir den Puls zu fühlen. Na ja, mit der Zeit renkt sich alles wieder ein«, bemerkte er tiefgründig und ließ sich auf das Eisenbett gegenüber nieder. Lukin drehte sich zur Seite und hielt den Arm vor die Augen, um sich vor dem blendenden Licht zu schützen. Im Kopf fühlte er sich etwas besser, obwohl ihm dieser wie eine Kupferglocke brummte.

»Bin ich schon lange hier?«

»Ob lange oder nicht, kann niemand wissen. Der einzige Ort auf Erden, wo die Zeit nicht vergeht, ist das Lubjanka-Gefängnis. Wenn man mal ein bißchen darüber nachgrübelt, scheinen wir jetzt Tag zu haben, weil das Licht brennt. Aber auch das ist ungenau, weil sie es manchmal absichtlich Tag und Nacht brennen lassen, um die Leute durcheinanderzubringen.«

Lukin sammelte all seine Kräfte, richtete sich auf seinem Eisenbett auf und nahm den ihm gereichten Aluminiumpott. Das Wasser war lauwarm, aber er trank es gierig, wobei er sich verschluckte und das zerknitterte Hemd begoß. Jetzt erinnerte er sich an alles, erinnerte sich an Einzelheiten, erinnerte sich an die zur Seite neigende Gestalt und das beruhigende Gefühl des polierten Abzughahns unter dem Zeigefinger.

»Ich heiße Scheptuchin«, sagte der Glatzkopf inzwischen, und dieser Name kam Lukin seltsam bekannt vor. »Ist nun mal mein Name. Vielleicht behältst du ihn. Wenn nicht, ist's auch nicht schlimm. Bin ein Gemi, das heißt ein geheimer Mitarbeiter. Na, so was wie ein Lockvogel. Ich werde extra in die Zelle gesteckt, um möglichst schnell ein Geständnis herauszukitzeln, jemanden ›singen lassen‹, wie es bei uns heißt. Ich habe dabei meine eigene Methode. Eine psychologische. Ich sage dem anderen gleich, wer ich bin. Man kann natürlich gemein sein, kann dem anderen die Hucke vollschwindeln oder allerlei böse Streiche spielen, aber das ist nicht meine Masche. Ich bin Humanist, mein Ziel ist es, die Leiden des Untersuchungsgefangenen zu verringern. Es ist ja auch egal: Früher oder später gesteht er – der Mensch ist nun einmal ein schwaches Tierchen! Wozu also dickköpfig sein und dadurch leiden …«

Wo mag Anna jetzt sein? dachte Lukin, als er sich mit halbem Ohr die Vertraulichkeiten des Gemi anhörte. Mit Sicherheit sind schon mehr als 24 Stunden vergangen, und sie muß außerhalb von Moskau sein. Dann ist es ja nicht mehr so weit bis Wladiwostok, Nikolsk-Ussurijski, zur Grenze …

»Ich bin sogar zu der Überzeugung gekommen, daß ich eine höhere Bestimmung habe«, sagte Scheptuchin inzwischen. »Mein Platz im Leben ist hier im Gefängnis, und in dieser Hinsicht bedeutet Artikel 58[23] Gerechtigkeit. Ich kämpfe gegen das menschliche Leiden, und das ist gerade das, was ein Christ auf Erden tun soll!«

»Hör mal« – Lukin schaute in die wäßrigen Augen seines Zellengenossen – »beim Psychiater bist du wohl noch nicht gewesen?«

»Siehst du: Ich bin offen zu dir, und du wirst grob! Na ja, ich bin ja nicht empfindlich, und auch deine Frage ist mir nicht neu. Die stellen sowieso alle. Lassen wir das. Ich werde dir lieber erzählen, was dich erwartet. Du hast ja wahrscheinlich das ein oder andere schon gehört, aber diese Einrichtung hier arbeitet schon lange nicht mehr so wie in den zwanziger Jahren. Sie haben jetzt neue Ermittler. Übrigens sehr gebildete und kultivierte Menschen. Die bekommen Vorlesungen in Psychoanalyse, man macht sie mit den letzten internationalen Forschungsergebnissen bekannt. Nein, das sind nicht diese früheren Tscheka-Matrosen mit ihren Revolvern. Jeder hat seine eigene Fachrichtung, teuflisch raffiniert und ausgefeilt. Es gibt beispielsweise psychologische Methoden, dann welche für sentimentale Menschen, und natürlich haben sie auch Spezialisten für grobe Verhöre. Gegen die hätten die Brüder von der Inquisition wie blutige Anfänger und Amateure ausgesehen! Und dann weiß jeder von ihnen, daß, wenn was schiefgeht, die ei-

genen Leute genauso gnadenlos behandelt werden wie die fremden. Wenn du dich aufs Leugnen verlegst, lernst du sie alle kennen. Verhöre im Fließbandverfahren: Die Ermittler wechseln, der zu Verhörende aber steht 24 Stunden am Tage. Hör, was ich dir sage, Junge. Ich wünsche dir nur Gutes!«
Scheptuchin reckte sich, nahm aus der Schachtel, die Lukin aus der Tasche gefallen war, eine Papirossa, zündete sie an, blinzelte selig und pustete den Rauch zur Decke.
»Prima!« konstatierte er. »Und jetzt werde ich dir erzählen, wie's hier beim Erschießen zugeht!« Scheptuchin zog noch einmal tief, und ein seliges Lächeln trat auf seine dicken Lippen. »Da wirst du nackt ausgezogen«, berichtete er genüßlich, »damit die Klamotten nicht dreckig werden, bekommst du eine Filzmaske auf den Kopf gesetzt. Versteht sich ja von selbst. Blut und Gehirn können herumspritzen, und geschossen wird in den Kopf ...«
»Hör mal, Scheptuchin«, unterbrach ihn Lukin, »du hast doch schon viele ins Jenseits befördert, stimmt's? Erzählst hier mit Sachkenntnis und Lust, daß einem bei deiner widerlichen Visage das Kotzen kommen könnte! Da überlege ich, ob ich nicht vielleicht ein gottgefälliges Werk tue und dich jetzt kurzerhand erwürge!«
In den Augen des Gemi blitzte Angst auf, jedoch im nächsten Augenblick lächelte er bereits dicklippig und ölig.
»Nein, das wirst du nicht können – dazu fehlt dir der Mumm! Ich kenne doch euch Offiziere. Eher tust du dir selbst was an! Habe dieser Tage hier mit so einem gesessen, Eussejew hieß der«, Scheptuchin bekreuzigte sich, »auch so einer wie du, hat angegeben, mich gesiezt, mir gedroht, mich um die Ecke zu bringen, und dann brachten sie ihn zurück vom Verhör ...«, er nahm die kleinen Hände von seinem rundlichen Wanst und breitete sie aus, »da hat er die ganze Nacht gestöhnt, mit den Zähnen geknirscht und bedauert, daß er's zu spät kapiert hätte ... Worauf ich zu ihm sage: Na, und was wäre gewesen? Gar nichts! Unser ganzes Volk besteht aus solchen Eussejews – so-

lange die's nicht selbst betrifft, macht keiner einen Finger krumm! Ja, diese Intelligenzlermacke habt ihr alle. Schwach seid ihr! Deshalb habt ihr auch einen Scheißhaufen aus Mütterchen Rußland gemacht, habt nichts getan, den Pöbel im Zaum zu halten!«

»Na, Scheptuchin, jetzt übertreibst du aber«, meinte Lukin schmunzelnd, »dabei hast du gerade erst gesagt, daß du dich für kleinliche Provokationen nicht hergibst! Hast ja auch einen dünnen Hals«, fuhr er nachdenklich fort, als hätte er etwas Bestimmtes im Sinn, »es könnte plötzlich etwas passieren, da könnte ich mich nicht beherrschen ...«

Der Gemi begann wie eine Krabbe von Lukin abzurücken, aber da klirrte ein Schlüssel im Schlüsselloch, und in der Türöffnung erschien ein Mann in Lederjacke mit einer Revolvertasche an der Seite. Hinter ihm erblickte Lukin einen Begleitposten – einen hochaufgeschossenen, bäuerlich wirkenden Burschen mit großen staunenden, kornblumenblauen Augen im runden Gesicht. In den Händen hielt er ein Gewehr mit aufgepflanztem Bajonett.

»Lukin, zum Verhör!« Der Mann in der Lederjacke trat beiseite.

Lukin erhob sich und ging schwankend zur Tür. Scheptuchin sah den Begleitposten kriecherisch an.

»Viel Glück«, rief er Lukin nach, »quäl dich nicht so! Na, und wenn du nicht wiederkommst, rauch ich deinen Tabak auf!«

Man führte ihn durch lange, graue Korridore, dann über Treppen nach oben, und auf einem der Übergänge fiel ein Strahl der niedrig stehenden Abendsonne in ein vergittertes Fensterchen. Nach einem stark bewachten Posten änderte sich die Situation jäh: Plötzlich lag ein Teppich auf dem Boden, die Korridorwände hatten Holztäfelungen, und Männer in Militäruniform, die alle gleichermaßen konzentriert schauten, kamen ihnen ab und zu entgegen. An einer nummernlosen, hohen Tür, die bis zur Decke ging, blieb der Begleitposten stehen, und Lukin mußte sich mit dem Gesicht zur Wand stellen. Der

Mann in der Lederjacke klopfte und zog an einem runden Kupfergriff.
Der Begleitposten hinter Lukin trat von einem Bein aufs andere und atmete ihm geräuschvoll in den Rücken. Ganz nah vor sich sah Lukin, daß die Holztäfelung voller kleiner Risse war. An wie viele angstverzerrte Gesichter kann sie sich wohl erinnern, wie viele Menschen haben hier gestanden und auf den Beginn des Verhörs gewartet? Die Tür ging auf, er bekam einen leichten Stoß in den Rücken und machte einen Schritt in ein von untergehender Abendsonne durchflutetes Zimmer. Direkt vor ihm befand sich ein spiegelblank geputztes vergittertes Fenster; massive Ledermöbel und die Größe des Raums waren Anzeichen dafür, daß das Zimmer einer Person in gehobener Stellung gehörte. An den Wänden hingen zwei Bilder einander gegenüber – Stalin und Dzierżynski.
»Nehmen Sie die Handschellen ab, und warten Sie auf dem Gang!«
Ein stämmiger Mann mit rundem Gesicht und langem, welligen Haar erhob sich hinter einem Tisch und zog sich die eng an seiner fülligen Statur anliegende, halbmilitärische Uniformjacke zurecht. Nachdem Lukin die Handschellen losgeworden war, rieb er sich erleichtert die Hände und bewegte die Schultern, um sie wieder gelenkig zu machen.
»Kommen Sie, Lukin, setzen Sie sich.« Der Mann zeigte auf einen Stuhl in der Mitte des Zimmers. In der Lichtflut mußte Lukin blinzeln, er trat an den Stuhl heran und ließ sich auf die harte Sitzgelegenheit nieder, die erstaunlicherweise nicht am Fußboden festgeschraubt war. Eine seltsame Empfindung erfaßte ihn plötzlich: Als hätte er das alles schon einmal erlebt – diesen würdig dreinschauenden, fülligen Mann, dieses Gespräch, und selbst die vom rötlichen Widerschein der untergehenden Sonne erfüllte Luft. Die Sinnestäuschung verschwand ebenso rasch, wie sie gekommen war, und der Mann sagte: »Ich heiße Serpin. Bin GPU-Sonderermittler. Und das hier«, er machte eine einladende Handbewegung, »ist Genosse Ergal

aus dem ZK. Er ist extra hergekommen, um beim ersten Verhör mit Ihnen dabeizusein.«
Lukin drehte sich um. In der Zimmerecke saß ein mittelgroßer, älterer Mann in einem massiven Sessel. In seiner Kopfhaltung erinnerte er an einen Vogel. Als der ZK-Mann mit seinen schwarzen, durchdringenden Augen Lukins Blick getroffen hatte, erhob er sich und setzte sich in einen Sessel am Fenster, um das Gesicht des Häftlings besser sehen zu können.
»Ich möchte dieses Treffen nicht als Verhör bezeichnen«, sagte der Sonderermittler mit einer tiefen Stimme, die nicht so recht zu seinem feinen Äußeren paßte. »Betrachten wir es einfach als Gespräch.« Serpin beugte sich über den Tisch und reichte Lukin eine geöffnete Schachtel *Kasbek*. Lukin nahm sich eine Papirossa und rauchte sie mit einem ihm dargereichten Streichholz an. Der Sonderermittler lehnte sich in seinem Stuhl zurück und betrachtete von dort aus den vor ihm sitzenden Häftling.
»Wissen Sie«, er klopfte mit dem Mundstück seiner Papirossa gegen den Deckel der Schachtel, »so habe ich Sie mir eigentlich auch vorgestellt. Ja, Sie haben uns allerhand zu schaffen gemacht! Ich möchte gern verstehen, was Sie getrieben hat, worauf jemand aus ist, der einen Anschlag auf den Genossen Stalin verübt …«
»Ich habe doch nicht etwa vorbeigeschossen?« Lukin sah Serpin unverwandt in die Augen.
»Nein, Sie sind ein ausgezeichneter Schütze! Und sind auch recht erfinderisch vorgegangen. Warum also haben Sie das getan?«
»Das werden Sie nicht verstehen«, entgegnete Lukin mit einem schiefen Lächeln. »Lassen Sie uns davon ausgehen, daß er für mich das absolute Böse verkörperte …«
»Na ja, das ist auch eine Erklärung, obwohl die überwiegende Mehrheit der Sowjetbürger Ihnen nicht zustimmen würde. Gerade erst können unsere Menschen so richtig durchatmen, das Leben ist besser geworden, und all das verbinden sie mit

dem Namen Stalin. Und auch, daß wir Sie so schnell gefaßt haben, spricht nicht für Sie. Überhaupt kann man in unserem Vaterland nichts im geheimen tun. Das Volk ist wachsam! Mag es auch desinteressiert und faul sein, aber wenn jemand nicht so lebt wie die anderen, merkt es das! Was nun das Attentat auf den Genossen Stalin angeht, so wird dies die Menschen noch mehr zusammenschweißen, wird es eine Welle des Protestes und der Intoleranz gegenüber den Machenschaften der Feinde des Volkes auslösen!« Serpin sah zu Ergal hinüber, als wolle er seine Worte mit dessen Meinung abgleichen. Der ZK-Mann erhob sich aus seinem Sessel, legte locker die Hände auf den Rücken, ging im Zimmer auf und ab, blieb vor dem Stalinbild stehen und betrachtete es angespannt und blinzelnd.
»Gerade über die Folgen Ihres Schrittes möchte ich mit Ihnen reden.« Ergal machte eine Pause und fuhr sich mit dem Daumennagel über seinen fadendünnen Schnurrbart. »Auf jeden Fall haben Sie nichts erreicht. Wer ist er?« Ergal zeigte mit dem Kopf auf das Bild. »Er ist ein Symbol, und Symbole kann man nicht töten. Stellen Sie sich den Säulensaal, den Sarg mit dem Leichnam und die gesenkten Fahnen vor. Alles ist mit Trauerflor überzogen ...«
Ergal drehte sich um und schaute Lukin an.
»Seine Mitkämpfer halten Reden und schwören, an die Stelle des Gefallenen zu treten. Und diesen Schwur werden sie erfüllen! Eine weitere Gottheit kommt in das Pantheon, ein neuer Herrscher nimmt auf dem Thron Platz. In diesem Land ist es sinnlos, führende Männer umzubringen, weil der Brutkasten, in dem sie großgezogen werden, auf vollen Touren läuft. Von frühester Kindheit an wählt er die brutalsten und ehrgeizigsten aus und füttert sie mit dem giftigen Zaubertrank, der da Macht über seinesgleichen heißt. Der Pionier ist immer bereit! Der Komsomolze ist ein treuer Helfer der Partei! Wenn einer umgebracht wird, treten zehn an seine Stelle; zehn werden umgebracht, und am Fuße der Pyramide drängen sich Tausende und kriechen einander über die Köpfe! Einer davon kommt nach

oben, die übrigen werden zertrampelt. Das ist nicht weiter schlimm, denn in Rußland war das Leben eines Menschen noch nie auch nur einen Pfifferling wert. So eine linguistische Konstruktion wie ›Menschenwürde‹ klingt auf russisch künstlich und wenig überzeugend. Das Wort ›Würde‹ ist überhaupt in unserer Sprache wenig gebräuchlich, und die Komponente ›Menschen-‹ ersetzen wir gewöhnlich durch so etwas Klassenbedingtes wie ›Arbeiter-‹ und ›Bauern-‹, kurz gesagt, etwas, was sich auf den Werktätigen, nicht aber auf den Menschen im allgemeinen bezieht. Das fällt aber schon in den Bereich der Sprachwissenschaft. Ich will Ihnen nur folgendes sagen: Ist erst einmal eine Machtstruktur aufgebaut und das Land in ein Kraftnetz verstrickt, spielt es keine Rolle mehr, wer an der Spitze steht. Da passen sowohl Molotow als auch Woroschilow hin ...«

»Sagen Sie das nicht.« Lukin erhob sich von seinem Stuhl und streifte die an seiner Papirossa angestaute Asche am Aschenbecher ab. »Die sind von ziemlich kleinem Kaliber.«

»Großes Kaliber ist hier auch nicht vonnöten«, widersprach Ergal schlicht und ganz verbindlich. »Dshugaschwilis Weg würden sie nicht bewältigen, aber die an sich gerissene Macht halten können sie auch nicht schlechter als der ›Chef‹. Mittelmäßigkeit ist immer der beste Diktator, da sie bemüht ist, alle auf das eigene Niveau herunterzudrücken ... Übrigens sage ich Ihnen das alles nur, damit Sie besser verstehen, in welche Lage Sie sich selbst und uns gebracht haben. Sie haben sehr, sehr wenig Wahlmöglichkeiten, Oberleutnant.«

»Oberleutnant?« Lukin hob erstaunt die Brauen.

»Haben Sie etwa nach 1919 gedient?« erkundigte sich Serpin wie nebenbei. »Unseren Angaben zufolge hat sich Ihr Rang nicht geändert! Und tun Sie uns bitte den Gefallen, lassen Sie Ihr vorgetäuschtes Erstaunen. Wir wissen von Ihnen vielleicht nicht alles, aber doch vieles. Sergej Sergejewitsch hat Sie doch ehrlich darauf hingewiesen, daß er kein Kämpfertyp ist. Es ist ja auch erstaunlich, wie sich so ein Waschlappen zum Stabskapitän hochgedient hat. Ein kluger Kerl ist er natürlich. Aber kein Charakter!« Der Sonderermittler nickte mitfühlend und zündete sich die Papirossa an, die er bis dahin in den Fingern gedreht hatte. »Und in Samara haben Sie auch nicht gewohnt, sondern sind höchstwahrscheinlich aus Paris gekommen. Übrigens ist es uns recht, daß Sie ein Einzelgänger sind und sich mit keiner Emigrantenorganisation eingelassen haben. Das bietet uns Manövriermöglichkeiten. Ihre Mitverschwörer beschaffen wir Ihnen schon!«

»Erfahrungen haben Sie ja«, erwiderte Lukin schmunzelnd und drückte die Papirossa im Aschenbecher aus. »Mein Fall muß in der Masse aller möglichen Abweichler und Konterrevolutionäre ganz alltäglich aussehen ...«

»Sagen Sie das nicht!« unterbrach ihn Ergal. »Die bisherigen politischen Schauprozesse haben etwas Operettenhaftes an sich. Da spürt man, daß alles erzwungen ist. Die Teilnehmer akzeptieren gewissermaßen die Gesetze des Genres und befolgen sie. Das wirkt ganz realistisch, ist in Wirklichkeit aber Spiel. Die einen bekommen rein zufällig die Rolle von Verteidigern der reinen Lehre, die anderen die der bösen Verschwörer, na, und das Volk spielt wie immer die Rolle der Herde, der vorgekautes ideologisches Futter verabreicht wird. Jetzt, wo Sie auf die Bühne getreten sind, hat sich alles geändert. Ein Tragöde unter Komödianten stört die allgemeine Harmonie. Jetzt muß man entweder eine echte, totale Tragödie schaffen oder den Tragöden aus dem Felde räumen. Ich hoffe, ich drücke mich verständlich genug aus? Gerade dieser Umstand schränkt Ihre und unsere Wahlmöglichkeiten ein.«

»Ich muß schon sagen, daß Sie außergewöhnlich offen sind«, entgegnete Lukin schmunzelnd.

»Warum auch nicht?« Der ZK-Mann zuckte mit den Achseln. »Sie kennen so etwas natürlich nicht, aber da, wo große Politik gemacht wird, ist man geradezu zynisch offen. Jeder weiß, was er von dem anderen zu halten hat. Wir mögen einander vielleicht nicht, hassen uns vielleicht, aber etwas Größeres hält uns zusammen – die Macht! Es gibt ja auch nichts zu befürchten. Sie lasse ich hier einmal aus verständlichen Gründen unberücksichtigt, aber was Serpin angeht ...« Er sprach nicht zu Ende, seine Lippen verzogen sich zu einer Art Lächeln. »Erstaunlicherweise sind die Dossiers über die Macher in der Regel dicker als die über die Entscheidungsträger. Wohl oder übel beteiligen wir uns an einem Rennen mit Abschlagen ... Außerdem haben wir einfach keine Zeit für diplomatische Zweideutigkeiten ...«

»Wenn ich Sie richtig verstehe, bieten Sie mir die Rolle des Leithammels, der die Herde zur Schlachtbank führt?« fragte Lukin und starrte Ergal an. »Die personelle Zusammensetzung der Herde erledigen Sie, dann kommt's zur Gerichtsverhandlung, bei der ich als Urteilsvollstrecker die anderen der Verschwörung bezichtige, und danach beginnt unionsweit die Jagd auf die Feinde des arbeitenden Volkes ...«

»Die Idee haben Sie richtig erfaßt! Dieses Mal spielen wir mit offenen Karten – Attentat ist Attentat ...«

»Und wenn der Tragöde nicht mitmacht? Wird er dann aus dem Felde geräumt? Ich glaube, diese Variante sagt mir eher zu«, erklärte Lukin lächelnd. »Was ich wollte, habe ich erreicht, der Rest kümmert mich nicht. Der Tod des Tyrannen wird das Volk aufrütteln, unvermeidlich kommt es zu einer Ernüchterung ...«

»Sie haben eine außerordentlich hohe Meinung vom Volk«, schmunzelte Ergal. »Das ist im besten Falle eine Menschenmenge, in meinen Augen aber eine Herde. Das Phänomen des Lebens besteht ja gerade darin, daß der Mensch ein Tier ist, das unter allen Umständen überleben kann. Was nun den ›Tod des Tyrannen‹ angeht, wie Sie sich auszudrücken geruhten«, Ergal schaute zu Serpin hinüber, »da zeigen Sie ihm mal die Fotos!«

Der Sonderermittler zog eine Schublade auf, holte einen Packen durchnumerierter Aufnahmen heraus und reichte sie dem Häftling. Lukin betrachtete interessiert die zuoberst liegende Fotografie. Aus einem Abstand von einem Meter zeigte sie den auf dem Boden liegenden Stalin mit einem richtig schönen Loch in der Stirn. Genau zwischen den Brauen. Es bestand also kein Zweifel daran, daß er tot war. Aber die so völlig respektlose Art, wie man den Vater der Völker in dieser Stellung aufgenommen hatte, machte Lukin stutzig. Er nahm die zweite Aufnahme. Sie zeigte dasselbe, jedoch fehlte im Gesicht der allseits bekannte Schnurrbart. Eine schreckliche Ahnung überkam ihn. Er zog das letzte Foto aus dem Stoß. Dieser Mann ähnelte Stalin nur. Weiter nichts. Über den glattrasierten Schädel verlief eine lange Narbe.

»Der saß wegen schweren Raubs in der Kolyma und hatte den Spitznamen ›Jossif‹.« Serpin holte einen zweiten Stoß Fotografien aus dem Tischkasten. »Wenn Sie's interessiert, haben wir hier Gorkis Doppelgänger. Unter anderem ein Schauspieler aus dem Leningrader Gebietstheater. Man hätte natürlich auch Alexej Maximowitsch selbst einladen können, konnte sich aber zu diesem Risiko nicht entschließen ...«

Lukin sah den Sonderermittler fassungslos an.

»Spiel ist Spiel«, bemerkte dieser achselzuckend. »Sie haben an den Dekorationen gearbeitet, und wir haben uns um die Schauspieler gekümmert. Übrigens müssen wir zugeben, daß wir bis zum Schluß nicht wußten, wie das Attentat vor sich gehen wird und ob überhaupt ...«

»Jetzt, da Sie alles wissen«, mischte sich Ergal in das Gespräch, »müssen Sie sich rasch entscheiden. Praktisch sofort. Natürlich könnten wir Sie zerbrechen. Aber wir brauchen Sie quicklebendig und kooperationsbereit. Dann würden wir bekanntgeben, daß das Attentat stattgefunden hat, und die Sache in Gang bringen. Die Freiheit garantieren wir Ihnen nicht, aber ein langes und komfortables Leben können wir Ihnen versprechen. Im entgegengesetzten Falle hätte es weder das Attentat noch Sie je gegeben.«

Serpin stieß die Papirossaspitze in den Aschenbecher und sagte: »Entscheiden Sie sich. Sie sind ein starker Charakter! Ich persönlich beneide Sie sogar: eine Frau so zu lieben und nicht einmal zu fragen, was aus ihr geworden ist, nicht ein Wort über sie zu verlieren. Übrigens haben Sie auch hier einen Fehler gemacht. Ein Mensch Ihres Schlages hat kein Recht auf ein Privatleben. Sie aber hat Sie geliebt ...« In die Stimme des Sonderermittlers kam etwas Verträumtes, jedoch stockte er sofort. »Offensichtlich werde ich mich an solche Szenen nie gewöhnen. Habe eine Schwäche für schöne Weiber! Sie wollte doch so gar nicht sterben ...«

Im nächsten Augenblick war Lukin aufgesprungen. Mit einer Handbewegung kippte er den Tisch über Serpin, und der mit unmenschlicher Kraft geschleuderte Stuhl fegte Ergal hinweg. Lukin stürzte zur Tür. Die wurde bereits aufgerissen, und auf der Schwelle stand der Begleitposten mit angelegtem Gewehr. Lukin machte noch einen Schritt. Ein erstauntes kornblumenblaues Auge schaute ihn über die Visierklappe hinweg an, und Lukin sah deutlich, wie dem Jungen vor Aufregung die Lippen zitterten.

»Nicht schießen!« Serpin suchte sich zappelnd unter dem Tisch hervorzuarbeiten, aber es war bereits zu spät. Ein Schuß krachte. Lukin kippte nach hinten, für einen Augenblick fand er noch einmal das Gleichgewicht, machte einen Schritt und stürzte zu Boden. Ein roter Schleier zerlief wie Blut auf einer Wasseroberfläche vor seinen Augen. Plötzlich sah er den Rotarmisten aus dem Waggonabteil, dessen verbundenen Kopf und den auf seine Brust gerichteten Revolverlauf. Der hatte auch kornblumenblaue Augen wie ein kleiner Junge gehabt ... Ein Aufschub?

Vom Parkett ging Wärme aus, und er hatte plötzlich den vertrauten Geruch nach erhitztem Wachs in der Nase, mit dem so viele Kindheitserinnerungen verbunden waren. In einer weißen Gartenlaube hoch über dem Steilufer eines Flusses wandte ihm ein Mädchen den Kopf zu, biß sich auf die Lippen, um nicht zu weinen, und sagte:

»Der Schatten eines Vogels auf den Wellen der Zeit ...«

»Was?« Lukin riß an dem beengenden Kragen seiner Gymnasiastenuniform. Ein leichter Wind vom Fluß her liebkoste seine erhitzte Stirn. »Was sagst du da?«

»Ich sage, das ist dein Leben«, erwiderte das Mädchen, und er sah, wie ihr langsam Tränen über die Wangen rollten.

»Anja!« schrie Lukin, aber die Kälte des Todes ergriff bereits seine Kehle und lähmte die unbeweglich gewordenen Lippen. »Anja ...«

4

*Im angenehm warmen Schwarzen Meer, am Fuß des Ge-*birgsmassivs Karadag, liegt eine Unterwasserhöhle. Diese ist an einer Stelle so eng, daß ihre Wände am Körper des Tauchers kratzen. In der Höhle wohnt das Entsetzen. Immer wieder finden sich waghalsige Draufgänger, die durch die Höhle hindurchtauchen, aber selbst die geben abends bei einem Glas leichten Krimwein zu, daß es einen Augenblick gab, da unheimliche, tierische Angst ihnen an die Kehle griff, ihre Augen aus den Höhlen traten und sie nur einen einzigen Gedanken hatten – zurück! Gerettet wurden sie durch die Worte eines alten Mannes: »Nur vorwärts! Dorthin, wo das kaum zu erkennende Licht schimmert!« Zuweilen sitzt der Alte mit am Tisch, nippt schweigend an seinem Wein, verschwindet dann aber unmerklich, um am anderen Morgen wieder am Eingang der Höhle zu sitzen. Die Sonne hat ihn ausgetrocknet und verbrannt, niemand hat ihn gebeten und dazu bestellt, das Leben junger und gesunder Menschen zu retten. Er hat sich selbst dafür entschieden. Es ist offensichtlich sein Schicksal.

Mit dem schon einmal schmerzvoll erfahrenen Urentsetzen, das Sonnenlicht nie wieder zu erblicken, öffnete Anna die Augen. Wie damals preßte es ihr die Brust zusammen, und hoch über ihrem Kopf funkelten auf einer weißen Oberfläche Sonnenkringel wie durch eine meterhohe Wasserschicht hindurch. Aus dem regenbogenfarbenen Dunst traten allmählich eine matte Deckenleuchte, eine Zimmerecke und eine Gardine hervor, die genauso weiß war wie alles ringsum und sich im Wind bewegte. Das Fenster stand offen, und draußen war Frühling. Anna wußte das in ihrem Innersten, weil es anders nicht sein konnte. Ein Sonnenstrahl brach sich in einer Kristallvase und funkelte als bunte Flecken auf der dürftigen Einrichtung des Krankenzimmers. Anna holte tief Luft und setzte sich im Bett auf.

»Aufgewacht, Mädchen? Gott sei Dank!« Von der Seite her tauchte das weiche, gutmütige Gesicht einer alten Frau auf. Sie roch nach der Reinheit des Alters. »Ich hatte da leider schon meine Zweifel. Was ist das überhaupt für eine Diagnose, ›Lethargie‹?«

Anna drehte langsam den Kopf und sah sich im Zimmer um.

»Wo bin ich überhaupt? Bin ich verwundet? Sagen Sie es mir ruhig. Ich weiß, daß auf mich geschossen wurde!«

»Leg dich wieder hin, Mädchen«, sagte die Krankenpflegerin beruhigend. »Redest ja völlig wirres Zeug. Bist offensichtlich doch noch nicht ganz aufgewacht! Denk an gar nichts. Ruh dich aus. Hier mögen dich alle.« Die Alte half Anna, sich wieder aufs Kissen zu legen, und legte ihr die leichte, trockene Hand auf die Stirn. »Sieh nur, was für Blumen er dir mitgebracht hat!«

Anna schielte zu einem Blumenstrauß hinüber.

»Lukin, mein lieber Lukin!«

»Nein, Mädchen, der hieß irgendwie anders …« Die Krankenpflegerin setzte sich die Brille auf die Nase und las auf einem Blatt Papier, das auf dem Nachttisch lag: »Te-ljat-ni-kow … Sergej Sergejewitsch. Er hat dir auch seine Telefonnummer hinterlassen, falls was sein sollte …«

»Teljatnikow?« fragte Anna verwundert. »Teljatin! Das ist doch mein Onkel! Aber Serpin hat doch behauptet, daß sie ihn erschossen haben!«

»Nein«, widersprach die Alte stur, »irgendeinen Onkel hätte ich nicht zu dir gelassen! Er hat mir den Stempel in seinem Paß gezeigt. Es hat alles seine Ordnung – dein angetrauter Gatte! Du scheinst ja ganz durcheinander zu sein, liebes Kind. Kannst dich nicht mal an deinen eigenen Mann erinnern! Paß nur auf, daß du dich bei unserem Professor nicht verplapperst, sonst verdirbst du's dir mit ihm! Merk dir, wenn du gefragt wirst: Teljatnikow ist dein Ehemann!«

Um die Kranke zu beruhigen, strich ihr die Alte mit der Hand über die Wange. Aus dem verkümmerten Gärtchen roch es nach etwas ausgesprochen Bekanntem. Anna schloß die Augen. Etwas Seltsames und Ungewöhnliches war mit ihr geschehen, und allmählich begriff sie alles. Die Welt, in der ein widerlich freundlicher Serpin große Reden schwang, eine Welt mit Männern in schwarzen Lederjacken und mit Gewehre tragenden Soldaten, eine Welt, in der eine riesige, abgeschmackt-graue Stadt sie bedrohte und in der Angst aus dunklen Torwegen sickerte – diese erschreckende Welt begann von selbst die Klarheit ihrer Umrisse zu verlieren, rückte irgendwo an den Rand, und an ihre Stelle trat eine innere Unruhe. Anna begriff plötzlich mit aller Klarheit, daß all das, was ihr am teuersten war und ihr Leben ausgemacht hatte, schrecklich gefährdet war. »Ich muß weg von hier«, beschloß sie, »muß so schnell wie möglich weg, muß es unbedingt schaffen!«

Anna setzte sich jählings im Bett auf und setzte die Beine auf den Boden.

»Jewgenia Iwanowna«, sagte sie und war sich sicher, daß die Krankenpflegerin so hieß, »Jewgenia Iwanowna, meine Liebe, bringen Sie mir meine Sachen. Ich muß gehen!«

»Was du dir so denkst!« entgegnete die Krankenpflegerin verwundert. »Morgen ist Visite, da wirst du gründlich untersucht, und dann kannst du gehen. Bist doch noch schwach, Mädchen. Wohin willst du überhaupt?«

»In eine Kirche! Am liebsten in die Erlöserkathedrale ...«

»Das ist doch schon bald 60 Jahre her, daß die gesprengt wurde! Ich hab das alles miterlebt. Uns ist noch ein Stück von einer Marmorplatte ins Fenster geflogen. Gut, daß alle evakuiert waren, sonst hätte es bestimmt noch einen erschlagen. Als ich gegen Morgen zurückkomme, liegt es auf meinem Bett und darauf ein Name in Gold – der Ärmste ist im Krieg gegen den Franzosen gefallen ...«

»Ja, jetzt erinnere ich mich«, erwiderte Anna mürrisch. »Wir haben damals im Torbogen gestanden. Ich, der Onkel und Lukin ... Wo soll ich dann hin? Verstehen Sie, Jewgenia Iwanowna, da geht ein Mensch zugrunde, der mein ganzer Lebensinhalt ist. Ohne ihn will ich nicht leben. Ich möchte zu einer lichten, heiligen Stätte. Er muß mich unbedingt erhören! Das kann doch nicht sein, daß Er mich nicht erhört. Das gibt's doch nicht, oder?«

»Jetzt bin ich ganz durcheinander«, gestand Jewgenia Iwanowna, »mir ist richtig schwindlig. Erst haben sie auf dich geschossen, und jetzt willst du gesehen haben, wie die Erlöserkathedrale zerstört wird ... « Sie sah Anna mit ihren gütigen Augen an. »Aber ich bin ja nicht blind, sehe doch selbst, daß du gehen mußt!«

Anna umarmte die Alte schweigend.

»Na gut, ich lade mir die Sünde auf die Seele.« Jewgenia Iwanowna bekreuzigte sich schnell. »Du mußt zur Marossejka, zum hl. Nikola in Kljoniki. Eine alte Kirche, da ist es sauber und hell! Links im Seitenaltar ist die Ikone der Gottesmutter von Fjodorowo.[24] Dort mußt du beten. Sie, die Beschützerin, sollst du bitten. Sie selbst wird dir helfen und sich auch bei Ihrem Sohn für dich einsetzen. Eine Mutter ist immer eine Mutter, ist etwas Heiliges!« Jewgenia Iwanowna schlug hastig ein Kreuz über Anna und sagte gespielt knurrig: »Du hast es eilig, kannst nicht bis morgen warten!«

Auf den Stufen zum Krankenhaus hielt Anna inne und sah sich um. Das Ungewohnte ließ sie schwindeln. Die strahlende Frühlingssonne überflutete die Straße, Menschen und Fahrzeuge schienen in ihren Strahlen zu schwimmen. Moskaus kümmerliche Flora und Fauna jubilierte, vor Glück verrückt gewordene Spatzen jagten im Krankenhausgärtchen hin und her. Annas Herz krampfte sich schmerzhaft zusammen in dem Vorgefühl auf etwas Bedeutsames, das sie zu vollbringen hatte, das ganz bestimmt in ihr Leben eingehen und es verändern würde.

»Lieber Gott«, flüsterte Anna, »hab Erbarmen mit mir!«
Irgendwo in der Ferne läutete eine Glocke, und deren Klang schwebte über Moskau. Im Gehen sich den Mantel zuknöpfend, stieg Anna die Stufen hinunter und lief die Straße entlang. Auf dem Gehsteig kam ihr ein ununterbrochener Strom von Menschen entgegen. In der Art, wie er sich dahinbewegte, lag etwas erschreckend Unbeirrbares, das Vorprogrammierte einer seelenlosen, unbarmherzigen Maschine, die alles auf ihrem Wege zermalmt. Warum haben sie nur alle solch finstere und sorgenvolle Gesichter? dachte Anna, als sie sich vorsichtig ihren Weg bahnte und dabei die Gesichter der Entgegenkommenden aufmerksam betrachtete. Haben sie wirklich alle Kummer? So ein schöner, freudvoller Tag, und sie sind so unendlich trübselig. Plötzlich empfand sie Mitgefühl für all diese Menschen mit ihren endlosen Problemen und ihrem Umherirren im Teufelskreis der Hoffnungen und Ängste, und sie erschrak. Wenn ringsum so viel Leid und Unglück ist, wie soll Er dann ihre schwache Stimme in diesem Chor des Kummers aller erhören? Fassungslos hob sie die Augen und lachte plötzlich auf. Aus einer dunklen Schaufensterscheibe erblickte sie ihr eigenes Gesicht, und das sah genauso aus wie die Gesichter der ihr Entgegenkommenden. Einige Passanten wichen ihr aus, aber Anna bemerkte dies nicht einmal. Am Ende der Straße betrat sie durch ein Tor einen kleinen Kirchhof. »Die Nikola-Kirche in Kljoniki … die Nikola-Kirche in Kljoniki …«, wiederholte sie immer wieder wie eine Beschwörungsformel, zog eine hohe Tür zu sich her und stieg eine steile Treppe hinauf. Von irgendwoher kam ihr ein Priester entgegen. Ein dunkler, kraushaariger Bart umrahmte ein junges Gesicht, seine Augen waren hell und klar.
»Die Kirche …«, begann er, verstummte jedoch plötzlich, als er Annas Blick traf.
Der junge Mann nahm eine Kerze von einer Bank und bedeutete ihr mit einer Handbewegung, ihm zu folgen. Im linken Seitenaltar, hinter einer dicken, quadratischen Säule, führte er

Anna vor eine Ikone, zündete eine Kerze und mit dieser ein kleines Lämpchen an.
»Die Gottesmutter von Fjodorowo«, sagte der Priester leise und bekreuzigte sich. »Beten Sie, niemand wird Sie stören ... «
Anna lächelte dankbar, nahm die ihr gereichte Kerze und kniete vor der Ikone nieder. Das Antlitz der Heiligen Frau mit dem Kind auf dem Arm war dunkel, seine Züge sanft gerundet, die großen orientalischen Augen blickten traurig, alles verstehend, alles verzeihend.
Das Kerzenwachs tropfte Anna auf die Finger, sie wußte nicht, wie man betet.
»Mutter Gottes, Heilige Jungfrau Maria!« sagte sie schließlich, und diese ersten Worte, ihr ausgesprochen persönlicher Tonfall verliehen ihr Kraft. »Hilf mir! Vergib mir um Deines Sohnes willen! Im Gedränge des Lebens denke ich nicht oft an Dich. Weil das Dasein so hektisch ist. Und nicht, weil ringsum viel Not und Leid ist – obwohl es auch das gibt –, sondern einfach aus Unverstand halten wir die Hektik für unser Leben und ausbleibendes Unglück für Glück. Du siehst es doch selbst – wenn die Seele keine Arbeit bekommt, verhärtet sie. Mir geht es auch so: Ich irre umher, will immer irgend etwas, strebe irgend etwas an, in Wirklichkeit aber ist alles, was ich im Leben habe, die Liebe! In diesem Chor der Stöhnenden erhöre meine Stimme, Mutter Gottes. Setz Dich für meinen Geliebten ein! Ich habe ja sonst niemanden, auf den ich mich verlassen kann. Nur auf Dich! Er ist natürlich ein Sünder wie wir alle, ist sündig, aber nicht gleichgültig. Er will den Menschen helfen. Er hat es schwer, ist einsam, und seine Bürde ist riesengroß ... Siehst Du, ich weiß nicht einmal, was ich für ihn erbitten soll! Flehe Deinen Sohn an, daß Er ihm Gnade und Gerechtigkeit erweist! Verzeih mir Unwürdigen. In allem sündige ich. Auch in der Liebe. Aber Du weißt doch, wie das kommt! Entscheide Du, Heilige Jungfrau. Man darf doch einen Menschen nicht für seine Liebe bestrafen!«

Anna betete. Die Kerze in ihrer Hand brannte herunter. In der unbeweglichen Luft roch es nach erhitztem Wachs, das Lämpchen flackerte. Die Heilige Frau schaute sie von der Ikone mit ihren weisen orientalischen Augen an …

Er erwachte vor Kälte. Er verspürte in der Brust keinen Schmerz mehr, aber die Erinnerung an ihn war seltsamerweise noch lebendig. Kälte ging von den Steinplatten aus, war in der Luft aufgelöst wie Salzkristalle im Wasser, erfüllte die ganze Welt. Durch die schmalen, in tiefen Nischen gelegenen Fenster sah man majestätische Berggipfel, den Schnee auf den Hängen färbte das Blut der in der Nacht gestorbenen Abendröte. Rote Lichtflecken krochen wie lebendig an der hohen Decke entlang und funkelten auf Eichenbalken, die schwarz von Ruß waren. Irgendwo am anderen Ende des großen, langgestreckten Saales brannte Feuer im Kamin, aber dessen Hitze spürte er nicht. Nur der süßliche Geruch von Birkenscheiten erreichte seine Nase. Lukarius stützte sich mühsam auf den Arm und setzte sich hin, konnte aber nur mit Mühe den in der unbequemen Stellung steif gewordenen Hals drehen. Er sah sich um. Fackeln an den Wänden vertrieben das Halbdunkel des Saales, ihr Licht flackerte auf der polierten Panzerung der Ritterrüstungen. Von den Fußbodenplatten aus sah er einen langen, für Gelage zusammengezimmerten Tisch und zwei massive Sessel mit hohen Rückenlehnen, in denen reglos dunkle Gestalten saßen. Der rote Widerschein vom Kamin hinter ihren Rücken verlieh der Szene etwas Unheilverkündendes.
»Bist du wieder da?« Serpina erhob sich aus seinem Lehnstuhl und ging quer durch den Saal. Er trug noch immer die halbmilitärische, khakifarbene Uniformjacke, Reithosen und Stiefel. Vor Lukarius blieb er stehen und musterte ihn kühl. »Mach bitte keine Dummheiten mehr. Deine tollen Streiche stehen uns schon bis hier!« Er fuhr sich mit der Handkante über den dicken Hals.
Nur mühsam die Herrschaft über seinen steif gewordenen Kör-

per wiedergewinnend, erhob sich Lukarius und zupfte sich die zerknautschte blaue Bluse zurecht. An der linken Brusttasche war der Stoff durch das Blut wellig geworden.
»James!« rief Serpina. »James, alter Junge, seien Sie doch mal so gut und kümmern Sie sich um unseren Gast. Der hat nämlich in letzter Zeit die seltsame Gewohnheit angenommen, mit Möbelstücken um sich zu werfen.«
Der in einiger Entfernung stehende schwarze Hüne kam näher und zog sich die weißen Handschuhe an seinen riesigen Händen glatt. In seiner Begleitung durchquerte Lukarius den Rittersaal und blieb vor einem Sessel stehen, in dem ihn ein kleiner, älterer Mann erwartete, der einem Vogel ähnelte.
»Sie kennen sich doch?« Ohne Lukarius einen Platz anzubieten, ließ sich Serpina in einem zweiten Sessel nieder und schlug ein Bein übers andere. »Also, genug der Maskerade! Lukas, das ist der Schwarze Kardinal, Chef des Amtes für Geheimoperationen beim Departement der finsteren Kräfte!«
Nergal neigte kaum merklich den Kopf und verzog die dünnen Lippen zu einem spöttischen Lächeln.
»Sie haben mich fast erschlagen … mit einem Stuhl! Nicht schön, mein Lieber. Nicht schön.«
»Unser gemeinsamer Freund, Monsignore, hat einfach seine Möglichkeiten überschätzt. Ich hatte ihn allerdings davor gewarnt. Ach, ich hab ihn ja so gebeten, auf die Stimme der Vernunft zu hören! Und was tut er? Er flieht. In der Illusion, sich retten zu können, taucht er Hals über Kopf in die untere Welt der Menschen ein und zwingt uns neue Kampfregeln auf …« Serpina machte eine Pause und schmunzelte höhnisch. »Wir haben sie akzeptiert und streng nach den Gesetzen des Genres gehandelt, wie du siehst. Du hast dich also über nichts zu beklagen und an niemanden zu appellieren, weil du sogar in Übereinstimmung mit den Regeln der damaligen Zeit umgebracht worden bist. Sie haben verspielt, Oberleutnant Lukin.« Serpina kicherte, so daß die Orden auf seiner Brust zu klirren begannen. »Da kannst du einmal sehen, wie sehr ich in der

Rolle aufgegangen bin, daß man mich sogar für diese Auszeichnung vorgeschlagen hat. Kalinin selbst hat sie mir überreicht. Und der Zissoid des Chronos arbeitet wie vorher. Ein totales Fiasko. Niederlagen an allen Fronten!«
Lukarius hob den Kopf und sah Nergal an.
»Sagen Sie, ist all das Schreckliche, was Rußland erlebt hat, das Werk Ihrer Hände?«
»O nein! Es ist dies gerade jener seltene Fall, wo man die Menschen lieber nicht stören sollte«, antwortete Serpina anstelle von Nergal. »Es reicht, im Volk eine kritische Masse an Mißachtung gegenüber sich selbst anzuhäufen, und die finsteren Kräfte brauchen nicht mehr einzugreifen. Hochmut, Machtgier und ein mit Demagogie angesetzter Fanatismus können Dinge vollbringen, für die uns im Departement einfach die Vorstellungskraft fehlt. Man muß schon ganz besonders raffiniert verworfen sein, um sein Volk einer abstrakten Idee zuliebe ans Messer zu liefern. Eine Brutalität, die eigentlich nur mit den Taten des Propheten Moses verglichen werden kann. Nein, Lukas, damit haben wir nichts zu tun. Die Situation entwickelt sich schon seit langem von selbst. Übrigens weiß ich, warum du das fragst: Es ist die alte Liebe, die du seit deiner Kindheit für dieses Land hegst. Aber o weh, mein Freund, o weh!« Der Geheimrat breitete die Arme aus. »Das gibt es nicht mehr! Nur du mit deiner Halsstarrigkeit hältst noch ein Trugbild für die Wirklichkeit. Du kannst dich nicht damit abfinden. Ach, das russische Volk! Ach, Rußland! Wer die Sache durchschaut hat, ist schon längst zu den Siegern übergelaufen …«
»Wer hat denn nun gesiegt?«
»Die Farblosen und Mittelmäßigen, wie immer.« Erstaunt über die Kindlichkeit der Frage, zuckte Serpina mit den Schultern. »Die Besten sind vernichtet worden, und die sonst noch etwas für das Land erreichen wollten, hat man wie Küchenschaben ausgeräuchert … Kurz gesagt, es ist eine Nation genetischer Konformisten entstanden, Nachfahren und ideelle Erben von

Wachsoldaten und Zuträgern. Die müssen wieder ganz von vorn anfangen. Aber das wird dann bereits ein ganz anderes Land sein. Die Kontinuität zum alten Rußland ist abgebrochen, vom einstigen Volk ist nur noch der Name geblieben. 75 Jahre, drei Generationen eines völlig anderen Lebens – das ist eine unüberwindbare Kluft ... Allerdings betrifft dich das alles nicht mehr. Aber schade ist es, Lukas. Sehr schade! Du wirst mir fehlen ... Ein kluger und energiegeladener Gegner hilft einem, in guter Form zu bleiben, und deine tollen Streiche zu beobachten war ein ausgesprochenes Vergnügen.« Der Geheimrat erhob sich aus seinem Sessel und sah Nergal fragend an. »Ist es an der Zeit?«

»Bevor wir uns auf den Weg machen«, unterbrach ihn der Chef des Amtes für Geheimoperationen, »möchte ich für mich selbst noch ein kleines Detail geklärt wissen. Sagen Sie, Lukarius, wie kommt es eigentlich, daß Sie Zeit und Ort für Ihre Taten in der Welt der Menschen immer so ungünstig gewählt haben? Schon bei Ihrem ersten Schritt war uns klar, daß Sie das Pendel der Geschichte vom Bösen zum Guten schwingen lassen und dadurch wieder einmal versuchen wollten, Ihn auf sich aufmerksam zu machen. Eine nicht allzu originelle Idee. Aber wie auch immer ... Also«, fuhr der Schwarze Kardinal fort, »wir haben Anfang des Jahrhunderts in Zürich und Genf auf Sie gewartet, haben ein Attentat auf Uljanow auch später, 1917, befürchtet, als das Schicksal des Umsturzes am seidenen Faden hing. Sie aber tauchen 1932 auf!« Er breitete die Arme aus. »Wenn Sie gewußt hätten, was es uns gekostet hat, den falschen Demetrius und Mazepa sowie Iwan IV. samt seiner Opritschniki außer Gefahr zu bringen ... Die Kräfte aus 20 Jahrhunderten in allen Ländern, die für uns arbeiten, waren mobilisiert worden. Das Jahr 1932 – ein Nonsens! Ich erinnere mich, daß Ergal Lukin bereits erklärt hat, wie sinnlos es ist, in Rußland Attentate auf führende Männer zu verüben ...«

Nergal sah Lukarius abwartend an, aber der schwieg. Draußen

erstarb das Abendrot, und ägyptische Finsternis verschlang die Bergspitzen.
»Wenn Exzellenz gestatten«, schaltete sich Serpina ehrfurchtsvoll in die Unterhaltung ein, »so denke ich, daß unser Freund wohl kaum in der Lage sein wird, uns eine logische Erklärung zu geben. Er ist zu stolz, um seine Fehler einzugestehen, und im Grunde hat er ja auch nur einen Fehler – er kann nicht mit Frauen umgehen! Übrigens ein typischer Schönheitsfehler des gesamten Departements der lichten Kräfte, das diese Wesen unnötigerweise mit einer Seele versieht. Lukarius hat noch immer nicht begriffen, wie gefährlich eine Sache wie die Liebe sein kann. Zwei Frauen« – wie ein dozierender Professor ging Serpina am Tisch hin und her – »zwei Frauen haben in seinem Leben eine verhängnisvolle Rolle gespielt. Da sich unser gemeinsamer Freund von der einen nicht trennen will, stürzt er sich bedenkenlos in die Untiefen der Vergangenheit, in eine Epoche, in der sie zuvor gelebt hat. Daher Moskau, daher das Jahr 1932! Sein übriges Verhalten wurde dann von der Situation diktiert. Die einzige Chance wurde ein Attentat auf Stalin. Dieser übte zur damaligen Zeit bereits die absolute Macht aus, die politischen Massenmorde hatten jedoch noch nicht begonnen. Der Versuch, ihn zu erschießen, machte es theoretisch möglich, den Lauf der Geschichte zum Bösen hin abzuwenden. Lukin war aufrichtig der Ansicht gewesen, eine Tragödie verhindern zu können, während die von ihm gewählte menschliche Gestalt die konkreten Schritte zum Erreichen seines Vorhabens aufzwang. Wir wissen nicht, wie alles gekommen wäre, wenn er nicht einen zweiten Fehler begangen hätte ... Die Liebe einer Frau zurückweisen – eine solche Unvorsichtigkeit haben schon viele Frechlinge mit dem Leben bezahlt! Dieses Mal entsprach das Werkzeug zur Rache seiner Zeit – die Frau denunzierte ihn. Möglicherweise handelte Ljudmila Nikolajewna impulsiv und ließ sich von ihren beleidigten Gefühlen leiten. Aber eine Denunziation bleibt unabhängig von den Umständen eine Denunziation, und gerade sie gab uns den Faden in

die Hand. Wir allerdings hatten keine Eile und haben das ganze Knäuel entwirrt!«
»Ja, die Operation wurde im wahrsten Sinne des Wortes artistisch durchgeführt«, schmunzelte Nergal. »Das ist ganz und gar Ihr Verdienst, Serpina!«
Der Wirkliche Geheimrat verbeugte sich und senkte bescheiden den Blick.
»Die alte Regel, Monsignore: Cherchez la femme ... Und trotzdem ist es schade, daß Lukin nicht dazu gebracht werden konnte, im Prozeß als Zeuge aufzutreten. Da hätte sich Rußlands Geschichte nicht das Jahr 1937, sondern die Jahre 1932 und 1933 gemerkt!«
Lukarius hob den Kopf.
»Nun gut, es ist alles klar. Ich habe verloren. Dem Schicksal jedoch kann ich nichts vorwerfen. Ich war glücklich und habe getan, was ich für notwendig hielt, und dessen kann sich bei weitem nicht jeder rühmen. Ich begreife nur nicht, warum nur ich ein Attentat auf die Bestie verübt habe! Seine gesamte Umgebung, alle, die ihm nahestanden und später vernichtet wurden, wußten doch genau, was sie erwartet. Aber niemand hat die Hand gegen ihn erhoben. Blücher, Tuchatschewski und Rjutin kannten doch die gesamte Wahrheit über den pockennarbigen Jossif, haben aber gewartet, bis er sie wie Hammel abschlachtet. Wenn sie schon Rußlands Schicksal nicht gekümmert hat, hätten sie doch an ihr eigenes Schicksal denken können ... Warum haben sie das nicht getan?«
Nergal trommelte nachdenklich mit seinen dünnen Fingern auf die Armlehne seines Sessels.
»Eine vermeintlich komplizierte Frage und doch viel einfacher, als es den Anschein hat ... Der Grund für alles ist das Blut. Blut hatten alle an den Händen, die dem Diktator nahestanden. Das Blut als Synonym für Macht hat sie berauscht. Bei der Organisierung des großen Massakers mußten sie von der Existenz des Gesetzes wissen, dem zufolge Blut wieder Blut hervorbringt. Sie wußten davon, dachten jedoch immer, sie blie-

ben davon ausgenommen. Stalin war für sie ein Phantom, weil der eigentliche Jossif Wissarionowitsch in jedem von ihnen steckte. Glauben Sie mir, Lukin, ich kenne diese Viehgattung aus dem Effeff. Ich habe sie gezüchtet. Es gibt nichts Anziehenderes in dieser Welt als die Macht über seinesgleichen. Wenn ein Mensch nicht mit der Liebe zu fangen ist und nicht mit Geld gekauft werden kann, dann versuchen Sie's mit der Macht! Das ist der beste Ratschlag, den ich meinen Untergebenen immer erteile. Und außerdem waren Sie isoliert, Lukin, weil Rußland ein christliches Land ist. Vernichtung der Massen war in Rußland immer Politik, während die Ermordung eines einzelnen als Sünde galt und gegen die den Menschen eingehämmerte christliche Moral verstieß. Hätte es in der orthodoxen Kirche den Begriff des Karmas nicht nur als Last der Handlungen und Gedanken gegeben, sondern auch als Last dessen, was man hätte tun müssen und nicht getan hat, wäre Stalin wie ein toller Hund abgeknallt worden. Übrigens ist ja bereits gesagt worden: ein Land der Sklaven, ein Land der Herren!« Nergal schlug mit der Hand auf die Armlehne seines Sessels und zeigte damit das Ende des Gesprächs an. »Es ist nicht schlecht, daß die Menschen denken, die Geschichte hätte keinen Konjunktiv.«

Der Chef des Amtes für Geheimoperationen erhob sich und rückte seinen Degen zurecht, der sein Kostüm als spanischer Grande ergänzte.

»Es ist Zeit! Alaster gibt mir ein Zeichen. Es ist nicht gut, den Hofscharfrichter des Fürsten der Finsternis warten zu lassen. Er wird Ihre Wesenheit bearbeiten, und danach kommen Sie vor das Kollegium des Obersten Gerichts, wo Sie angeklagt werden, sich gegen das System vergangen zu haben. Sie werden leiden müssen, Lukarius, und körperliche Leiden werden Ihnen im Vergleich dazu wie Geburtstagsfeiern vorkommen. Aber Sie tun mir nicht leid! Als lichter Geist, als Diener der Hierarchie der lichten Kräfte wußten Sie, worauf Sie sich einließen, wußten Sie, daß die Kehrseite höchster Gerechtigkeit

schlimmste Grausamkeit ist. Nicht wir, sondern Er hat die Welt so eingerichtet. Wir sind nur Seine Diener und Sklaven!«
Nergal trat heran, blieb bei Lukarius stehen, und der spürte, wie ein unsichtbares Kraftnetz seinen gesamten Körper umstrickte und ihn am Atmen hinderte. Im nächsten Augenblick gingen die Fußbodenplatten auseinander, die Erde tat sich auf, und der Höllenschlund öffnete sich. Nergal hob die Hand, Flammenzungen schlugen aus den Tiefen der Hölle empor und umgaben sie mit der Glut und dem Gestank der Gehenna. Lukarius spürte, wie ihn eine schreckliche Kraft mit Millionen von Nadeln durchdrang, vom Fußboden losriß, und er sah bereits einen sich in den Abgrund ergießenden, wie Lava kochenden Fluß ... als plötzlich alles ringsum in reinem blauen Licht erstrahlte, und in dem daraus gewobenen Glanz erschien ihnen ein starker Engel. Sein Antlitz war majestätisch und herrlich, ein Hauch von leichter Langeweile lag auf seiner hohen Stirn.
»Lukarius«, sagte der starke Engel mit einer zarten und tiefen Stimme, die wie eine verliebte Flöte klang, »ich soll dich holen.«
»Nein! Das ist ein Irrtum!« schrie Nergal auf und verlor sofort die Ruhe eines spanischen Grande. »Das geht nicht! Lukarius ist ein Verbrecher, der muß vors Oberste Gericht! Dort erwartet ihn das höchste Strafmaß! Der kommt nicht mit dir mit!«
Der Engel hob seine großen strahlenden und zugleich traurigen Augen. Ein leichter Schleier von Wehmut schien seine leuchtende Gestalt zu umschweben. Ohne es zu wollen, stürzten Serpina und der Schwarze auf die Knie, der Schwarze Kardinal wich zurück und fluchte lauthals.
»Wirst alt, Nergal ...«, sagte der starke Engel fast liebevoll. Aber diesmal schwang in seiner zärtlichen Stimme kaum hörbar furchtgebietendes Donnergrollen mit. »Wirst alt ... Bist schon nicht mehr imstande, meinen Rang zu erkennen. Solltest wissen, Nergal, daß ich der Prinzipal aus dem dritten Rang der

Obergewalten bin und nicht irgendein einfacher Botenengel. Zwing mich bitte nicht, zur Gewalt zu greifen.«
»Aber diesen Menschen erwartet die Hölle, die Erinnerung an ihn wird aus den Geschichtstafeln gelöscht! Er hat einen Anschlag auf das Allerheiligste verübt – auf das System!«
»Natürlich, wenn du willst«, sagte der starke Engel, ohne die erregten Worte des Schwarzen Kardinals zu beachten, »kann ich dich ein paar Jahrtausende in der Welt der Mondeinsamkeit ausruhen lassen. Wenn du willst ...«
Nachdem der starke Engel diese Worte mit leiser, müder Stimme gesagt hatte, trat er durch die Luft zu Lukarius, hob ihn in die Höhe und stellte ihn neben sich.
»Verdammt!« brüllte Nergal und wich zurück, da er das Herannahen des Himmelsgesandten nicht zu ertragen vermochte.
»Hebe dich weg, Satan!« sagte der Prinzipal, ohne den Kopf zu wenden, und im selben Augenblick wurden der Chef des Amtes für Geheimoperationen und seine beiden Diener zu Asche. Ihre Form bewahrend, blieben ihre Körper noch einen Augenblick stehen, fielen dann zu Boden und ließen Schwaden grauen Staubs aufstieben. Die Mauern des Schlosses begannen zu schwanken und stürzten mit gewaltigem Getöse am Fuße des Felsens zusammen.
»Komm, Er will dich sehen.« Der starke Engel nahm Lukarius an die Hand.
»Warte«, bat ihn Lukarius, »ich möchte Anna gern mitnehmen.«
»Willst du, daß sie stirbt und nie wieder auf die Erde zurückkehrt?« Die Stimme des Prinzipals war betont lässig, aber aus dieser Gleichgültigkeit glaubte Lukarius einen Vorwurf herauszuhören. »Das Gesetz von Ursache und Wirkung ist unerbittlich. Wenn du die Kette der Reinkarnationen unterbrichst, verurteilst du ihre Seele zum ewigen Herumirren im Astral. Willst du das?« Mit seinen riesigen, strahlenden Augen sah er den vor ihm stehenden Menschen an und fuhr fort: »Ich sehe, dies war ein unbedachter Wunsch. Komm!«

»Aber dann sehe ich sie doch nie wieder ...«
Der starke Engel hörte nicht zu. Über ihren Köpfen zerteilten sich die Wolken, und Lukarius erblickte einen endlos-blauen, fröhlichen Himmel voll goldglänzender Strahlen. Ein greller Lichtblitz erfaßte ihre Körper, und sie verschwanden aus dem dreidimensionalen Raum der unteren Welt der Menschen. Auf seinem Flug zu den mit zauberhaftem Strahlen erfüllten Sphären der Welten der Erleuchtung trug der Engel seinen Gefährten über die ärmlichen, traurigen Bereiche der Fegefeuer, über endlose Ketten sich dahinschleppender Menschenschatten, die ihrem Lebensweg einen Sinn zu geben suchten. Tief unten zeigten sich die Orte des Leidens und die Welten der Sühne in dichtem Nebel als Feuer verglimmender Kohlen, und dahinter erahnte man den maßlos grauen, dichten Monolith des Höllenkerns, der Lukarius an erstarrte Lava erinnerte. Im unaufhaltsamen Flug nach oben erreichten sie die höchsten Bereiche des universellen Willens und Verstandes, wo Seine Gemächer beginnen.
»Weiter gehst du selbst«, sagte der Engel, und Lukarius sah sich auf einer aus schillerndem Licht gewobenen Treppe stehen. Er wollte dem Engel für die Rettung danken, der jedoch sah finster drein und sagte, ohne seine wunderschönen Augen zu heben:
»Ich muß dich um Verzeihung bitten, Lukarius. Ich habe dich beneidet, und das ist eine schreckliche Sünde. Wir Engel sind für die Reinheit unserer Gedanken und Gefühle verantwortlich. Verzeih mir, Lukarius, um unseres Herrn willen, verzeih!« Der Prinzipal neigte den Kopf noch tiefer.
»Es ist mir eine Freude, dir zu verzeihen«, erwiderte Lukarius erstaunt. »Aber wieso hast du als starker Engel mich um mein unglückliches Schicksal beneidet?«
»Rede nicht so. Du kennst dein Glück nicht.« Der Prinzipal sah ihn mit strahlenden Augen an. »Ich war neidisch auf die Liebe einer Frau zu dir, auf ihre Kraft, die Seine Aufmerksamkeit auf dich lenken konnte. Ich hätte gern gewußt, was sie in

ihrem Gebet gesagt hat ... Jetzt muß ich dich verlassen. Erzähl bitte niemandem von meiner Sünde. Damit werde ich allein fertig. Leb wohl!«

Lukarius sah dem in die Tiefen des Raums verschwindenden Engel nach. Vor ihm lag eine aus Lichtstrahlen gewobene Treppe, die in allen Farben des Regenbogens schillerte. Erst ging er schwerfällig, dann aber immer leichtfüßiger hinauf, berührte kaum noch die Stufen und spürte, wie er sich mit jedem Schritt ungezwungener bewegte. Er ging schon nicht mehr, sondern flog über einen unter ihm strömenden Fluß, dessen inneres Licht strahlte, und ringsum flossen gewaltige, einander durchdringende, halbdurchsichtige Sphären wie in einem bizarren Tanz dahin. Von weit her erfüllte allmählich der Gesang reiner Kinderstimmen den ganzen Raum; Ruhe und Frieden mit der Welt strömten wie silbrige, reinigende Strahlen in seine Seele. Die äußeren Formen verschwanden wie von selbst und lösten sich auf, ein bläuliches Licht mit goldenen Modulationen verschmolz mit der himmlischen Musik und dem Gesang, und alles wurde ein einheitliches Ganzes. Ohne die geringste Anstrengung und in vollem Genuß des ihn erfüllenden Glücks schwamm Lukarius in dieser Welt dahin, verspürte weder die Zeit noch die Grenzen des Raumes, sondern fühlte nur, wie ihn etwas Wunderbares und Wohltuendes umhüllte, und er begriff, daß es ein Allverzeihen gibt, so wie er wußte, was Liebe ist. Freude überschwemmte ihn wie eine Meereswelle, sein ganzes vor Glück bebendes Wesen wurde von reiner Begeisterung erfaßt. Ein grelles, unvergleichliches Licht überflutete die Welt. Es blendete nicht, sondern berührte ihn angenehm, liebkoste ihn, und in diesem Licht und dieses Licht – Lukarius wußte es genau – war Er.

»Du wolltest mit Mir reden«, sagte eine Stimme, die er in der Tiefe seines eigenen Ichs hörte, und er begriff auf einmal, daß für Ihn kein Denken und kein Wissen verborgen sein konnte.

»Lieber Gott!« Lukarius verspürte weder Angst noch das Bedürfnis, unterwürfig zu sein, sondern nur die reine Freude der

vollen Offenbarung. »Verzeih mir! Ich wollte Dir erzählen, was ich, begrenzt, wie ich bin, für unendlich wichtig hielt. Jetzt sehe ich jedoch, wie unnütz mein Vorhaben war …«
»Ja, Ich weiß alles. Du hast dich erhoben, um zu verteidigen, was du aufrichtig für Meine Idee hieltest. Dafür danke Ich dir! Du bist das Risiko eingegangen, die Seele zu verlieren, und hast dich für Mich eingesetzt. Gewöhnlich ist es umgekehrt: Da bitten Mich die Menschen um Schutz. Ich danke dir!«
»Was ich aufrichtig für Deine Idee hielt? Also war ich im Unrecht? Besteht also die höchste Bestimmung des Menschen nicht darin, durch die Arbeit seiner Seele das Gute in der Welt zu mehren?«
Alles, woran er geglaubt hatte, was den Sinn seiner Existenz ausgemacht hatte, was er in vielen Leben und Leiden angestrebt hatte, stürzte mit einem Schlag in sich zusammen, zerfiel zu Staub, und unmenschliche Verbitterung über seine innere Leere erfüllte sein Wesen, das sich qualvoll zusammenkrampfte. Aber nicht um sich grämte sich seine Seele. Was bedeutet schon das Schicksal eines kleinen, nutzlosen, gegen die Scheibe des Lebens anrennenden Insektes! Er dachte daran, wie hoffnungs- und sinnlos plötzlich das Leben von Milliarden Wesen geworden war, die sich Menschen zu nennen pflegten.
»Laß das. Verzweifle nicht. Du warst im Recht. Du warst so sehr im Recht, wie das ein Mensch nur sein kann«, sagte die Stimme, und Lukarius verspürte eine heiße Welle Seines Mitgefühls und begriff auf einmal, daß Er lächelte. »Du stehst ja immer noch am Anfang des Weges … Als Mensch vermagst du nur einen Teil der Wahrheit zu verstehen. Die Welt ist unermeßlich kompliziert in ihrer Einfachheit und Harmonie, und es ist den Menschen nicht gegeben, sie sich in all ihrer Vielfalt vorzustellen, sondern sie können sie nur mit der Seele annehmen. Von einem Hügel aus erkennt man die Gipfel einer Gebirgskette nicht. Nur mit dem Geschmackssinn allein kann man nicht den Inhalt der Bibel wiedergeben. Das wird entweder bitter oder süß.« Derjenige, Der das Licht war, lachte. »Aber

das ist auch nicht nötig. Gib Gott, was Gott gehört, und dem Kaiser, was des Kaisers ist. Wenn du glaubst, mußt du den gewählten Weg gehen, und dir eröffnet sich die Wahrheit. Der Glaube ist der Königsweg zu ihr. Nur den Aufstieg vollzieht jeder allein. Auf Golgatha geht man nicht in Massen!«

»Aber was ist denn dann mit der Maschine von Chronos? Du hast doch ihre Schaffung selbst befohlen!«

»Wenn dich ein Kind um ein Spielzeug bittet, kannst du ihm das abschlagen? Die Menschen sind auch noch Kinder. Es kommt ihnen nur so vor, als sei ihre Kindheit schon zu Ende. In Wirklichkeit sind sie einfach nur schwermütig geworden und haben aufgehört, an Märchen zu glauben. Es kommt ihnen nicht in den Sinn, daß das Leben ein Spiel ist und sie nur wissen müssen, auf welcher Seite sie spielen. Erlöst wird, wer freundlich und unbeschwert ist, ein offenes Herz hat, in diesem Leben Freude zu finden vermag und auch über sich selbst lachen kann. Wer so lebt, jagt keinen falschen Werten nach!«

»Und bestimmt das Verhältnis zwischen Gut und Böse in der Welt den Lauf der Zeit?«

»Du amüsierst Mich, Lukarius. Was du dir so alles ausdenkst!« Er lachte tatsächlich auf. »Und das Komischste ist, daß dies alles stimmt. Durch die Arbeit ihrer Seelen beseitigen die Menschen das Böse in sich und schaffen Gutes, und davon, wie und wofür sie leben, hängt der Lauf ihrer Zeit ab. Was von der Erde aus das Gute und das Böse zu sein scheinen, sind in Wirklichkeit zwei universelle Weltprinzipien, die dem Wirken des kosmischen Gesetzes von Ursache und Wirkung zugrunde liegen. Da der Mensch deren Bewegung nicht mit seinem Verstand zu erfassen vermag, vereinfacht er wie immer alles und reduziert es auf ein ihm verständliches Schema. Die menschliche Phantasie legt ihre Bilder in diese Prinzipien hinein, und diese nehmen durch die Feinheit und Empfänglichkeit der Materie, aus der sie bestehen, die von den Menschen geschaffenen Formen an. Die winzigkleine Erde ist im unermeßlichen All wie Rußland auf der Erde. Hier sind die Kräfte noch jung und die

Wünsche noch leidenschaftlich. Was aber nicht bedeutet, daß das Gute und das Böse Erfindungen sind. Es gibt sie, und sie wirken, und niemand kann die Menschen davor bewahren, einem Nergal oder einem Serpina zu begegnen. Man muß nur selbst wissen, was man tut und wohin man will. Jetzt siehst du, daß du im Recht warst. Vollauf!«

»Lieber Gott!« rief Lukarius mit ganzem Herzen. »Du bist so gütig zu mir, und ich bin doch ein Sünder. Ich zweifle! Meine Seele begreift nicht, warum der Mensch auf dem Weg zur Erleuchtung auf Wünsche und Gefühle verzichten soll. Du hast den Tod durch den Tod besiegt. Ich aber kann mich nicht damit abfinden, daß das ewige Leben das irdische Leben besiegt!«

»Das hast du gesagt!« Die Stimme verstummte, jedoch Lukarius wußte, daß Er noch da war. »Wie kann man sich vom Leben abwenden, wenn es in der Welt soviel Leid und Schmerz gibt! Man sollte nicht dem Leben entfliehen, sondern barmherzig in ihm bleiben, den Leidenden und Unglücklichen Hilfe und Hoffnung sein. Es gibt nur einen Weg, aber in Wirklichkeit wählt jeder seinen eigenen ...«

»Ich bekenne mich noch einer großen Sünde schuldig.« Lukarius verstummte, und Der, Der das Licht war, drängte ihn nicht. »Bestrafe mich für meinen Unglauben! In den Kirchen, im Gottesdienst gibt es so viel Eitles, Banales, soviel Heuchelei ...«

»Richte nicht, auf daß du nicht gerichtet wirst«, unterbrach ihn die Stimme. »Jeder dient Mir, wie er kann, und mit jedem rede Ich in seiner Sprache. Öffnet euch der Welt wie die Kinder, liebt euren Schöpfer; aber nicht als Ikone, sondern als Leben, als Ganzes, von dem ihr nur ein Teil seid. Jetzt, Lukarius« – und Lukarius begriff, daß nun über sein Schicksal entschieden wird – »kehrst du zurück in die Welt der lichten Kräfte an die Stelle, die dir zu Recht gehört. Ich könnte dich für Ergebenheit und Mut belohnen, aber Ich habe dir nichts zu geben. Für einen lichten Geist sind seine Taten der einzige Lohn. Wer das

Leben versteht, weiß, daß nur der Mensch selbst bewerten kann, wie er gelebt hat. Gerechtigkeit entsteht nicht von selbst, sondern ist unvermeidliche Folge der Entwicklung der inneren Welt. Es ist ein Unterschied: Entweder lebt man mit offenem Herzen, oder man trägt in sich das Kreuz, das von den eigenen Händen geschaffen wurde. Daher kann Ich dich nicht belohnen. Wenn du eine Bitte hast, sag's!«
»Lieber Gott!« Lukarius verspürte keine Angst, sondern nur Freude, Den zu bitten, Der alles kann. »Erweise mir die Gnade und laß mich als Mensch auf die Erde zurückkehren.«
Er erwartete, unverzüglich für Undankbarkeit bestraft zu werden, jedoch nichts geschah. Derjenige, Der das Licht war, schwieg, und Lukarius fühlte, daß Er auch traurig sein kann. Nein, er verspürte noch immer Seine Liebe, aber zur Seelenruhe und zum Einssein mit sich selbst kam noch etwas hinzu, was einen Hauch von Trauer hatte. Natürlich war Sein Gefühl viel ausgefüllter und farbenreicher, in ihm erklang die reine Melodie des purpurroten Herbstwaldes, aber Trauer war auch in ihr.
»Nun, du hast deine Wahl selbst getroffen«, hörte er die Stimme des Lichtes. »Du wirst deren Folgen erleben. Du warst ein Mensch und bleibst es und kannst dich noch immer nicht von der Hoffnung trennen, daß es menschliches Glück gibt, wie du auch nicht zu verstehen vermagst, daß die Zeit nur Traurigkeit bringt. Weil Ich es so will, kehrst du in die Welt der Menschen, in die Welt der groben Materie zurück, deren Name Unwissenheit ist. Den Weg zur Erleuchtung – den Aufstieg zur Wahrheit – wirst du wieder von vorn beginnen müssen. Du weißt, dieser Weg ist hart. Es fällt dem Menschen schwer, in Freud und Leid einem fernen Stern entgegenzustreben. Für dich wird dieser Weg hundertfach schwieriger sein. Hast du erst einmal die Höhen der Erleuchtung erklommen, wirst du nie wieder die Verletzbarkeit der Gefühle und die größere Fähigkeit zum Mitleiden einbüßen. Du hast dich selbst durch deine Hartherzigkeit des Schutzes beraubt. Unverständnis und Gehässigkeit werden

dich auf der Erde empfangen, tierische Grobheit und die Niedertracht menschlicher Handlungen werden dich wieder quälen. Ich werde dir dabei nicht helfen können. Nach dem kosmischen Karma-Gesetz trägst du in dir nicht nur die Last deiner Taten, sondern auch den von dir angesammelten Reichtum, lieben und mitfühlen zu können. Das Leben ist ein ergreifendes, aber auch grausames Spiel. Hast du dich jetzt anders entschieden?«

»Nein!«

Es heißt, wenn der Mensch auf die Welt kommt, besitze er ein absolutes Wissen von der Welt. Um ihn jedoch vor Leiden zu bewahren, fahre sein Schutzengel mit der Hand über ihn hinweg, und das Kind tritt in das Leben, ohne etwas von ihm zu wissen. Eine Welle zärtlicher Wärme umspülte Lukarius und zerrann, und er vernahm eine leise, sich entfernende Stimme voller Liebe und Mitleid:

»Dann geh!«

5

Der September ist in Moskau nicht die beste Zeit des Jahres. Matschige Straßen, ein bedrückender Nieselregen, die Menschen sind in Katerstimmung, vor ihnen liegt der Winter in seiner ganzen kalten Ausweglosigkeit. Wie jedes Jahr macht man sich vor, daß Herbstregen etwas Elegisches sei, daß er die Illusionen und unerfüllten Hoffnungen des Sommers wegspüle und man nach dieser Reinigung feierlich den Tempel seiner eigenen erhabenen Traurigkeit betreten würde. Man muß Festtage erfinden, Schwermut als poetische Stimmung rühmen, kalte Ratio über alles schätzen und darf sich unter keinen Umständen bemitleiden. Auf dem Twerskoi-Boulevard werden die Blätter von den Wegen gefegt, das mürrische Grau sonnenloser Tage macht den Arbat ausgesprochen langweilig, und selbst der Geiger in seinem von der Feuchtigkeit schwerer gewordenen Drapmantel hat sein Instrument beiseite gelegt und raucht immer häufiger unter den Kolonnaden des Theaters.

Grauer Alltag ... Auf dieser Straßenseite ist Alltag, auf der gegenüberliegenden ebenfalls, und selbst in dem hohen Gebäude mit dem geschmacklosen Stuck an der Fassade ist kein Festtag. Am Tage die Lampen anzuschalten ist immer schlecht, ein Zeichen von Hoffnungslosigkeit. Als hätten die Menschen gekämpft und gehofft, wären dann jedoch müde geworden und hätten klein beigegeben. Haben den Herbst in ihre Herzen einziehen lassen. Um dies aber vor sich selbst zu verbergen, ziehen sie die Vorhänge zu. Natürlich wissen sie im Innersten, daß dies nur ein Spiel und der Sommer unwiederbringlich vorbei ist, aber in ihrer Heuchelei gestehen sie sich das nicht ein.

Es könnte nämlich passieren, daß ihnen dann kein Lebensinhalt mehr bleibt. So aber werden sich wichtigtuerische Schatten im gelben Licht einer matten Lampe wie in einem trüben Aquarium bewegen, und ihr Leben – in Konzertausführung[25] – wird nie enden. Sprechen Sie nie einen Mondsüchtigen an! Sie haben nichts davon; er aber fällt vielleicht herunter und kommt zu Schaden. He, wer ist da? Zieht die Vorhänge richtig zu!

»Lukin, hören Sie mich? Ich rede mit Ihnen!« Er spürte, wie ihn jemand am Ellenbogen berührte.

»Ha? Was? Entschuldigen Sie, ich war in Gedanken. Ein verregneter Tag ...«

Die streng blickende Sekretärin riß mit der Handbewegung eines Zeremonienmeisters eine hohe Tür auf.

»Der Herr Professor erwartet Sie! Jetzt ist keine Zeit, aus dem Fenster zu schauen ...«, fuhr sie unzufrieden fort und ließ ihn gnädig ins Arbeitszimmer eintreten. Eine weitere Tür öffnete Lukin selbst und befand sich nun in einem von elektrischem Licht durchfluteten Zimmer. Alles glänzte hier, als sei es zu einem Festtag gereinigt und poliert worden, und die an den Wänden aufgestellten Glasschränke stellten mit der Offenherzigkeit von Kurtisanen ihren Besitz zur Schau – lange Reihen kanonisierter Werke. Ein feingliedriger Herr hinter einem riesigen Schreibtisch hob den Kopf von seinen Papieren und schaute über seine Lesebrille hinweg.

»Kommen Sie herein, Lukin, kommen Sie nur!« Nergal erhob sich, drückte ihm kurz die Hand und wies auf einen Stuhl an einem kleinen Tisch. »Nehmen Sie Platz. Was gibt's Neues, wie geht es Ihnen?«

Der Herr Professor setzte sich in einen ledernen Drehsessel, zog einen Stoß Mappen zu sich heran und schlug eine davon auf. Seine Worte waren bedeutungslos, und Lukin erlaubte sich, sie nicht zu beachten. Allerdings rechnete der Herr dieses Zimmers auch nicht mit einer Antwort. Um zu zeigen, wie beschäftigt er war, kam er auch gleich zur Sache.

»Ihren Artikel habe ich durchgesehen. Nicht übel. Wie überhaupt alles, was Sie schreiben.«
Nergal starrte auf eine Stelle von Lukins Stirn, die ein farbiger Punkt geziert hätte, wenn Lukin eine Inderin gewesen wäre. Die Gewohnheit des Herrn Professor, über die Augen seines Gesprächspartners hinwegzusehen, kannte Lukin schon lange. Dennoch ging sie ihm bei jeder Begegnung erneut auf die Nerven. Er hat doch etwas Vogelhaftes an sich, dachte er beim Betrachten seines Gegenübers. Etwas von einem Sekretärsvogel.
»Jedoch«, fuhr Nergal fort, ohne die Augen zu senken, »halte ich seine Veröffentlichung nicht für möglich. Das sage ich Ihnen als Chefredakteur der akademischen Schriften. Ihre Darlegungen zum Ausgang des Bürgerkrieges und zum Schicksal des Landes unter besonderer Berücksichtigung der Kämpfe um die Station« – er verglich mit der Mappe – »Shutowo bringen durchaus Neues und Interessantes, vor allem Ihre Behauptung, daß ein bis zwei Dutzend weißgardistischer Bajonette dem Lauf der Geschichte eine andere Wendung hätten geben können … Unterhaltsam. Sehr sogar. Könnte bestimmt eine umfassende Polemik auslösen, aber …«, Nergal hob den Finger, »zur Unzeit! Das Thema Bürgerkrieg in einer so instabilen Zeit anzuschneiden … da könnten wir mißverstanden werden. Bestimmt finden sich Leute, die darin eine Provokation sehen. Nein, natürlich, als Russe bin ich mit ganzem Herzen dafür, aber wir müssen abwarten, müssen sehen, wie alles weitergeht …«
Diese Worte kommen mir bekannt vor! wunderte sich Lukin plötzlich. Also wiederholt sich die Situation. Genauso hatte man ihn bei der Verteidigung seiner Dissertation hingehalten. Nergal war schon damals als hauptberuflicher Parteisekretär des Instituts ein hohes Tier gewesen. Am Zusammenschreiben seiner Habilitationsarbeit hatte die ganze Abteilung mitgewirkt, und zum korrespondierenden Akademiemitglied wurde er mit Gewalt durchgeboxt. Aber das war alles erst später ge-

wesen. Damals aber wurde in allen Ecken getuschelt, und Lukins Schicksal hatte an einem seidenen Faden gehangen. Es war unklar gewesen, wie es mit ihm weitergehen würde. Die einen meinten, er bekäme allein schon deshalb einen Tritt in den Hintern, weil er die Frage nach der Verantwortung für den Bürgerkrieg gestellt hatte, andere behaupteten, die Arbeit müßte gleich zur Habilitation eingereicht werden, und er selbst käme zur Staraja ploschtschadj, wo man frisches Blut brauchte. Der erfahrene und der Leitung nahestehende Serpinow war mit Lukin mehrmals durch die langen Korridore des Instituts spaziert und hatte ihm nachdrücklich zu erklären versucht, daß alles davon abhänge, wie man es einschätzen würde. Wer es einschätzen würde, blieb unklar. Es wurden irgendwelche geheimnisvollen Andeutungen gemacht, aber auf jeden Fall mußte die endgültige Entscheidung von Nergal gefällt werden, und der drehte und wendete sich, obwohl er immer noch grüßte. Eine Aussage Serpinows hatte Lukin besonders erschüttert: Es gäbe Akademiemitglieder, die von der Wissenschaft berufen seien, und solche, welche die Partei berufe. Aber viel Zeit zog ins Land, auf der Staraja ploschtschadj stand den Leuten ganz eindeutig nicht der Sinn nach ihm, und nachdem die Leitung mit ihren Hintern auf den Stühlen genügend hin und her gerutscht war, ließ sie ihn doch zur Verteidigung zu, und ohne allzu großen Lärm wurde der Kandidat der Geschichtswissenschaft gebacken. Woher das nur kommt – dachte Lukin – daß sich ganz von selbst eine Gattung Menschen entwickelt, die unter jeder Regierung auf einem schneeweißen Roß voranreitet!
»Natürlich«, fuhr der Professor inzwischen fort, »haben Sie eine neue Vorgehensweise, haben tüchtig in den Archiven gearbeitet, aber« – hier lächelte Nergal verschwörerisch, und seine Stimme bekam einen intimen Beiklang – »die Geschichte ist eine angewandte Wissenschaft, und da darf man keinen Fehler machen bei der Entscheidung, wann und wo man sie anwendet.« Er lachte zufrieden auf, und Lukin bekam auf einmal

Angst, daß dieser kleine, durchaus nicht mehr junge Mann an ihn herantreten und ihm wegen seiner raschen Auffassungsgabe wie ein Vater aufmunternd die Wange tätscheln würde. Statt dessen jedoch verfinsterte sich die Miene des Professors, und er hörte auf zu lachen.
»Es gibt da noch eine Frage, derentwegen ich Sie eigentlich herbestellt habe.« Er machte eine dramatische Pause. »Reden wir von Mann zu Mann. Sie haben natürlich von den bevorstehenden Stellenkürzungen gehört, und ich möchte nicht, daß Sie hinterher sagen, man habe Sie nicht gewarnt. Nein, es ist noch nichts entschieden, aber passieren kann allerlei ...«
»Ich arbeite aber doch schon 14 Jahre am Institut!«
»Ach, lieber Freund, wer zählt schon die Jahre! Jetzt gibt's keine Parteileitung mehr und somit niemanden, bei dem Sie sich beschweren können. Allerdings mag das für Sie auch eine Verbesserung sein, denn Sie sind noch jung und könnten etwas anderes betreiben. Ins Geschäftsleben einsteigen zum Beispiel. Zumindest hätten Sie dann Geld. Geschichte aber ist für uns alle so eine Art Hobby ...«
Der Professor erhob sich. Das Gespräch war beendet. Lukin drückte automatisch die ihm gereichte Hand und ging ins Vorzimmer. Das Echo seiner Schritte hallte dumpf in dem langen Korridor und verstummte im Schacht der Treppenläufe. Ihm war beklommen ums Herz, und irgendwelche leeren, nichtssagenden Worte gingen ihm durch den Kopf. Er begriff immer noch nicht recht, was geschehen war. Er zog sich den Mantel über, setzte sich die Schirmmütze auf und verließ das Institut. Der Regen hatte nicht nachgelassen, Wasser strömte die Fahrbahn entlang. Alles Quatsch! dachte Lukin, als er so wahllos durch die Pfützen patschte. Aber es muß etwas getan werden. Unverzüglich muß etwas unternommen werden!
Anna stand am Fenster und schaute auf den Hof hinaus. Sie sah Lukin gleich, als er aus dem Torbogen heraustrat. Sie erblickte ihn und erkannte ihn im ersten Augenblick nicht. Einen Angehörigen nicht zu erkennen ist immer schlimm, weil man

in dem kurzen Augenblick, da er einem fremd vorkommt, ausgesprochen erbarmungslose Dinge verstehen und entdecken kann, deren Annahme das Gehirn zu Zeiten wohltuender Verwandtschaftlichkeit einfach verweigert. Das grausame Auge schont den Fremden nicht und bemerkt alles bis auf die letzte Runzel. So stellt sich plötzlich heraus, daß die alte Frau da auf der Straße deine Mutter und der Mann mit dem krummen Rücken, dem müden Gesicht und den abgetragenen Schuhen dein Geliebter ist. Das kann doch aber nicht sein! In deiner Brust zerreißt etwas. Aber das bereits durch Wissen vergiftete Gehirn korrigiert ganz kaltblütig: Es kann sein! Und wie!

Anna fuhr mit der Hand über die im Nu beschlagene Scheibe, aber auf dem Hof war schon niemand mehr zu sehen. Nur die Regentropfen drängten sich zu Rinnsalen zusammen und liefen auf das Blech des Fenstersimses hinunter. Als fürchte sie, am Fenster ertappt zu werden, setzte sie sich an den Küchentisch und schlug ein Buch auf. Der Schlüssel wurde bereits im Schloß herumgedreht, die Tür knarrte, und die Türkette rasselte. Eine Zeitlang hantierte er noch in der Diele herum und erschien danach in der Zimmertür.

»Du? Ich hatte dich später erwartet.« Anna zögerte ein wenig, blickte dann aber sofort ihren Mann an, als habe sie sich endlich dazu durchgerungen. Er stand vor ihr in seinem unvermeidlichen karierten Sakko und hatte wie immer die Hände in den Taschen. Sie konnte sich nicht erinnern, wann er die Gewohnheit angenommen hatte, das Hemd über dem dünnen Pullover zu tragen. Jetzt aber ging ihr das auf die Nerven. »Ich habe im Institut angerufen, aber da wurde mir gesagt, du seist schon gegangen ...«

Lukin trat ans Küchenfenster.

»Ein schwermütiger Tag ist das heute ...«

Anna legte stirnrunzelnd das Buch beiseite. Wie lange kann man nur ein und dieselben Sachen tragen? Die Hose müßte auch längst in die Reinigung oder zumindest gebügelt werden. Sie musterte ihren Mann, wie er da so gekrümmt dastand ...

Herrgott, wie lange das schon alles her ist! An dem Tag damals trug er einen leichten grauen Anzug und eine Fliege zu einem himmelblauen Hemd. Er hatte solche Fliegen immer gern getragen und ist dann erst später, irgendwie unmerklich, zu Rollkragenpullovern übergegangen. An dem Tag damals ... war er fröhlich lächelnd die Straße heruntergekommen, und sie hatte gleich verstanden, daß dieser junge, gutaussehende Mann zu ihr wollte, die sie am Eheschließungspalast stand.

»Ich heiße Lukas«, hatte er mit geradezu jungenhafter Ausgelassenheit gesagt, ihre Hand genommen und sie geküßt. »So nennen mich meine Freunde.«

Und alles, was mit ihr bis zu dieser Begegnung geschehen war, wurde plötzlich unwichtig und unnötig. Inmitten von anderen Menschen hatten sie den Tag in trauter Zweisamkeit in der von der Frühlingssonne durchfluteten Stadt verbracht. Und soviel sie nachher auch darüber nachdachten, was für Hypothesen sie auch aufstellten – es blieb völlig unverständlich, warum er an dem Tag damals in einen fremden und fernen Moskauer Stadtbezirk zum Eheschließungspalast gekommen war.

»Das Schicksal spielt mit dem Menschen«, hatte Lukin gesagt, »und der Mensch spielt auf der Trompete ...«

Unermüdlich hatte er diesen Ausspruch wiederholt, und mit der Zeit hatte ihn Anna einfach zu hassen begonnen. Leere, nichtssagende Worte, und dazu dieser leichte, lässige Ton, in dem sie ausgesprochen wurden ... Was wird nur aus den Gefühlen? Wann ist aus ihrem Festtag Alltag geworden?

»Weißt du, wer mich heute angerufen hat?« fragte sie, um das sie überkommende Selbstmitleid zu vertreiben. »Du wirst es nicht glauben. Teljatnikow!«

Er drehte sich um und sah Anna erstaunt an. Im Licht des grauen Tages, das hinter seinem Rücken hervorkam, wirkte sein Gesicht wie ein weißer Fleck.

»Kannst du dich nicht an Teljatnikow erinnern?« fragte Anna verwundert. »An Sergej Sergejewitsch? Als wir uns damals kennengelernt haben, hatte ich auf ihn gewartet. Wir wollten das

Aufgebot bestellen! Und danach ist er noch ein paarmal bei mir gewesen und hat mich gebeten, zu ihm zurückzukommen ...«

»Ja, ja, jetzt erinnere ich mich.« Lukin fuhr sich mit der Hand durch die schon früh ergrauten Haare. »Und will das dein Teljatnikow jetzt immer noch?«

»Stell dich bitte nicht so dumm! Du weißt doch ganz genau, daß ich es nicht ertragen kann, wenn du dich über die Gefühle anderer Menschen lustig machst! Übrigens hat Sergej Sergejewitsch eine kolossale Erfindung gemacht, und sein Anruf war gewissermaßen eine Art Abschied. Er soll jetzt Vorlesungen in Amerika halten, und ich kann mich erinnern, daß wir bei uns in der Nachrichtensendung etwas über ihn gebracht haben. Ich wollte sogar nachprüfen, ob er's vielleicht ist, aber in der Hektik habe ich das dann offensichtlich vergessen ...«

»Und was hat er da nun so entdeckt?« interessierte sich Lukin mit einem ironischen Lächeln.

»Etwas über die Verbindung zwischen den Zeiten. Er meinte, daß mit seiner Formel die Zukunft vorausgesagt werden kann ...«

»Willst du's versuchen? Oder bereust du's vielleicht? Jetzt wärst du mit ihm nach Amerika gefahren, hättest irgendwo in Kalifornien gewohnt oder auf den Bahamas ... Bahama, Bahama-Mama!« begann er zu singen, ohne sich viel darum zu kümmern, ob die Melodie stimmte.

»Lukin, sprich nicht so mit mir! Laß das! Ich sehe doch ohnehin, daß du wehmütig hoch drei bist.« Im Halbdunkel der Küche suchte sie zu erkennen, was er für ein Gesicht machte. »Ist etwas passiert?«

»Nein, nichts Besonderes. Was kann in unserem Leben schon passieren?« fragte er achselzuckend.

»Lüg nicht, Lukin. Das kannst du nicht!« Anna stand auf und ging auf ihren Mann zu. »Unannehmlichkeiten am Institut?«

Er wandte sich ab und schielte durch die beschlagene Scheibe. »Weißt du, seitdem wir in die Wohnung deiner Tante gezogen sind, habe ich ein seltsames Gefühl. Mir ist, als müßte man von hier aus das Haus der Regierung an der Uferstraße sehen können. Schaut man aber hin, ist keines da. Das geht mir auf die Nerven …«

Lukin blickte zu seiner Frau hinüber. Die stand da und hielt die Arme abwartend vor der Brust verschränkt. Er holte Zigaretten aus einer Sakkotasche und zündete sich eine an. Graublauer Rauch strömte zum Klappfenster.

»Wirklich, ein seltsamer Tag … In der Arbeit find ich alles zum Kotzen. Nach Hause bin ich zu Fuß über die Steinbrücke gegangen …« Er strich das bißchen Asche an seiner Zigarette im Aschenbecher ab. »Kannst du dir das vorstellen? Da komme ich doch in die Mitte der Brücke und sehe auf einmal anstelle des Freibades die Erlöserkathedrale … Ganz weiß steht sie da und scheint im Regendunst zu fließen. Dann zitterte das Ganze irgendwie, und die Hauptkuppel begann fürchterlich Schlagseite zu bekommen und stürzte ein. Wie in Zeitlupe. Nur eben bei völliger Stille, verstehst du. Ganz still war's! Wenn man wenigstens den Knall einer Explosion gehört hätte, wär's noch zu ertragen gewesen …« Er hob die Zigarette an die Lippen und zog kurz. »Ich stehe da, bin ganz fassungslos von dem, was ich da gesehen habe, und höre auf einmal hinter mir Bremsen kreischen. Drehe mich um, und da steht ein riesengroßer ausländischer Wagen am Bürgersteig, und irgend so 'n kleiner, fieser Typ kommt herausgekrochen. Dicke Lippen, ein Gesicht wie 'n Feuermelder, graues Haar mit Halbglatze und hektisches Gehabe wie ein Polizeispitzel, dafür aber hochmoderner Anzug und Ring am Finger. Hinter ihm eine schöne, stattliche Frau im Zobelpelz, aber nachlässig geschminkt. Möchtegern. Während ich da so stehe und gucke, winkt mir der Glatzkopf ganz locker zu: ›Komm, komm … Was gaffst du so? Hast wohl das neue Rußland noch nicht gesehen? Na, dann guck's dir an!‹ Und schiebt die Frau vor. Ich trete zur Seite, und wie ich wieder hinsehe, hat die gar keinen Zobelpelz, sondern trägt abgetretenes Schuhwerk und eine Wattejacke, an die sie ganz grob, so mit Stecknadeln, ein Tierfell geheftet hat. Der Glatzkopf verschwindet mit seinem Wagen, die Frau aber dreht sich um, sieht mich an – um die Stirn hatte sie ein Tuch – und sagt gar nichts, aber ihre Augen sind voller Traurigkeit. In mir hat sich auf einmal alles um und um gewendet, die Kehle war mir wie zugeschnürt, Schmerz überkam mich, und zum Brechen war mir, daß ich am liebsten gleich den Kopf in die Schlinge gesteckt hätte. Ich fühlte mich irgendwie schuldig vor ihr!«

Lukin zog noch einmal gierig an der Zigarette und drückte sie dann aus. Anna schwieg. In ihrem Blick mischten sich Mitleid und Müdigkeit. So sieht man einen Menschen an, der einem nahesteht, aber hoffnungslos krank ist.

»Und im übrigen, schöne Marquise ...« Er zwinkerte ihr zu.

»Lukin! Was machst du mit dir, Lukin? Du bringst dich noch um.« Anna strich ihm mit der Hand über die Wange. »Herrgott, wenn einer wüßte, wie müde ich von deiner Selbstzerfleischung und deinen Phantastereien bin! Alle anderen sind normal, aber du kommst nicht zurecht mit der Welt. Sag mal, was geht mit dir vor?«

»Was?« Lukin überlegte und sah seine Frau an. »Gar nichts. Habe es wahrscheinlich über, Mensch zu sein ...«

Er schob Anna beiseite, trat in den Korridor hinaus und kam mit einer uralten Aktentasche zurück.

»Ich wollte dir schon lange ein Geschenk machen.« Lukin stellte die Aktentasche auf einen Stuhl, ließ die Schlösser aufschnappen und holte ein in Papier eingewickeltes, flaches Rechteck heraus. Er öffnete die Verpackung, lehnte das Bild an die Vase auf dem Tisch und trat zur Seite. Auf einem eingerahmten Stück Pappe standen zwei rosafarbene, tanzende Flamingos in raffinierten Posen. »Hier, anstelle unseres abstrakten Stillebens ...«

Mit stockendem Atem betrachtete Anna das Bild.

»Weißt du, ich habe das Gefühl, das alles schon einmal erlebt zu haben ... Diese Vögel und dieser verregnete Tag. Lukas, mein lieber Lukas, was geht mit uns vor?« Anna trat zu ihrem Mann und schmiegte sich an ihn. »Liegt wirklich alles Schöne bereits hinter uns? Ich habe das Gefühl, daß wir uns voneinander entfernen, daß du irgendwie weggehst. Was wird aus uns?«

»Das Leben geht weiter.« Lukin faßte seine Frau um die Schultern. »Infolge des Fehlens einer Alternative ...«

»Du immer mit deinen Späßen! Manchmal kommt es mir so vor, als ob du dich überhaupt nicht verändert hättest, als ob du immer noch ein Wunder vom Leben erwartest. Laß das, Lukas. Warte nicht. Wenn das Wunder nicht kommt, ist das immer sehr schmerzhaft ...«

Die alte Uhr begann auf einmal zu surren und dann zu schlagen. Lukin zuckte zusammen. In ihrem Schlagen glaubte er etwas Beunruhigendes und Lockendes zu hören.

»Weißt du«, sagte er, und etwas schien ihn nervös zu machen, »heute morgen hat Eussej angerufen. Er hat wieder mächtigen Ärger. Ich hab ihm versprochen vorbeizukommen ...«

»Bei deinem Eussej geht auch immer alles schief.« Anna schob die Hand ihres Mannes von ihrer Schulter. »Mit allen hast du Mitleid! Wenn nur einer mit dir welches hätte! Zumindest haben's alle deine Unglücklichen im Leben schon weiter gebracht als du. Brauchst doch nur an die Geschichte mit Serpinow zu denken! Du hast dir förmlich ein Bein ausgerissen, auf Versammlungen gesprochen, damit er Abteilungsleiter wird. Dabei ist das überhaupt nicht nötig gewesen, wie sich herausstellte. Er ist klammheimlich und leise in seinen Abgeordnetenposten hineingerutscht, während du Lobesreden gehalten hast. Er und Nergal hatten alles schon vorher ausgeheckt. Und so ist es doch mit allem, Lukas ... Wie lange kann man nur so naiv durchs Leben gehen!«

»Es ist doch schade, daß sie dich in der Schtschukin-Schauspielschule nicht angenommen haben«, schmunzelte Lukin. »Was für eine Schauspielerin da verlorengegangen ist!«

»Gut«, stimmte Anna plötzlich zu, »fahr zu deinem Eussej,

mach ihm die Freude. Hinterher aber gleich zu Maschka. Ich habe doch angerufen, um dir wegen der Einladung Bescheid zu sagen. Wir sollen uns ihren Zukünftigen ansehen ...«

»Nein, da arbeite ich lieber! Was soll ich mir den ansehen?« Lukin zuckte unzufrieden mit den Schultern. »Ich bin mit ihm schon an die 15 Jahre bekannt und brenne, ehrlich gesagt, nicht darauf, seine langweilige Visage zu sehen.«

»Wie denn, habe ich dir das etwa nicht erzählt?« Anna schlug die Hände zusammen. »Maschka hat ihn doch verlassen und einen anderen gefunden!«

»Maria Nikolajewna?« wunderte sich Lukin. »Deine Drei-Zentner-Maschka?«

»Stell dir vor. Und es kommt schließlich nicht auf ihre Zentner an, sondern darauf, daß sie sich lieben! Sie hat ihn auf einem Philosophensymposium kennengelernt und sich in ihn verliebt. Sie meint, er sei so klug und so unglücklich. Er hat eine Mähne mit lockigem Haar, sie nennt ihn Diogenes und beteuert, daß sie sich für den Sommer ein Zweibett-Faß am Meer nehmen. Es kommen nur drei Pärchen und noch einer ihrer französischen Kollegen, die als Austauschwissenschaftler an der Universität arbeiten. Ein gemütlicher Abend zum Kennenlernen. Mit ihrem Diogenes soll man sich interessant unterhalten können. Und zieh dich bitte anständig an. Immerhin ist das eine Abendgesellschaft, und außerdem kommen Ausländer ...«

Die Begowaja-Straße gehört nicht gerade zu Moskaus Sehenswürdigkeiten. Einst war sie grün, bestand aus einstöckigen, von deutschen Kriegsgefangenen gebauten Einfamilienhäusern mit Vorgärten und ist aus einer Wohngegend zu einer schmutzigen, belebten Verkehrsader der Hauptstadt geworden. Aber obwohl sie verdreckt ist und nach Abgasen stinkt, war sie Lukin ans Herz gewachsen, so wie dem Menschen ein Stück Kindheit teuer ist. Schon lange ist das alte Haus abgerissen, die einstigen Spielkameraden sind in der ganzen Stadt verstreut, und ihre Spuren sind von Millionen hastiger Füße ausgetreten, aber in der großen, finsteren Wohnung, deren Fenster auf den Hof hinausgehen, wohnt immer noch Eussej, und das wärmt die Seele. Soweit Lukin zurückdenken kann, waren hier immer Leute zu Besuch, in den Zimmern standen große Pappkoffer wie Tiere im Zoo, und alle saßen gemeinsam zu Tisch. Aber dann starben nach und nach Eussejs Verwandte geradezu schmerzhaft unmerklich, die Wohnung wurde leer, und die Tradition der Großfamilie brach ab.

»Die Zeit hat sich einfach geändert!« hatte Eussej damals erklärt. »Wir sind dumm, wollen nicht verstehen, daß sie unser Leben gestaltet, sich an ihm beteiligt. Du studierst Geschichte, zerbrichst dir den Kopf, warum es Kriege und Revolutionen gibt, und dabei ist alles ganz einfach: Die Zeit dafür ist da!«

Aber auch das ist schon lange her und für immer vorbei, vergessen sind die hitzigen Streitgespräche, und dann waren sie nur noch drei und danach zwei. Serpinow hatte sich irgendwie – und auch wieder unmerklich – entfernt, und obwohl er irgendwo in der Nähe war, sahen sie ihn nur noch im Fernsehen. Einmal hatte er angerufen und Eussej eine Funktion in seiner Partei angeboten. Der aber hatte abgelehnt. Man macht sich zu leicht die Hände schmutzig.

Der Regen hatte aufgehört. Die schäbige, alte Haustür krachte noch immer durch ihre mächtige Feder. Die ausgetretenen Stufen führten von selbst in den zweiten Stock. Das Fenster auf dem Treppenabsatz mit dem Spinngewebe davor schien noch immer so undurchsichtig wie einst. Lukin klingelte. Zweimal kurz und – nach einigem Warten – einmal lang. Ihm wurde ewig nicht aufgemacht, und er fürchtete allmählich schon, die Wohnung sei leer. Das kommt ja vor, und man merkt es, wenn die Klingel so einsam scheppert. Aber da rumpelte und polterte etwas, und hinter der hohen Tür waren schlurfende Schritte zu vernehmen. Einer ihrer Flügel öffnete sich, auf der Schwelle stand wie festgebannt Eussej. Über einem an den Knien ausgebeulten Trainingsanzug trug er einen alten Armeemantel mit hochgeklapptem Kragen.

»Es ist kalt!« sagte er anstelle einer Begrüßung. »Was stehst du da rum? Komm rein!«

Er war zwar nicht betrunken, aber nicht alle Töne gelangen ihm gleich, und seine Angewohnheit, die Wortenden zu verschlucken, war ausgesprochen irritierend.

»Die Liebe kommt so unverhofft«, sang er, als er seinen Gast in ein großes Zimmer begleitete, das kalt wie ein Grabgewölbe war, »wenn man sie nicht erwartet ...« Eussej ließ Lukin am Tisch Platz nehmen und klopfte ihm auf die Schulter. »Hab keine Angst, sie kommt nicht! Ljubka[26] ist heute morgen zu ihrer Mutter gefahren. Hat die Kinder genommen und ist abgezischt. Sieh mich an, Lukas: Ich bin doch kein Mistvieh?« Er drehte sich um und zeigte sich von vorn und im Profil. »Warum sagt sie dann, ich sei ein Mistvieh?«

»Sie haben dich schon wieder verlassen ...« Lukin besah sich den ärmlichen Tisch, das Kissen und die Decke, die zerknautscht auf dem Sofa herumlagen.

»Niemand hat mich verlassen. Warum verfällst du immer ins Extrem?« Eussej ging um den Tisch herum und setzte sich ihm gegenüber. »Sind weggefahren, weiter nichts! Freie Menschen in einem freien Land. Und überhaupt – warum bist du heute so schmuck angezogen? Anzug und Schlips. Wie 'n Diplomat! Oder hast du gedacht, ich hätte dich zu meiner Totenfeier bestellt?« Er nahm eine Flasche vom Tisch und hob den Korken mit dem Messerende ab.

»Siehst du, die habe ich nicht angerührt. Weil ich auf dich gewartet habe! Sogar ein bißchen hingelegt hab ich mich ...« Sein aufgedunsenes Gesicht machte einen ziemlich müden Eindruck.

»Laß das, Eussej. Trink nicht«, bat ihn Lukin.

»Jetzt kommst du mir auch noch damit!« Eussej füllte die Gläser. »Ich tu's doch nicht, um mich zu betrinken, sondern um die Abscheulichkeit, die sich versehentlich unser Leben nennt, künstlerisch wahrzunehmen ... Hast du schon mal was von alkoholischem Impressionismus gehört? Oder vielleicht weißt du, was für eine Qual das ist, sich jede Sekunde als jemanden zu empfinden, der in der Zeit lebt? Na siehst du ...«

Er hob das Glas und stieß mit Lukin an. Forsch und mit Genuß trank er, räusperte sich kräftig und aß dann eine Essiggurke.

»Du willst es dir einfach nicht eingestehen, alter Freund, daß wir gegen unsere innere Leere ankämpfen und nichts anderes tun als das. Ach, nicht nur wir – alle leben so!« Wie immer wurde er nach einem Gläschen sehr gesprächig. »Wir können nicht durch die Wüste unseres Daseins gehen, ohne sie mit Fata Morganas zu bevölkern, ohne uns einzureden, daß die Gleichgültigkeit und die Müdigkeit, die wir gegenüber dem Leben und den Frauen empfinden, wahre Liebe sei. Die Welt an sich ist schon grau wie die Wand einer Bedürfnisanstalt, und wir streichen sie noch bunt an, damit das Leben drolliger wird. Das sind alles Fata Morganas, alter Freund. Ich habe mich auch schon von ihnen faszinieren lassen, bin ihnen mit ausgestreckter Hand um Christi willen, mit letzter Hoffnung nachgelaufen. So gern hätte ich an sie geglaubt! Aber leider ...« Eussej verzog das Gesicht und öffnete die Faust, in der sich nichts befand. »Du kannst natürlich sagen – ›und die Liebe?‹ Aber der Zug hält nicht mehr an dieser Station! Ich bin 17 Jahre verheiratet. So lange lebt die Liebe nicht. Sie kann alles ertragen, alle Mühsal und alle Entbehrungen, nur nicht die Zeit. Frauen muß man aus der Entfernung lieben, alter Freund ... Der Mensch ist überhaupt eine stark wirkende Substanz. Den muß man in homöopathischen Dosen einnehmen ...« Er wurde zusehends betrunken. »Und warum sagst du jetzt nicht, man muß für die Arbeit leben? Sag's doch! Nur lassen mich kleinkarierte Ambitionen und billiger Ehrgeiz jetzt kalt. All das ist schon lange vorbei. Und was ist geblieben? Ab-so-lut nichts! Das Leben endet wie eine Theatervorstellung, Lukas. Nichts gibt's mehr zu zeigen, und doch will der Vorhang nicht fallen.

Allerdings habe ich ja wenig gewollt und noch weniger erreicht. Zum Teufel mit mir! Man wird müde, weil der Müllhaufen um einen herum so sinnlos und verworren ist, wird müde, Zeuge seines eigenen Lebens zu sein ...«

Er griff nach der Flasche und goß Wodka in die Gläser.

»Weißt du, ich habe hier so meine Überlegungen angestellt, und ein Gedanke hat mich erschüttert. Man kann Noten nehmen und den ganzen Abend Chopin spielen. Aber niemandem wird es einfallen, zum eigenen Vergnügen Pasternak abzutippen! Ach, vergessen wir Pasternak. Ich habe selbst schon angefangen, ein bißchen zu schreiben. Was hältst du davon: ›Es war der dritte Tag des Weltuntergangs. Langsam kreisend fiel radioaktiver Schnee und verhüllte fürsorglich einen Haufen Hundescheiße!‹ Ist doch 'n Bild, ha?«

»Du solltest wirklich nichts mehr trinken.« Lukin versuchte, Eussej das Glas wegzunehmen, aber der fing seine Hand ab.

»Nicht so hastig, Kommandeur! Wenn ich trinke, bekomme ich Anregungen. Du willst dir doch was verdienen? Dann mach dir mal Gedanken, wie man rasch und problemlos verrückt wird. Glaub mir, du wirst dich vor Interessenten nicht retten können! Selbstmord ist eine große Sünde. Aber hier bist du einszweidrei sauber aus dem Spiel, und alle Niedertracht dieser besten aller Welten geht dich überhaupt nichts mehr an. Der größte Fehler von Ihm« – Eussej zeigte mit dem Finger zur Decke – »besteht darin, daß er die Schweinehunde hat begreifen lassen, daß sie Schweinehunde sind! Ein Schwein kriegt keine Komplexe davon, daß es ein Schwein ist, und der Mensch sollte das auch anstreben ...«

Das Gesicht verziehend, trank Eussej sein Glas aus und schüttete Büchsenfleisch auf eine Untertasse.

»Man braucht nichts weiter, als sich damit abzufinden, daß man selbst ein Schwein und ein Nichts ist. Da haben sich welche was von ›Krone der Schöpfung‹ ausgedacht!« Er grinste höhnisch, gabelte mit einem Messer ein Stück Büchsenfleisch auf und machte sich ans Kauen. »Das Leben ist eine einfache

Sache. Man muß es leben, am Ende darauf spucken und es vergessen! Ich kann mir vorstellen, wie man sich ärgert, wenn man gestorben ist und hinterher absolut nichts mehr vorfindet. Das wird vielleicht ein Witz!« Er lachte laut auf.

»Ich weiß, warum du so redest.« Lukin hatte sein Glas geleert und schnitt Büchsenfleisch in kleine Scheiben. »Du sagst das alles bloß, weil du Angst vor dem Leben hast und vor ihm davonläufst ...«

»Ich und Angst haben?« Eussej erhob sich. »Und das sagt einer, der sein Leben lang in den Abfällen unserer Geschichte herumgewühlt hat! Wenn du's wirklich wissen willst: Alles, was du da machst, ist reinster Masochismus. Das alles brauchst nur du. Du suchst Zuflucht in der Vergangenheit. Nicht ich ...«

Er setzte sich wieder und sah Lukin an. Der hatte sich abgewandt und schaute durchs Fenster in die Dunkelheit. Eussej neigte sich zu ihm und sah ihm ins Gesicht.

»Verzeih mir, Hundesohn, es war nicht so gemeint!« Er streckte seine Hand aus und legte sie auf Lukins Hand. »Wirklich nicht.«

»Ich bin dir doch nicht böse. Du hast leider recht. Ich hab selbst schon darüber nachgedacht.« Lukin griff nach der Flasche und füllte die Gläser. »Weißt du, das Buch von der Emigration der Weißen werde ich wohl nicht zu Ende schreiben. Wer braucht das schon ... Es ist sogar albern, so einen Ladenhüter anzubieten. Was kümmern uns all die Herren Offiziere, die Blüte der russischen Nation, die sich an Rußland erinnert haben, wenn sie als Söldner in Afrika verreckt sind oder die Bürgersteige europäischer Hauptstädte mit ihren löchrigen Schuhen poliert haben ...«

»Richtig! Schreib das nicht zu Ende! Wen juckt schon fremdes Leid?« Eussej neigte den Kopf zur Seite und kaute auf seinen Lippen herum. »Schreib wirklich nicht über die, Lukas. Der Mensch ist so beschaffen, daß er nicht die Wahrheit sagen kann. Entweder verleumdet er andere, oder er hebt sie in den Himmel. Existentialismus, alter Freund, alles nur Existentialismus …« Er fuhr mit der Gabel über den Teller und versuchte, eine kleine gesalzene Tomate zu fangen. Schaffte es aber nicht. »Vielleicht haben die's verdient?« Er hob den Kopf. »Vielleicht ist das die Vergeltung für Grausamkeit und Ambitionen. Es reicht ja nicht, die Heimat nur zu lieben … Im übrigen, wenn einer über sie richten kann, dann nur Gott! Komm, laß uns trinken.«

Sie tranken, ohne anzustoßen. Lukin blickte zu Eussej. Nach seinem Gefühlsausbruch saß dieser schlaff und kraftlos da und machte ein unzufrieden-verdrießliches Gesicht. Eine Weile zögerte Lukin, sagte dann aber doch:

»Hör mir mal aufmerksam zu! Wir haben jetzt beide getrunken. Aber das, was ich dir sagen will, ist für mich sehr, sehr wichtig! Ja, ich weiß, das Leben ist ohne Inhalt, und eine müde Seele und Schmerz über verlorene Fata Morganas sind alles Dinge, die ich auch kenne. Aber jetzt überleg einmal: Und wenn dies nun alles nicht von ungefähr käme? Wenn ein Kind heranwächst, nimmt man ihm die Rassel weg, weil es die nicht mehr braucht. Und nun ist die Liebe weg, fast alle Freunde sind weg, keiner braucht deine Arbeit … Ja, vielleicht ist das alles genau so geplant gewesen, und ein höheres Wesen trennt den Weizen von der Spreu und gibt dem Menschen eine letzte Chance, die einzig richtige Entscheidung zu treffen, nämlich den Weg der Erleuchtung einzuschlagen und zu sich selbst aufzusteigen.«

Auf Eussejs aufgedunsenes Gesicht trat ein höhnisches Lächeln.

»Noch so 'ne Fata Morgana? Selig sind die Sanftmütigen. Die haben's leicht auf dieser Welt. Weil sie in einer ausgedachten Welt leben! Und so rennen wir hin und her zwischen den Luftschlössern der Zukunft und dem Friedhof der Hoffnungen von gestern …«

»Warte mal, du hast mich nicht bis zu Ende angehört! Immer häufiger kommt mir das Verständnis für etwas Bedeutendes, das ganz in der Nähe, unabhängig von mir besteht. Man muß nur lernen, diese Welt in seiner Seele festzuhalten und den Himmel über dem Kopf zu sehen. Ich habe das Gefühl, an einem Grenzpunkt angelangt zu sein. Habe ich den überschritten, beginne ich einen schweren, anstrengenden Weg, auf dem ich aber sehr glücklich werde ...«

»Ich kenne diesen Weg. Den hab ich schon hinter mir.« Eussej konnte nur noch mit Mühe die Augen offenhalten. Ein klägliches Lächeln schwamm auf seinem schwergewordenen Gesicht. »Er führt zum Friedhof! Mach dir nichts vor, Lukas. In deinem Leben geschieht nichts mehr, außer daß du alt wirst. Und das dauert lange und ist ekelhaft, erniedrigt dich, weil du zahllose Krankheiten kriegst und als alter Mann unzählige Kränkungen hinnehmen mußt. Unser Leben, Lukas, ist ein großes Mißverständnis in knallbuntem Bonbonpapier mit Happy-End – alle sterben ... Unser Herrgott muß ein großer Spaßvogel sein, wenn er so eine amüsante, in ihren Sünden erfindungsreiche Tierherde wie die Menschheit erschaffen hat. Ich vergebe dir an Seiner Stelle alle Sünden. Und jetzt trink aus und geh. Geh weg, Lukas, und stör mich nicht bei meiner Trauer um den Menschen. Ich möchte einschlafen und meinen schönen, märchenhaften Traum erleben!«

Türen ... Warum gibt es im Leben so viele Türen? Schön wär's, unter ihnen eine zu finden, hinter welcher der Zaubergarten der Kindheit, der alte Moskauer Hof liegt, wo man geliebt und erwartet wird, wo Eussej auf dem Zaun sitzt, an einem Apfel knabbert und Fratzen schneidet ... Aber leider gibt es im Erwachsenenleben so eine Tür nicht. Man macht dauernd andere auf, dahinter ist immer ein und dasselbe, und man hat gar keine Lust hineinzugehen, muß es aber, denn die Tür ist ja geöffnet worden ... Lukin schaute auf die Wohnungsnummer über dem prunkvollen Kunstlederbezug mit den runden Knöpfchen darin und verglich sie mit der Adresse auf dem Zettel. So geht es das ganze Leben, seufzte er und drückte auf den Klingelknopf.

Die Tür ging auf. Eine schlanke Frau in einem enganliegenden, schwarzen Kleid stand an der Schwelle. Ihre glatt nach hinten gekämmten Haare gaben ein schönes Gesicht mit regelmäßigen Zügen frei, und große Nixenaugen sahen Lukin an, ohne zu blinzeln. Aus der Wohnung drangen lebhafte Stimmen, aber den Sinn der Worte verstand er nicht.

»Heißen Sie Lukas?« fragte die Frau mit tiefer Bruststimme. Ihr starker Akzent und ihre Angewohnheit, die Vokale weich auszusprechen, verrieten die Ausländerin.

»Ich weiß alles von Ihnen. Maschka hat es erzählt. Vielleicht haben Sie schon gehört – ich heiße Lucie.«

Etwas Starkes und Unabwendbares wie das Schicksal selbst versetzte Lukin einen Stoß gegen die Brust. Er schwankte, schloß die Augen, und als er sie wieder öffnete, himmelte ihn die Frau noch immer an.

»O nein, ich keine Gespenst. Ich Französin aus Paris. Lächeln Sie, Lukas! Bei uns in Frankreich man sagt: Eine Leben ohne Lächeln ist gelebt vergebens.«

Lucie schritt über die Schwelle wie ein Kind, das sich über ein Geschenk freut, und strich ihm mit der Hand über die Wange.

»Lukas! Ich so auf dich gewartet. Ich werde dich sehr, sehr, sehr lieben!«

Lukin wich zurück.

»Nein!« Er machte ein paar Schritte zurück ins Treppenhaus und drehte sich um. »Das Leben ist gelebt, ich muß noch etwas sehr Wichtiges verstehen, muß den Weg der Erleuchtung einschlagen …«

Das feine Lächeln des allwissenden Buddhas huschte über die Lippen der Frau.

»Soll ich dir sagen, was dich erwartet, wenn Weg zu Ende?« Ihre Augen begegneten sich, ihr Blick hypnotisierte ihn. »Die Liebe!«

Als Lukin wieder auf der Straße war, holte er tief Luft. Ein riesiger, weißer Mond überschüttete die Welt mit silbernem Licht, ein leichter, warmer Wind bewegte die Blätter, und ein schwarzes Schattengeflecht vibrierte auf der Erde. Ein leicht bitterer Geruch nach frühem Herbst kroch ihm in die Seele und weckte Erinnerungen. Er hatte das Gefühl, als hätte es das alles schon einmal gegeben. Da war auch so ein warmer Abend gewesen, er hatte eine Frau umarmt, und sie waren gemeinsam durch die Zeit und die Welten dorthin geflogen, wo hoch oben ein ferner Stern in smaragdgrünem Licht strahlte. Und plötzlich kam es über ihn: Die Gedanken verwirrend und die ganze Welt erfüllend, brach ein leidenschaftlicher, mit nichts zu vergleichender Lebenswille über ihn herein …

Anmerkungen

1 Gestalt aus Puschkins »Pique Dame«.
2 Billiges Kölnischwasser (hier »Troinoi odekolon«), wurde auch von Alkoholikern getrunken.
3 Der Verfasser arbeitet hier mit einem unübersetzbaren Wortspiel. Das russische Wort für »partiell« (tschastny) hat auch noch die Bedeutung »privat«. Deshalb Schepetuchas Frage, warum der Differentialquotient nicht staatlich, sondern partiell = privat ist.
4 Bezeichnung einer Herstellerfirma für Fernsehausrüstungen.
5 Diese Hauptverwaltung war für die höchsten Partei- und Regierungsfunktionäre zuständig.
6 Altslawischer Hausgott.
7 Altertümliche Bezeichnung für Moskau.
8 Russische Gutsherrin, die ihre Leibeigenen brutal mißhandelt hat.
9 Gemeint ist das KGB (Komitee für Staatssicherheit).
10 Nach erfolglosen Versuchen, dort den Palast der Sowjets zu errichten, wurde ein Freibad angelegt.
11 Volkstümliche Abkürzung für eine Moskauer Straße, die eigentlich Kalantschowskaja uliza heißt.
12 Seinerzeit das Kriminellenviertel von Moskau.
13 Unter Kriminellen verbreitetes Kartenspiel, ähnlich unserem »17 + 4«, bei dem es darum geht, mindestens 31 Augen zusammenzubekommen.
14 Abfälliger Begriff für Sowjetunion. Kommt von »Sowjety deputatow« = Deputiertenräte.
15 Moskauer Arbeiterbezirk.
16 Sowjetische satirische Zeitschrift.
17 Reicher russischer Kaufmann.
18 Russische Goldmünze.
19 Torgsin ist eine Abkürzung für »Handel mit Ausländern«.
20 Bezeichnung der Vorläuferorganisation des KGB, die mit GPU abgekürzt wurde.
21 Russische Abkürzung für Sonderlager auf den Solowezki-Inseln.
22 Wörtlich »Alter Platz«. Sitz des Zentralkomitees und des Politbüros.
23 Artikel über Landesverrat.
24 Es könnte allerdings auch »Gottesmutter von Fjodorow« oder »von Fjodorowka« heißen. Das ist aus der russischen Grundform »Fjodorowskaja« nicht zu ersehen.
25 Dies kann das sowohl »einmalig« als auch »improvisiert« bedeuten.
26 Der Verfasser arbeitet hier wieder mit einem Wortspiel: »Liebe« heißt auf russisch »ljubow« und wird auch als weiblicher Vorname benutzt. »Ljubka« ist dazu die Koseform.